4/18
4/17

D0834697

Contra todas las reglas

books4pocket

Suzanne Brockmann

Contra todas las reglas

Traducción de Elena Barrutia

EDICIONES URANO

Argentina - Chile - Colombia - España
Estados Unidos - México - Uruguay - Venezuela

Título original: *Flashpoint*
Copyright © 2004 by Suzanne Brockmann

© de la traducción: Elena Barrutia
© 2005 by Ediciones Urano
Aribau, 142, pral. – 08036 Barcelona
www.edicionesurano.com
www.books4pocket.com

1ª edición en books4pocket mayo 2009

Diseño de la colección: Opalworks
Imagen de portada: Getty Images
Diseño de portada: Alejandro Colucci

Impreso por Novoprint, S.A.
Energía 53
Sant Andreu de la Barca (Barcelona)

Fotocomposición: books4pocket

ISBN: 978-84-92516-65-0
Depósito legal: B-15.282-2009

Impreso en España – *Printed in Spain*

Para Ed y Eric,
por todas las risas
que vendrán aún

Agradecimientos

Gracias a los sospechosos habituales: Ed Gaffney, Eric Ruben, Deede Bergeron, Pat White y Lee Brockmann. Gracias también —y siempre— a Steve Axelrod, que no es un agente como Decker y Nash, pero también es extraordinario.

Un agradecimiento gigantesco cubierto de lentejuelas, con fuegos artificiales y un coro de mil voces cantando el «Aleluya», a mi editora, Shauna Summers. Trabajar con ella es un auténtico regalo.

Gracias a Linda Marrow y todo el equipo de Ballantine por hacer llegar este libro a mis lectores lo antes posible.

Gracias a Michelle Gomez por proporcionarme un montón de información sobre Kaiserslautern, Alemania; a Karen Schlossberg por prestarme a Eric en su cumpleaños y en otros momentos inoportunos; y a mi compañera de profesión Alesia Holliday por tener el valor suficiente no sólo para montarse en la furgoneta con nosotros, sino también para invitarnos a Graceland. (Muchísimas gracias.)

Gracias a Tina Trevaskis por ser tan competente y tan impresionante.

Gracias a Chris Berman, oficial de la Marina en la reserva, por dar a mis lectores la oportunidad de conocer a un héroe de verdad, y por esos magníficos calendarios disponibles en www.navysealscalendar.com. Pero lo que más agradezco a Chris es que tenga la paciencia, la amabilidad y la sensibilidad (ahora estará moviendo la cabeza) de acompañar a un grupo de lectoras —algunas de las cuales no se han aventurado nunca en algo así— en un curso de formación física. Yo estaré allí en espíritu cuando este grupo asista en junio al campamento de formación física para mujeres de la Marina (www.navysealswomensfitness.com) en California.

Gracias a la cuadrilla del bb y a todos mis amigos lectores y escritores, viejos y nuevos.

Cuando escribo ficción no puedo leer ficción. No es sólo por miedo a acabar sonando como otra persona. Es porque soy una de esas lectoras que cuando empieza un buen libro no puede dejarlo hasta llegar al final. (Y entonces son las tres de la mañana y no he escrito ninguna página de mi propio libro.)

Pero mientras trabajo sí puedo leer no ficción, y me gustan especialmente las historias militares de la Segunda Guerra Mundial. Durante la redacción de *Flashpoint* me fui de juerga con los hombres del 506 Regimiento de la 101 División Aerotransportada: los famosos «hermanos» de las compañías Easy y Able.

Sus hazañas y sacrificios durante la Segunda Guerra Mundial no tienen nada que ver con *Flashpoint*, pero me ayudaron a mantener la mente sana mientras escribía este libro.

Dicho esto, gracias especialmente a Dick Winters y sus hombres, a Tom Hanks y sus hombres, a mi hijo Jason por su fantástico regalo de Navidad, y a Patricia McMahon por comprar hace varios años ese ejemplar de *Currahee!*, de Don Burgett, pensando que me gustaría leerlo algún día.

Por último, pero no por ello menos importante, gracias a mi hija Melanie por su maravilloso poema y por hacer que me sienta tan orgullosa.

Como siempre, los errores que haya podido cometer y las libertades que me haya tomado son exclusivamente míos.

1

FINALES DE PRIMAVERA, MARYLAND

Hasta esa noche, lo más cerca que había estado Tess Bailey de un club de *striptease* había sido en televisión, donde atractivas mujeres bailaban con aire seductor en tanga, con sus jóvenes cuerpos relucientes en un escenario espectacular.

En el Gentlemen's Den, a miles de kilómetros de Hollywood, en un barrio decrépito al norte de Washington D.C., la bola de cristal estaba rota, y la *striper* entrada en años que se movía en el improvisado escenario parecía cansada y helada de frío.

—¡Ups! —Nash volvió la espalda al ruidoso local para ocultar su cara entre las sombras—. Ése que está sentado con Decker es Gus Mondelay —le dijo a Tess.

Diego Nash tenía una de esas caras que destacaba en una multitud. Y era evidente que no quería que Mondelay, quienquiera que fuese, le viera.

Tess le estuvo siguiendo mientras volvía hacia el bar, lejos de la mesa en la que Lawrence Decker, compañero de Nash en la Agencia durante bastante tiempo, estaba trabajando de incógnito.

Entonces se tropezó con alguien.

—Disculpe...

¡Dios mío! Las camareras no llevaban camisas. El Gentlemen's Den no era sólo un club de *striptease*, también era un bar de *topless*. Cogió a Nash de la mano y le arrastró por el pasillo que conducía al teléfono y a los servicios. Estaba bastante oscuro, y allí no había ninguna mujer medio desnuda a la vista.

Tenía que decirlo.

—Sólo era un rumor...

Nash la apoyó contra la pared y acercó su cara al cuello con los brazos a los lados de su cuerpo. Ella se quedó aturdida unos tres segundos antes de darse cuenta de que dos hombres habían salido tambaleándose del servicio de caballeros. Era otra estrategia para ocultar su rostro.

Tess fingió que sólo estaba fingiendo que se derretía mientras él le besaba la garganta y la mandíbula, esperando a que los borrachos se fueran para hablar, con su cálido aliento contra su oreja.

—Había al menos cuatro tiradores apostados en el aparcamiento. Y ésos son sólo los que he localizado mientras entrábamos.

La luz del aparcamiento era de lo más lúgubre. Tess había alternado su concentración entre sus intentos de no meter el pie en los baches para no caerse y dos ciclistas que parecían estar haciendo una competición de meadas. Por no hablar de lo increíble que era estar en el mundo real con el legendario Diego Nash...

Se habían quedado solos en el pasillo, pero Nash no se había movido ni un ápice. Estaba tan cerca que Tess tenía la nariz a unos centímetros del cuello de su cara camisa. Olía maravillosamente bien.

—¿Quién es Gus Mondelay? —preguntó.

—Un informador —se limitó a responder él moviendo el músculo lateral de su perfecta mandíbula—. Está en la nómina de la Agencia, pero últimamente me he estado preguntando... —movió la cabeza de un lado a otro—. Tiene sentido que se encuentre aquí ahora. Le gustaría ver cómo disparan a Deck —sonrió con pesar—. Gracias por llamarme.

Tess seguía sin poderse creer la conversación que había oído por casualidad una hora antes en las oficinas de la Agencia.

Había llegado el rumor de que la tapadera de Lawrence Decker había sido descubierta y de que iban a tenderle una emboscada para matarle. El personal de apoyo del turno de noche de la Agencia intentó contactar con él, pero lo más que pudieron hacer fue dejarle un mensaje en su buzón de voz.

Nadie se había molestado en ponerse en contacto con Diego Nash.

—Nash no trabaja en este caso con Decker —le informó Suellen Foster a Tess—. Además, sólo es un rumor.

Nash era algo más que el compañero de Decker. Era su amigo. Tess le había llamado mientras iba corriendo hacia el aparcamiento.

—¿Qué vamos a hacer? —le preguntó ahora mirándole.

Tenía los ojos de color chocolate, unos ojos cálidos con un brillo de diversión perpetuo cada vez que entraba en las oficinas y flirteaba con el numeroso personal femenino de apoyo. En especial le gustaba sentarse en el borde de la mesa de Tess, y los demás analistas y empleados de la Agencia le tomaban el pelo por sus atenciones. También le advertían de los riesgos de salir con un agente de campo, sobre todo con uno como Diego Nash, que tenía un grave complejo de 007.

Como si hiciera falta que le advirtieran.

Nash se sentaba en su mesa porque le gustaba su cuenco de caramelos de limón, porque le decía que era «un engreído y un egoísta» a la cara y porque se negaba a tomarle en serio.

Pero ahora se encontraba en su mundo, y le estaba tomando muy en serio.

En sus ojos normalmente cálidos había una mirada fría, sin vida, como si una parte de él estuviera muy lejos de allí.

—No vamos a hacer nada —le dijo a Tess—. Vete a casa.

—Puedo ayudarte.

Él ya lo había decidido.

—Me ayudarás más marchándote.

—He hecho el curso de formación —le informó bloqueándole el paso hacia el bar—. Y ya he solicitado un puesto de agente de campo. Es sólo cuestión de tiempo...

Nash movió la cabeza de un lado a otro.

—No van a cogerte. Jamás te cogerán. Mira, Bailey, gracias por traerme, pero...

—Tess —precisó ella. Nash tenía la costumbre de llamar al personal de apoyo por su apellido, pero esa noche estaba allí con él, sobre el terreno—. Y van a cogerme. Brian Underwood me dijo...

—Brian Underwood te siguió el juego porque temía que te fueras y te necesita en el grupo de apoyo. Ahora si me disculpas, debería zanjar esta conversación sobre tus posibilidades de promoción para centrarme en el hecho de que mi compañero está a punto de...

—Puedo llevarle un mensaje a Decker —afirmó Tess—. En ese bar no me conoce nadie.

Nash lanzó una carcajada.

—¿Qué? ¿Vas a acercarte a él con tus pecas y tu ropa de escuela dominical?

—No es ropa de escuela dominical.

Era la ropa que se había puesto para ir corriendo al trabajo un viernes por la noche a las 10:30 para recoger un expediente. Unos vaqueros, unos deportivos y una camiseta.

La camiseta...

Tess miró a través del pasillo hacia un extremo de la barra del bar, donde las camareras iban a recoger las bebidas y a dejar los vasos vacíos.

—Tú destacas en este agujero tanto como yo con este traje —le dijo Nash—. Más aún. Si te acercas a Decker con la pinta que tienes...

Justo allí, al lado de la caja registradora, había un montón de bandejas pequeñas.

—También es mi amigo —dijo Tess—. Hay que prevenirle, y yo puedo hacerlo.

—No —su tono era concluyente—. Vas a salir por la puerta, Bailey, te montarás en tu coche y...

Tess se quitó la camiseta y el sujetador y se los dio.

—¿Qué mensaje tengo que darle? —preguntó.

Nash la miró. Luego miró la camiseta y el sujetador de encaje que tenía en la mano antes de volver a mirarla.

—Cielo santo, Bailey.

Tess sintió el calor de sus mejillas con la misma intensidad que el aire acondicionado que le daba en los hombros y la espalda desnuda.

—¿Qué debo decirle? —preguntó de nuevo a Nash.

—Maldita sea —dijo él riéndose un poco—. Muy bien —se metió la ropa en el bolsillo de la chaqueta—. Pero sigues pareciendo una catequista.

Tess le lanzó una mirada de incredulidad y un gruñido.

—No es cierto —por el amor de Dios, estaba allí medio desnuda...

Entonces se acercó a ella, le desató el botón de los vaqueros y le bajó la cremallera.

—¡Eh! —intentó apartarse, pero él la retuvo.

—¿No ves la MTV? —le preguntó doblándole los pantalones hacia abajo para que le quedaran en la cadera, con los dedos calientes sobre su piel.

Ahora se le veía el ombligo y el borde de las bragas, con la cremallera de los vaqueros doblada precariamente.

—Sí, en mi escaso tiempo libre.

—Podrías usar lápiz de labios —Nash retrocedió un poco para observarla y luego le revolvió el pelo corto con las dos manos antes de mirarla de nuevo—. Así está mejor.

Vaya, muchas gracias.

—¿El mensaje? —dijo ella.

—Dile a Decker que no se mueva por ahora —ordenó Nash—. No van a dispararle dentro. No le digas eso, ya lo sabe. Eso te lo digo a ti, ¿comprendes?

Tess asintió.

—Voy a rodear el perímetro del local —prosiguió—. Nos reuniremos aquí —no, en el servicio de señoras— dentro de diez minutos. Dale el mensaje a Deck, sé breve, no lo estropees intentando decirle demasiado. Luego vete al servicio de señoras y quédate allí hasta que llegue yo. ¿Está claro?

Tess volvió a asentir. No había visto nunca a este Nash, dando órdenes tajantes con tanta frialdad. Tampoco había visto al Nash en el que se había convertido en el coche de camino hacia allí. Después de llamarle por teléfono le había recogido en el centro. Luego le contó con más detalle todo lo que había oído mientras se dirigían al Gentlemen's Den. Tras intentar localizar a Decker en su móvil sin éxito, Nash se quedó callado y muy serio.

Mientras le miraba se dio cuenta de que estaba asustado. Tenía miedo de que fuera demasiado tarde, de que el tiroteo hubiese acabado ya, de que su compañero y amigo estuviera ya muerto.

Cuando llegaron allí y el aparcamiento estaba tranquilo, cuando entraron dentro y vieron a Decker vivo aún, hubo una fracción de segundo en la que Tess creyó que Nash iba a desmayarse de alivio.

Era algo increíble. Puede que Diego Nash fuera humano después de todo.

Tess le lanzó una última sonrisa y comenzó a andar por el pasillo para coger una de aquellas bandejas. Dios santo, estaba a punto de entrar en una sala llena de borrachos con los pechos desnudos y los pantalones a mitad del trasero. Pero no podía ser peor que el repaso que le había dado Nash.

—Tess —al agarrarla del brazo volvió a mirarle—. Ten cuidado.

Ella asintió otra vez.

—Tú también.

Entonces sonrió mostrando sus deslumbrantes dientes blancos.

—Deck va a alucinar cuando te vea.

Con eso se marchó.

Tess cogió una bandeja de la barra y se abrió paso entre la multitud.

Algo iba mal.

Decker lo veía en los ojos de Gus Mondelay, en el modo en que aquel tipo rechoncho estaba sentado enfrente de él al otro lado de la mesa.

Aunque era posible que lo que veía se debiera a las cuatro enchiladas que Mondelay se había zampado en el Joey's Mexican Shack veinte minutos antes de reunirse allí con Decker.

Pero Decker no se fiaba de Mondelay. Y algo en el sonido de su voz cuando le llamó para concertar esa cita con el líder de Freedom Network Tim Ebersole había hecho que Decker saliera pronto para esperar a Mondelay a la salida del trabajo y seguirle hasta allí. Pero aparte del Shack, Mondelay no se había detenido en ningún otro sitio antes de llegar al Gentlemen's Den. Y tampoco había hablado con nadie por su móvil.

Mondelay le hizo un gesto a Decker para que se acercara; era la única manera de entenderse por encima de la música.

—Parece que Tim se retrasa.

Dios santo, aquella noche a Mondelay le olía el aliento peor que de costumbre.

—No tengo prisa —dijo Decker recostándose de nuevo en su asiento. Aire. Dios, dale un poco de aire, por favor.

Gus Mondelay había entrado en contacto con Freedom Network cuando estuvo dieciocho meses en la cárcel de Wallens Ridge por posesión ilegal de armas de fuego. El nombre del grupo hacía que parecieran valientes patriotas, pero en realidad eran unos radicales: nombre que daba la Agencia a los terroristas del país con tendencias racistas y neonazis y un odio feroz al gobierno federal. Y a todos los agentes del gobierno federal.

Como Decker.

Aunque la especialidad de Deck eran las células terroristas de origen extranjero, le habían presentado a Gus Mondelay cuando el informador dejó caer lo que parecía ser una prueba de que aquellos radicales colaboraban con Al Qaeda.

Esas conjeturas aparentemente ridículas no se podían tomar a la ligera, aunque ni el propio Decker comprendiera su sentido. Si había alguien a quien los radicales odiaran más que a los agentes federales eran los extranjeros. Aunque también era posible que esos dos grupos hubieran encontrado un punto en común en su odio hacia Israel y los judíos.

Así pues, Dougie Brendon, el recién nombrado director de la Agencia, le había asignado a Gus Mondelay. Deck debía utilizar a Mondelay para contactar con Freedom Network con el objetivo de estar presente en una de las reuniones con los miembros de la supuesta célula de Al Qaeda.

Hasta entonces Mondelay sólo le había dado pistas que no le llevaban a ninguna parte.

A cambio, Decker se sentaba con él noche tras noche viendo a mujeres inexpresivas que giraban sin entusiasmo en sórdidos clubs de *striptease* en los que tenía que soportar la ensordecedora música rock que sonaba a todo volumen. Naturalmente, él pagaba las copas.

Mondelay le hizo otro gesto para que se acercara de nuevo.

—Voy a llamar a Tim para ver por qué se retrasa —dijo mientras sacaba el móvil del bolsillo de sus pantalones.

Decker observó cómo marcaba un número a toda velocidad, se llevaba el teléfono a la cara y se tapaba la otra oreja con un dedo del tamaño de una salchicha. Sí, eso le ayudaría a oír por encima de la música.

No habría sido tan terrible estar allí si el DJ pusiera algo de Aerosmith de vez en cuando.

O si las *stripers* y las camareras de aquel lugar sonrieran, o por lo menos fruncieran el ceño. Su perpetua expresión de aburrimiento era del todo deprimente. Ni siquiera se molestaban en cabrearse porque las estuvieran explotando.

Mondelay se recostó en su silla como si el otro hubiera contestado. Decker no podía oír la conversación, pero podía leer los labios. Giró la cabeza para que Mondelay quedara justo en el borde de su campo de visión.

¿Por qué diablos tardas tanto? Una pausa. *No, capullo, se suponía que eras tú el que debía llamarme a mí. Llevo aquí sentado casi una hora esperando al jodido cabeza de turco.*

¿Cómo?

Que te jodan a ti, cabrón. Mondelay colgó el teléfono y se acercó a Decker.

—Me he equivocado de local —dijo—. Tim y los demás están en el Bull Run. Ha sido culpa mía. Tim dice que deberíamos reunirnos con ellos allí.

No. Era imposible que Mondelay hubiera hablado con Tim. Decker le había oído hablar con él otras veces, y todo era «Sí, señor» y «Enseguida, señor». «Permítame que le bese el culo, señor», no «Que te jodan a ti, cabrón».

Había algo que olía a podrido en el Gentlemen's Den; aparte del mal aliento de Mondelay, claro está.

Mondelay no estaba esperando a ningún cabeza de turco. Estaba esperando la señal para actuar. Aquel hijo de perra estaba vendiendo a Decker.

Mondelay comenzó a levantar su pesado cuerpo del asiento con cierta dificultad.

—No iréis a marcharos, ¿eh, chicos?

Decker miró directamente a los ojos de Tess Bailey, la experta en informática del departamento de apoyo de la Agencia.

Bueno, no. A decir verdad, lo primero que miró no fueron sus ojos.

Tess se había trasladado a D.C. hacía algunos años desde algún lugar del medio oeste. ¿Kansas? Una ciudad pequeña, les dijo una vez cuando se lo preguntó Nash. Su padre era bibliotecario.

Era curioso que se acordara de aquello en ese momento.

Porque ya no parecía que fuera una joven de una pequeña ciudad de Kansas.

—En la barra hay una dama que quiere invitaros a la siguiente ronda —le dijo Tess gritando para que le oyera por encima de la música mientras él intentaba levantar la vista hacia su cara.

Nash. El hecho de que estuviera allí medio desnuda —no, debía olvidarse de esa parte, aunque resultaba difícil teniéndola tan cerca— sólo podía querer decir que Nash también estaba allí. Y si Nash estaba allí eso significaba que Decker tenía razón y que iban a ejecutarle. O al menos a secuestrarle.

Se fijó en Mondelay, en la energía nerviosa que parecía rodear al hombretón. No, había acertado desde el primer momento. Mondelay estaba preparándole para que le mataran.

Maldito hijo de perra.

—Ha dicho que eres muy atractivo —Tess estaba gritando a Decker, intentando que la mirara a los ojos sin conseguirlo del todo—. Está allí detrás —señaló hacia el bar con un brazo mientras utilizaba el otro para sujetar la bandeja contra su pecho, con lo cual resultaba un poco más fácil prestar atención a lo que estaba diciendo a pesar de que seguía sin tener sentido. ¿Atractivo? ¿Quién estaba allí detrás?

Nash, por supuesto.

—¿Qué os apetece tomar? —preguntó Tess con una animada sonrisa, su adorable nariz pecosa y los pechos desnudos debajo de la bandeja que estaba estrechando.

—Nos vamos —le informó Mondelay.

—Las copas son gratis —dijo Tess con tono seductor—. Deberíais quedaros un rato más —agregó mirando fijamente a Deck.

Un mensaje de Nash.

—Yo tomaré otra cerveza —gritó Decker con un asentimiento de conformidad.

Mondelay se rió sin poder creérselo.

—Pensaba que querías conocer a Tim.

Decker hizo un esfuerzo para sonreír al hombre que le había llevado allí para que le mataran. Dos camaradas que recorrían juntos los clubs de *striptease*.

—Así es.

—Pues nos están esperando.

—Muy bien —dijo Decker—. Que esperen. Así no parecerá que estamos demasiado impacientes —volvió a mirar a Tess—. Que sea importada.

Mondelay también la miró estrechando un poco los ojos, una posible señal de que podía estar pensando.

—Eres nueva aquí, ¿verdad?

—Él también tomará otra cerveza —añadió Decker esperando que Tess hubiera captado su indirecta y se fuera rápidamente.

Mondelay tenía prisa para marcharse, pero nunca tenía demasiada prisa para acosar a una camarera cuando se le presentaba la oportunidad.

—¿Qué escondes ahí, preciosa?

—Iré a buscar esas cervezas.

Pero era ya un poco tarde. Mondelay había agarrado el borde de su bandeja para impedir que se fuera. Tiró de ella y consiguió quitársela en contra de su voluntad. Tess siguió sonriendo, pero no sabía mentir tan bien como para ocultar por completo su malestar. Decker tuvo que apartar la vista, odiándose por el hecho de que estuviera haciendo aquello por él.

¿A quién pretendía engañar? En realidad lo estaba haciendo por James «Diego» Nash.

—¿Cuánto tiempo llevas trabajando aquí? —le preguntó Mondelay.

El volumen de la música disminuyó un poco cuando acabó el número y la *striper* abandonó el escenario. Tenían unos diez minutos para que sus oídos se recuperaran antes de que la siguiente chica comenzara a bailar.

—No mucho —dijo Tess. Seguía habiendo ruido, pero ya no tenía que gritar tanto.

—Deberías tener todo el cuerpo bronceado.

—Sí —respondió ella con frialdad—. Ya lo sé.

—Deja que vaya a buscar esas cervezas —dijo Decker.

—Le echaría un buen polvo —comentó Mondelay como si Tess no estuviera allí—. ¿Tú no?

Deck había intentado fingir que una mujer que estaba bailando alrededor de una barra al otro lado del bar había captado toda su atención, pero entonces tuvo que mirar a Tess, que tenía en su mesa una foto enmarcada de sus dos sobrinitas y una figura de plástico de la vampiresa Buffy. Sabía que era Buffy porque Nash se lo había preguntado una vez, y ella les había dicho que representaba el poder femenino y el hecho de que la mayoría de la gente tenía una parte oculta que no era en absoluto evidente a simple vista.

Decker se sentía furioso con Nash, quien sin duda alguna había llevado su flirteo con Tess al siguiente nivel al enterarse de que Decker necesitaba ayuda. No sabía qué le indignaba más: que Nash hubiera mandado allí a Tess medio desnuda o que se acostara con ella.

—Sí —le dijo a Mondelay, puesto que llevaban toda la semana hablando en esos términos de las camareras de aquellos bares. Luego sonrió a Tess esperando que lo interpretara como una disculpa de toda la población masculina—. Yo también le enviaría unas flores.

—Dime, guapa, ¿es verdad que a las mujeres os va el rollo sentimental?

—No —repuso ella—. Lo que nos gusta es que nos traten como objetos, nos utilicen y nos dejen tiradas. ¿Por qué crees que trabajo aquí? Aparte del increíble seguro sanitario y el sueldo astronómico.

Decker se rió cuando ella consiguió por fin recuperar su bandeja y se dirigió hacia la barra.

Observó cómo se iba, consciente de la atención que despertaba entre la chusma del bar, fijándose en la suave curva de su cintura y en el modo en que sus hombros y su cabeza sobresalían por encima de la gente, aunque no era muy alta. También se dio cuenta de que hacía mucho tiempo que no enviaba flores a ninguna mujer.

Tenían un grave problema. Quienquiera que hubiese preparado aquella emboscada tenía formación paramilitar.

Había demasiados tiradores apostados alrededor del edificio. No podía deshacerse de todos ellos.

Bueno, sí podía. Aunque el plan era profesional los tiradores eran amateurs. Podía ocuparse de todos ellos uno a uno. Como los dos primeros que había encontrado, la mayoría ni siquiera le oiría llegar.

Pero las manos de Jimmy Nash estaban ya temblando tras limpiar aquel tejado. Le habría ayudado fumarse un cigarrillo, pero la última vez que lo dejó había jurado que sería para siempre.

Se lavó las manos en el lavabo del servicio de caballeros, intentando que dejaran de temblar sólo con su fuerza de voluntad.

Lo que hizo que se calmara y su corazon dejara de martillearle en el pecho fue aquella terrible imagen que tenía en la cabeza de Decker muerto a tiros en el aparcamiento.

Haría cualquier cosa por él.

Habían sido compañeros en la Agencia durante más tiempo del que duraban ahora muchos matrimonios. Siete años. ¿Quién hubiera creído que eso sería posible? Dos tipos incontrolables, uno de ellos —él— acostumbrado a trabajar solo, primo directo del diablo; y el otro un Boy Scout estrafalario, antiguo comando de la Marina...

Cuando Tess le llamó esa noche y le dijo lo que había oído, que el Cuartel General sabía que iban a atentar contra Decker y que no pensaban hacer nada para evitarlo...

El nuevo director de la Agencia, el capullo de Doug Brendon, nunca había ocultado su profunda antipatía por Jimmy Nash, y en consecuencia por Decker. Pero aquello era ir demasiado lejos.

Jimmy se echó el pelo hacia atrás con las manos mojadas y se miró los ojos en el espejo.

Unos ojos asesinos.

Cuando sacara a Decker de allí iba a buscar a Dougie Brendon...

¿Y pasar el resto de tu vida en la cárcel? Jimmy pudo oír con claridad la voz serena de Deck.

Antes tendrían que cogerme, repuso. Y no lo harán. Hacía mucho tiempo había jurado que haría lo que fuera necesario para que no le volvieran a encerrar.

Hay otras formas de desahogarse. ¿Cuántas veces le había dicho Decker aquellas palabras?

Otras formas...

Como Tess Bailey.

Que le estaba esperando en el servicio de señoras. Que era muy atractiva. Y le gustaba. Lo había visto en sus ojos.

Aunque fingía tener una actitud de frialdad cuando flirteaba con ella en la oficina, Jimmy sabía que con un poco más de encanto y seducción le daría luz verde. Esa misma noche.

Dejaría que Decker se ocupara de Doug Brendon.

Él se ocuparía de Tess.

Sonrió para sus adentros mientras abría la puerta del servicio de caballeros y salía al pasillo.

Esa noche se entregaría a Tess como un regalo. En circunstancias normales jamás se liaría con nadie del personal de apoyo. Pero aquellas circunstancias no eran normales.

Su estado de excitación no era sólo el resultado de la descarga de adrenalina por haber limpiado aquel tejado. Cuando Tess le llamó estaba a punto de reunirse con una joven y atractiva abogada llamada Eleanor Gantz.

Quien no era probable que volviera a recibirle con los brazos abiertos en un futuro próximo. La había dejado plantada sin darle ninguna explicación al enterarse de que Decker estaba en peligro.

Aunque a decir verdad no recordaba bien su aspecto; su memoria estaba completamente ocupada por Tess Bailey con aquellos vaqueros a mitad de cadera y nada más.

¿Quién se lo iba a decir?

Jimmy abrió la puerta del servicio de señoras esperando verla en persona. Pero no estaba allí. *Mierda*. Miró en los compartimentos, pero estaban vacíos.

Se libró rápidamente de su embriaguez y dejó de pensar en la última parte de la noche para centrarse en el aquí y ahora, en encontrar a Tess.

La localizó enseguida al salir de nuevo al pasillo. Estaba en la barra del bar. ¿Qué diablos estaba haciendo allí? Entonces lo comprendió. Decker y Mondelay habían pedido algo de beber.

Y él no había sido muy preciso en sus instrucciones, suponiendo que «Vete al servicio de señoras» significaba sólo eso, no «Vete al servicio de señoras después de servirles unas copas».

El principal problema de que se encontrara en el bar no era que estuviese con los pechos desnudos rodeada de borrachos y pervertidos.

No, el principal problema era que estaba rodeada de otras mujeres con los pechos desnudos —las auténticas camareras del Gentlemen's Den—, que se estarían preguntando qué estaba haciendo Tess quedándose con sus propinas.

Así fue. Mientras Jimmy estaba observando, una mujer mayor con unos largos rizos dorados, que parecía el mascarón de proa de un barco antiguo —esas cosas tenían que ser implantes—, le dio un golpecito a Tess en el hombro.

Desde aquella distancia no pudo oír lo que le decía. No tenía la cara en el ángulo adecuado para leer sus labios, pero su lenguaje corporal era muy claro: «¿Quién diablos eres tú?»

Había llegado el momento de rescatarla.

Se quitó la chaqueta y la tiró en una esquina. En aquel garito nadie llevaba traje, y de todas formas el suyo estaba destrozado. Se deshizo también de la corbata, se aflojó el cuello y se subió las mangas de la camisa mientras se abría paso entre la gente hacia el bar.

—Mira, aquí está —le estaba diciendo Tess al Mascarón. Luego le sonrió, lo cual le distrajo enormemente, porque, como la mayoría de los hombres heterosexuales, había sido educado para interpretar la combinación de unos pechos desnudos y una cálida sonrisa como un mensaje positivo. Tuvo que hacer un esfuerzo para centrarse en lo que decía.

—Le estaba hablando a Crystal de la broma que le estamos gastando a tu primo, ya sabes —dijo Tess cruzando los brazos sobre el pecho.

Bueno, por lo visto no necesitaba que la rescataran. El Mascarón —Crystal— no parecía de las que se tragaban cualquier cosa, pero se había tragado la historia de Tess.

—Cariño, dale algo de dinero —le dijo Tess—, porque ha perdido la propina que le habrían dado.

Jimmy se metió la mano al bolsillo para buscar la cartera y sacó dos billetes de veinte dólares.

Tess cogió otro y le dio el dinero a su nueva amiga.

—¿Me pedirás esas dos cervezas? —le preguntó a Crystal.

La camarera hizo algo más; se puso detrás de la barra para servirlas ella misma.

Tess se volvió hacia Jimmy, que aprovechó la oportunidad para poner un brazo a su alrededor; al fin y al cabo le había llamado cariño. Sólo le estaba siguiendo el juego, dejando que esa piel suave se deslizara bajo sus dedos.

—Gracias —ella bajó la voz y se acercó un poco más a Jimmy para ocultarse, al menos del resto de la gente—. ¿Podrías devolverme la camisa?

—Ups —exclamó él. Su camisa estaba en el bolsillo de su chaqueta, que estaba tirada en el suelo junto a los servicios. Eso suponiendo que nadie la hubiera encontrado y se la hubiera llevado a casa.

—¿Qué? —dijo Tess mirándole con fuego en los ojos.

Mientras Jimmy la miraba se acercó aún más a él. Eso podría haber hecho que dejara de mirarla, pero provocó que el resto de sus sentidos se despertaran. Era como si compartieran la misma camisa, con aquella piel tan cálida y suave. La deseaba con tanta intensidad que le asaltó un pensamiento igualmente poderoso. Era tan fuerte que estuvo a punto de tambalearse.

No la merecía.

Ni siquiera tenía derecho a tocarla. No con esas manos.

—¿Estás bien? —susurró Tess.

Perdido de algún modo en el tiempo, Jimmy la miró a los ojos. Eran marrones claros —un color nada especial— pero siempre le habían atraído la calidez y la inteligencia que podía ver en ellos. En aquel extraño momento de lucidez se dio cuenta de que los ojos de Tess eran hermosos. *Ella* era hermosa.

Un ángel que iba a salvarle...

—No —respondió, porque en ese instante le horrorizaba la idea de mentirle, y hacía mucho tiempo que no sentía nada parecido.

Cuando ella abrió los ojos de par en par supo que había visto la sangre de su zapato y el agujero de sus pantalones —el tercer tipo del tejado había contraatacado— y se había dado cuenta de que estaba herido. Aunque en realidad su estado físico era lo que menos le preocupaba.

Pero en ese momento Crystal puso dos botellas de cerveza sobre la barra, Tess se dio la vuelta para darle las gracias y se encontró de nuevo en el mundo real. Ya no era angelical ni hermosa; era simplemente Tess Bailey, del departamento de apoyo, una chica mona e interesante. Tenía la sonrisa torcida, la nariz un poco rara y la cara demasiado redonda; era muy probable que tuviera papada antes de cumplir los cincuenta.

Sin embargo, la combinación de interesante y medio desnuda hacía que resultara muy atractiva. Y como eso era lo único que le importaba a Jimmy ahora mismo, dejó a un lado los sutiles destellos de lucidez que le habían deslumbrado momentáneamente.

Esa noche iba a acabar con Tess. Ella no lo sabía aún, pero sería así. Aunque no iba a salvarle. Al menos no de forma permanente.

Había llegado demasiado lejos para eso.

En cuanto a lo que merecía o no... La vida real no era como en las películas, donde a los malos les castigaban por sus pecados y triunfaban los buenos.

Lo cual era una gran suerte para él.

—¿Quieres que vaya a buscar a Decker? —cuando Crystal se fue Tess volvió a centrar toda su atención en él, visiblemente preocupada.

—No, estoy bien —dijo Jimmy, porque le estaba mirando como si se encontrara perdido. Entonces pensó que podía tener un poco de tiempo—. Lo siento mucho —añadió dándole un rápido beso en los labios, porque no sabía de qué otro modo borrar la preocupación de sus ojos.

Aquello consiguió distraerla, y a él también.

Quería volver a besarla durante más tiempo, con un beso profundo que provocara fuegos artificiales, pero no lo hizo. Lo dejaría para más tarde.

Y Decker siempre decía que no tenía fuerza de voluntad.

—Estoy bien —volvió a decir Jimmy esbozando una sonrisa para demostrarlo—. Es sólo un rasguño.

No lo sabía con certeza; ni siquiera se había parado a mirar la herida. Pero había conseguido bajar corriendo las escaleras. No podía ser demasiado grave.

Echó un vistazo a la gente para ver quién estaba completamente borracho, quién podía servirle mejor como catalizador para la segunda parte del espectáculo.

—¿Has encontrado algún modo de poder sacar a Decker de aquí? —preguntó Tess. Entonces se dio cuenta de que había logrado desconcertarla, porque cruzó de nuevo los brazos sobre el pecho.

—Sí, he limpiado el tejado —se preguntó si sabría qué significaba eso. Volvió a mirar hacia la sala. Había un tipo con una camiseta verde tan mamado que hasta las risas de sus compañeros estaban empezando a molestarle.

Pero Tess no entendía lo que estaba diciendo.

—¿El tejado? ¿Cómo...?

—He pedido ayuda para que nos evacuen —Jimmy le explicó la parte más sencilla—. Sacaremos de aquí a Decker volando. Va a venir un helicóptero a recogernos, pero antes necesitamos un poco de diversión. ¿Has visto alguna vez una pelea?

Tess negó con la cabeza.

—Pues estás a punto de ver una. Si nos separamos y no puedo volver aquí mantente en el borde de la sala. Pega la espalda a la pared, ten cuidado con las cosas que vuelen y estáte preparada para agacharte. Luego vete a aquella salida de emergencia, la que está justo enfrente de la puerta principal —señaló hacia allí—. Detrás de esa puerta hay unas escaleras. Si llegas la primera espérame a mí o a Deck. No abras esa puerta sola, ¿está claro?

Ella asintió.

—Ah, hay otra cosa importante —dijo—. ¿Quieres cenar conmigo mañana? *Puede que te sientas un poco presionada...*

Tess se rió asombrada.

—No me contestes ahora —dijo Nash—. Date un poco de tiempo para pensarlo.

Era evidente que la había pillado completamente desprevenida. Estupendo.

—Diego, yo...

—La cabeza arriba —le interrumpió.

Porque Gus venía derecho hacia ellos buscando a Tess, preguntándose por qué tardaban tanto sus cervezas, impaciente por llevar a Decker al aparcamiento para que le llenaran de agujeros, para que exhalara su último aliento sobre la grava.

Y detrás de él venía Deck, el único caballero auténtico de aquel antro, dispuesto a saltar sobre Gus si miraba a la pequeña Tess aunque fuera de reojo.

—Cuando dé un golpe a ese tipo que está ahí sentado con una camiseta negra de «Badass» —le dijo Nash cruzando una mirada con su compañero justo cuando Gus le vio con Tess. Entonces Gus metió la mano en el bolsillo de su chaqueta para sacar su móvil o su pistola, pero en realidad no importaba, porque estaba bastante cocido y Deck le tenía ya controlado—, acércate a la barra y dile a tu amiga Crystal que llame a la policía, que hay una persona armada en el local. Preparados, listos...

A unos cinco metros, Decker puso a Gus Mondelay de rodillas antes de tumbarle en el suelo, lo cual fue una suerte para él, porque si le hubiese pillado Nash le habría partido el cuello.

—¡Ya!

●●●

Decker conocía el procedimiento.

Tras quitarle a Mondelay el arma y el móvil y dejarle en un estado de inconsciencia sin demasiado esfuerzo, estaba más que dispuesto a entrar en acción.

—Camisa verde a las dos en punto —gritó Nash dándole a Deck un objetivo fácil de localizar.

Después de trabajar juntos durante siete años él y Nash habían convertido el arte de provocar una pelea en una ciencia. Elegían a dos borrachos iracundos que estuvieran sentados bastante cerca entre la gente. Empujaban a los dos al mismo tiempo y les tiraban al suelo si era posible. Y entonces comenzaban los gritos, el intercambio de acusaciones y el alboroto.

Nash tenía una habilidad especial para determinar a primera vista cuando una persona estaba a punto de explotar. Hombre o mujer, los observaba, los medía y se aprovechaba de ellos.

No era una habilidad despreciable en su trabajo.

Como estaba previsto, la pelea entre Badass y el de la camisa verde se convirtió en una refriega que ni siquiera los matones del local pudieron controlar. Mesas volcadas, vasos y jarras por los aires, tacos de billar rotos, sillas destrozadas.

Fue un ocho alto en una escala del uno al diez; con un cinco habría sido suficiente para escapar.

Ágil como un bailarín, Nash se abrió paso entre la multitud y cogió a Tess Bailey mientras se dirigía hacia la salida de incendios para reunirse con Decker.

Tess seguía sin camisa, detalle que Nash no podía haber pasado por alto.

En vez de salir a la calle subieron por las escaleras, una alternativa muy interesante.

Nash leyó su mente y respondió a la pregunta mientras continuaban ascendiendo.

—Hay un ejército en el aparcamiento, así que he pedido un «quiebrapresupuestos».

Así era como llamaban en la Agencia a los helicópteros de evacuación. Mantener un helicóptero en el aire resultaba muy caro.

Nash había estado llevando a Tess por delante de él, pero entonces le impidió que saliera por la puerta al tejado.

—Ponte detrás de mí —le ordenó mientras le daba su camisa. Justo a tiempo, porque Decker había estado a punto de ofrecerle la suya.

Tess no pareció darse cuenta de que el gesto caballeroso de Nash llegaba con un poco de retraso. De hecho estaba mirándole como le miraban siempre las mujeres, sobre todo cuando le sonrió y se acercó a ella para decirle:

—Has estado muy bien ahí abajo.

Era algo típico. Aunque aún no se encontraban fuera de peligro, Nash ya estaba preparando el terreno para el final de la noche.

Decker se habría reído, pero su compañero estaba intentando ligar con Tess Bailey. Además, aquella noche Nash se mostraba muy raro. Como si estuviera actuando de forma mecánica o representando un papel.

Deck oyó las sirenas de la policía local, a la que habían llamado para disolver la pelea del bar. Era una diversión añadida y una protección adicional. Con cinco coches de policía en el aparcamiento, sólo los tipos más chalados de Freedom

Network se atreverían a disparar al helicóptero de la Agencia que iba a recogerlos en el tejado.

—Debemos abrir bien los ojos, porque han pasado cinco minutos desde que he limpiado esta zona —les dijo Nash.

Entonces Deck se dio cuenta de que había ocurrido algo desagradable mientras Nash limpiaba el tejado de posibles tiradores.

Decker no se enteraría nunca de lo que había sucedido. Él y Nash no hablaban de esas cosas. Podía intentar sonsacárselo, pero como mucho le diría: «Sí, he tenido un pequeño problema. Nada que no haya podido controlar».

Salvo que Decker ya no se creía eso. Estaba seguro de que su compañero podía controlar cualquier forma de violencia que le echaran encima y salir victorioso, o al menos con vida. Pero eso era muy diferente al control psicológico que se necesitaba en aquel negocio. Lo que le preocupaba era cómo controlaba las secuelas de la violencia.

—Allá vamos —dijo Nash lanzando a Tess otra sonrisa. El helicóptero estaba allí fuera. Deck pudo oír cómo se acercaba—. No te separes de mí.

Nash miró a Deck, Deck asintió sacando también su pistola y luego abrieron la puerta de una patada.

Allí no había nadie, ninguna resistencia. Subieron al helicóptero y se alejaron rápidamente de la zona en cuestión de segundos.

Era imposible hablar con el ruido de las aspas, pero mientras Decker observaba Nash se inclinó sobre Tess y le dijo algo al oído.

Ella se rió y se acercó un poco más para poder responderle.

Cuando le tocó hablar a él no hubo una respuesta inmediata a sus palabras. Pero hubo una cantidad significativa de contacto visual, sobre todo cuando Nash le abrochó bien la camisa que le había dejado.

Puede que Nash hablara con Tess aquella noche y le dijera lo que no podía decirle a Decker.

O que simplemente la utilizara sexualmente hasta que el olor de la muerte no fuese tan intenso, hasta que creyera que había «controlado» lo que hubiese tenido que hacer aquella noche para salvarle la vida.

Tess estaba mirando a Deck desde el otro lado de la cabina, e hizo un esfuerzo para sonreírle, esperando que estuviese utilizando a Nash como él a ella, deseando que pudiera leer su mente y tuviera en cuenta su silenciosa advertencia.

Aunque puede que sí lo hiciera, porque miró a Nash, volvió a mirar a Decker e hizo una especie de mueca encogiendo un poco los hombros. Como si quisiera decir: *Ya sé en qué me estoy metiendo, pero no puedes culparme...*

No, no podía. Sólo esperaba...

Decker esperaba que Nash llevara a Tess a casa y le hablara de lo que había ocurrido en el tejado en vez de lanzarse sobre ella.

Aunque sabía muy bien que sus motivos para esperar eso no eran del todo limpios.

2

DOS MESES DESPUÉS
CUARTEL GENERAL DE LA AGENCIA,
WASHINGTON, D.C.

Tess colgó el teléfono.

No podía creérselo.

Brian Underwood ni siquiera había tenido el valor de llamarla a su despacho para darle la noticia a la cara. Le había dejado un simple mensaje en su buzón de voz.

—Bailey, soy Brian. Siento decirte esto por teléfono, pero son las veintidós cero cero —término militar utilizado para las diez de la noche. Underwood no había estado nunca en las fuerzas armadas, pero le gustaba que la gente creyera que sí había estado— y acabo de recibir este memorándum. Mañana tengo un día muy ocupado y no quería que se perdiera entre papeles, sobre todo porque sé que llevas un par de semanas esperando esta noticia. En resumidas cuentas, te han rechazado para ese puesto de agente de campo. Pero eso no significa que no puedas volver a solicitarlo dentro de seis meses. Siempre hay una próxima vez, ¿verdad? Mientras tanto, tu trabajo de apoyo es de vital importancia...

Si no la habían aceptado aquella vez, cuando había dos puestos adicionales que necesitaban cubrir lo antes posible, estaba segura de que nunca saldría del departamento de apoyo. Seguiría allí con sesenta y cinco años, como la señora O'Reilly, que trabajaba a cuatro compartimentos de ella. Aunque comprendía la importancia de su trabajo, ése no era el empleo que quería, ni el que le habían prometido al firmar el contrato.

Pero jamás la iban a ascender.

Diego Nash tenía razón.

Por algún motivo aquello le dolía aún más. No quería que Nash tuviera razón, ni en eso ni en nada. Pero sobre todo no quería volver a pensar en él.

Era una estúpida. No por dejarle entrar en su casa aquella noche. No, sabía muy bien qué estaba haciendo cuando él le preguntó si podía subir y ella le dijo que sí.

Era una estúpida por creer que habían conectado. A su cerebro le ocurrió algo extraño después de que la besara en la cocina. Y menudo beso. Pero en algún momento entre ese beso y la mañana siguiente, cuando se despertó —sola y sorprendida de que se hubiera desvanecido sin decirle una palabra— acabó siendo víctima del síndrome de la mujer estúpida.

Se había acostado con un hombre que era famoso por ser un mujeriego. Eso ya lo sabía antes de abrir la puerta de su apartamento. Y había aceptado el hecho de que sólo sería una aventura de una noche.

Sin embargo, terminó pensando que aquella vez había sido diferente. Que había sido algo especial. Que aún estaría allí por la mañana, que estaría allí todas las mañanas durante los próximos treinta y cinco años.

Definitivamente era una estúpida.

Y se sentía más estúpida aún por el modo en que se le aceleraba el corazón cada vez que sonaba el teléfono. ¿Qué esperaba? ¿Que después de dos meses de silencio Nash la llamara de repente?

A la mañana siguiente llegaron unas flores. Pero eran de Deck. En la tarjeta había un breve mensaje con la pulcra letra de Decker: «Gracias por ir más allá del sentido del deber». Tess conocía bien su letra. Había procesado muchas de sus solicitudes en los últimos años. Pero en caso de que le quedara alguna duda había firmado: «Lawrence Decker».

El lunes había en su correo un e-mail que Decker había enviado al director adjunto, una efusiva recomendación para que concedieran a Tess un puesto de agente de campo. En la parte superior de la copia había escrito una breve nota dirigida a ella: «Espero que esto sirva de ayuda».

Tess respondió con un simple «Gracias», pero el e-mail fue rechazado, una señal de que el sistema estaba fallando de nuevo. Lo mismo ocurrió unos días más tarde, cuando intentó reenviarlo.

En ese momento se asustó, pensando que Nash y Deck podían estar muertos. No habían vuelto a la oficina desde aquella noche. Y tampoco había llegado ningún papel en el que figuraran sus nombres.

Mientras seguía pasando el tiempo hizo algunas indagaciones y descubrió que habían abandonado la Agencia. Que habían presentado su dimisión. Sin más. Se habían ido para siempre. Como era habitual en su trabajo, su marcha había sido silenciosa, discreta.

Tess siguió indagando y averiguó que el departamento de contabilidad había enviado a Nash una cuantiosa indemnización a la dirección de un pequeño hotel de Ensenada, México, en la costa del Pacífico.

Se había ido muy lejos de allí.

Y ni siquiera se molestó en enviarle una postal con un «Me gustaría que estuvieras aquí», aunque no fuese cierto.

Ése también había sido un mal día. Uno de los peores de toda su vida. Y todo indicaba que aquél iba a ser muy parecido.

Aunque no eran aún las nueve de la mañana Tess tenía que salir de allí. Sacó su bolso del cajón inferior de su escritorio. La mayoría de sus compañeros estaban llegando todavía, pero su jornada de trabajo había terminado.

No. Corrección. Su carrera en la Agencia había terminado.

Cogió de su mesa la foto de sus sobrinas, el trozo del muro de Berlín —demasiado pequeño como pisapapeles, pero con una gran importancia y cargado de historia—, su bolígrafo preferido y las figuritas de Jean-Luc Picard, Psyduck y Buffy. Eso era lo único que le importaba; los estúpidos caramelos de limón que tanto le gustaban a Nash se podían quedar allí para la siguiente ilusa.

Tardó cuarenta y cinco segundos en escribir una carta y otros diez en imprimirla.

Brian estaba ya en su despacho con la puerta cerrada, escondiéndose de ella. Su secretaria, Carol, intentó detenerla, pero no lo consiguió. A diferencia de Brian, ella tenía que entregar aquel mensaje personalmente.

Llamó a la puerta y entró sin esperar a que le hiciera pasar. Estaba hablando por teléfono, y al mirarla su sorpresa inicial se convirtió al instante en una expresión de culpa.

Sí, debería sentirse culpable por hacer promesas que no tenía intención de cumplir.

—Espera un momento, Milt —dijo antes de tapar el auricular con la mano—. Comprendo que estés enfadada, Bailey. ¿Por qué no te tomas el día libre? —miró hacia la puerta abierta, donde se encontraba su secretaria—. Carol, ¿puedes mirar mi agenda de esta semana para ver cuándo tengo veinte minutos para hablar con Tess?

Veinte minutos. Aquello era lo más importante de su vida, y él iba a concederle veinte minutos para decirle que lo intentara dentro de seis meses, cuando sabía que en ese momento él y Milton Heinrik no estaban hablando de negocios, sino de la liga de béisbol.

—Me voy —dijo. Luego le dio su carta de dimisión y salió por la puerta.

KAZABEK, KAZBEKISTÁN

El líder de Kazbekistán Padsha Bashir tenía un buen dominio del inglés. Lo había perfeccionado mientras estudiaba en la universidad en Estados Unidos. Resultaba casi grotesco que uno de los dirigentes más temidos de aquel país hubiese sido alumno de la Boston University; era de la promoción del 82.

Sophia permaneció impasible mientras las demás mujeres la preparaban para el encuentro de esa mañana, le ponían un vestido de gasa fina y le peinaban el pelo recién lavado. Tampoco se resistió a que le dieran unos toques de perfume entre los pechos y a lo largo del cuello. Estaba reservando sus fuerzas para la pesadilla que le esperaba.

El vestido estaba frío, pero no era una sensación desagradable.

De algún modo, eso y el hecho de que el sol entrara por las ventanas del palacio hacían que aquello pareciera aún más irreal, y mucho más difícil de soportar.

Porque con la luz del sol podían ocurrir cosas terribles. También hacía sol esa mañana, el día que...

Sophia abrió los ojos para librarse del recuerdo de la cabeza de Dimitri rodando por el suelo de azulejos ornamentados del palacio, o al menos para intentar evitar esa terrible imagen durante un rato.

Si sobrevivía a aquel encuentro sin duda alguna vería la boca abierta de Dimitri en un grito silencioso en el momento en que ella se quedó dormida. Era una visión espantosa que no podría olvidar nunca, aunque viviera cien años.

¿Qué habría pensado Dimitri del suelo, de la habitación? ¿La habría visto en sus últimos segundos de vida mientras jadeaba horrorizada?

La muerte por decapitación era rápida, ¿pero hasta qué punto?

Sophia no podía dejar de pensar en ello.

No era de extrañar, porque cada vez que veía a Bashir tenía aquella espada mortalmente afilada a mano.

La ponía sobre una mesa junto a su cama, y cada vez que la llevaban a su habitación le demostraba lo afilada que estaba.

Su mensaje era muy claro. Si se negaba a complacer al

bastardo que había matado a su marido, la siguiente cabeza que rodaría por el suelo sería la suya.

Dos de las mujeres acercaron el espejo un poco más para que Sophia pudiera verse; como si le importara.

La habían vuelto a vestir de blanco. Con el pelo rubio, la piel clara y aquel vestido casi transparente, parecía una versión de la MTV de una virgen a punto de ser sacrificada.

¡Virgen, ja! La verdad era que a Bashir le gustaban las mujeres vestidas de blanco porque contrastaba con el rojo de su sangre.

Sophia no sabía si seguiría viva dentro de una hora. Lo único que sabía era que iba a sangrar.

CASA CARMELITA, ENSENADA, MÉXICO

Tess Bailey estaba otra vez en su cama.

Aunque eso no era del todo cierto, porque aquella noche Jimmy estuvo en la cama de ella, en su apartamento de Silver Springs, Maryland, con el papel pintado de vacas en la cocina.

—Nash.

Pero la diferencia entre la cama de Tess y la suya no importaba ahora, porque estaba allí desnuda y ardiente, y él la deseaba con todas sus fuerzas.

—Estoy aquí —le dijo mientras le besaba y se abría a él—. Está bien, Jimmy, estoy aquí.

Se adentró en ella, cegado por la pasión...

—Nash.

Al abrir los ojos Jimmy vio a Lawrence Decker de pie sobre él. Se incorporó con la cabeza a punto de estallar, pero consiguió darse cuenta de que estaba definitivamente solo en la habitación del hotel, de que el sol entraba por las persianas, de que el ventilador del techo seguía dando vueltas, de que tenía la boca seca...

Y de que si Deck fuera un asesino ya estaría muerto.

No era su mejor momento.

—Hey —Jimmy le saludó con la voz ronca—. Has cambiado de opinión sobre esas vacaciones, ¿eh?

—No exactamente —Deck echó un vistazo a las dos botellas vacías de tequila que había sobre la mesilla de noche—. No respondías al móvil.

—Ah —dijo Jimmy—. Me he quedado sin batería.

—¿Hace una semana?

—Sí, bueno —se encogió de hombros—. Ya sabes lo que pasa en vacaciones. Dejas de llevar reloj, dejas de cargar el teléfono.

Miró a Decker, que estaba allí de pie con una camiseta y uno de esos chalecos militares lleno de bolsillos, exactamente igual que el día que les presentaron. *Y éste es Lawrence Decker, antiguo miembro de la División Especial de la Marina*. Los antiguos comandos de la Marina tenían un estilo muy peculiar que no perdían nunca. Habían pasado siete años y medio desde que Deck había dejado la división, pero seguía andando, hablando e incluso respirando como un comando.

—Aunque es probable que no lo sepas —añadió Jimmy.

Cuando trabajaban juntos en la Agencia Decker nunca se había tomado unas vacaciones.

—¿Estás bien? —preguntó Decker refiriéndose de forma indirecta a las botellas.

Con el pelo claro, los ojos claros, su agradable cara y su cuerpo alto y delgado, Decker era perfecto para la mayoría.

—Estoy genial —Jimmy sacó las piernas de la cama, se levantó —Dios santo, su cabeza— y fue tambaleándose al cuarto de baño.

—No lo parece —Decker levantó un poco la voz para que le oyera desde allí.

Jimmy tiró de la cadena y se acercó al lavabo para refrescarse la cara a la vez que tomaba un analgésico con una botella de agua que tenía al lado.

Luego hizo una mueca al verse en el espejo mientras se apoyaba en el borde del lavabo con las dos manos. Tenía un aspecto lamentable.

Decker, tan considerado como siempre, esperó a que cerrara el grifo para decirle:

—He recibido una llamada de Tom Paoletti.

Ésa era la razón por la que Jimmy se había quedado en México todo ese tiempo.

Lawrence Decker era un hombre con futuro, y tenía que entrar en ese futuro libre de los fantasmas del pasado.

Jimmy dio la espalda al espejo y volvió a la habitación secándose la cara con la toalla.

—Ya te dije que llamaría. Enhorabuena. ¿Cuándo empiezas?

¿Y por qué había tardado tanto en llamarle? Pero no se molestó en preguntar eso porque ya lo sabía. Tom Paoletti había tardado tanto por *él*. Pizza y cerveza. Trueno y relámpago. Decker y Nash.

Eran inseparables.

Al menos eso era lo que pensaba la gente.

Pero la pizza también entraba bien con tequila.

Decker se dio cuenta de que Jimmy había utilizado el singular de forma deliberada.

Y amablemente le respondió en plural.

—Quiere que vayamos a San Diego —dijo—. Lo antes posible.

Jimmy se sentó en la cama, agotado y medio borracho aún.

—No lo sé, Deck. Ahora mismo estoy un poco liado.

Decker asintió, como si no fuera la mayor tontería que había oído en su vida.

—Me vendrías muy bien —dijo—. Tom quiere enviar un equipo de civiles a Kazbekistán.

Kazbekistán. Sí, claro.

Era imposible que ningún occidental cruzara la frontera de Kazbekistán sin un equipo carísimo que incluyese un avión de gran altitud para saltar desde el aire.

Sin duda alguna, Decker estaba intentando que mordiera el anzuelo. Sabía que Jimmy no dormiría tranquilo pensando que Deck iba a ir a la cuna del terrorismo conocida en el mundo de las operaciones especiales como el «pozo negro» sin alguien que le cubriese la espalda. Pero en cuanto entraran en el despacho de Tom Paoletti Jimmy descubriría que el trabajo era en realidad en Sandusky. Probablemente una compañía informática con un montón de dinero para instalar una red de seguridad de alta tecnología en la sede de su empresa.

—Kazbekistán —repitió Jimmy.

Deck asintió.

Jimmy se rió con cuidado para que su cabeza no se partiera en dos.

—Eres un jodido mentiroso, pero está bien. Iré a Kazbekistán. Vete a buscar los billetes. Yo te esperaré aquí.

En respuesta Decker se acercó a la televisión que estaba allí encendida, parpadeando sin voz. Cambió de cadena hasta encontrar un canal de noticias vía satélite y subió el volumen.

Los subtítulos en inglés pasaron por la parte inferior de la pantalla mientras la presentadora daba la noticia en un español demasiado rápido para que Jimmy lo siguiera. En el gráfico que había detrás de ella ponía *Terremoto* con letras temblorosas.

—... de seis punto ocho en la escala Richter, con el epicentro del devastador terremoto al norte de Kazabek.

Dios santo. Habría miles de víctimas. Jimmy se inclinó hacia delante.

—Por primera vez en cinco años —anunció la presentadora, una atractiva rubia con el pelo decolorado y unos labios enormes—, las fronteras de Kazbekistán están abiertas a los trabajadores de ayuda humanitaria occidentales.

—Si vienes conmigo a San Diego ganaríamos tiempo —le dijo Deck a Jimmy.

KAZABEK, KAZBEKISTÁN

Sophia tenía los ojos cerrados —así resultaba más fácil— cuando comenzó el terremoto.

Al principio, como Bashir y sus hombres, pensó que era un ataque de artillería.

De hecho parecía un bombardeo por el modo en que temblaba el edificio y se movían las ventanas.

Todo ocurrió rápidamente.

Media docena de guardias irrumpieron en la habitación.

Bashir la empujó con brusquedad y se cayó suelo, golpeándose la cabeza con una grieta movediza.

Fue como había imaginado, pero a diferencia de Dimitri ella aún tenía la cabeza pegada al cuello.

Bashir ordenó a los guardias que hicieran sonar las alarmas mientras buscaba a gatas su ropa, y volvieron a salir corriendo de la habitación...

Dejándola sola con aquel tirano, que estaba de espaldas a la mesa que había junto a su cama. La misma mesa en la que había dejado su espada después de demostrarle lo afilada que estaba.

Ella ya había sobrevivido a un fuerte terremoto en Turquía, y a diferencia de Bashir, que estaba convencido de que era un bombardeo enemigo, comenzó a sospechar que se trataba de eso. En cualquier caso, era la oportunidad que había estado esperando durante dos largos meses.

Entonces cogió la espada.

No tenía la fuerza necesaria para decapitar a Bashir de un solo golpe como le hubiese gustado hacer, como había hecho él con tantos otros.

Así que se lanzó sobre él cargando todo el peso de su cuerpo.

No consiguió atravesarle la espada de un lado a otro, pero se quedó quieto mientras su grito de dolor se perdía entre los demás gritos que resonaban por el palacio.

Cuando cayó de rodillas Sophia cogió la colcha y corrió hacia la puerta. La entrada de la estancia de Bashir estaba normalmente vigilada, pero todo el mundo había huido. Se envolvió los pliegues de la tela a su alrededor y la convirtió en un improvisado burka para ocultar la sangre de su vestido.

Logró llegar a la puerta principal, donde una multitud de gente intentaba salir, donde hacían retroceder a las mujeres que no iban tapadas a pesar de que una parte del techo del palacio ya se había derrumbado.

Sophia se cubrió la cabeza y la cara y salió a la calle, al polvo que se elevaba hacia el cielo azul de la mañana, y echó a correr.

3

SAN DIEGO, CALIFORNIA

Tom Paoletti deslizó una fotografía a través de la mesa de la sala de conferencias de las oficinas de Troubleshooters Incorporated.

—Ma'awiya Talal Sayid.

Decker cogió la foto mientras Jimmy se inclinaba hacia delante para echar un vistazo.

—¿Cuándo y dónde la han sacado, señor? —preguntó Deck.

—En Kazabek —les dijo Paoletti con un acento que delataba sus raíces de Nueva Inglaterra—. Hoy. A las trece cero cero hora local.

Deck pasó la foto y Jimmy miró mejor al famoso dirigente de Al Qaeda.

—¿Está...?

—Muerto —concluyó Paoletti—. Efectivamente. Cortesía del terremoto —les acercó más fotos.

Jimmy se inclinó de nuevo hacia adelante. Ninguna agencia de prensa tenía imágenes ni fotografías de la devastación de Kazbekistán; los periodistas occidentales no habían podido entrar en el país durante años.

En aquellas fotos, el perfil de la ciudad —una curiosa mezcla de construcciones viejas y nuevas— había cambiado de forma radical. El Kazabek Grande Hotel seguía en pie como testimonio de la occidentalización del pequeño país a finales de los setenta. Pero el edificio de oficinas que había junto a él estaba parcialmente derruido. En un primer plano, muchas de las viviendas más antiguas —casas como la de Rivka y su mujer, Guldana, contactos de Jimmy durante mucho tiempo— habían quedado reducidas a escombros. Parecía un barrio de Bagdad o Basora tras la guerra de Irak.

—Lo siento. Sé que los dos tenéis amigos en Kazabek.

Jimmy miró a Paoletti a los ojos. La comprensión que veía en ellos no era fingida.

—La situación es grave. Las alcantarillas se han roto y el agua está contaminada en la mayoría de las zonas del sur. La OMS está intentando intervenir para controlar una inminente epidemia en el sur de Kazabek. No hay electricidad, las antenas de telefonía móvil las pocas que quedaban se han caído. Y los dirigentes locales siguen matándose entre ellos y a cualquiera que les mire de reojo —Paoletti sonrió—. Sería un buen agente de viajes, ¿eh? La cuestión es que no va a ser un trabajo fácil.

—Los dos hemos estado en Kazbekistán, señor —dijo Decker—. Las condiciones allí nunca han sido buenas.

—Sí. Yo también hice allí un breve servicio —dijo Paoletti—. Y no es necesario que me llames señor. Ya no estamos en la Marina, Deck.

Cuando Jimmy entró en aquellas oficinas no le impresionó nada lo que vio. Era un local de renta baja, mal amueblado, y en la mesa de recepción no había nadie. La nueva compañía de Paoletti estaba especializada en seguridad personal, pero a primera vista parecía que Troubleshooters Incorporated también necesitaba que la salvaran.

Pero entonces Paoletti —el antiguo comandante de la Decimosexta Brigada de la División Especial de la Marina— salió de su despacho, les dio la mano, y Jimmy comprendió al instante por qué era una leyenda de las operaciones especiales.

Tenía el mismo *je ne sais quoi* que Decker, el mismo aura, que brillaba a su alrededor y le convertía en un auténtico líder de hombres. Y de mujeres, aunque Jimmy apostaría lo que fuese a que la mayoría de las mujeres seguían a Paoletti por otro motivo, a pesar de que en un par de años se quedaría calvo como una bola de billar.

El espeso pelo de Deck no era la única diferencia entre ellos. De hecho, aparte de esa extraña capacidad de liderazgo que compartían, no se parecían mucho.

La calma de Paoletti era natural. Daba la impresión de que se sentía feliz, en paz consigo mismo, una cualidad que sólo podía poseer alguien que se gustase al verse en el espejo del baño por las mañanas.

Por otra parte, la quietud observadora de Decker parecía ocultar una corriente subterránea de peligro. Era como un pistolero de una de esas películas del oeste que Jimmy veía de pequeño. Tranquilo e incluso amable, pero con algo en su forma de estar que dejaba claro que era mejor no meterse con él.

Y que si alguien se metía con él saldría malparado.

Sin embargo, al mismo tiempo Deck podía hacerse invisible sin demasiado esfuerzo.

Eso era algo que Jimmy admiraba especialmente, porque la invisibilidad entre la gente no era una de sus grandes habilidades.

Y sospechaba que a Paoletti le ocurría lo mismo. Pero en ese momento estaba callado, dejando que Decker viera mejor las fotografías que les había dado.

Deck conocía a Paoletti de sus años de servicio en la División Especial de la Marina. En el coche de alquiler, de camino hacia la reunión, cuando Jimmy empezó a especular sobre la naturaleza de aquel trabajo, Deck se volvió hacia él y le dijo:

—Yo firmaría sólo por sacar brillo a los zapatos del comandante Paoletti.

Su apoyo era incondicional.

—¿De dónde han salido estas fotos? —preguntó ahora Decker a Paoletti—. ¿Quién es el fotógrafo?

—Me las ha enviado el cliente —respondió—. No puedo ser más explícito.

—Comprendo —Decker dejó por fin las fotos sobre la mesa—. Están buscando el ordenador de Sayid.

No era una pregunta, pero Paoletti asintió. Luego miró a Jimmy para ver si había cambiado de expresión.

Así fue. El líder de Al Qaeda Ma'awiya Talal Sayid llevaba un ordenador portátil que supuestamente contenía una gran cantidad de información para determinar el siguiente objetivo terrorista en occidente. Por supuesto, la palabra clave era *supuestamente*.

—¿Tiene su cliente, vamos a llamarle la Agencia para abreviar, alguna prueba de que ese misterioso ordenador no es sólo un rumor? —preguntó Jimmy—. ¿O de que contiene algo más que la última versión de Pac-Man?

—No —dijo Paoletti con una frialdad en sus ojos que confirmaba que su amistad era sólo por Decker. Paoletti no había decidido aún si él y Nash serían amigos, lo cual era diferente a los prejuicios habituales. La mayoría de la gente consideraba a Jimmy un tipo conflictivo incluso antes de conocerle.

—Y al cliente le vamors a llamar simplemente el cliente —añadió Paoletti—. Lo prefieren así.

—Sobre todo porque esto no es precisamente el paraíso del silencio y la eficacia —dijo Jimmy mirando a su alrededor de forma significativa para que Paoletti supiera que tampoco él había decidido si iba a meterse en su cama, por decirlo de algún modo.

Paoletti se rió, captando la indirecta y el mensaje tácito de Jimmy, que era otro punto a su favor.

—Sí, bueno. Nos trasladamos a esta oficina hace dos meses y no he tenido tiempo de contratar a una recepcionista ni de preparar una sala insonorizada —incluyó a Decker en la conversación—. Tengo que rechazar trabajo, jefe, porque no puedo con todo. Mucha gente que viaja al extranjero quiere una escolta armada. Incluso dentro del país hay una gran demanda de seguridad adicional, planes de evacuación, ese tipo de cosas. Y esos sólo son los clientes normales. Pero este trabajo es muy importante. El cliente no puede enviar a sus propios empleados; las relaciones de Estados Unidos y Kazbekistán están muy deterioradas, y si descubrieran a esos empleados podría haber graves problemas. No creo que eso sea una novedad para ninguno de los dos.

No lo era. Hacía más de tres años que Jimmy había estado con Deck en Kazbekistán en una misión de la Agencia.

—Sin embargo alguien ha eliminado a Sayid —comentó.

—No. Le ha eliminado la madre naturaleza. Murió por daños internos, causados al parecer por el derrumbamiento de un edificio —les informó Paoletti—. Por lo visto consiguió salir de allí y fue a un hospital antes de morir. No sabemos dónde estaba en el momento del terremoto, o si su ordenador sigue allí entre los escombros. Y aunque así fuera podría estar destrozado o estropeado.

—¿A qué hospital fue? —preguntó Deck.

Paoletti movió la cabeza de un lado a otro.

—Eso tampoco lo sabemos.

Deck miró a Jimmy, que se inclinó hacia adelante para mirar mejor las dos fotos de Sayid. Eran del mismo fotógrafo, pero una de ellas había sido cortada y ampliada para sacar un primer plano del líder terrorista. En la foto original había una larga fila de gente herida en camas improvisadas, dispuestas en el suelo de una sala con azulejos que habían acondicionado como hospital provisional.

—Es la sala de espera del Hôpital Cantara —le dijo Jimmy a Decker—. Cerca del centro de Kazabek —luego miró a Paoletti resistiendo la tentación de pestañear. *¿Me sigues queriendo aún?*

—¿Estás completamente seguro? —preguntó el antiguo comandante.

—Estuve allí hace algunos años para que me dieran unos puntos —respondió Jimmy.

Paoletti levantó una ceja.

—Creía que los tipos de la Agencia eran como los comandos de la Marina y se cosían ellos mismos las heridas.

—En el intestino grueso —añadió Jimmy. Le solían hacer muchos rasguños por jugar duro, pero aquella vez le habían apuñalado.

No puedo creer que llames «rasguño» a una puñalada. La voz de Tess Bailey resonaba en su cabeza desde esa noche, hacía dos meses. Él respondió: *Hay una gran diferencia entre un rasguño y una puñalada.* Ella no le creyó, pero era cierto.

El pequeño rasguño que le hicieron a Jimmy la noche que Tess le ayudó a impedir que mataran a Decker en el aparcamiento del Gentlemen's Den era muy diferente de la herida que le había llevado al hospital Cantara.

Se abalanzaron sobre él. Eran tres contra uno; una diferencia ante la que normalmente no habría parpadeado, pero uno de ellos tenía una navaja que Jimmy no vio hasta que fue demasiado tarde. Consiguió evitar que se la clavara en el pecho, pero le alcanzó más abajo, en el vientre.

Aunque le dolió no le mató. Y ese viaje al hospital había sido providencial, porque ahora podía confirmar la localización del cuerpo de Sayid.

—Estuve diez horas sentado en esa sala de espera —le dijo a Paoletti. Había muchísima gente con heridas más graves que la suya, pero había sido una noche más en Kazbekistán. Dio un golpecito a la foto—. Es L'Hôpital Cantara. No hay ninguna duda.

Paoletti asintió.

—Estoy formando un equipo —dijo—, para que entre en Kazbekistán como grupo de ayuda humanitaria y encuentre el ordenador de Sayid.

Decker también asintió.

—¿Quién es el jefe de ese equipo, señor? ¿Starrett?

Un tejano llamado Sam Starrett, antiguo miembro de la División Especial de la Marina como él, era una de las piezas clave de la nueva compañía de Paoletti, al igual que su mujer, la ex agente del FBI Alyssa Locke, cuya belleza era tan legendaria como su puntería. Jimmy esperaba verlos allí aquel día.

—Sam y Alyssa están fuera de la ciudad —les dijo Paoletti. Naturalmente, eso no significaba lo mismo para sus empleados que para la mayoría de la gente—. Me gustaría que tú lideraras este equipo, Deck.

Vaya. Eso no era una simple oferta de trabajo, era una puerta abierta. Paoletti le estaba ofreciendo a Decker una nueva carrera.

Pero siendo como era, Deck no pegó un salto y empezó a dar volteretas. Se limitó a asentir como si estuviera pensando en ello, como si pudiera incluso decir que no. Luego miró a Jimmy antes de preguntar a Paoletti:

—¿Qué tipo de equipo piensa mandar?

—Me gustaría enviar un batallón, pero no tengo suficientes hombres —dijo Paoletti. Se rumoreaba que estaba reclutándolos a toda prisa. Pero eso llevaba tiempo. Comprobar los antecedentes podía ser una pesadilla.

Jimmy sabía qué había revelado la comprobación de sus antecedentes. Nada sustancial. Un nombre, un número de seguridad social, una fecha y un lugar de nacimiento. Y un mensaje de dos palabras: *Acceso denegado*.

Pero aquellos rumores no encajaban con la frialdad de los ojos de Paoletti.

De hecho le extrañaba que Paoletti no hubiese querido hablar con Decker en privado. Aunque aún había tiempo para eso.

—Dos hombres que han trabajado conmigo durante los últimos meses van ya de camino hacia Kazabek: Dave Malkoff y Vinh Murphy —prosiguió el antiguo comandante—. Normalmente habría pedido tu aprobación como jefe de equipo antes de enviarlos allí, pero no podía esperar. Murph pasó diez años en el cuerpo de Marines, y Dave ha estado en la CIA.

—Conozco a los dos —dijo Decker.

Jimmy también. Murphy era genial, en parte afroamericano y en parte vietnamita, con el arrojo irlandés suficiente para acabar de confundir a cualquiera que entrase en una habitación buscando a un tipo llamado Murphy. Pero el agente de la CIA Dave Malkoff —al parecer ex agente, puesto que ahora trabajaba para Paoletti— era un caso perdido. Era como un manojo de nervios que necesitaba un tratamiento de descafeinización urgente. Y un nuevo vestuario. Daba a su equipo un extravagante toque de color.

—Nash no es un gran admirador de Malkoff —comentó Decker a Paoletti—, pero a mí me parece bien. Y Murph es muy bueno.

—También me gustaría enviar a un especialista en ordenadores —les dijo Paoletti—, pero hay una gran escasez de gente cualificada. Esta mañana he recibido una llamada de una experta en informática con formación en trabajo de campo, pero sin experiencia. Ya sé que no es lo ideal. Y no he trabajado nunca con ella, así que no puedo garantizar...

—¿Ella? —le interrumpió Jimmy. Cuando se dio cuenta de que Deck le estaba mirando añadió con un poco más de respeto—: Disculpe, señor. ¿Está pensando en mandar a una mujer a Kazbekistán?

Hacía cinco años que no enviaban a ninguna agente femenina a Kazbekistán, desde que hubiera un cambio de régimen en el país. Y durante los últimos meses las cosas habían empeorado aún más. Incluso los derechos más básicos de las mujeres habían sido pisoteados.

—No sería mi primera opción —dijo Paoletti—. Si tuviese más opciones. Como os he dicho no he trabajado nunca con ella, ni siquiera la conozco. Pero estoy seguro de que vosotros la conocéis. Acaba de dejar la Agencia.

¿Una experta en informática de la Agencia con formación en trabajo de campo? Oh, no.

—Trabajaba en el departamento de apoyo —Paoletti rebuscó entre los papeles que tenía delante—. Se llama...

No...

—Tess Bailey.

Mierda.

Paoletti miró a Jimmy de repente.

—¿Algún problema, Nash?

¿Lo había dicho en voz alta?

Eso parecía, porque Deck también le estaba mirando.

—No —Jimmy mintió de forma automática antes de que su cabeza comenzara a dar vueltas. Que Tess Bailey se uniera al equipo planteaba muchos problemas, y uno de ellos estaba relacionado con el hecho de que se hubiera acostado con ella hacía dos meses y luego se hubiera ido de la ciudad sin decirle una sola palabra.

»Bueno, sí —repuso apresuradamente—. Es estupenda. No me malinterprete. Quiero decir que es una buena persona, inteligente, con recursos... Pero como ha dicho usted no tiene experiencia en trabajo de campo —miró a Decker y a Paoletti.

—Todo el mundo tiene que empezar en alguna parte —señaló Decker.

—Sí, claro —Jimmy giró la cara hacia su compañero y le lanzó un SOS con los ojos. ¿De parte de quién estaba?—. En Kansas City. O en Lincoln, Nebraska. Lincoln es un lugar estupendo para empezar en trabajos de campo. No Kazbekistán.

Dios santo, le iba a estallar una vena. Tuvo que hacer un esfuerzo para respirar hondo. Nadie en su sano juicio enviaría a Tess Bailey y sus atractivas pecas a Kazbekistán, el país al que llamaban el «pozo negro», donde se concentraban las pestilentes inmundicias de la peor parte de la humanidad.

—Tom. ¿Puedo llamarte Tom? —Jimmy no esperó a que Paoletti le diera permiso antes de continuar—. Créeme, Tom, ésta es una mujer que ha crecido en una granja de Iowa, en la América profunda, con campos de maíz y cielos azules. Y ella es así también. Es imposible que pase desapercibida en Kazabek. Sería capaz de bajar del avión ondeando una bandera americana y cantando el «Yankee Doodle». Te aseguro que parece que ha salido de una película de Disney.

—No sé qué películas de Disney has visto tú —dijo Decker sonriendo a Jimmy con aire divertido—. Pero no estoy de acuerdo —se volvió hacia Paoletti—. Yo creo que Tess Bailey lo haría bien. Como ha dicho Nash, es inteligente y con recursos. En mi opinión está preparada para el mundo real. ¿Cuándo se ha ido de la Agencia?

Jimmy apretó los dientes para reprimir un grito de dolor. Decker le estaba jodiendo. Y si había interpretado bien aquella sonrisa lo estaba haciendo a propósito.

—Hoy mismo —afirmó Paoletti—. Al parecer la han vuelto a rechazar para un puesto de agente de campo. Ha estado intentando salir del departamento de apoyo durante mucho tiempo.

—Puede que haya una buena razón para que la hayan rechazado —comentó Jimmy.

Paoletti se volvió para mirarle.

—¿Sabes algo concreto sobre ella que...?

—Sí —respondió Decker antes de que Jimmy pudiera abrir la boca—. La razón por la que la han rechazado es que es demasiado buena en lo que hace sentada en una mesa. Es una *hacker*, señor. Está prácticamente unida a su ordenador. Es increíble lo que puede hacer. Trabajaba en un equipo de piratería informática cuando estaba en la universidad; así es como la reclutó la Agencia. Estoy seguro de que se estaban tirando un farol al rechazarla. Lo habitual en la Agencia es que la mayoría de las mujeres trabajen en apoyo, o que sigan las normas y soliciten un puesto de agente de campo indefinidamente, pero por lo visto ella se ha cansado de su juego y se ha ido. Y me parece estupendo.

Paoletti se rió sorprendido.

—Supongo que te gusta para esta operación.

Pero Decker no podía reírse de una cosa así.

—No exactamente, señor. Yo también preferiría no llevar a una mujer a Kazbekistán siempre que haya otra alternativa. Pero sin duda alguna le interesa tenerla como miembro permanente de su equipo.

Vaya, ¿qué estaba diciendo Decker? ¿Permanente? Jimmy no podía imaginar que tuviese que ir a Kazbekistán con Tess, por no hablar de trabajar con ella de forma permanente.

Aunque, pensándolo bien, él solamente estaba allí para esa misión. Iba a ir a Kazbekistán porque le había dicho a Decker que lo haría. Pero después volvería a desaparecer, esta vez en algún lugar donde Decker no pudiera encontrarle.

—La Agencia va a hacer una oferta a Tess para intentar recuperarla —le dijo Decker a Paoletti—. Y no van a tardar en hacerlo. Si le interesa es mejor que la coja mientras pueda. ¿Por qué no la llama para una entrevista rápidamente?

Entonces sonó un timbre en la oficina exterior, pero Paoletti no se movió. Se limitó a mirar a Deck con aire pensativo. Volvió a sonar el timbre. Estaban llamando a la puerta. Sin una recepcionista allí fuera, la puerta de la calle estaba cerrada. El timbre sonó otra vez antes de que hablara por fin.

—¿Estás liado con esa mujer, jefe?

Deck se quedó sorprendido y un poco incómodo. Miró a Jimmy antes de contestar.

—¿He dicho algo que implicara que yo...?

—No —Paoletti le interrumpió mirando también a Jimmy, que parecía estar especulando.

Jimmy intentó fingir que no estaba muy interesado, como si aquella conversación sobre Tess Bailey no le impulsara a retorcerse en su asiento.

—Y francamente —añadió Paoletti—, no debería haberlo preguntado. No es asunto mío. Aunque parece que la conoces muy bien, y eso me ha hecho recordar... —movió la cabeza de un lado a otro—. No importa.

Pero era evidente que a Deck sí le importaba.

—He trabajado con Tess, señor —dijo—, pero no he confraternizado con ella.

—Esto no es la Marina —señaló Paoletti—. No hay ninguna norma respecto a lo que hace la gente en su tiempo libre. Y por lo que tengo entendido en la Agencia tampoco había ese tipo de restricciones.

—Como norma, señor, mantengo las relaciones íntimas separadas del trabajo.

A diferencia de un capullo llamado Nash. Sin necesidad de mirarle, el mensaje de Decker a Jimmy no pudo ser más claro.

Entonces sonó el teléfono de la oficina.

—Disculpadme —dijo Paoletti antes de cogerlo—. Paoletti.

Jimmy aprovechó la oportunidad para acercarse a Deck.

—Me gustaría señalar, también como norma, que tú no tienes relaciones íntimas.

Deck no se molestó en responder.

—Fantástico —dijo Paoletti al teléfono—. Saldré a abrirte —luego se puso de pie y soltó otra bomba, ésta de proporciones devastadoras—. Tess Bailey está ahí fuera. Su vuelo ha llegado antes de lo previsto.

Jimmy ni siquiera parpadeó. Mentalmente saltó de su silla y atravesó corriendo la pared que daba al aparcamiento trasero, como el coyote cuando perseguía al Correcaminos, dejando tras de sí un agujero con la forma de un hombre desesperado. Pero físicamente no movió ni un músculo.

—¿Te parece lo bastante rápido, camarada? —Paoletti sonrió a Decker.

Mientras el antiguo comandante desaparecía en la oficina exterior, Decker miró a Jimmy con frialdad.

—No la llamaste cuando nos fuimos de la Agencia, ¿verdad? —Deck acertó, aunque era un misterio que se hubiera dado cuenta de repente, porque Jimmy seguía sin reaccionar ante la aparición inesperada de Tess—. No le dijiste dónde ibas, te fuiste de la ciudad sin decirle una palabra.

Era inútil mentir.

—Sí —joder, ¿qué podía hacer?

—Eres un capullo —Deck no iba a ayudarle. Estaba muy cabreado con él.

No solía ocurrir a menudo, pero cuando ocurría había que tener cuidado.

—Sí, ya lo sé —era un auténtico capullo. ¿Pensaba que no volvería a ver jamás a Tess? ¿Que sería tan fácil?

—¿Sabes qué no hago nunca yo? —dijo Deck muy serio—. Nunca me encuentro en la incómoda situación de tener que trabajar con alguien a quien he jodido, tanto literal como metafóricamente. Dios santo, Nash.

Jimmy oyó la voz de Tess en la oficina exterior, y cómo se reía al responder a Paoletti. *Mierda*. En cualquier momento iba a entrar allí y...

—No tienes que preocuparte —le dijo Decker—. Por lo menos de momento. Es una profesional y va a comportarse como una profesional. Pero más tarde, cuando te pille solo...

Dios santo.

—Por favor, no me dejes solo con ella —le suplicó Jimmy derrumbándose.

—Que te jodan —dijo Decker. Luego se levantó y fue hacia la puerta que conducía a la oficina exterior—. No voy a dejar que ocurra, capullo. Voy a intentar arreglarlo.

—No, Deck, escucha —dijo Jimmy—. No vayas...

¿Qué podía decir para que Decker le entendiera cuando ni siquiera él comprendía del todo por qué había huido de Tess?

Pero Decker no estaba esperando a que intentara explicar algo que era inexplicable.

Ya se había ido.

4

Decker interceptó a Tess y Paoletti antes de que entraran en la sala de conferencias.

—Hola, Tess —dijo tendiendo la mano para que se la estrechara—. ¿Cómo estás?

Ella se sorprendió al verle antes de esbozar una gran sonrisa que parecía auténtica.

—¡Lawrence Decker! No esperaba verte en San Diego.

Estaba tan guapa que se quedó sin aliento. Parecía feliz, llena de energía. Como si no hubiera pasado los dos últimos meses esperando una llamada de Nash. Aunque quizá no lo había hecho. Puede que ni siquiera se hubiese dado cuenta de que se había ido.

Tenía el pelo muy corto, más corto aún que la noche que ella y Nash le salvaron la vida en ese club de *striptease* a las afueras de D.C. Llevaba un atuendo más formal, con una versión femenina de un traje de chaqueta y una blusa blanca abrochada casi hasta el cuello. No tenía nada que ver con esos vaqueros doblados hacia abajo y nada más, pero pensar en aquello era inapropiado en esos momentos. Decker estaba seguro de que una mujer perceptiva siempre sabía si un hombre estaba recordando qué aspecto tenía desnuda.

Y Tess era muy perceptiva.

—Sí —dijo pensando que Nash estaba sentado en aquella sala de conferencias—. Hemos llegado esta mañana.

Ella captó el matiz y su expresión cambió. Fue algo sutil —lo disimuló bien— pero todo su cuerpo pareció tensarse. Y eso que esperaba que no se hubiese dado cuenta de que Nash se había ido.

Maldito Nash. Deck se prometió a sí mismo que llevaría a ese hijo de puta al cuadrilátero lo antes posible para darle una paliza con el pretexto de que debían ponerse en forma.

Él también acabaría mal, pero puede que lo mereciese. Debería haberle dicho algo a Nash hacía tres años, cuando Tess empezó a trabajar en el departamento de apoyo. Algo así como: «Ésta sí que me gusta».

Entonces Nash no le habría puesto las manos encima.

Ni él tampoco.

Porque Nash tenía razón en una cosa. Negarse a mezclar trabajo y sexo, y trabajar veinticuatro horas al día, significaba una ausencia total de sexo.

Decker tenía que hacer algo respecto a eso en un futuro inmediato.

Ahora se volvió hacia Paoletti.

—Si quiere Nash y yo podemos salir fuera un rato para que pueda hablar con Tess en privado.

Para ella eso era como una entrevista de trabajo. Intentó imaginar cómo sería una entrevista con Emily allí mismo. Aunque no era un buen ejemplo, porque de alguna manera se había sentido aliviado cuando se fue de su apartamento. Sin embargo...

—No, prefiero que os quedéis —dijo el comandante Paoletti encaminándose hacia la sala de conferencias.

Deck observó cómo se preparaba Tess. Respiró profundamente, puso una agradable sonrisa en su cara y...

Nash estaba de pie con las manos en los bolsillos y una actitud igualmente casual. Al verla la saludó con una sonrisa de indiferencia.

—Tess Bailey. Vaya sorpresa.

—Ya me lo imagino —dijo ella—. ¿Cómo estás? ¿Qué tal en México?

Mientras Decker observaba detectó un leve temblor en sus ojos cuando se dio cuenta de que había revelado algo trascendental.

Nash no le había dicho que iba a México. Lo cual significaba que cuando se marchó se había molestado en buscarle.

—Oh... muy bien.

Su respuesta y la expresión de su cara indicaban que también él había captado ese detalle.

Se cuestionó si Nash habría llevado la pregunta aparentemente inocente de Tess un paso más allá y se habría dado cuenta de que además de haberle buscado era tan buena como para encontrarle.

Y tan inteligente como para no perseguirle.

—Es... estupendo —dijo Tess—. Parece que has descansado. Me alegro.

Lo decía de verdad. Se alegraba realmente.

Decker quería a su compañero como si fuese su propio hermano, pero nunca había tenido tantas ganas de partirle la nariz.

Pero entonces se dio cuenta de que Nash también sabía que lo había dicho de verdad. Y el muy hijo de perra estaba conmovido. Puede que Tess y el comandante Paoletti no lo vieran, pero Decker sí.

Aquello era muy interesante. Nash, conmovido.

Cuando se sentaron Decker se recostó en su silla y observó el lenguaje corporal de todo el mundo mientras Paoletti —tan sereno y relajado como siempre— hablaba del terremoto y del ordenador perdido. Tess —con una naturalidad fingida y una postura que indicaba que le interesaba aquel trabajo y que estaba abierta a todas las posibilidades— hizo preguntas y comentarios que dejaron claro que estaba dispuesta a ir a Kazbekistán y que era capaz de estar a la altura del equipo.

Nash estaba muy callado. Normalmente no pasaba mucho tiempo sin hacer alguna broma o algún comentario, pero se limitó a escuchar mientras Tess explicaba a Paoletti por qué había dejado la Agencia y respondía a sus preguntas sobre su experiencia y su formación.

Estaba completamente inmóvil, con las piernas y los brazos cruzados y los hombros tensos. Como si estuviera a punto de explotar si alguien le acercaba una cerilla encendida.

Tess también tenía muchas preguntas para Tom Paoletti respecto a Troubleshooters Incorporated.

—El equipo que está formando para esta misión en Kazbekistán, ¿es un grupo permanente? —preguntó. En otras palabras, si firmaba ahora para trabajar con Decker y Nash, ¿trabajaría con ellos para siempre?

—No —respondió Paoletti—. Cada equipo se creará con el personal de la plantilla dependiendo de las necesidades de la misión y de las preferencias del jefe de equipo.

Tess miró a Decker con una ceja arqueada.

—¿Quieres de verdad que participe en ese equipo?

Decker cambió de postura.

—¿De verdad? —dijo—. No.

Ella parpadeó, lanzó una carcajada y se volvió para mirar a Tom Paoletti inquisitivamente.

Pero Deck no había acabado.

—Nadie en esta sala quiere enviar a una mujer a Kazbekistán. Pero necesitamos un experto en informática, y no tenemos más opciones.

Tess asintió mirándole de nuevo.

—Agradezco tu sinceridad. Como mujer no me hace mucha gracia ir allí. Pero me entusiasma la idea de participar en una misión tan importante. Si pudiésemos encontrar ese ordenador y tener acceso a los planes de Al Qaeda... —volvió a mirar a Paoletti—. Si me está ofreciendo este trabajo, acepto.

Nash intervino de repente.

—¿Qué hay de Mike Giacomo?

—¿Gigamike? —Decker se rió. Nash despreciaba a Gigamike Giacomo.

—Sí —dijo Nash—. Ya sé que es un idiota, pero no más que David Malkoff. Gig es informático y es un hombre.

—No le quiero en mi equipo —el tono de Deck era del todo concluyente.

Entonces se produjo un silencio. Paoletti había captado ya la tensión que había en la sala. Pero se recostó y siguió observando.

—Podemos tomar medidas para que Tess esté lo más segura posible —prosiguió Deck.

—Sí, excepto por la noche, porque como mujer soltera no puede dormir con nosotros en la misma habitación
—Nash había roto su silencio—. Y dependiendo de dónde
estemos es posible que la alojen en un edificio diferente...

Tess interrumpió a Nash.

—Entonces iré como mujer casada. ¿Quién va a saber
que no es verdad?

—Eso sólo funcionará si finges estar casada con uno de
nosotros —señaló Decker—. Pero es una buena idea. Si le
podemos conseguir un nuevo pasaporte y...

Paoletti asintió.

—Conseguiré todos los documentos necesarios.

—Así uno de nosotros puede fingir que es su marido y
estar con ella en todo momento —dijo Decker.

—No puede ser Decker —dijo Nash a Tess y a Paoletti—. Muchos de nuestros contactos en Kazabek creen que
tiene una mujer kazbekistaní en su país.

Era cierto. Deck se había esforzado mucho en el pasado
para establecer una identidad, una tapadera, en sus frecuentes viajes a Kazbekistán. Y había creado a Melisande, su mujer ficticia, que le había ayudado a que le aceptaran y con-
fiaran en él. Aparecer ahora con otra mujer sería como
tatuarse «Soy agente del gobierno de Estados Unidos» en la
frente, aunque habían pasado tres años desde su última visita.

—Tampoco puede ser Dave Malkoff —continuó Nash—.
Nadie en su sano juicio creería que Tess se ha casado con él.
Descubrirían nuestra tapadera incluso antes de salir del aero-
puerto.

Tess se aclaró la garganta y cruzó las piernas.

—No conozco a Dave, así que no sé si me estás insultando a mí o...

—A él —dijo Nash rápidamente—. Le estoy insultando a él.

—Dave carece de ciertas habilidades sociales —le informó Decker.

—Es un adefesio —dijo Nash sin rodeos—. Y actúa como un idiota.

—¿Y qué? —argumentó ella—. La gente se enamora y se casa por todo tipo de razones. Puede que sea fantástico en la cama. Según mi experiencia, que un tío no sea muy atractivo no significa automáticamente que no sea fantástico en la cama. Y viceversa.

Vale. Decker no se atrevió a mirar a Nash. *Y viceversa*. No quería empezar a especular sobre el contenido subyacente de ese mensaje.

Tess rompió el silencio.

—Bueno, parece que sé cómo cortar una conversación, ¿eh? Ha sido un comentario inapropiado, y lo siento, pero me indigna que juzguen a la gente por su aspecto.

—Dave Malkoff es un adefesio porque es un adefesio —le dijo Nash con la voz tranquila que usaba para ocultar una reacción emocional—. Es un tipo inteligente, pero si alguien no le recordara que debe ir a casa se moriría de hambre en la oficina. El hecho de que parezca un idiota es algo secundario...

—No puede ser Dave —Paoletti interrumpió la discusión—. Ni Murphy. Así que podemos descartar esa idea. Ya están de camino hacia Kazabek y es imposible comunicarse con ellos. Los dos han pasado bastante tiempo en Kazbekistán antes de que cerraran las fronteras, y no sé qué tipo de tapadera pueden estar utilizando. Siento no tener esa información —miró a Nash sin mucho entusiasmo—. Tendrás que ser tú.

Decker estaba observando a Tess, que no cambió de expresión.

Nash había vuelto a quedarse callado.

—¿Funcionará? —les preguntó Decker a los dos.

—Si Tess va a ir, para que esté completamente segura tendrá que funcionar —dijo Nash esbozando una sonrisa—. ¿Verdad?

—Puedo hacer que funcione cualquier cosa —respondió Tess—. Sobre todo a corto plazo.

—Bien —dijo Paoletti levantándose—. Pensad en una historia convincente. Jefe, ven conmigo a mi despacho. Ahora.

Tess estaba sentada en la mesa de recepción de Troubleshooters Incorporated, hojeando la información sobre Kazbekistán que Tom Paoletti le había enviado por correo electrónico, mientras esperaba a que Jimmy Nash saliera del baño.

Ya se lo había leído dos veces. Y había hecho una investigación extensiva sobre el país, bajando en su ordenador información del Ministerio de Asuntos Exteriores y otras páginas web para viajeros experimentados. Lo había estudiado todo durante el vuelo a San Diego.

No podía creer que aquello hubiese sido tan rápido. Había llamado a Tom Paoletti al oír el rumor de que estaba buscando gente. Respondió él mismo al teléfono, mantuvieron una conversación y ella le envió por fax su currículum. Y él la llamó diez minutos después para decirle que tenía un trabajo que quería que considerara y que había un billete de avión esperándola en Dulles para que pudiesen conocerse personalmente.

En ese momento no había mencinado a Lawrence Decker ni a Diego «Jimmy» Nash.

Y allí estaba Nash ahora con su impecable sonrisa, más apropiada para gente desconocida que para alguien con quien se había acostado.

Aquella misión podía ser una pesadilla para ambos.

Pero sobre todo para ella.

—No sabía que ibas a estar aquí —dijo sin rodeos. Era la mejor alternativa. Ignorar el temporal que se avecinaba sólo podía funcionar durante un tiempo limitado. Y no quería que pensara que le había seguido hasta allí.

Sobre todo porque ya había revelado que le había estado buscando, al menos electrónicamente, al preguntarle por México. ¿Cómo podía ser tan imbécil? Se sentía obligada a darle una explicación.

—No tenía ni idea de que Decker y tú ibais a dejar la Agencia. Cuando desaparecísteis del mapa me quedé preocupada, así que investigué un poco y descubrí... No fue porque quisiera nada más de ti.

—Ya lo sé —dijo Nash. Era imposible saber si estaba mintiendo—. También sé que quieres trabajar como agente de campo desde hace tiempo, así que...

—Aquí estoy —dijo Tess.

—Sí. Aquí estás —se sentó enfrente de ella al otro lado de la amplia mesa—. Siento no haberte llamado.

Tess puso los ojos en blanco.

—No es cierto. Sientes tener que trabajar ahora conmigo. Sientes no haber previsto esa posibilidad. Me gusta la sinceridad, ¿no lo recuerdas?

—Sí —la miró de reojo—. Lo recuerdo —se rió un poco—. Dios santo, esto es muy embarazoso.

—¿Por qué? —preguntó ella. Esta vez Nash la miró directamente, sin intentar ocultar la incredulidad que había en sus ojos—. Estoy hablando en serio —añadió—. ¿Por qué tendría que ser embarazoso?

Aparentemente le había dejado sin palabras.

—No sé tú, pero yo disfruté mucho aquella noche —le dijo—. Fue increíble. Eres muy bueno en la cama. Siento haber insinuado lo contrario cuando estábamos hablando de Dave Malkoff, pero estaba indignada. Bueno, la primera vez fue un poco rápido, pero luego lo compensaste con creces...

—Basta, Tess. Mira, tienes toda la razón para estar enfadada...

—No lo estoy —dijo—. Es sólo que... Bueno, sí, estoy enfadada, pero no por lo que crees. No me había dado cuenta hasta que Decker dijo que estabas aquí, hasta que te volví a ver —cerró los ojos, deseando que hubiese una forma sencilla de explicarlo—. No esperaba que me llamaras porque nos acostáramos esa noche, Jimmy. Esperaba que me llamaras porque pensaba que éramos amigos.

Cuando Tess abrió los ojos estaba mirando al suelo, moviendo los músculos de su mandíbula. Luego la miró con los ojos llenos de contrariedad. Si estaba fingiendo fue una actuación brillante.

—¿Seremos capaces de hacer esto? —preguntó.

—Yo sí —contestó Tess—. He deseado hacer algo así durante mucho tiempo para dejarlo escapar ahora. Y si tú no quieres que Decker vaya solo a una ciudad conocida como la capital del mundo del terrorismo...

—Por supuesto que no —repuso él.

—Entonces —dijo ella—, parece que vamos a hacerlo.

Se quedaron los dos callados. Nash la estaba mirando como la había mirado aquella noche, como si le gustara lo que viera. Y como si eso le sorprendiera.

Los dos comenzaron a hablar y se detuvieron al mismo tiempo.

—Lo siento —dijo Nash—. Adelante.

—No, tú primero —dijo ella.

—Iba a preguntarte si hay alguna manera de que podamos volver a ser amigos.

—Bueno, eso ya depende de cómo definas tú la amistad —respondió Tess tranquilamente en vez de lanzar una carcajada—. Porque yo iba a decirte que no pienso volver a acostarme contigo. No en esta vida.

Él asintió.

—Claro, lo comprendo.

Tess lo dudaba. Pero no podía explicarle que no podía separar el sexo de las emociones —como hacía él— sin revelar que se había enamorado un poco aquella noche. Podía haber dejado el corazón a un lado si hubiese sido un encuentro casual —una pequeña charla superficial, unas risas, un orgasmo o dos— como esperaba que fuera. Pero Nash le había dicho cosas que no esperaba oír.

Habían conectado.

Corrección: ella pensaba que habían conectado. Él simplemente había jugado con ella. Aunque no estaba segura de sus motivos. Ella había hecho el primer movimiento, y él tenía que saber que estaba más que dispuesta.

Pero puede que Jimmy Nash hubiera llegado a un punto en el que la conquista sexual no fuese suficiente. Puede que no hiciese nada a no ser que supiera que iba a romper a alguien el corazón.

Aunque el suyo sólo estaba agrietado.

—Muy bien —le dijo—. Dime lo que necesite saber sobre ti para hacerme pasar por tu mujer. ¿Llevamos mucho tiempo casados? ¿Cómo me llamo?

—Según mi tapadera estaba soltero, así que puedes mantener tu nombre —respondió él—. Así será más fácil. Aunque tendrás que ser Tess Nash, por supuesto, para que resulte creíble que estamos juntos.

—Pero Nash no es tu apellido real —comenzó a decir mientras él la miraba sorprendido. Sin duda alguna se estaba preguntando si, como experta en informática, había tenido acceso a su ficha de la Agencia. Su verdadera ficha, no ésa en la que ponía *Acceso denegado*. Al fin y al cabo le había localizado en México, y eso no era fácil de hacer—. Da lo mismo. No tiene importancia. Siento haberte interrumpido.

Entonces se dio cuenta de que le fastidiaba que estuviera allí más de lo que parecía. Y de que estaba menos relajado de lo que había creído en un principio. No dejaba de frotarse la frente y la parte superior de la nariz.

—Hace tres años que no he estado en Kazabek —dijo—. Pero será mejor que digamos que nos hemos conocido hace unas semanas.

—¿Unas semanas?

¿Y en tan poco tiempo ya estaban casados?

—Sí —Nash no parecía pensar que fuese descabellado—. En Kazabek me conocen como James Nash. Soy el director de una organización sin ánimo de lucro llamada People First —le explicó.

—James —dijo Tess—. ¿No Jimmy?

Me llamo Jimmy.

Cuando la miró se dio cuenta de que recordaba que se lo había dicho. En ese momento estaban los dos desnudos.

No —se aclaró la garganta antes de continuar—. La historia es que los de People First me contrataron al salir de la universidad. Que, por cierto, estaba cerca de la tuya. Fui a Harvard.

Durante la entrevista ella le había dicho a Paoletti que había estudiado en el MIT.

—¿De verdad?

—Sí. ¿Es tan difícil de creer?

—No —respondió ella—. Es que... no tenía ni idea. —En su ficha no había ninguna referencia a Harvard, pero no era ese tipo de ficha, por supuesto—. ¿Cuándo estuviste allí? Podríamos decir que nos conocimos en Cambridge y que fuimos amigos durante años antes de...

—Estuve allí justo después de participar en ese vuelo espacial tripulado a Marte —le dijo Nash.

Tess se quedó mirándole. Mentía tan bien que resultaba difícil saber qué era real y qué era imaginario.

—¿Dónde estudiaste de verdad? —preguntó.

—En Harvard —dijo él antes de añadir con tono amable—: Pero la verdad es muy relativa. La única verdad que debe preocuparte es la que dé credibilidad a nuestra historia. Que es que fui a Harvard, que me gradué hace quince años y que he trabajado desde entonces para People First.

—Has trabajado para la Agencia durante quince años —dijo Tess en voz alta. Él hizo una pausa. Sin duda alguna se estaba preguntando cómo sabía eso, y entonces se dio cuenta de que no era de dominio público.

—Me lo dijiste tú —añadió para tranquilizarle. Él no era el único que sabía mentir.

Pero como la mayoría de los mentirosos era muy suspicaz.

—¿Cuándo?

—¿Cómo iba a saberlo? —dijo ella poniendo los ojos en blanco para mostrar su exasperación—. Durante los últimos tres años has venido al departamento de apoyo y te has sentado en mi mesa ochocientas cincuenta y cuatro veces. Sería una de esas veces.

Si hubiera sido más precisa —el 14 de mayo de 2002 a las tres y media de la tarde— se habría dado cuenta de que se lo estaba inventando.

Él asintió.

—Éste es el trato, ¿vale? Nos conocimos hace tres semanas en D.C.

—¿No en la universidad? —preguntó Tess—. Suena perfecto...

—No. Habría demasiados años de historia para justificar. Nos conocimos hace tres semanas, mientras estaba en la ciudad para dar una conferencia —le dijo Nash—. La sede de People First se encuentra en Boston, pero viajo mucho. Sobre todo a D.C., donde tú vives y te dedicas a...

—¿Trabajar en una compañía informática? —eso era lo que habría hecho si la Agencia no la hubiese reclutado—. Podría decir que después del MIT trabajé para una empresa informática que tuvo un gran éxito antes de desaparecer —sugirió Tess. Aquello era divertido. O podría haberlo sido si no tuviese que jugar a ese juego con Nash—. Exhaló su último suspiro hace un año. Y estoy tan harta de los ordenadores que he decidido volver a la universidad. A la Facultad de Derecho.

—¿Es verdad que estás harta de los ordenadores? —preguntó él.

—¿Harvard? —dijo ella mirándole.

Nash asintió y sonrió.

—Eres buena mintiendo.

—Gracias —respondió ella. Viniendo del rey de los mentirosos, eso debía de ser un gran cumplido.

Entonces se quedaron callados. ¿Pero cómo se habían conocido exactamente Tess, la estudiante de derecho, y James, el director de una organización humanitaria, hacía sólo tres semanas?

Ese detalle concreto —tres semanas y una boda tan rápida— seguía pareciéndole poco sólido.

Al otro lado de la mesa Nash se estaba frotando la frente.

—¿Te duele la cabeza? —le preguntó.

—Sí —sonrió con cara de arrepentimiento—. La resaca. Ah.

—Quizá te ayude beber un poco de agua —Tess sacó de su bolso la botella que había comprado en el aeropuerto y la lanzó al otro extremo de la mesa—. Aquí tienes.

Él se quedó sorprendido.

—Vaya —dijo moviendo la cabeza de un lado a otro—. Gracias.

—Yo podía estar haciendo un estudio como asistente jurídica de una firma de abogados solidaria con los grupos humanitarios —dijo Tess mientras él abría la botella y bebía un trago—. People First podía ser uno de nuestros clientes. Y así es como nos conocimos.

—No —dijo él secándose la boca con la mano—. Es una buena idea, pero es mejor que tu firma no esté relacionada con People First. Cualquiera podría comprobarlo y ver que no hay registros de... Podríamos hacerlo si tuviéramos más tiempo para prepararlo, pero tenemos que coger un avión para Kazabek dentro de unas horas. Vamos a decir que no habías oído hablar de People First hasta que me conociste. Que tenías una reunión con un cliente solidario que asistía a la misma conferencia. Tu reunión era en el bar del hotel.

—Pero no apareció —dijo Tess.

—Sí. Yo entré, te vi allí sola y hubo un flechazo. Y aquí estamos, tres semanas después. Casados.

Tess miró a Jimmy Nash, con su pelo perfecto, sus ojos somnolientos, sus anchos hombros y sus potentes abdominales; en ese momento no podía verlos, pero sabía que estaban debajo de su camisa.

—¿Se creerá alguien que estamos casados sólo unas semanas después de conocernos?

—Sí, y eso ayudará a explicar por qué no nos conocemos demasiado. Es importante, a no ser que quieras pasarte horas memorizando marcas de dentríficos y desodorantes, comidas favoritas, películas favoritas, si te gustan las anchoas en la pizza...

—Ninguna de las dos cosas. Ni lo de memorizar ni las anchoas.

—Me lo imaginaba —dijo—. Me refiero a las anchoas.

—Supongo que a ti sí te gustan.

—Por supuesto. Y bien grandes.

—Las anchoas son pequeñas. Y repugnantes —señaló Tess—. Y la gente no se casa unas semanas después de conocerse.

—A veces sí. Vamos a Kazabek, Tess, no a L.A. Allí no hay mucho sexo prematrimonial. La gente se casa antes de tener relaciones. Y al revés, la gente que quiere tener relaciones se casa antes. Allí a las mujeres las condenan a muerte por adulterio, incluso a las que violan.

Tess asintió.

—Ya lo sé. He leído la información sobre Kazbekistán que me envió Tom Paoletti.

—Entonces también sabrás que los derechos de la mujer han retrocedido últimamente como unos doscientos años —dijo.

—Sí.

—Cuando salgas a la calle tendrás que taparte —Nash tenía la misma cara de preocupación que había visto en el coche dos meses antes, mientras iban a rescatar a Decker al Gentlemen's Den. Le estaba dando órdenes, no sugerencias, con el mismo tono autoritario—. De los tobillos y las muñecas hasta el cuello.

—Voy a tener que renunciar a mi carrera como camarera de *topless*.

A Nash no le hizo gracia.

—Estoy hablando en serio.

—Ya lo veo.

—Aunque haya cuarenta grados a la sombra.

—Eso lo tengo claro —dijo Tess conteniendo el impulso de saludar.

—También tendrás que llevar un pañuelo cuando salgas —añadió—, por si acaso te paran y te dicen que te tapes la cabeza.

—Sí, lo he leído en las instrucciones.

—Hay gente que no lee las instrucciones.

—Yo lo he hecho.

—Hay algunas zonas del país donde las mujeres tienen que llevar burka y velo —le dijo Nash.

—También en algunas zonas de la capital. Y algunas mujeres de Kazabek deciden ir con burka todo el tiempo. Eso es al menos lo que he entendido después de leer las instrucciones —dijo Tess.

—Tómatelo como una prueba —le dijo él.

—¿Quieres decir como un concurso sobre el tema, o como una especie de prueba para ver cuánto tardas en volverme loca?

—Es la primera vez que vas allí —como si tuviera que recordárselo—. Voy a estar encima de ti en todo momento. Si no te gusta que te repitan las cosas lo siento, pero voy a asegurarme de que sepas todo lo necesario para evitar que te hagan daño o que te maten. La gente puede morir en los trabajos de campo, Tess.

Lo sabía.

—Y si quieres que hagamos un concurso para ver quién vuelve loco a quién —prosiguió Nash—, te felicito, porque ya vas ganando —se levantó—. ¿Has traído otra ropa? Porque no puedes ir con eso a Kazbekistán.

—Sí, ya lo sé. Esta ropa era para la entrevista. Tengo una maleta en el coche de alquiler.

—No puedes llevar una maleta a Kazbekistán.

—Eso también lo sé. Pero no sabía cuánta ropa llevar, así que...

—Prepárate para oler mal —dijo él—. Hazte a la idea de que toda tu ropa tiene que caber en ese bolso que llevas. Y no lo llenes mucho, porque también tendrás que llevar mi bolsa.

Tess lanzó una carcajada.

—Mira, Nash...

—Deberías acostumbrarte a llamarme James.

—James —repitió ella—. Sé que estás intentando asustarme, pero no funciona. Puede que no sepas cuál es mi marca de dentífrico o mi película favorita, pero deberías haberte dado cuenta de que no me asusto con facilidad.

—Colgate normal y probablemente una selección de *Moulin Rouge*, *Filadelfia* y *Casablanca* —dijo sonriendo ante la expresión de sorpresa que ella no pudo disimular—. Estuve en tu apartamento, ¿no lo recuerdas?

Como si pudiese olvidarlo.

—¿Estuviste husmeando entre mis vídeos?

—No, sólo mantuve los ojos abiertos.

—Mientras husmeabas entre mis vídeos.

Cuando por fin se quedó dormida debió de pararse a echar un vistazo mientras iba hacia la puerta, porque había estado con él en todo momento y no se habían movido del dormitorio. Era curioso, porque habría pensado que tenía mucha prisa para escapar antes de que ella se despertara. Pero se había parado a mirar sus cosas.

—Lo de llevar poco equipaje lo decía en serio —le dijo Nash ahora—. Vas a tener que llevar mi bolsa de verdad.

—¿Eso no es exagerar un poco para adaptarse a las costumbres de Kazbekistán?

Él levantó la botella que le había lanzado y brindó por ella antes de terminarla.

—Yo llevaré el agua.

Ah. Las botellas de agua debían pesar mucho más que la ropa.

—Vaya a buscar su maleta, señora Nash —dijo—. Le ayudaré a elegir lo que debe llevar.

Señora Nash.

Resultaba extraño oír eso en sus labios.

5

Decker observó cómo miraba Nash a Tess Bailey en la librería del aeropuerto.

Nash levantó la vista al darse cuenta de que Deck le estaba observando.

Decker movió la cabeza con indignación, y Nash se hizo el despistado.

—¿Qué?

—Eres un capullo —le respondió—. Dos meses sin llamarla ni una sola vez. ¿Y ahora vas a fingir que eres su adorable esposo?

Nash iba a compartir una habitación con Tess, lo cual crearía por definición cierta intimidad. Si a eso se añadía la adrenalina inherente a una misión peligrosa y el encanto de una antigua ciudad extranjera...

—Es un trabajo duro —dijo Nash intentando convertirlo en una broma—, pero alguien tiene que hacerlo.

—Muy bien, pero si te pasas te partiré la cara.

Nash le miró.

Sí —dijo Decker—. Estoy hablando en serio.

—Pero yo no —repuso Nash—. Sólo era una broma. No voy a aprovecharme de ella. No me lo permitiría —echó un vistazo a Tess—. Aunque había olvidado lo atractiva que era.

Decker movió la cabeza de un lado a otro. Tess Bailey era hermosa y brillante. Era divertida, apasionada y valiente. Era mucho más que una mujer atractiva.

Y Nash había huido de ella.

—¿Qué diablos te pasa? —preguntó Deck.

Nash sólo le miró un instante. Resultaba difícil saber si era porque se sentía incómodo con aquella conversación —nunca hablaban así de cosas importantes— o porque no podía apartar los ojos de Tess.

—Era una pregunta retórica, ¿verdad? No querrás que te haga una lista de...

—Creía que no te interesaba liarte con ninguna empleada del departamento de apoyo —Decker sabía que aquello no tenía sentido. Hablar del asunto no cambiaría lo que había ocurrido.

—Así es —dijo Nash—. No lo había hecho nunca. Fue sólo una noche loca.

Un momento.

—¿Una noche?

—Sí.

Decker notó cómo le hervía la sangre.

—¿Tuviste un lío de una noche con Tess Bailey? —pensaba que la aventura de Nash con Tess había durado más tiempo—. ¿Aquel día en el Den?

—Sí —respondió Nash—. Bueno... tú la viste.

—Sí —afirmó Decker—. La ví.

—¿Cómo iba a decir que no?

Dios mío, Nash estaba casi babeando mientras miraba a Tess.

Decker frunció el ceño, pero mantuvo la voz baja.

—Antes hablaba en serio, capullo. Si vuelves a tocarla te partiré la cara hasta dejártela desfigurada.

A Nash le hizo gracia.

—Joder, Deck, estás hablando como si me hubiera acostado con tu novia —dejó de reírse y se quedó desconcertado antes de mirar a Deck y a Tess sin poder creérselo—. ¿Me acosté con tu novia?

Se habían metido de cabeza en un terreno que Decker no quería explorar.

—No. Olvídalo, ¿vale?

Cuando se dio la vuelta Nash dejó que se fuera. Pero luego le siguió.

—Te juro por Dios que no lo sabía.

Decker se dio por vencido.

—No era mi novia. No es mi novia. Nunca será mi novia.

—Podría serlo.

—No —dijo Decker—. Aunque... —se rió a pesar de que estaba indignado—. Ahora soy su jefe.

—Vete a la mierda.

Decker movió la cabeza de un lado a otro.

—Lo siento.

—La vida continúa —afirmó Decker.

Nash estaba mirando de nuevo a Tess.

—Joder —dijo suspirando.

—Tom Paoletti me ha encargado un trabajo adicional que debo hacer mientras estemos en Kazabek —comentó Decker—. Me ha pedido que no le hable de los detalles a nadie, ni siquiera a ti —aquello captó toda su atención.

—Ya me he dado cuenta de que no le he caído bien.

—Dale tiempo —dijo Decker—. Es natural que me haya preguntado algunas cosas sobre ti.

—Así que eso es lo que ha pasado detrás de esa puerta cerrada. Esta misión secundaria y unas cuantas preguntas, por ejemplo si estás seguro de que puedes confiar en mí —la risa de Nash parecía auténtica. Si Decker no le conociera tan bien habría pensado que le importaba un comino.

Pero Deck sabía que le preocupaba. Nash fingía que todo eso le parecía divertido, pero era especialmente sensible a algunos de los rumores más repulsivos que circulaban sobre él.

—Sí —respondió Decker—. Le he dicho que mientras te paguemos bien no te pasarás al otro lado.

—¡Que te jodan! —esta vez la risa de Nash era auténtica.

Decker sonrió. La verdad era que Tom no le había preguntado lo que todo el mundo solía preguntar sobre Nash. No le hacía falta; era un hombre inteligente que comprendió el mensaje cuando Decker le dijo que no tenía ningún secreto para Nash, que cualquier cosa que le contara llegaría a sus oídos, sin ninguna excepción.

Bueno, puede que Deck guardase el secreto si Tom quisiera darle a Nash una fiesta sorpresa. Pero eso no era muy probable, porque Nash odiaba que le sorprendieran.

Así que si a Tom no le gustaba aquello, le deseaba buena suerte con la nueva compañía y esa misión, pero...

Tom le dijo que se calmara y se sentara de nuevo.

—Me ha pedido que busque a un tipo llamado Dimitri Ghaffari —le explicó Decker a Nash—, para ver si él y su socio americano pueden ser buenos candidatos para el equipo de Tom. No sabemos cómo se llama el socio. De hecho puede ser algo que se ha inventado para crearse su reputación. Suena a leyenda urbana: Ghaffari y su rico avalista americano.

—Tom no sabe mucho sobre él, pero el nombre de Ghaffari ha sonado bastante durante los últimos años. Por lo visto se dedicaba a la importación y la exportación, pero el negocio se ha ido a pique desde que el gobierno de Kazbekistán comenzó a deteriorarse.

Los actuales dirigentes del país querían mantener alejados a los occidentales, y la gente como Ghaffari se ganaba la vida con ellos.

Era muy probable que Ghaffari andara buscando trabajo, y sin duda alguna su lealtad estaría del lado de quienes apoyaban el capitalismo.

—Puede haber muerto en el terremoto —comentó Nash.

—Sí.

—Todos los que conocemos en Kazabek pueden haber muerto en el terremoto.

—Sí —era una idea fatídica.

—Esta misión apesta ya —dijo Nash.

—Sí —afirmó Decker. Pero si ese ordenador era real y había alguna posibilidad de que se encontrara en algún lugar entre los escombros con el disco duro intacto...

—¿Tienes alguna moneda de cinco centavos? —preguntó Nash—. Vamos a ir a Ikrimah, y normalmente tengo tiempo de ir al banco a buscar unos cuantos rollos.

Decker rebuscó en sus bolsillos. Sólo tenía unas pocas monedas de uno y diez centavos. Se las dio a Nash.

—Puede que en la librería tengan algún rollo.

—Ah —Nash consiguió sonreír—. Es una buena idea —volvió a mirar a Tess, pero se dio cuenta de que Deck le estaba observando—. Te aseguro que no sabía... —movió la cabeza.

—No había nada que saber —dijo Decker mientras iba a ayudar a Tess a elegir un libro para el viaje.

KAZABEK, KAZBEKISTÁN

El segundo temblor la pilló desprevenida. Sophia había olvidado lo intenso que podía ser, como un nuevo terremoto.

Después de escapar del palacio de Padsha Bashir consiguió llegar al Hotel Français, cerca del centro de la ciudad, donde había vivido con sus padres cuando tenía apenas diez años, hacía mucho tiempo. El hotel estaba derrumbándose ya entonces, y había oído hacía dos meses —antes de aceptar la invitación de Bashir a aquella infortunada comida en la que Dimitri había perdido la vida— que el Français había cerrado sus puertas. Lo habían vendido e iba a ser restaurado o demolido en un futuro próximo.

Pero Sophia había vivido en Kazabek lo suficiente para saber que eso podía suceder de allí a una década. No era probable que ocurriera pronto, porque en Kazbekistán los cambios de esa magnitud eran muy lentos.

Efectivamente, el edificio seguía en pie. Parte del tejado se había desplomado, pero mientras caminaba despacio por aquel laberinto pudo comprobar que las paredes no estaban agrietadas; en cualquier caso no más que en aquella época.

La puerta del sótano estaba cerrada, pero las cerraduras nunca habían sido un reto para ella. La abrió sin ninguna dificultad. Nadie sabría que había entrado allí.

El hotel estaba completamente vacío, sin muebles ni adornos en las paredes, y todas las toallas y los uniformes de las camareras que antes alineaban el pasillo de la lavandería habían desaparecido.

En la primera puerta, al lado de lo que había sido un restaurante, encontró el servicio de señoras. Compuesto por dos pequeñas estancias, una antigua antesala, ahora vacía, y la otra llena de lavabos y váteres, tenía una puerta que se cerraba, un frío suelo de azulejos y, lo más importante, unas ventanas altas que daban al patio central. Si encendía allí una vela por la noche la luz no se vería desde la calle.

Si tuviese una vela.

Asombrosamente había agua. Salió con un chorro de fango y óxido del grifo de uno de los lavabos que había en una pared cubierta de espejos.

Sophia la dejó correr hasta que salió limpia antes de beber un trago. Luego se lavó con el jabón que había aún en los cuencos de cristal; al parecer no se lo habían llevado todo del hotel. El jabón estaba seco por el tiempo y la deshidratación, pero lo usó para lavarse entera, no sólo los pies sangrientos y destrozados y los cortes más recientes que Bashir le había hecho en los brazos para recordarle lo afilada que estaba su espada. Se lavó todo lo que él y cualquiera de sus horribles amigos pudieran haber tocado.

Incluso se lavó el pelo para librarse del olor perfumado del palacio.

Lo único que tenía era el vestido blanco casi transparente y la sábana con la que se había envuelto después de matar a Bashir, que también lavó. No tenía ropa de verdad, pasaporte, dinero o comida. Ni amigos que estuviesen dispuestos a ayudarla.

Porque los sobrinos de Bashir intentarían vengarse. Toda la ciudad estaría buscándola para cobrar la recompensa. Sería una gran recompensa, que podría convertir a sus amigos en sus peores enemigos. Debía tener cuidado, porque con su pelo rubio cualquiera podría localizarla con facilidad.

Después de comprobar que la puerta estaba cerrada se envolvió con la sábana húmeda y se tumbó en el suelo, cansada y con necesidad de dormir.

Y por primera vez en mucho tiempo capaz de dormir.

Puede que no tuviera nada, pero tenía agua y su libertad.

Unas horas antes era poco más que una prisionera, la esclava de un hombre al que despreciaba. Comparado con eso, ahora era más rica de lo que podía haber soñado.

VUELO 576 DE WORLD AIRLINES DE SAN DIEGO A HONG KONG

Tess levantó la vista del libro para mirar a la azafata que estaba en el pasillo del avión con una bandeja de copas de champán.

Los únicos asientos disponibles que habían conseguido con tan poco tiempo eran de primera clase. Una lástima.

Tess sonrió, negó con la cabeza —no, gracias— e, ignorando el murmullo de voces que había a su alrededor, volvió a centrar su atención en el libro.

Era un *thriller* bastante flojo escrito durante la Guerra Fría. El héroe era un tipo a lo James Bond que le recordaba un poco a Jimmy Nash. Era alto, apuesto y muy hábil, con una gran agudeza. Pero como la mayoría de los agentes secretos de ficción aquel personaje nunca se quejaba al personal de apoyo.

Era sorprendente que los escritores no incluyeran esas escenas en las que el superagente entra a zancadas en la oficina, frunciendo el ceño a todo el mundo y exigiendo que le expliquen por qué nadie le ha dicho antes de ir a Turquía que su tarjeta de crédito había caducado hacía una semana.

A Tess le hubiese gustado leer la escena en la que Money-penny saca el e-mail titulado «Tu tarjeta de crédito está a punto de caducar; ven a verme AHORA» del correo electrónico de James, lo imprime, se lo da y le pregunta qué más le gustaría que hiciera para mantenerle informado, sobre todo con lo ocupado que está cenando con alguna rubia vestida de cuero negro para leer sus mensajes.

Miró hacia arriba mientras Nash volvía del baño y pasaba por delante de ella al asiento de la ventanilla con una sonrisa. La diferencia entre Nash y no Nash era como la noche y el día, y tuvo que hacer un esfuerzo para volver a centrarse en el libro. Leer con él sentado a su lado no resultaba fácil. Tenía una poderosa presencia.

Podía llenar una habitación entera, por no hablar de la pequeña cabina de primera clase de un avión comercial, sólo con una sonrisa.

Así había llenado también el coche aquella noche, mientras la llevaba a casa.

Ella dejó su coche en el aparcamiento del Gentlemen's Den, y no pudo recuperarlo hasta la mañana siguiente. La pelea que Decker y Nash comenzaron se convirtió en una contienda multitudinaria, y toda la calle estaba bloqueada con coches de policía y vehículos de emergencia.

El helicóptero que los recogió en el tejado del club de *striptease* les llevó al cuartel general de la Agencia, donde Nash pidió rápidamente las llaves del último coche que quedaba en el aparcamiento.

—Vamos, te llevaré.

Pero Tess vaciló antes de subir.

—¿No tienes otra cosa que hacer? —preguntó—. ¿El informe...? —¿no le necesitaba Decker?

Pero Nash le dedicó su mejor sonrisa. Y la combinación de esa sonrisa y la camiseta blanca de tirantes —ella llevaba aún su camisa— que le ceñía el pecho y dejaba al descubierto sus hombros y sus brazos musculosos hizo que su corazón dejara de latir un instante. Su respuesta fue típica, pero auténtica.

Así que aceptó y se montó en el coche con los ojos bien abiertos.

Tess no recordaba de qué habían hablado de camino hacia su apartamento. Pero Nash sabía mantener una conversación y hacer que resultara amena.

Incluso había un hueco libre delante de su edificio. ¿Era posible que también hubiese planeado aquello? O puede que simplemente hubiera nacido con suerte. Aparcó en paralelo como lo hacía todo, con destreza y seguridad.

—Te acompañaré arriba —no se lo preguntó, se lo dijo. Tess le miró, y él sonrió—. Así podrás devolverme la camisa.

Ella no necesitaba ninguna excusa para dejarle subir.

Pero también le sonrió mientras salían del coche y subían las escaleras, mientras abría la puerta y le dejaba pasar.

—¿Quieres algo aparte de tu camisa? —le preguntó desabrochándose los botones de abajo arriba mientras iba hacia la cocina—. ¿Una cerveza, una soda...? —¿un condón?

¿Iba a hacer aquello de verdad?

—Una cerveza estaría bien —Nash, alto, moreno e increíblemente atractivo, la siguió.

Sí, iba a hacerlo.

Los antiguos inquilinos del apartamento habían redecorado la cocina con un papel pintado de vacas que no tenía nada que ver con los armarios estarcidos. Era como ver a James Bond en la cama con el reparto de *Oklahoma*.

—Muy bonito —comentó Nash mirando a su alrededor.

—Sí —dijo ella sacando dos botellas de cerveza del frigorífico—. Pero no sabes lo que es vivir con esto —desenroscó los tapones—. Como mucho fuera.

No era del todo cierto, a no ser que *fuera* significase lo que comía en el trabajo con los ojos pegados a la pantalla del ordenador.

Sin embargo, siguiendo con la comparación, se parecía más a Bond que a la tía Eller. Y después de darle una de las cervezas se lo demostró.

Porque también le dio su camisa, sorprendiéndole por segunda vez aquella noche.

Su audacia hizo que se le acelerara el pulso, pero en realidad los dos sabían para qué había subido. Y si le quedaba alguna duda se desvaneció con la mirada que tenía ahora en los ojos y con su sonrisa.

Era una sonrisa auténtica, no una de esas sonrisas insinuantes que le había estado lanzando casi toda la noche.

—No me gustan los juegos —le dijo—. Vamos a ser sinceros con esto, ¿vale?

Nash se rió.

—Hace treinta segundos sabía qué era esto —reconoció—. Pero tengo que confesar que ya no lo sé. Lo único que sé es que me gustas mucho, Tess —miró hacia otro lado y volvió a reírse, como si sus palabras le hubieran sorprendido tanto como a ella.

De todo lo que esperaba que le dijera...

Tess dejó su cerveza en el mostrador y se acercó a él; y de repente se encontró entre sus brazos besando a Diego Nash.

Que le gustaba de verdad.

—Tess —jadeó mientras la besaba con fuerza una y otra vez y la apretaba contra él para que se diera cuenta de lo excitado que estaba—. No sabes cuánto deseaba hacer esto. Cuánto necesito...

Había una desolación en sus manos y en su boca que no esperaba, una torpeza que reflejaba una falta de control sorprendente. Había imaginado que hacer el amor con Nash sería extraordinario, pero que sería algo que él le haría a ella. Había imaginado que estaría sereno y más bien distante, tan profesional en eso como en todo lo que realizaba, mientras ella se deshacía entre sus brazos.

Pero estuvo a punto de romperle la cremallera de los vaqueros, blasfemando y disculpándose hasta que ella le hizo callar besándole de nuevo. Hasta se tropezó con sus pantalones con las prisas por quitárselos mientras iban por el pasillo hacia el dormitorio.

No hizo falta recordarle que necesitaban un condón, pero tuvo que ayudarle a desenvolverlo, y luego...

El ruido que provocó al penetrarla hizo que se riera en voz alta, pero después la besó apasionadamente mientras se adentraba en ella una y otra vez. Cuando llegó al clímax ella también se corrió, pero sólo por lo excitada que estaba por la intensidad de su pasión.

—La Tierra llamando a Tess —dijo Nash, y entonces se dio cuenta de que había cogido dos copas de champán de la bandeja de la azafata y de que tenía una en cada mano. Sólo Dios sabe cuánto tiempo llevaba intentando captar su atención mientras ella había estado pensando en...

—Lo siento —por poco se le cae el libro al coger una de las copas, procurando que sus dedos no se tocaran, pero incapaz de evitarlo. Dios mío.

Él hizo un brindis antes de tomar un sorbo.

—Por nosotros.

—¿Cómo?

—Es nuestro aniversario semanal.

Ah, claro.

—Por nosotros —repitió.

—Debe de ser un buen libro —dijo él.

—Sí —Tess tomó otro sorbo de champán que le calmó lo suficiente para ser capaz de sonreírle como sonreiría alguien que estuviese completamente enfrascado en un libro.

Nash había sacado una manta y una almohada de alguna parte, y después de terminar su champán de un trago, como si fuese un whisky, se recostó en su asiento.

—Despiértame cuando estemos acercándonos a Hong Kong.

Iba a dormir, gracias a Dios.

Tess levantó el libro y se dio cuenta de que lo tenía al revés. Perfecto.

Nash no había cerrado aún los ojos. Pero no se estaba riendo de ella.

—Sé en qué estás pensando —dijo.

Bien. No pasaba nada. A no ser que supiera leer la mente no podía saberlo.

—¿De verdad? —preguntó ella rezando para que no tuviera esa capacidad.

—Es la primera vez que vas a Kazabek —dijo—. Y es normal que estés asustada.

—Ah —él creía que estaba pensando en la misión—. Estoy preparada, ya lo sabes.

Él asintió mirándola.

Entonces ella le preguntó:

—¿Estabas asustado tú la primera vez que fuiste?

—Era demasiado joven y estúpido para estar asustado —le respondió; toda una sorpresa. No esperaba que le dijera nada, y mucho menos eso.

Luego cerró los ojos, que era exactamente lo que ella quería.

No se explicaba que, con lo desesperada que estaba hacía unos instantes para que dejara de mirarla de aquel modo, ahora deseara todo lo contrario.

—¿Cuántos años tenías? —le preguntó.

Él abrió los ojos y la miró un rato antes de contestar.

—La primera vez que People First me envió a Kazabek fue en... Debió de ser en 1997, cuando tenía veintiocho años.

—No me refería a eso —dijo ella.

—Ya lo sé —afirmó cerrando los ojos.

6

IKRIMAH, KAZBEKISTÁN

Will Schroeder subió al autobús.

Jimmy no se lo podía creer.

Definitivamente tenía una racha de mala suerte.

Había ido durmiendo durante la mayor parte del vuelo a Hong Kong. El vuelo a Ikrimah también había sido relativamente tranquilo, teniendo en cuenta que fue sentado todo el tiempo a unos centímetros de Tess Bailey.

En las últimas horas del viaje él y Tess revisaron las tácticas y las estrategias a seguir poniéndose en el peor de los casos. Acabó convencido de que Tess sabría qué hacer y dónde ir si Godzilla atacara Kazabek y se separaran temporalmente en medio del pánico de la multitud. También sabría qué hacer en el caso de que la separación fuera permanente, por ejemplo si Godzilla le aplastaba.

Y le repitió hasta la saciedad lo importante que era comprobar la señal de que el terreno estaba despejado cada vez que volviese a su base de operaciones de Kazbekistán. Deck solía usar un trozo de cuerda colgado inocentemente del pomo de la puerta principal. Tess no debía entrar, ni siquiera en una zona que por lo demás pareciese segura, sin comprobar que esa cuerda estaba allí. Tenía que ser un hábito instantáneo, y ella le aseguró que no lo olvidaría.

Pero ni una sola vez durante todas las horas que estuvieron charlando se acercó para decirle:

—¿Sabes que a Decker le gustas?

Hubo un momento, en el vuelo a Hong Kong, antes de que acabara de dormir la resaca, que habría sido perfecto. Pero no aprovechó la ocasión para hablarle de Deck.

Y en cuanto bajaron del avión en Ikrimah, a ciento sesenta kilómetros de Kazabek, apenas hubo tiempo para hablar de nada.

Ikrimah era una pesadilla. La situación había empeorado desde la última vez que había estado allí. Era la segunda ciudad más grande de Kazbekistán, y estaba llena de gente que llevaba su miedo y su desesperación grabados profundamente en sus enjutos rostros.

Aquella gente se moría de hambre. Pero no había sido sacudida por un terremoto, así que toda la ayuda iba directamente a Kazabek.

O no.

Sólo la mitad de las cajas de provisiones que Tom Paoletti había conseguido en tan poco tiempo —era evidente que tenía contactos importantes— habían llegado a su destino. Según las líneas aéreas, las demás estaban aún «en tránsito». Aquello era como una patada en los huevos. Si no tenían mucha suerte y reparaban pronto las grietas de las pistas del aeropuerto de Kazabek, tendrían que volver allí unos días después para recogerlas.

Por supuesto, «en tránsito» quería decir en el código de la compañía «Hemos metido la pata y no tenemos ni idea de dónde puede estar su equipaje». Era muy probable que no tuvieran que volver a Ikrimah.

Porque seguramente las cajas estaban ya en manos de los dirigentes de Kazbekistán que controlaban el mercado negro.

Vinh Murphy, que fue a buscarles al aeropuerto con Dave Malkoff, era el encargado de llevar las provisiones al autobús. Pero mientras pasaban por la terminal al aire libre Jimmy se las arregló para perder una caja más. Era de arroz, y la extravió cerca de donde se encontraba Nida.

La mujer kazbekistaní con burka había instalado su puesto de joyas en la acera, donde trabajaba todos los días desde hacía cinco años, tras la muerte de su marido. Aquel día le estaban ayudando cuatro hijos increíblemente pequeños y muy obedientes en lugar de los tres habituales.

Jimmy cogió una bonita pulsera hecha a mano y un collar y los pagó con dinero americano y con arroz, y se dio cuenta de lo mal que estaban las cosas en Kazbekistán cuando Nida no protestó tanto como de costumbre, insistiendo en que le estaba dando demasiado. Sus ojos se llenaron de lágrimas, y metió también en su bolsa un par de pendientes a juego.

Tuvo que correr para alcanzar a los demás. Estaban terminando de amarrar sus provisiones en el techo del desvencijado autobús que transportaría al último contingente de ayuda humanitaria al sur de Kazabek.

Por fin montaron todos a bordo, listos para partir con sólo tres horas de retraso, lo cual era una especie de milagro.

Fue entonces cuando Will Schroeder, conocido en algunos círculos como el anticristo, hizo su aparición.

Jimmy vio el pelo rojo de Schroeder desde donde estaba sentado con Tess, en la parte de atrás, mientras el capullo arrastraba su bolsa de felpa por las escaleras y pasaba junto al conductor.

—Mierda —dijo Jimmy, y tres o cuatro miembros de la Brigada de Dios, un grupo religioso de hombres y mujeres que iban de un desastre a otro, se dieron la vuelta para mirarle con severidad.

Sí, ya sabía que iba a ir al infierno. Que le dijeran algo que no supiera.

Deck estaba cuatro filas más adelante al otro lado del pasillo, sentado junto a Murphy. Él también había reconocido a Will Schroeder, y se había vuelto invisible.

Siempre resultaba asombroso verlo. Jimmy no sabía exactamente cómo lo hacía, pero dejaba de estar allí de alguna manera. No había otra forma de describirlo. Se hacía más pequeño y ocupaba menos espacio. Se encogía, se reducía; hiciera lo que hiciese, era de lo más eficaz. Incluso aflojaba de algún modo los músculos de la cara, y eso, combinado con el sombrero sobre los ojos, le daba el toque final. Ni su propia madre le habría visto al pasar a su lado.

Jimmy hizo lo único que podía hacer: agacharse y esconderse detrás de la mujer más cercana, que casualmente era Tess.

Que también pareció comprender la situación sin que nadie le dijera nada. Se echó hacia atrás, ocultándole de Will, y fingió estar dormida, apoyada sobre él. Lo único que tuvo que hacer fue girar un poco la cabeza para que su cara quedara tapada por su pelo.

Pelo que, a pesar de las interminables horas de viaje, aún olía increíblemente bien.

El autobús comenzó a moverse después de soltar los frenos y se pusieron en marcha.

La carretera estaba llena de baches, y cuando el vehículo empezó a dar bandazos Tess puso una mano sobre su muslo para mantener el equilibrio.

—Lo siento —dijo retirándola como si se hubiese quemado.

No era la primera vez que ponía la mano en esa zona.

Pero no quería pensar en aquella noche. Estaba demasiado cerca de él para empezar a recordar cómo le había dado su camisa mientras estaban en su cocina vacuna. Decididamente no era el momento de evocar lo desesperado que estaba por perderse dentro de ella, lo alucinante que había sido todo aquello.

Porque aunque Tess estaba dispuesta a dejar que se escondiese detrás de ella también estaba intentando tocarle lo menos posible.

Jimmy se arriesgó a mirar hacia la parte delantera del autobús.

Sentado junto a un trabajador de ayuda humanitaria irreconocible que llevaba la camisa de Decker, Murphy parecía un monolito humano, tan inmóvil y petrificado como Stonehenge.

Jimmy apostaría toda su herencia a que Murph y Will Schroeder no se conocían. Porque Murphy —que podría haber sido hijo de Tiger Woods y André *el Gigante*— no era de esos tipos que se olvidan con facilidad.

Dave iba en la parte delantera del autobús, unos cuantos asientos detrás del conductor, sin duda alguna porque se había intoxicado al comer algo durante su escala en Turquía;

muy típico en Dave Malkoff. Probablemente pensaba que el autobús no se movería tanto si se sentaba delante.

Por amor de Dios, Dave. Esto era Kazbekistán, donde arreglar los amortiguadores era la última prioridad en la lista de mantenimiento de la compañía de autobuses, después de reparar los agujeros de bala de las ventanillas.

Will Schroeder iba sentado varios asientos detrás de Dave, a quien aparentemente no conocía, o no reconocía.

Lo cual no era una posibilidad tan absurda. Ni el propio Jimmy había reconocido a Dave al encontrarse con él cara a cara en el aeropuerto unas horas antes.

Al parecer Dave se había tomado su marcha de la CIA como una oportunidad para sacar a la luz al roquero que llevaba dentro.

Tenía el pelo desgreñado y lo bastante largo por detrás para atárselo en una coleta, y no se había afeitado por lo menos en una semana. Llevaba unos vaqueros y una camiseta que decía «Muérdeme», que con lo flaco que estaba no le quedaban demasiado bien, pero suponían un cambio radical respecto a los trajes negros baratos que llevaba antes.

Si Jimmy no hubiera sabido lo de la intoxicación habría pensado que Dave estaba drogado. Iba sentado con la cabeza echada hacia atrás y el cuerpo totalmente relajado. Incluso olía un poco a la hierba local. Era como un esperpento.

¿Quién eres tú y qué le has hecho a Dave «Fruncefactor» Malkoff?

O era el momento de *La zona del crepusculo* o Dave se había buscado un difraz perfecto.

—¿Quién es ése? —preguntó Tess echando su cálido aliento sobre su cuello. Se refería a Will, por supuesto—. El del pelo rojo.

Desde su escondite Jimmy sólo podía ver la parte posterior de su cabeza, pero parecía que estaba plantado en su asiento. Había sacado un libro y estaba leyendo.

—Es un periodista del *Boston Globe*. Se llama Schroeder —dijo acercando más la boca a su oreja.

Ella asintió.

—¿Te conoce?

—Sí. Sabe que no soy un trabajador de ayuda humanitaria, como Deck —le dijo Jimmy—. Pero él tampoco lo es.

Era muy probable que la mitad de los pasajeros del autobús fueran periodistas. Kazbekistán no tenía un control muy estricto de los medios de comunicación, y todo el mundo estaba aprovechando la admisión de ayuda humanitaria occidental para entrar en el país.

El hecho de que estuvieran dejando entrar a los trabajadores de ayuda humanitaria occidentales era una señal de lo grave que era la situación en Kazabek.

Tess se movió un poco para poder hablar a Jimmy en voz más baja aún, y al hacerlo le rozó la oreja con los labios.

—Aunque te vea no te delatará, porque si lo hace tú podrías delatarle a él —concluyó acertadamente.

Cuando le tocó a él acercar la boca a su oreja tuvo que resistir la tentación de lamérsela.

—Sí, pero cuando vea que estamos aquí nos perseguirá como un perro en celo. Puede que haya venido por el desastre, pero no tardará mucho en darse cuenta de que está pasando algo más gordo.

—Así que además de saber que no eres un trabajador de ayuda humanitaria... —comentó Tess.

—Deck y yo fuimos a Bali poco después de la bomba de la discoteca —le dijo Nash—. Y nos encontramos allí con Schroeder. Tendría que ser un idiota para no saber que estábamos trabajando para el gobierno. Y no es un idiota.

Tess se quedó callada un momento. Él sintió cómo respiraba, cómo pensaba. Por fin giró la cabeza, rozándole de nuevo la oreja con la boca. ¿Lo estaba haciendo a propósito?

Era posible. Y puede que aquella noche...

—Lo siento. El autobús no deja de... —se apartó un poco—. ¿Tú crees que podremos bajar de este autobús sin que te vea? —preguntó—. Cuando desembarquemos no podré echarme sobre ti de esta manera. Las demostraciones de afecto están prohibidas en público; eso es al menos lo que he leído en las instrucciones sobre Kazabek. Ya sabes, las que no esperabas que leyera.

—Muy graciosa —murmuró.

Ella se rió en voz baja, y él retrocedió en el tiempo hasta su dormitorio. Estaba debajo de él, jadeando, con las piernas a su alrededor, los ojos brillantes...

—¿Cuál es el plan? —le preguntó ahora.

Al llegar a Kazabek alquilarían un camión que les llevaría a casa de Rivka, descargarían el equipo, cenarían algo, y después irían a su dormitorio y...

No pasaría nada.

¿Cómo podía estar pensando en sexo después de la conversación que había tenido con Decker delante de la librería del aeropuerto? No era por la amenaza de que le partiría la cara; eso no tenía importancia. Lo que importaba era que a Decker le gustaba Tess. Y a pesar de que él afirmaba que era demasiado tarde para que hubiese ninguna relación entre ellos Jimmy estaba decidido a hacer las cosas bien.

No haría nada con Tess ni aquella ni ninguna otra noche. Aunque se lo suplicara. Lo cual era tan poco probable como que Elvis saltara en paracaídas de una nave alienígena sobre el estadio de la Super Bowl entonando *Burning Love*. No, si Elvis regresara sin duda alguna comenzaría la actuación con Heartbreak Hotel.

—Esperaremos a que él baje antes del autobús —le dijo Jimmy a Tess—. La mayoría de la gente siempre tiene prisa.

—¿Nosotros no?

Sabía que estaba pensando en ese ordenador, supuestamente lleno de información sobre inminentes ataques terroristas, que se encontraba en algún lugar entre los escombros.

—A veces se llega más lejos observando y esperando —Jimmy se rió. Eso era lo que Decker solía decirle a él. Pero la verdad era que lo último que querían era que un periodista descubriese por qué estaban allí. Y no podían hacer que Will Schroeder desapareciera.

Bueno, lo cierto era que sí podían, y con bastante facilidad.

Tess estaba callada otra vez, como si hubiera captado su repentino cambio de humor, mientras el autobús continuaba dando botes hacia Kazabek. Aunque parecía imposible que nadie pudiera dormir en aquel trasto, su silencio se prolongó durante cinco minutos, diez minutos...

Pero Jimmy sabía que no estaba dormida. Estaba mirando por la ventanilla. El sol brillaba en el resplandeciente cielo azul, haciendo que la desolada colina rocosa resultara sorprendentemente bella. Por supuesto, no todo el mundo lo veía así.

—¿Te encanta esto, verdad? —dijo Tess en voz baja. Entonces Nash se dio cuenta de que le estaba mirando a él, no al paisaje.

—Sí —reconoció. Sólo estaba contestando a una pregunta. No entendía por qué se sentía como si estuviese dándole un trozo de su alma.

De repente el autobús se inclinó hacia la derecha mientras el conductor viraba para evitar un bache enorme.

—Agárrate —dijo Jimmy abrazando a Tess y manteniéndola pegada a él para evitar que se golpeara la cabeza con el duro respaldo del asiento.

Ella también se preparó para la sacudida, volviendo a poner la mano en su muslo un momento antes de agarrarse al asiento delantero.

—Ten cuidado —le dijo, aunque la advertencia también era para él.

KAZABEK, KAZBEKISTÁN

Dios santo.

Dios santo. Mientras Decker miraba por la ventanilla del autobús notó que Murphy se inclinaba sobre él para mirar por encima de su hombro.

Más adelante, Will Schroeder había dejado su libro.

Después de tantas horas en la carretera, incluso los cinco trabajadores de ayuda humanitaria de Hamburgo dejaron de cantar canciones populares alemanas para contemplar la devastación.

Kazabek —al menos la zona norte de la ciudad— se había convertido en pilas de piedras y muros desmoronados.

Apenas se podía transitar por las calles, y el autobús tuvo que avanzar casi arrastrándose.

Los niños mugrientos les miraban desde lo alto de los edificios en ruinas mientras sus padres hurgaban entre los escombros de lo que habían sido sus hogares.

En un antiguo mercado los cadáveres estaban alineados fila tras fila.

Otro espacio abierto se había convertido en un hospital provisional, con tiendas que habían instalado para proteger a los heridos del sol abrasador. Pero allí no había suficientes tiendas ni personal médico, y la gente, aturdida y desorientada, estaba sentada o tumbada en el duro suelo, algunos aún cubiertos de sangre.

Y después sólo había una infinidad de bloques derruidos.

Murphy vio al mismo tiempo que Deck a cuatro hombres que salieron corriendo de una calle lateral y comenzaron a gritar y hacer gestos al autobús.

Murph se puso en pie y abrió la bolsa con el arsenal de armas que había conseguido de algún modo en Ikrimah, dispuesto a rechazar un ataque.

Dave Malkoff también estaba de pie junto al conductor del autobús, preparado para salir disparado por la puerta si era necesario. Decker no le había visto moverse.

—No reduzca la velocidad —ordenó Dave al conductor, que cambió rápidamente de marcha.

Pero entonces Nash se levantó de su asiento.

—¡Pare el autobús! —dijo en inglés y en el dialecto kazbekistaní—. Dicen que han descubierto una escuela —iba junto a una ventanilla abierta y había oído lo que los hombres gritaban al pasar junto a ellos—. Estaba enterrada bajo los escombros. Otro edificio se derrumbó y... Han estado excavando y parte de la escuela está intacta. Dentro hay niños, vivos aún. Necesitan este autobús.

Decker también se levantó.

—¡Dave! —gritó.

Todo el mundo estaba hablando a la vez, así que no oyó lo que el antiguo agente de la CIA dijo al conductor. Pero el autobús frenó en seco y después de derrapar dio marcha atrás.

Cuando volvió a mirar hacia la parte delantera vio que Dave Malkoff había ocupado el asiento del conductor.

—Recoged vuestras cosas y sacadlas fuera —vociferó Nash—. Si Dios quiere van a necesitar todos los asientos.

Murphy ya estaba bajando las bolsas y las mochilas de las rejillas superiores.

Entonces el autobús se detuvo bruscamente y Decker pudo ver bien lo que tres de los hombres que les estaban persiguiendo llevaban en sus brazos.

Niños heridos.

Will Schroeder estaba de pie en el pasillo, mirando a Decker y a Nash con una sonrisa burlona en la cara.

—Qué sorpresa tan agradable —dijo.

—Saca tu culo del autobús y ayuda a esta gente —ordenó Deck al periodista mientras le daba un empujón al pasar.

—Desde luego —respondió Will siguiéndole hasta la calle polvorienta—. Porque eso es lo que hemos venido a hacer.

Ayudar a esta gente. Excepto Nash. Todos sabemos por qué está aquí —se volvió hacia Nash, que estaba justo detrás de él—. Eh, Jim. ¿Has jodido últimamente a la mujer de alguien?

Nash le ignoró y miró a Decker.

—Prepararé la asistencia.

—Bien.

Nash pasó por delante de Schroeder para ayudar a organizar a la gente en equipos.

—Cualquiera que tenga conocimientos médicos —gritó por encima del caos—, cursos de primeros auxilios incluidos, que me siga.

—¡Murph! —dijo Decker al antiguo marine—. Busca nuestras provisiones. Si esos niños han estado enterrados desde el terremoto necesitarán agua desesperadamente.

Tess estaba pensando lo mismo, y cuando Murphy abrió una caja llena de agua embotellada ya estaba allí. Cogió cuatro garrafas y se dirigió hacia la entrada abierta de la escuela, tambaleándose un poco por el peso.

—Eh, el pelirrojo —le dijo a Will Schroeder, que seguía junto a la puerta del autobús observando toda aquella actividad—. Sí, tú. Haz algo útil —ordenó al periodista dándole dos garrafas de agua.

Decker iba sólo unos pasos por detrás de ellos con más agua, pero cuando se acercó a la entrada Tess ya estaba saliendo.

Jamás olvidaría la expresión de su cara.

—Se oyen unos golpes —le dijo—. Hay más niños vivos, probablemente en el sótano, pero para llegar hasta ellos... Dios mío, Deck, vamos a necesitar cientos de bolsas.

7

Es otra niña —dijo Tess.

Khalid le dio las gracias mientras recogía el cuerpo y lo ponía con cuidado sobre las desgastadas tablas del carro, asegurándose de que la cara de la niña quedara tapada.

—Es muy probable que Amman esté en el sótano —dijo Tess como cada vez que sacaba un nuevo cadáver de la escuela en ruinas. Al sol hacía un calor insoportable, incluso más que dentro de la escuela.

—Pero puede que no esté —repuso el niño kazbekistaní una vez más.

Tess le miró a los ojos. Se sentía más cansada de lo que había estado en su vida, pero él debía encontrarse exhausto. Había estado allí desde la sacudida del terremoto, primero ayudando a quitar escombros y ahora transportando a los muertos en medio de un calor implacable a un depósito de cadáveres que habían instalado en un parque cercano. Llevaba sin dormir más de dos días.

Aunque tendría como mucho dieciséis años y no era muy alto, decir que Khalid era un niño no era del todo cierto. Le había contado que trabajaba para ayudar a mantener a su familia desde que su padre había muerto hacía tres años.

El inglés de Khalid era excelente. Lo había aprendido en la escuela cuando era más pequeño, le dijo una de las veces que había llevado el cuerpo de otra niña kazbekistaní hasta su carro. Había estudiado en esa misma escuela, donde a ella le habían asignado la difícil tarea de sacar cadáveres de los escombros y él había ido a buscar a su hermano pequeño, Amman.

Los trabajadores de ayuda humanitaria ya no permitían que los familiares se acercaran al edificio en ruinas; el comprensible dolor de los padres por encontrar los cuerpos de sus hijos dificultaba las tareas de rescate que aún se estaban realizando.

Khalid había conseguido esquivar el cerco fingiendo ser otro voluntario, que además tenía un carro y un caballo.

—El suelo está ya bastante despejado —le informó Tess sabiendo que quería entrar en la escuela desesperadamente para ver con sus propios ojos los progresos que estaban haciendo—. Están a punto de abrir un agujero para acceder al sótano.

Esperaban que la mayoría de los novecientos niños que iban a aquella escuela hubieran sido conducidos al refugio antiaéreo cuando comenzó el terremoto y se encontraran a salvo.

—¿Y están seguros de que con eso no se caerá el resto del edificio encima de ellos? —preguntó Khalid.

—Sí —respondió Tess con absoluta certeza—. Conozco a los hombres que se encargan de la operación de rescate. Si hay alguien que pueda sacar a esos niños de ahí son ellos.

Entonces apareció un voluntario con otro bulto en sus brazos.

Khalid se acercó a él y cogió el cuerpo. Abrió el sudario para ver la cara del niño, la volvió a tapar y miró a Tess moviendo un poco la cabeza. Era otra niña.

—Gracias —le dijo al hombre.

—No me des las gracias —era Will Schroeder, el periodista, con su pelo rojo cubierto de polvo. Parecía estar tan conmocionado y exhausto como Tess, con gotas de sudor cayéndole a los lados de la cara. Pero a diferencia de las trabajadoras de ayuda humanitaria llevaba unos pantalones cortos y una camiseta.

Khalid retrocedió un poco, como si Will le hubiese golpeado.

—Lo siento, señor.

—No, chaval... —Will se secó el sudor de la frente con el antebrazo. Los guantes quirúrgicos que llevaba no estaban demasiado limpios—. Lo que quería decir es que éste no es el momento ni el lugar para ser tan amable. No me agradezcas que te dé un muerto de siete años.

—Perdone, señor —murmuró Khalid poniendo a la niña con los demás—. Es nuestro estilo.

Dios santo, había muchísimos. Ninguno de ellos era Amman, pero todos eran el hermano o la hermana de alguien, el hijo querido de alguien.

Will también estaba mirando la parte trasera del carro.

—Mira eso. ¿No ves que vuestro estilo está completamente jodido?

En los ojos oscuros de Khalid hubo un destello de ira.

—Quizá prefiera que sea más americano. «¿Quién ha hecho esto?» «Un terremoto, señor.» «¿Quién ha provocado este terremoto?» «Dios, señor.» «Averiguad dónde vive

Dios. Tenemos que invadirle antes de que pueda hacernos algo así a nosotros.»

Will se rió indignado.

—Eso sí que es ser amable. Sigue tirando piedras contra...

Tess se interpuso entre ellos.

—Esto no ayuda para nada. Todos hemos llegado más allá de nuestros límites...

—... porque todos sabemos lo orgulloso que puede sentirse tu país —dijo Schroeder mirando a Khalid.

—No tanto como el suyo.

—¡Por amor de Dios! ¡Esto no va de política, va de niños muertos!

Khalid se dio la vuelta, pero Will aún estaba temblando de ira.

—¿Tú crees que esto no va de política? —preguntó—. Mira ese carro —le ordenó a Khalid levantando la voz—. ¡Míralo! ¿No ves nada especial en tu cargamento? ¿O sólo es otra carga, otra oportunidad de ganar dinero rápido?

—¡Basta ya! —Tess se quitó los guantes y le agarró del brazo intentando llevarle hacia la escuela para alejarle de Khalid—. ¡Es un voluntario, y lo sabes! ¡Le está costando ayudar, y aún tiene que alimentar a ese caballo, Dios sabe con qué! —se acercó un poco más a Will y bajó la voz—. Podrías mostrar un poco de compasión. Su hermano está dentro de esa escuela.

Will se libró de ella.

—Bueno, no tiene por qué preocuparse. Es muy probable que su hermano esté a salvo en el sótano —se volvió para dirigirse a Khalid—. Acabamos de encontrar la puerta del sótano. Y los cuerpos de unas veinte niñas que estaban encerradas —escupió las palabras—. Porque no podían permitir que ocuparan el mismo refugio que los niños, respirasen todo el aire, comiesen todas las provisiones...

Dios santo.

—Mira ese carro —dijo de nuevo—. Casi todas son niñas.

Tenía razón. Tess había sacado cuerpo tras cuerpo, y apenas había niños... Dios santo.

—Alguien me ha dicho que de los novecientos alumnos de esta escuela sólo unos sesenta eran niñas. Les daban clase en un aula especial, cuidadosamente separadas de los niños. Sus padres pagaban casi tres veces más para que viniesen aquí, y se consideraban afortunados porque sus hijas estuvieran recibiendo una educación —Will lanzó una carcajada que sonó terrible—. Los profesores llevaron a los niños al sótano y cerraron la puerta de las niñas.

Con una última mirada acusatoria a Khalid, volvió a entrar en la escuela.

Tess no se sentía bien.

—No pueden haber hecho eso.

Khalid no dijo nada, pero la expresión de su cara indicaba que era posible.

—Dios santo —siguió a Will despacio hasta el interior de la escuela, donde el hedor de la muerte era cada vez más intenso. Veinte cuerpos más, había dicho. Todas niñas.

Tess estaba chorreando sudor, que le caía por la parte posterior de las piernas empapándole toda la ropa. Las leyes locales, las mismas que prohibían que los niños y las niñas compartiesen un aula —o un refugio durante un terremoto— decretaban que las mujeres debían ir tapadas en todo momento. Ni siquiera se podía doblar las mangas.

El calor y la noticia que Will acababa de darle habían hecho que se sintiera mal, pero sabía que su malestar no era nada comparado con el de las mujeres que estaban esperando cerca de allí al siguiente carro, a punto de descubrir que sus hijos —sus hijas— habían muerto.

—Hey.

Al mirar hacia arriba Tess vio que Nash iba andando hacia ella rápidamente, como si pensara que iba a caerse. Lo cierto era que se estaba mareando.

—¿Estás bien? —le preguntó con preocupación en los ojos.

Ella intentó asentir, pero no pudo.

—Creo que voy a vomitar.

—Sí —dijo él cogiéndola del brazo y apartándola a un lado—. Conozco esa sensación. Acabas de oír lo de la puerta cerrada, ¿verdad?

Ella asintió mirándole a los ojos.

—¿Es cierto?

—Vamos... —Nash volvió a llevarla fuera, a una zona bajo una sábana que alguien había colgado para que diera sombra—. Siéntate aquí —la ayudó a sentarse sobre una pila de bloques de hormigón—. ¿Dónde está tu botella de agua? —sin esperar a que le respondiera se dio la vuelta y gritó—: ¡Dave!

—Acabo de beber un poco —dijo Tess.

—Necesitas más que un poco —se arrodilló delante de ella, le sacó la camisa de los pantalones y movió la tela para abanicarle el cuerpo—. Mírate. Estás ardiendo. Con este calor deberías estar bebiendo agua continuamente. Las raciones para este clima son...

—Cinco litros y medio al día como mínimo —concluyó ella—. Ya lo sé. Lo he leído en las instrucciones.

Nash no se rió. Ni siquiera sonrió.

—¿Has hecho los cálculos también? Porque eso es alrededor de una botella cada hora. Vamos, Tess, utiliza el cerebro. Deberías llevar siempre una botella de agua, y lo sabes.

—Sí, pero he estado llevando otras cosas —respondió con tono furioso, alegrándose de sentirse así porque sabía que de lo contrario podía echarse a llorar.

Nash también lo sabía.

Era sorprendente que en él el polvo y el sudor resultaran atractivos. Hacían que pareciera que tenía canas, lo cual, cuando ocurriera de verdad, haría que fuese aún más apuesto de lo que ya era.

Si estaba cansado o tenía ganas de llorar no se le notaba. Tenía un corte mal vendado en el antebrazo derecho y un arañazo en la mejilla, que debían dolerle.

Me hago muchos rasguños. Oyó el eco de su voz de aquella noche que había subido a su apartamento. Habían hablado de cosas de las que no esperaba que hablase. Le había dicho que le habían herido en el tejado del Gentlemen's Den. Le habían apuñalado en la pierna, aunque según él sólo era un rasguño sin importancia. También le había dicho, pero con menos palabras, que se hacía rasguños con frecuencia. A propósito.

Tess no era una experta, pero sospechaba que Jimmy Nash utilizaba las heridas físicas para ocultar el dolor emocional.

Le tocó el pelo y las mejillas sabiendo que, aunque no lo demostrara, ese día estaba siendo tan duro para él como para los demás.

—¿Qué te ha pasado?

—Nada —dijo—. Me he tropezado y... No es nada.

Estuvo a punto de retirarse, pero Tess le detuvo rodeándole con sus brazos. Sabía que no debía hacerlo, y no quería darle una impresión equivocada, pero no pudo evitarlo. Necesitaba contacto y consuelo. Y sabía que, por mucho que fingiese lo contrario, él también lo necesitaba.

Jimmy Nash se quedó tenso una fracción de segundo antes de abrazarla con fuerza.

Olía bien. ¿Cómo se las arreglaba para oler bien? Y era maravilloso estar en sus brazos de nuevo. En el autobús también la había abrazado, pero no había sido lo mismo.

No estaba enamorada de él —era más inteligente que eso— pero en ese momento se dio cuenta de que podía haberle querido. Era un estúpido por no aprovechar la oportunidad.

—Lo siento —susurró él como si pudiera leer su mente. Pero podía estar disculpándose por muchas otras cosas. El calor. El horror. La injusticia.

—¿Está bien?

Era Dave. Jimmy la soltó para coger las dos botellas de agua que traía.

—Gracias.

—Estoy bien —dijo ella esbozando una sonrisa mientras... ¡mierda! Se le escaparon unas lágrimas y se secó rápidamente los ojos.

—Ha oído lo de la puerta —le dijo Jimmy a Dave mientras abría una de las botellas y se la daba.

Dave observó cómo tomaba el agua con simpatía en los ojos. Tenía una cara que no encajaba con su pelo largo, algo así como Tom Hanks en *Castaway*.

—No vuelvas ahí dentro —le dijo—. Es terrible. Es... —movió la cabeza de un lado a otro—. Podemos sacarlos poco a poco. Los traeré aquí para que tú los lleves el resto del camino hasta el carro.

—No es necesario —dijo Tess.

—Sí lo es —insistió Dave.

Luego se fue tan rápido como había llegado, dejando a Jimmy sentado en el polvo enfrente de Tess, viendo cómo bebía el agua.

—Así que es verdad —dijo—. Que la puerta estaba cerrada.

Él asintió.

—Hazte un favor y no vuelvas ahí dentro.

—No soy una niña —repuso ella—. No es necesario que me protejas.

—Ya lo sé. También le he dicho a Decker que no entre. Tampoco él necesita ver eso —dijo Jimmy—. Y te aseguro que no le considero un niño —miró hacia Khalid y el carro como si estuviese decidiendo si debía decirle algo o no. Pero cuando habló sólo dijo—: ¿Sabes que Decker y tú tenéis mucho en común?

El ruido que estaban haciendo al cortar el suelo le impidió responder a eso. Jimmy le acercó la botella de agua a la boca y le puso un mechón de pelo suelto detrás de la oreja.

Pero entonces se echó hacia atrás. Estaba mirando algo por encima de su hombro, y al darse la vuelta Tess vio a Will Schroeder observándoles al pasar.

—Sabe quiénes somos —dijo.

Jimmy no intentó hablar por encima del ruido. Se limitó a asentir.

La sierra se paró por fin.

—¿Por qué está Decker haciendo eso? ¿Por qué no pueden abrir simplemente la puerta del sótano? —preguntó Tess.

—Hay una viga caída sobre ella —dijo Jimmy—. Si la movemos podría peligrar la integridad estructural del edificio. Eso es lo que ha dicho Murphy. Yo no tengo ni idea, pero por lo visto es ingeniero o algo así —se rió—. ¿Quién lo habría dicho? Todos los días se aprende algo nuevo, ¿eh?

Efectivamente.

Tess había aprendido algo esa misma tarde. Había aprendido que aunque había mucha maldad en el mundo también había bondad. Y a veces venía de los sitios más insospechados.

Mientras seguía a Jimmy en la terminal del aeropuerto de Ikrimah le vio acercarse a una mujer musulmana que tenía en el suelo una manta cubierta con algunas de las joyas artesanales más bonitas que había visto en su vida.

Jimmy eligió una pulsera. Tess no hablaba el idioma, pero comprendió la conversación por los gestos. La mujer le dijo que el arroz era demasiado por lo que estaba comprando.

Luego cogió un collar y le dio a la mujer el rollo de monedas de cinco centavos que había conseguido en la librería del aeropuerto de San Diego. Tess había estado pensando en eso durante el vuelo. ¿Para qué diablos quería Jimmy Nash cuarenta monedas de cinco centavos?

Ahora lo entendía.

Esas monedas eran las que utilizaba aquella mujer para hacer sus joyas. Debía fundirlas y...

Jimmy le preguntó algo señalando a uno de los niños, y la mujer acercó a un chiquillo de pelo oscuro que no tendría más de cuatro años.

Mientras Tess observaba Jimmy saludó al niño e incluso le dio la mano. Después repartió chocolatinas a todos los niños. Sólo tenía tres, pero ninguno de ellos se quejó por tener que compartirlas.

—Es el hijo de mi hermana —le dijo la mujer a Jimmy en un inglés muy marcado mirando al más pequeño—. No habla americano. Su madre está muy enferma. Él no lo sabe, pero pronto será mi hijo.

—¿No tiene padre?

—Su padre murió en la explosión de la fábrica que también mató a mi marido.

—Lo siento —le dijo Jimmy—. Justo lo que necesitas, otra boca que alimentar.

—Es un regalo de Dios —dijo ella en voz baja—. Con una boca muy pequeña —esbozó una sonrisa temblorosa—. Y ahora tengo suficiente arroz para llenarla. Bendito seas por tu bondad y tu caridad.

—Esto no es bondad ni caridad —respondió Jimmy casi como si le hubiese insultado—. Es lo justo.

Pero Tess y la mujer kazbekistaní sabían que no era así.

Ahora Jimmy estaba mirando a Tess, con los ojos llenos de preocupación en aquella cara en la que se había hecho una herida, probablemente a propósito.

—¿Estás bien? —le preguntó—. No tienes muy buen aspecto.

—Sí, estoy bien. Sólo estaba pensando... —no quería que supiera que le había visto regalando aquel arroz. Se sentiría incómodo, y creería que le había estado siguiendo, lo cual era cierto de alguna manera. Ella también se sentiría incómoda, pero no por lo que habría supuesto. Se puso de pie—. Debería seguir trabajando. Y tú también.

—Sí —él se quedó allí, mirándola, como si fuese a decir algo más. Pero no lo hizo.

—Esto es terrible —comentó ella—. Nunca había imaginado que pudiese ocurrir algo así.

—Bienvenida a Kazbekistán —dijo Jimmy—. Supongo que no hay ninguna posibilidad de que te convenza para que cojas el siguiente vuelo a casa.

—Ninguna —respondió Tess.

Él sonrió con los ojos.

—Lo sabía.

A Sophia le estaban robando.

El dueño de la casa de empeños dejó el anillo en el mostrador.

—Doscientos. Es mi última oferta.

—Amable señor —dijo Sophia en voz baja, respetuosa, disfrazada. Ya había hecho negocios con él unos meses antes. Ahora estaba agradecida al burka y al velo que le tapaba todo salvo los ojos. Era un bastardo y un ladrón, y si hubiese podido habría ido a otro sitio. A cualquier sitio. Pero era la única tienda que había abierta. Y se estaba dedicando a robar a los ladrones que habían aprovechado las réplicas del terremoto exactamente igual que ella.

Sophia había utilizado la segunda réplica para robar un vestido y un burka, algunas mantas y almohadas, joyas, comida, velas e incluso un par de pistolas pequeñas en una casa situada en un barrio rico.

La familia kazbekistaní que vivía en ella salió corriendo cuando las paredes empezaron a temblar de nuevo, y entonces se coló por la puerta trasera. Y mientras estaban en la calle con los vecinos, gritando, con un bebé llorando y los perros ladrando, cogió unas cuantas cosas que pensó que no echarían de menos.

Excepto ese anillo.

—Este anillo vale mil veces más.

—Doscientos —dijo él de nuevo—. O lo toma o lo deja.

Sophia necesitaba mucho dinero en efectivo si quería comprar la documentación falsa que necesitaba para salir de Kazbekistán.

Pero necesitaba aún más mantener la cabeza pegada al cuello.

Si aceptaba la insultante oferta del prestamista se daría cuenta de lo desesperada que estaba. Podría llamarle la atención. Sí, llevaba un grueso velo, pero tenía los ojos azules. Y aunque había algunos casos de kazbekistaníes con ojos azules lo cierto era que no pasaban desapercibidos.

Y si llegaba a oídos de los sobrinos de Padsha Bashir que había una ladrona con ojos azules sabrían que aún estaba en Kazabek. La única razón por la que no había huido a las montañas era la ridícula esperanza de que los trabajadores de ayuda humanitaria que inundaban la ciudad consiguieran que la embajada americana abriese pronto sus puertas, cerradas durante mucho tiempo. Que sus viejos amigos regresaran por fin y le proporcionaran la ayuda que necesitaba desesperadamente.

Pero cada vez que pasaba por la plaza Saboor las puertas del antiguo edificio de la embajada seguían cerradas.

Sin decir nada más Sophia recogió el anillo del mostrador, se puso la rejilla del burka sobre los ojos y salió a la calle.

Tess ya estaba dormida cuando Jimmy subió al asiento del conductor del carro de Khalid.

Estaba apoyada contra las duras tablas de madera laterales, con la cabeza de Dave Malkoff sobre su regazo y la mano en su pelo.

Dave también tenía los ojos cerrados. Su intoxicación era mucho más grave de lo que parecía, y Jimmy no pudo evitar sentir respeto por él. Dave había trabajado incansablemente durante todo el día, sin una sola queja, mientras sacaban a más de seiscientos niños con vida de aquel sótano. Se apartaba a un lado, se ponía de rodillas y comulgaba silenciosamente con la tierra y el polvo cuando era necesario.

Cuando Jimmy había sufrido alguna intoxicación sólo había podido tumbarse en la cama y gemir. La verdad era que estaba impresionado. Y un poco celoso por esa mano en su pelo. Celoso e impresionado por Dave Malkoff. Sin duda alguna era una señal de que se acercaba el fin del mundo.

Vinh Murphy se sentó junto a él, y el viejo carro crujió bajo su peso.

—¿Estás seguro de que sabes conducir este trasto, Nash?

—Sí.

Murphy le miró y se rió con un brillo en los ojos, como un duende asiaticoafroamericano.

—Claro.

Murphy tenía dos modos básicos. Podía estar silencioso y atento, lo habitual la mayor parte del tiempo, o ser muy divertido. Era difícil no reírse cuando Murphy se reía, probablemente porque nunca estaba de mal humor. Murphy no se reía de nadie, sino del mundo que le rodeaba.

—Ya ves que Khalid ha confiado en mí —le dijo Jimmy.

—Khalid sólo tiene doce años. Además, quería ir al hospital con su hermano —repuso Murphy—. Si le hubieses dicho que eres la reina de Inglaterra te habría besado el anillo y te habría pedido un título de caballero.

Khalid lloró de alegría cuando sacaron a Amman del sótano con tan solo una muñeca torcida y una fuerte deshidratación. Tenía que ir al hospital para que le examinaran, pero no dejaba de colgarse del cuello de su hermano.

Jimmy sugirió a Khalid que confiara en él para llevar el carro a casa de Rivka, donde iban a alojarse. Khalid podría ir al hospital con su hermano y recoger el carro y el caballo a la mañana siguiente.

El muchacho le sacó una serie de promesas. Jimmy le prometió que daría de comer al caballo y que dejaría el carro bien cerrado en el patio de Rivka. También le prometió que sabía conducirlo.

—Muy bien, James —le dijo Decker desde la parte trasera del carro—. Ya estamos listos para partir.

—Eso es, James —añadió Murphy—. Pisa el acelerador. Le dije a Angelina que intentaría llamarla esta noche, y las antenas de telefonía móvil siguen sin funcionar en esta parte de Kazabek. Espero que hayan arreglado alguna en la parte más rica de la ciudad.

—No cuentes con eso —Jimmy chasqueó las riendas contra el caballo de Khalid, *Marge*. Como Marge Simpson. Viva la televisión por satélite.

Marge le miró un poco enfadado, pero por lo demás no se movió.

Vamos. Había visto hacerlo así en las películas. Jimmy lo intentó de nuevo.

—¡Yea!

El caballo castrado agitó las orejas, pero esta vez ni siquiera se molestó en mirarle.

Murphy sabía cuándo no era una buena idea reírse.

—Bueno —dijo Jimmy—. Quizás haya exagerado.

Murphy se volvió hacia la parte de atrás.

—Podríamos despertar a Tess. Es de Iowa...

—No ha vivido en Iowa desde que tenía diez años —dijo Jimmy—. Además, en Iowa hay mucha gente que no ha visto nunca un caballo.

—Me dijo que era de Greendale. Eso está en el campo.

—Sí, pero vivía en la ciudad —le informó Jimmy al ex marine—. Su padre trabajaba en la biblioteca pública. En la calle principal. Sin un caballo a la vista.

Aunque tenía un porche con un columpio en esa casa de Greendale. En la inmensa y verde Iowa.

—Puede que tuviera amigos que...

—Vamos a dejarla dormir —Jimmy le dio las riendas a Murphy y se bajó del carro. Era capaz de hacerlo. No podía ser tan difícil.

No estaba mintiendo del todo cuando le dijo a Khalid que sabía algo de caballos. Él y Deck habían hecho un cursillo especial cuando comprobaron que los caballos eran un medio de transporte muy útil para los equipos de operaciones especiales durante la operación Libertad Duradera en Afganistán. Ambos habían aprendido a montar y a cuidar de los caballos.

El vaquero que les daba clase les dijo A) que los caballos son inteligentes y B) que saben inmediatamente si no tienes experiencia. Entonces no te hacen ni caso.

Jimmy se acercó al caballo y le miró a los ojos.

—Deja de joderme —le dijo. Luego se lo repitió en el dialecto local.

Al caballo no le impresionó.

Jimmy resistió la tentación de levantarse la camisa y enseñar a *Marge* el arma que llevaba metida en los pantalones. Murphy había conseguido una bolsa de armas en Ikrimah y las había repartido a todo el equipo. Una rápida mirada a la vieja pistola de 9 milímetros solía ser suficiente para que los humanos más obstinados menearan una pierna.

El caballo movió la cabeza para sacudirse una mosca.

Puede que le hiciera falta un poco de impulso. Jimmy había visto a Khalid llevar al caballo. Cogió la brida por delante y tiró de ella.

Entonces empezaron a moverse. Jimmy también iba andando, lo cual le fastidiaba enormemente. Hasta casa de Rivka había unos veinte kilómetros. Ya era bastante penoso tener que ir sentado en ese duro banco sujetando las riendas. Sobre todo cuando lo que quería era estar en la parte de atrás, con la cabeza sobre el regazo de Tess.

Hizo que el caballo fuera más rápido e intentó subir de nuevo al carro en marcha.

Lo cual no resultaba nada fácil, sobre todo después de las horas que había pasado limpiando escombros.

Pero entonces el caballo se lo puso más fácil deteniéndose del todo.

—Mierda.

Murphy intentó tirar de las riendas.

Nada.

Una vez más.

No se movía.

Jimmy oyó suspirar a Deck en la parte trasera del carro. O puede que lo imaginara. En cualquier caso fue motivador.

Se bajó del carro.

—Yo creo que está cansado —dijo Murphy.

—No me digas —Jimmy volvió a tirar del caballo y puso el carro en marcha de nuevo.

Pasaron chirriando y dando bandazos por delante de Will Schroeder, que estaba sentado a un lado de la calle con su bolsa de felpa y la cabeza entre en las manos.

No estaba solo. Jimmy se dio cuenta de que también había unas cuantas personas que habían viajado con ellos en el autobús de Ikrimah, conmocionadas después de haber ayudado a recuperar los cuerpos de esos niños de esa escuela.

Probablemente eran todos periodistas, la mayoría de los cuales no había visto nunca tan de cerca las repercusiones de un terremoto en un país tercermundista. Como mucho habían estado en el borde de la destrucción con sus cámaras informando sobre el número de víctimas con tono apagado, sin entender realmente qué significaban esos números.

Ese día lo comprendieron con toda claridad.

Tomando un camino entre los escombros y las ruinas, Jimmy condujo el carro y el caballo por una calle que apenas reconocía, pero que debía de ser la Rue de Palms.

—Muy bien, *Marge* —murmuró al caballo—. Supongo que tendré que ir andando contigo.

Después de todo veinte kilómetros no eran para tanto.

8

Tess se despertó con la extraña sensación de que se estaba moviendo, y al abrir los ojos se encontró entrando por una puerta a una casa con el techo bajo.

Jimmy Nash la estaba llevando en brazos con la cabeza contra su pecho. Tenía un brazo alrededor de su espalda y el otro por debajo de las rodillas.

—¿Qué estás haciendo? —preguntó.

—Lo siento —le dijo mientras la llevaba a una cocina de aspecto rústico y la dejaba sentada—. He intentado despertarte, pero estabas completamente dormida. He tenido que meterte dentro porque ha pasado casi una hora del toque de queda, y durante los últimos veinte minutos nos ha escoltado la policía.

Tess miró a su alrededor. Sólo había una lámpara de aceite encendida sobre una mesa en medio de la habitación, que dibujaba sombras contra las paredes de barro.

Murphy y Dave estaban metiendo dentro las provisiones del carro, apilando las cajas cuidadosamente a un lado de la habitación.

—Rivka no está aquí. Ha dejado una nota —les informó Decker después de asomarse a una puerta cubierta con una cortina que había junto a un horno de tierra y una antigua cocina de hierro—. Su yerno está en el hospital. Él y Guldana han ido a acompañar a su hija, y no sabe si podrán venir antes del toque de queda.

—Es evidente que no —dijo Jimmy sonriendo a Tess—. Si Rivka estuviese aquí lo sabríamos.

Decker le dio la nota y luego fue a ayudar a Murphy y a Dave a descargar el carro.

Tess intentó seguirle, pero Jimmy le agarró del brazo.

—Ponte el pañuelo en la cabeza —dijo—. La policía sigue ahí fuera.

—Está en mi bolsa —respondió ella. Que estaba en el carro.

—Iré a buscarlo —dijo él hojeando rápidamente la nota.

Tess se acercó un poco más a la ventana para mirar a la calle. Era una noche oscura, pero alguien había puesto una linterna en el banco del carro, que iluminaba misteriosamente la cara de Dave mientras ayudaba a Murphy y a Decker a mover una caja especialmente grande.

El patio era un pequeño espacio polvoriento entre la casa y lo que parecía ser una cuadra.

—Rivka ha despejado un hueco para ti en la despensa.

Al darse la vuelta Tess vio a Jimmy señalando hacia la habitación de la cortina a la que se había asomado Deck.

—Ha recibido el mensaje de que veníamos con una mujer, pero no ha parecido entender que eres mi mujer. Puede que no haya sido muy claro respecto a eso —añadió.

Además de dirigir la operación de rescate en la escuela, Jimmy y Deck también habían conseguido enviar un mensaje a su amigo kazbekistaní para que les ayudara a encontrar alojamiento. Pero hospedarse en aquella ciudad era muy difícil, y lo mejor que Rivka pudo hacer fue ofrecerles el suelo de su cocina.

Que no era el lugar más adecuado para instalar su ordenador y el resto del equipo de comunicaciones. Tess miró detrás de la cortina. En la despensa apenas había espacio para dormir. Pero aquella alternativa era mucho mejor que alojarse en los barracones de la antigua base americana. Allí tendrían menos privacidad incluso, y necesitaban poder ir y venir a su antojo.

Jimmy se rió.

—Te he pasado en brazos bajo el umbral, ¿eh?

—¿No se supone que eso trae buena suerte? —preguntó ella. Iban a necesitarla para encontrar ese ordenador en lo que quedaba de la ciudad devastada.

En una de las paredes de la cocina había una larga grieta, pero por lo demás esa casa y la cuadra contigua habían sobrevivido al terremoto. Otras casas de aquel barrio no habían corrido la misma suerte.

—No estoy seguro, pero creo que esa tradición tiene más que ver con el hecho de que al ser mi esposa eres de mi propiedad —dijo Jimmy.

—Estupendo —comentó Tess—. Lo tendré en cuenta. Ya sabes, por si me caso de verdad algún día.

Jimmy iba hacia la puerta, pero de repente se dio la vuelta. Se acercó de nuevo a ella y la atrajo hacia él en lo que podría haber parecido un abrazo a cualquiera que no pudiese oírle.

—Que sea la última vez que dices algo así en una zona insegura —le dijo al oído en un tono casi inaudible—. ¿Me he explicado con claridad?

Estaba hablando en serio. Intentó recordar lo que acababa de decir. *Casarse de verdad.* Dios mío.

—Estamos casados. Soy tu marido. Tú eres mi mujer —prosiguió con tono silencioso—. Aunque estemos solos. Sobre todo cuando estemos solos, porque hasta que no comprobemos si hay micrófonos ocultos puede que no estemos solos realmente —retrocedió para mirarla.

Tess asintió.

—Lo siento —dijo en voz baja. Lo sabía. Incluso se había preparado para eso.

—Sé que estás cansada —le dijo Jimmy al oído—. Yo también. Ha sido un día muy jodido. Pero tienes que pensar, Tess. Piensa siempre antes de decir o hacer cualquier cosa.

Ella asintió de nuevo.

—Iré a buscar tu pañuelo.

Por fin la soltó y salió por la puerta, y Tess se sentó en uno de los bancos que alineaban la gruesa mesa de madera. Tenía razón. No había pensado en absoluto. Había metido la pata.

Decker estaba al otro lado de la habitación, ayudando a Murphy a apilar otra caja junto a la pared. Estaba mirándola, así que cuadró los hombros, puso una sonrisa en su cara, se levantó y se acercó a ellos para ver si podía ayudar en algo mientras estaba allí.

Deck se encontró con ella a mitad de camino. Aún tenía la ropa y la cara cubiertas de ese penetrante polvo amarillento. Fue el primero que entró en aquel sótano, la primera persona que vieron aquellos niños atrapados, un ángel que había llegado para llevarles de la oscuridad a la luz.

Además parecía americano. Fuerte y seguro, con un aura casi visible a su alrededor que hablaba de una vida vi-

vida con libertad. Libertad y ortodoncias para todos; el jefe de su equipo tenía una auténtica sonrisa americana con unos dientes blancos perfectos.

—No hace falta que disimules, Tess —le dijo ahora—. Nadie se va a sorprender si demuestras que te sientes mal después de ver lo que has visto hoy.

—Sí, ya lo sé —respondió ella.

Decker no la creyó.

—Has hecho un buen trabajo —dijo en voz baja—. ¿Se ha molestado Nash en mencionar eso cuando te estaba echando el rapapolvo por lo que fuera que le haya molestado?

Ella suspiró.

—Lo has visto, ¿eh?

—Sí —su mirada era increíblemente bondadosa—. Puede ser un cabrón cuando está agotado, y te aseguro que está agotado. No te lo tomes a pecho.

—He metido la pata —reconoció.

—Pues aprende de tu error y sigue adelante —dijo Decker—. No pienses en ello. Simplemente no lo vuelvas a hacer.

—Creía que tenía derecho a sentirme mal —repuso.

Él se rió mientras iba hacia la puerta.

—Sí, pero sólo por las cosas que importan —al darse la vuelta su sonrisa había desaparecido—. Nadie va a pensar mal de ti si lloras. Es bueno desahogarse, sobre todo después de un día como hoy.

Tess asintió y se cruzó de brazos.

—Ya sé que no quieres ser grosero, ¿pero no te parece un poco ofensivo decirme algo así? ¿Les dirías a Murphy o a Dave que deberían llorar? —¿O a Nash, que probablemente necesitaba oírlo más que cualquiera de ellos?

—Sí —dijo—. Y lo he hecho. Dave Malkoff está ahí fuera ahora mismo, llorando como un bebé.

—¿De veras? —Tess se rió de sí misma por creerle capaz de hacer una cosa así. Era un mentiroso impresionante.

—Lo de decirlo sí, pero lo de Dave no —reconoció Decker sonriendo otra vez. Era un mentiroso impresionante con una sonrisa matadora. ¿Pero qué era real y qué era fingido? ¿Estaba jugando también con ella al americano fuerte?— Aunque es una lástima que no sea verdad, ¿eh? —su sonrisa se desvaneció de nuevo—. Ésta va a ser una misión larga y dura. Asegúrate de hacer lo que sea necesario para cuidarte —se acercó un poco más y bajó la voz—. Sé que no será fácil para ti, y lo siento.

Estaba hablando del hecho de que tuviera que trabajar con Jimmy Nash.

—No me importa —dijo ella, pero una vez más se dio cuenta de que no la creía. Y en ese punto, después de todo lo que había visto y hecho aquel día, tampoco ella estaba segura de creérselo.

Una cosa era estar cerca de Nash en el entorno neutro del despacho de Tom o en un avión, y otra muy diferente tener que ir más allá de los límites emocionales. Habían encontrado el cuerpo de una niña de unos doce años... Pero era una más de tantas.

Decker miró hacia Nash y Murphy, que estaban intentando pasar otra caja por la puerta.

Se aclaró la garganta y esbozó una sonrisa que ahora sólo le sirvió para que pareciera tan cansado como probablemente se sentía.

—Bueno, dime si hay algo que pueda hacer —añadió—. Ya sabes, para que esto resulte más fácil.

—Hey, Tess —gritó Nash, y ella le miró. Estaba tan sucio como Decker, y era igual de capaz de representar un papel para ocultar sus verdaderos sentimientos. Había visto cosas terribles que podían hacer que sintiese ganas de llorar, aunque no lo haría ni en un millón de años—. Cógela.

Tenía su bolsa sobre el hombro. Se la tiró y ella la cogió.

—Gracias.

—¿Puedes meter dentro el resto de nuestro equipo personal? —le preguntó.

—Claro —su pañuelo estaba justo encima. Lo sacó y se lo puso.

Luego se volvió hacia Decker para darle las gracias, pero había vuelto ya a trabajar.

Las puertas de la embajada americana seguían cerradas.

Sin embargo, Sophia pasaba por la plaza Saboor con regularidad, aún sabiendo que la ayuda no iba a venir por esa parte.

Si quería salir del país iba a tener que confiar en antiguos socios, como Michel Lartet, un expatriado francés que regentaba un bar ilegal y un casino de juego en los sótanos de sus diversas propiedades. La situación de su local iba rotando —siempre era diferente de una noche a otra—, y a veces incluso cambiaba en el transcurso de una noche. No siempre había sido así. Pero durante los últimos años a Lartet le pisaban los talones los dirigentes locales como Padsha Bashir.

Aunque el antiguo gobierno kazbekistaní había prohibido el alcohol y el juego, los funcionarios que se encargaban de aplicar la ley aceptaban recompensas y sobornos, a diferencia de Bashir y sus compatriotas.

Dimitri decía siempre que no había recompensa lo bastante grande para permitir que la contaminación occidental permaneciera dentro de las fronteras de su país.

De todos sus antiguos amigos y conocidos, Lartet era el que más posibilidades tenía de ayudarla, aunque negociara la ayuda a cambio de un pago sustancial. Sin embargo, Sophia no estaba dispuesta a jugarse la vida.

Por eso había ideado un plan.

Encontró el bar de Lartet con bastante facilidad. De hecho, la gente a la que preguntó dio a entender que llevaba varias semanas en el mismo sitio, lo cual era algo sorprendente.

Al parecer esos días operaba en el sótano de un pequeño edificio que albergaba arriba una carnicería. Los generadores mantenían los congeladores y los frigoríficos funcionando, aunque era muy probable que la carne estuviera correosa y a un precio desorbitado.

El local no estaba tan lleno como de costumbre, pero eso era de esperar teniendo en cuenta que estaban en el toque de queda.

Al ir tapada con un burka se fijaron en ella al entrar, pero enseguida se olvidaron de su presencia cuando ocupó una mesa a un lado del recinto. Se sentó con un grupo de mujeres, todas prostitutas.

La prostitución era un negocio muy peligroso en Kazbekistán. Estaba castigada con la pena de muerte, que solía llevar a cabo la propia familia de la mujer: los hermanos, el padre y los primos varones.

Daba igual que muchas mujeres tuvieran que dedicarse a la prostitución para alimentar a esa misma familia.

Durante los últimos años Sophia había ido al bar de Michel Lartet, a esa misma sala, docenas de veces. Pero lo había hecho como mujer americana y la habían recibido como a una igual. Una vez dentro se quitaba el burka y se quedaba con la ropa por la que le hubieran arrestado si la llevara por la calle. A veces iba con pantalones cortos y una camiseta, o con un vestido ceñido que Dimitri había encargado para ella —en realidad para él— de algún catálogo.

Se sentaba en la barra con los hombres, bebiendo y riéndose. De vez en cuando se fijaba en las mujeres que se sentaban en la esquina con sus burkas, y entendía por qué preferían mantener la cara tapada.

También las veía irse, una a una, con los clientes de Lartet cuando la noche llegaba a su fin.

Nunca había sentido mucha compasión por ellas; mujeres que habían perdido tanto el control de su vida que tenían que vender su cuerpo para comer.

Justo para sobrevivir un día más.

Hacía tan sólo unos meses pensaba que preferiría morirse antes de degradarse de aquella manera. Sexo sin amor. Sexo con desconocidos. ¿Qué mujer con un poco de autoestima recurriría a eso?

Pero al yacer con el asesino de Dimitri, con su cara, su vestido y su pelo aún salpicados con la sangre de su marido, descubrió que era capaz de hacer cualquier cosa para no morir.

Y mientras los días se convertían en semanas y en meses, mientras su supervivencia dependía de su habilidad para «entretener» a su odiado enemigo y a sus repugnantes amigos, se dio cuenta de que nunca había entendido lo insignificante que era el sexo.

La poesía, la magia, la belleza —el concepto fantástico del verdadero amor— eran un patético intento de hacer romántico algo que simplemente era una función biológica. El sexo no era más profundo que comer o dormir.

Esa noche estaba sentada entre las prostitutas del bar de Lartet, consciente de las miradas despectivas de las demás mujeres. Antes no entendía cómo podían distinguirlas los hombres que las compraban por una noche o una hora. Iban completamente tapadas; los hombres sólo podían adivinar qué había debajo.

Pero ahora, sentada entre ellas, se dio cuenta de que las prostitutas de Kazabek tenían su propia versión del atuendo de las busconas de Nueva York. En vez de minifaldas y tops ajustados llevaban las mangas de sus vestidos levantadas justo lo suficiente para mostrar los intrincados dibujos hechos con henna en sus brazos. Tenían las manos sobre las mesas delante de ellas, cuidadosamente arregladas. Manos suaves y jóvenes y muñecas adornadas con brazaletes. También llevaban anillos en los dedos de los pies y las uñas esmaltadas y, como sus hermanas de la calle 42, iban con sandalias de tacón alto.

Aparentemente el lenguaje del calzado de las mujeres era universal.

Sophia llevaba un par de sandalias planas de cuero robadas, que le quedaban grandes con los pies aún rojos e hinchados, doloridos tras huir descalza del palacio de Bashir. Esperaba que el mensaje que transmitiera su calzado fuera una señal de posibles enfermedades infecciosas.

Tampoco tenía las muñecas adornadas. Llevaba el anillo que aún no había conseguido empeñar, tras haber decidido armarse con la habilidad de ofrecer un soborno y con una de las pistolas que había robado. Pero llevaba ese anillo hacia abajo, con las piedras escondidas en la palma de la mano.

Al captar otra mirada mordaz de una de aquellas mujeres se dio cuenta, con cierto alivio, de que si se aproximaba un cliente no sería la primera que eligiera.

Aunque no desdeñaría la oportunidad de separar a un hombre de su dinero, porque los servicios prestados supondrían un beneficio añadido.

Pero por atractiva que fuera la idea no estaba allí para eso.

Estaba allí para observar la respuesta de Michel Lartet al mensaje que le había enviado, un mensaje escrito que debería recibir en cualquier momento. Quería ver su reacción a la nota, comprobar si sabía algo de la recompensa que sin duda alguna habían ofrecido por su cabeza. Estaba deseando ver si la promesa de una gran cantidad de dinero era suficiente para llevarle al terreno de su odiado enemigo o si sería su salvación.

Estaba sentada lo bastante cerca de la barra principal para oír la voz atronadora de Lartet, que estaba contando un chiste de mala manera. *Un camello, un caballo y una cebra entran en un bar...* A Lartet le encantaba contar chistes.

Dimitri solía tomarle el pelo despiadadamente —eran muy buenos amigos— por estropear siempre el final.

Sophia permaneció sentada, con la manos delante de ella sobre la mesa y el anillo cuidadosamente escondido, y esperó.

Cuando Jimmy terminó de acomodar al caballo de Khalid en la cuadra de Rivka volvió a la cocina, que estaba completamente vacía.

Dave Malkoff estaba en el establo. Agarrado a un cubo, se había instalado en un hueco vacío para dormir, muy enfermo aún.

A Tess le preocupaba que estuviese incómodo en la cuadra, pero Dave lo negó. Jimmy la alejó de él cuando vio que insistía demasiado. Sabía cómo se encontraba Dave, y que la única cosa peor que sentirse mal era sentirse mal al alcance del oído de los compañeros de equipo, a quienes Dave quería poder mirar a la cara durante las siguientes semanas sin preguntarse si habían oído esos ruidos desagradables que iba a hacer durante toda la noche.

Aunque, para ser sincero, cada vez que Dave vomitaba, le oyeran o no, el respeto de Jimmy por él no dejaba de aumentar.

Jimmy fue a comprobar cómo estaba una vez más después de darle a *Marge* un beso de buenas noches, y le vio clavándose una aguja en el brazo. Se encontraba tan mal que se estaba poniendo una inyección. Sólo era una solución salina para no acabar deshidratado, pero era algo significativo.

—Estaré bien por la mañana —le dijo a Jimmy desde el suelo. Envuelto en mantas, estaba temblando a pesar de los treinta grados de temperatura que había—. No se lo digas a Decker.

Jimmy suspiró moviendo la cabeza.

—Yo soy Decker —le dijo a Dave.

Que no le comprendió. Le castañeteaban tanto los dientes que parecía que se le iban a desencajar.

Jimmy se lo explicó.

—Si veo u oigo algo se lo diré a Decker. No hay excepciones a esa regla. Si quieres ocultar algo a Decker será mejor que me lo ocultes a mí también. Además, te recuerdo que intentar ocultar algo a Deck es la forma más rápida de cagarla. Porque te mandará en el siguiente vuelo a casa. ¿Me sigues?

Dave asintió y respiró hondo, sin duda alguna dispuesto a enumerar las diez principales razones por las que sería un error que le llevaran al hospital más cercano.

Jimmy no le dejó decir nada.

—Por otro lado, discutir conmigo no es lo mismo que discutir con Decker, así que resérvate eso para cuando le veas, que probablemente no será hasta mañana por la mañana.

Al oír aquello Dave puso cara de alivio, como si Jimmy le hubiera dicho que al no haber luz la silla eléctrica no funcionaba.

—Si estás así por la mañana... —prosiguió Jimmy.

—No estaré así —afirmó Dave.

Jimmy tuvo que decírselo de otra manera. Aquel tipo era duro de pelar.

—Si te sientes así por la mañana...

—Ya me siento mejor —Dave forzó una sonrisa. Fue un esfuerzo admirable que se estropeó al tener que lanzarse sobre el cubo.

—Vendré a verte más tarde —Jimmy dejó a Dave con su conversación privada con el cubo de plástico.

Mientras entraba en casa de Rivka se cruzó con Murphy, que salía dispuesto a saltarse el toque de queda. Lo cierto era que el toque de queda resultaba muy útil; mantenía las calles libres de civiles inocentes. Cualquiera que anduviese rondando por ahí durante la noche podía ser peligroso.

Incluso Deck había salido disimuladamente después de ayudar a Jimmy a guardar el carro de Khalid en el patio. Como Murphy, iba a adentrarse en el corazón de Kazabek para comunicarse con sus contactos y enterarse de lo que decía la gente de la calle; no sólo de las noticias, sino también de los rumores. Se podía aprender mucho de los rumores si se sabían interpretar.

Aunque Decker también tenía un trabajo adicional: localizar y hablar con ese Dimitri Ghaffari. Jimmy estaba seguro de que Deck iba a ocuparse de esa misión especial de Tom Paoletti.

Jimmy se sintió un poco celoso mientras se lavaba la cara en el fregadero de la cocina de Rivka. Él también se habría saltado el toque de queda si Rivka hubiese estado en casa o si Dave no estuviese tan enfermo. Pero no iba a dejar a Tess sola en una casa vacía.

Por supuesto, eso significaba que él y Tess estaban solos en una casa vacía.

Ella estaba ya detrás de la cortina, en la pequeña despensa en la que Rivka había despejado el espacio suficiente para que pusiera su saco de dormir. Si Jimmy tenía suerte ya estaría dormida.

Pero la cortina se movió —últimamente le fallaba la suerte— y ella salió a la cocina.

—Muy bien —anunció—. Estoy lista.

Jimmy se quedó mirándola. Iba vestida de negro de arriba abajo; sólo le faltaban los tacones y las perlas.

Pantalones negros, camisa negra, mochila negra al hombro, camuflaje negro cubriendo todas aquellas pecas...

Pippi va de comando.

Se echó a reír.

—Ni mucho menos. Vete a lavarte la cara y prepárate para ir a la cama —en cuanto acabó de hablar se dio cuenta de que con un poco de delicadeza podría haber evitado la tormenta que se avecinaba a toda velocidad.

—¿Perdona? —dijo Tess.

Si la vida real tuviera una banda sonora, entonces habría sonado «Tú no me mandas a mí» a todo volumen.

—Vamos, Tess. Estás agotada —dijo, aunque el argumento de «Seamos razonables» no solía funcionar después de reírse de alguien a la cara.

Ella se acercó lo suficiente para besarle, o para hablar sin que nadie la oyera.

—Igual que Deck y Murphy —dijo en voz muy baja—. Los dos han ido a hacer su trabajo. Yo voy a hacer el mío.

Iba a marcharse, pero él la agarró del brazo.

—Tu trabajo es no acabar en la cárcel la primera noche que estamos en Kazabek —le susurró con la boca pegada al oído—. Tu trabajo es seguir de una pieza cuando encontremos... lo que estamos buscando —el ordenador. No iba a pronunciar esa palabra. No en voz alta.

Tess se soltó, levantó un dedo y desapareció otra vez detrás de la cortina. Volvió a salir unos segundos después con lo que parecía un dictáfono, uno de esos aparatos con cintas de casete en miniatura. Apretó un botón y empezó a sonar una conversación entre dos personas, un hombre y una mujer.

Hey, ésa era su voz. Y la de ella. ¿Qué diablos estaba pasando?

Entonces oyó a la Tess de la cinta mencionar la última película de Tom Hanks, y se dio cuenta de que debía haber grabado la conversación que habían mantenido en el aeropuerto. Habían estado hablando de sus películas favoritas mientras esperaban para subir al avión; mientras Jimmy intentaba no pensar en la noche que había pasado con Tess. Normalmente le gustaba recordar la intimidad compartida, pero en ese momento le resultaba incómodo.

Tess dejó el aparato sobre la mesa y se acercó a él, pero no tanto como antes.

Lo cual era una lástima.

—Mi trabajo incluye poner nuestro sistema informático en marcha —dijo en voz baja mientras en la cinta seguía hablando de *Forrest Gump*. Cualquiera que estuviese escuchando sólo oiría la conversación grabada—. Con acceso a Internet. También necesitamos comunicarnos. Por si no te has dado cuenta, nuestras radios no funcionan aquí. Si consigo instalar una antena parabólica en un sitio lo bastante alto puedo intercomunicar nuestros teléfonos. Así podremos mantenernos en contacto entre nosotros y con Tom, siempre que nos encontremos en el radio de acción de la antena. Esto es importante, Jimmy. Y no lo puedo hacer de día.

—Bueno, lo siento —Jimmy intentó parecer sincero, pero era difícil. Le distraía su propia voz comentando que Wilson Volleyball de *Castaway* se merecía el Oscar al mejor actor de reparto. En la cinta, la risa de Tess sonaba demasiado educada—. Pero Decker ha pensado que es mejor que desconectes esta noche. Túmbate y descansa un poco.

Ella levantó las cejas con expresión divertida.

—¿Decker ha dicho eso?

—Sí —mintió—. Mientras estábamos guardando el carro ahí detrás.

—Es curioso, porque yo también he hablado con Decker justo antes de que se fuera. Y me ha dado permiso para salir e instalar esa antena —Tess balanceó la mochila negra que llevaba al hombro—. Incluso me ha dado esto para llevarla.

Mierda. Efectivamente, era la bolsa de Deck.

—¿Tienes una antena parabólica ahí dentro?

—Se pliega. Está hecha de un material especial, parecido al de las cometas —le dijo—. Tiene un armazón que se abre y se encaja.

Era sorprendente. La tecnología —incluso hablar de ella como ahora— le excitaba de un modo increíble. Tess Bailey era una auténtica experta en la materia.

—La parte más difícil es la de la batería eléctrica —le estaba diciendo—. Es una pieza ultraligera.

Tenía los ojos iluminados como hacía dos meses, cuando la llevó por el pasillo a su dormitorio.

—¿Cómo la sujetas? —le preguntó Jimmy—. ¿Qué pasa si hace mucho viento?

—Puede salir volando —reconoció—. Pero es muy fácil de reemplazar.

—Estás de broma, ¿verdad? —Jimmy se burló a propósito de su fabulosa nueva tecnología, y ella retrocedió un poco.

Que era lo que quería, porque cuando estaba tan cerca sentía el impulso de ponerse de rodillas y pedirle otra oportunidad. E incluso de decirle la verdad y explicarle por qué no la había llamado: Porque quería llamarla, y eso le asustaba terriblemente...

—Nos acercamos a la estación de las tormentas de arena —le dijo—. Normalmente sólo hay una por semana, pero en esta época del año puede haber tres o cuatro. O una que dure seis días.

—Como cualquier equipo, este sistema tiene sus ventajas y sus inconvenientes —dijo ella—. Tendré que comprobarlo con frecuencia y reemplazarlo cuando sea necesario. Personalmente, si tengo que trepar a un edificio prefiero no llevar una antena tradicional.

Trepar a un edificio...

Tess se echó la bolsa al hombro, dispuesta a salir por la puerta.

Muy bien. Ése era el momento de la verdad. ¿Debía insistir en que había hablado con Deck en el patio y acusarla de estar mintiendo? Era evidente que su historia no era más real que la de ella, aunque tuviera la bolsa de Deck. Era su estilo pedirla prestada sin decirle a Deck exactamente para qué la quería.

Pero antes de que pudiera decidirlo ella le hizo dudar mirándole directamente a los ojos y diciendo:

—Deck quería que vinieses conmigo. Yo le he dicho que no necesito una niñera. Sé exactamente dónde voy a poner esta... Mientras estaba ayudando a descargar el carro he echado un vistazo. No lejos de aquí hay una iglesia católica abandonada que parece tener la altura adecuada. Pero ha insistido. No quiere que haga esto sola. No la primera vez, ha dicho. Supongo que puedo respetarlo. No estoy de acuerdo necesariamente, pero... Sé que estás cansado, Jimmy. Yo también. Pero Deck quiere que nuestros ordenadores estén funcionando lo antes posible.

Era buena, maldita sea. *No la primera vez*. Sonaba a algo que podría haber dicho Decker. Y para terminar le había lanzado un reto. *Sé que estás cansado, Jimmy*.

Sí, estaba cansado y le dolían mucho los pies —aquel paseo de veinte kilómetros había superado su resistencia al dolor— pero no iba a ser capaz de dormir. Después de aquella tarde era posible que nunca pudiese volver a dormir.

Jimmy no hizo nada, pero por algún motivo los ojos de Tess se suavizaron. Incluso le tocó, con los dedos sorprendentemente fríos sobre su cara.

Fríos pero fugaces. Sin embargo Jimmy no le cogió la mano. No la tocó en absoluto.

—Gracias por lo que has hecho hoy —dijo ella—. Ha sido muy difícil en muchos sentidos.

No estaba bromeando.

—Has estado maravilloso con Khalid y Amman —prosiguió—. Me has dejado impresionada.

Maravilloso. Estupendo. Sí, era genial; se le daban bien los niños que estaban vivos aún. Pero ese día muchos no habían sobrevivido.

—Decker me ha dicho que está bien llorar —dijo Tess casi susurrando.

¿De verdad creía...? Sí. Le había dejado acercarse demasiado, y ahora creía...

Jimmy sabía que ése era el momento perfecto para decírselo.

—Decker me dijo que si no estabas en su equipo, si no trabajabas para Troubleshooters Incorporated, te perseguiría por la calle.

Se dio cuenta de que la había sorprendido, y de que posiblemente también la había ofendido. Así que decidió continuar un poco más allá.

—Cuando vuelvas a D.C. encontrarás en el contestador un mensaje de la Agencia ofreciéndote un trabajo de campo. Podrías tenerlo todo. El trabajo que siempre has querido y a Deck.

Ella le lanzó una mirada que sin duda alguna quería decir *Eres un capullo*.

—¿Vienes? Porque yo me voy en un par de minutos, contigo o sin ti.

—Pensaba que Decker había dicho...

—Que le jodan a Decker y que te jodan a ti, Jimmy. No estoy dispuesta a seguir vuestro juego.

—¿Como estabas intentando jugar tú conmigo? —entonces la tocó como ella le había tocado a él—. Gracias por lo que has hecho hoy...

Tess le apartó la mano.

—No estaba jugando contigo. Estaba intentando... —se detuvo—. Dios.

—¿Qué?

—Olvídalo.

—¿Qué estabas intentando?

—No lo sé —dijo ella—. Decirte que está bien hablar de eso. Eres tan cerrado...

—Sí, bueno, de donde yo vengo así es como uno sigue vivo.

—¿De dónde vienes? —le preguntó mirándole a los ojos como si fuese a encontrar allí la respuesta.

Su pregunta le dejó paralizado.

—Sé que no eres realmente de Connecticut —prosiguió.

—¿Qué importa de dónde sea? —su tono fue un poco brusco, pero no podía hacer otra cosa.

—Tienes razón. No importa. Lo que importa es que estoy preocupada por ti —dijo Tess—. Puedes pensar que es simplemente una reacción hormonal femenina por haberme acostado contigo, pero Decker también está preocupado por ti.

Intentó librarse de todo aquello, incluido el modo en que su respuesta había hecho que se le encogiera el estómago. Pero en vez de alejarse se acercó un poco más. Estaba preocupada por él. Y en cuanto a Deck...

—Deck se preocupa por todo el mundo.

—Sobre todo por ti —dijo ella—. Le he visto mirarte, y últimamente...

—Vale, tú ganas —Jimmy no podía seguir hablando de aquello. Ni siquiera podía pensar en ello—. Vamos a instalar esa antena parabólica.

Tess se dio la vuelta, probablemente para ocultar una sonrisa triunfante.

—Entonces será mejor que te cambies.

—Ni hablar —eso hizo que se volviera hacia él, pero sólo vio sorpresa en su cara. O era muy buena o realmente encantadora y no le importaba el triunfo—. Eres tú la que debe cambiarse.

No le comprendió.

—Imagina esta situación —dijo Jimmy—. Vas a salir a la calle después del toque de queda vestida como un piloto de combate; sólo te faltan el chaleco y el AK-47. ¿Qué crees que puede pasar si te cogen así?

—No espero que me cojan.

Estaba hablando en serio.

—Si no esperas que te cojan —señaló Jimmy—, no es necesario que lleves un arma.

Tess levantó la barbilla mientras le decía:

—Sé cómo usarla —con los ojos un poco entrecerrados mientras le miraba, parecía Minnie Mouse imitando a Clint Eastwood.

Reírse de ella ahora no estaría bien.

Pero sólo tuvo que imaginar que la detenía una patrulla de Padsha Bashir para que se le quitaran las ganas de reír.

—No lo dudo —dijo—. Pero si nos cogen, y nadie espera que le cojan, no vas a llevar un arma. Ni a ir vestida como GI Jane. No encajaría con la historia que contaremos en caso de que nos cojan, así que vuelve ahí y ponte la ropa que llevabas antes.

Ella no se movió.

—No ha sido una sugerencia —dijo Jimmy.

—¿Qué historia? —preguntó Tess.

Dios santo. Muy bien.

—Estamos recién casados, ha sido un día muy duro y hemos tenido nuestra primera pelea. Tú has salido corriendo de casa y yo te he seguido —Jimmy se lo estaba inventando sobre la marcha—. Lo siento, agente, Tess estaba tan enfadada que se ha olvidado por completo del toque de queda.

Ya sabe cómo se ponen a veces las mujeres, ja, ja. Le prometo que no volverá a ocurrir.

—Con ese tipo de actitud hacia las mujeres es un milagro que los hombres tengan sexo en este país.

—Las mujeres son posesiones —dijo Jimmy—. No se pregunta a un caballo si quiere tirar del carro.

—Dios mío —Tess le miró como si la opresión de las mujeres en los países del tercer mundo fuera idea suya—. ¿Y si miran en mi bolsa y descubren la antena y la batería?

—Has debido coger una bolsa equivocada en el aeropuerto. No habías visto ese equipo en tu vida. Pensabas que estabas cogiendo tu ropa.

Ella asintió y apartó la vista. Pero volvió a mirarle de nuevo.

¿Por qué nos hemos peleado?

—No lo sé —dijo él—. ¿Por qué se pelea la gente que se acaba de casar?

Tess pensó un momento antes de sonreír.

—Eres un idiota —dijo—. Hemos tenido una pelea porque eres un idiota.

Luego se acercó a la mesa y esperó a que su voz en la cinta terminara una frase.

—... es como ver una película de acción que acaba cuando han desactivado la bomba nuclear, y la heroína rechaza las proposiciones románticas del héroe diciendo: «No quiero pasar el resto de mi vida en terapias de pareja. No gracias».

Mientras Jimmy observaba, Tess apagó el aparato y se fue detrás de la cortina para cambiarse de ropa.

9

Cuando Decker decía «Dimitri Ghaffari», la respuesta abrumadora de la gente de la calle era «Michel Lartet».

Lartet dirigía un «club» privado para los occidentales que no podían pasar una semana —o un día— sin beber algo en aquella ciudad tan seca. Decker no conocía al francés personalmente, pero había estado en su local un par de veces hacía unos cinco años. Fue justo después de que un coche bomba hiciera añicos la cristalera del restaurante del Kazabek Grande Hotel. Cuarenta y siete personas fueron hospitalizadas y cuatro murieron.

Podía haber sido peor. El conductor del coche podía haberse acercado más al hotel de veintiocho plantas y haber destrozado la mitad del edificio.

No es necesario decir que el Grande cerró sus puertas durante las semanas que tardaron en trasladar el restaurante al inmenso salón de baile del sótano del hotel.

Durante esas semanas el negocio de Lartet prosperó de un modo asombroso.

Ahora el club estaba mucho menos concurrido. Sin contar con la reciente afluencia de trabajadores de ayuda humanitaria, ya no quedaban tantos occidentales en el país.

Con lo cual era posible que Dimitri Ghaffari también se hubiera ido. De toda la gente con la que había hablado Decker, nadie había visto a Ghaffari desde hacía meses. Pero todos coincidían en que si aún estaba en Kazabek Lartet sabría cómo encontrarle.

Dentro del «club», en el sótano de una carnicería, Decker ocupó una mesa en la pared opuesta a la barra. Allí sentado, con la espalda contra los bloques de hormigón de los cimientos del edificio, podía ver las entradas delantera y trasera sin demasiado esfuerzo.

Reconoció a Lartet detrás de la barra; era un tipo grande, con mucho volumen y poco pelo. Lartet se fijó en Decker cuando entró por la puerta, pero aparte de eso no pareció prestarle mucha atención.

Además de Lartet, en el local había otros nueve hombres, la mayoría europeos. Uno era americano, y también había dos jóvenes kazbekistaníes. Iban vestidos con ropa occidental, y parecían ser buenos amigos o empleados de Lartet.

De todos ellos, sólo el americano planteaba una potencial amenaza. Estaba mirando a Decker, calibrándole. En la barra, delante de él, había dos botellas de vodka, una vacía y otra medio llena.

Decker se dio cuenta de que estaba borracho y quería pelea, así que sólo le miró durante tres segundos, justo lo suficiente para que supiera que no tenía miedo. Si el americano estaba buscando un blanco fácil para intimidarle tendría que encontrarlo en otra parte.

Luego desvió su atención deliberadamente hacia las cinco prostitutas con burka que estaban sentadas en una esquina sin dejar de mantener al americano en su campo de control.

A primera vista, por el tamaño de sus pies, habría apostado que todas las prostitutas eran realmente mujeres debajo de esos gruesos ropajes. Pero sólo cuatro de ellas estaban mirando con aire sumiso a las mesas que tenían delante. La quinta estaba observándole subrepticiamente.

Lo cual podía significar que era un hombre con los pies pequeños o que no era kazbekistaní.

Lartet dio un codazo a uno de los jóvenes y señaló a Decker con la barbilla. El joven se bajó de su taburete y se acercó a él.

—¿Le gustaría tomar algo, señor? —preguntó en un inglés perfecto.

El americano y la quinta prostituta no eran ya los únicos que estaban mirando a Decker.

—Una cerveza —respondió en el dialecto local lo bastante alto para que le oyera todo el mundo—. En botella o en lata. La abriré yo mismo.

Ah. Casi pudo oír el murmullo de aprobación mientras todo el bar parecía respirar y asentir colectivamente. Quienquiera que fuese, bebía como los demás expatriados de esa parte de Kazbekistán. Con extrema cautela.

Aunque no le conocían por su nombre, bebía como uno de ellos.

El americano de la barra dejó de mirarle con tanta atención. No le dio la espalda, pero redujo la intensidad de su mirada.

La quinta prostituta estaba fingiendo ahora que miraba hacia la mesa como las demás, pero Decker sabía que ella —o él— estaba en realidad examinándole.

Aunque había otra posibilidad. Podía ser una kazbekistaní educada en occidente. O puede que fuera nueva en ese oficio.

El camarero le llevó la cerveza —importada, exótica, una Bud Lite en lata— y limpió la tapa ceremoniosamente.

—Gracias —dijo Deck, esta vez en inglés.

Secó la tapa con el borde de su camiseta, la abrió y tomó un trago.

Se quedaría allí sentado, bebiendo y observando el local. Cuando terminase aquella cerveza pediría otra, y esa vez se la llevaría el propio Lartet.

Decker le invitaría a sentarse, y empezarían a hablar del tiempo o del terremoto.

Dimitri Ghaffari. *¿Le ha visto últimamente?*

Y, si Decker había captado bien las señales de Lartet, luego podrían hablar del dirigente de Al Qaeda Ma'awiya Talal Sayid.

Decker tomó otro sorbo de cerveza y volvió a fijarse en los pies de la quinta prostituta. Estaban sucios y magullados, como si hubiera corrido descalza por el suelo, pero sin duda alguna eran pies femeninos.

Ella no dejaba de observarle. Claro que podía tener una especie de sexto sentido que le dijera que era un buen objetivo aquella noche, que estaba indignado consigo mismo por seguir pensando en Tess Bailey. Bailey estaba en su equipo, y por lo tanto era intocable. Punto final. Deck también estaba indignado con Nash por hacerle pensar en la posibilidad de que Tess pudiera ser una excepción a su regla inquebrantable.

Pero no era esa regla lo que iba a impedir que averiguara si podía acabar en los brazos de Tess Bailey.

Era ella la que iba a impedir que ocurriera eso.

Estaba completamente enganchada de Nash. Lo disimulaba muy bien, pero así era.

No, Deck había perdido cualquier oportunidad que podía haber tenido hace tiempo.

Y de algún modo aquella prostituta lo sabía. Como sabía que esa noche Decker necesitaba sexo desesperadamente.

Sexo sin ataduras con una bella desconocida.

Le ayudaría a borrar esas imágenes de niños muertos que se agolpaban en su cabeza. Reemplazaría aquellos pensamientos errantes sobre Tess, sobre lo que nunca podría ser.

La quinta prostituta con los pies sucios y unas sandalias que debían de ser robadas, porque le quedaban demasiado grandes, le estaba mirando desde el otro lado del local.

Decker sostuvo su mirada mientras terminaba la cerveza, mientras sentía cómo respondía su cuerpo al brillo de sus ojos. Nunca había pagado por el sexo. Jamás.

Desesperado o no, no iba a hacerlo ahora.

Cuando levantó la lata vacía para indicar al camarero que le sirviera otra cerveza el mundo empezó a temblar.

—¿Qué es eso?

—Una réplica —le dijo Nash a Tess al oído.

Se habían metido en un callejón para evitar a una patrulla de mantenimiento de paz. Nash la había llevado detrás de una pila de ladrillos y materiales de construcción, y estaban juntos en un hueco en el que no habría podido entrar ella sola.

Nash tenía los brazos alrededor de su cintura —le ayudaba pensar en él como Nash, no como Jimmy— y la estaba sujetando mientras la tierra temblaba.

Seguía sin poder creer lo que le había dicho esa noche.

Decker me dijo que si no estabas en su equipo te perseguiría por la calle.

¿Por eso la había contratado? ¿No porque pensara que sería una buena agente de campo sino porque quería tirársela? ¿Habían hablado él y Nash de ella después de que...? Dios mío. Podía imaginarse la conversación. *No está tan buena, y a sus muslos no les vendría mal un poco de ejercicio, pero es de bajo mantenimiento y no necesita mucha preparación.*

Era una idea repugnante.

Una cornisa de uno de los edificios que les resguardaba se cayó al suelo y se hizo añicos.

—¡Guau! —dijo Nash.

Tess no pensaba que era posible, pero la acercó más a él y le agachó la cabeza para protegerla con su cuerpo.

—¡Mierda! —dijo él—. Será mejor que salgamos a la calle. Tápate la cabeza. No te separes...

Cuando ella empezó a moverse todo se terminó, y él la agarró incluso con más fuerza. La calma repentina resultaba casi tan inquietante como el comienzo del temblor.

—¿Estás bien? —le preguntó Nash con una voz extraña.

—Sí. ¿Y tú? —ella esperaba que hiciera alguna broma sobre el modo en que parecía que se movía la tierra cuando estaban tan cerca.

Pero sólo dijo que estaba bien mientras la sacaba al callejón. A pesar del toque de queda, la gente estaba saliendo de sus casas.

Aquello era algo más que una concentración espontánea; la gente bajaba corriendo por la calle, probablemente para comprobar cómo se encontraban sus familiares mientras tuvieran la oportunidad de hacerlo.

—Esto es estupendo —le dijo Tess a Nash mientras se unían a la multitud—. Si nos damos prisa podemos llegar al centro de la ciudad, al Kazabek Grande Hotel.

Nash se paró en seco.

—Dijiste que había una iglesia en esta calle que podía tener la altura adecuada...

—Para tener cobertura en esta zona sí —dijo ella—. El campanario es lo bastante alto para eso. Pero si queremos comunicarnos desde cualquier punto de la ciudad el mejor lugar para instalar una antena es el tejado del Grande Hotel.

—No cuando se caiga —dijo Nash—. Cosa que puede ocurrir en cualquier momento.

—Bueno, hasta que ocurra eso nuestros teléfonos funcionarán —Tess empezó a andar, pero él no la siguió. Ella miró hacia atrás sin detenerse, y él acabó corriendo para alcanzarla.

—No puedes entrar al Grande —le dijo con brusquedad—. Esa parte de la ciudad fue evacuada después del terremoto. Todos los edificios tienen graves daños estructurales, y uno de ellos ya se ha derrumbado. La zona está totalmente acordonada.

—Sí, Decker me enseñó la foto —respondió Tess—. Hay un cordón policial bloqueando esas calles. No será difícil atravesarlo.

—Pero si cruzamos esa línea la policía creerá que somos saqueadores y nos dispararán en cuanto nos vean.

—Entonces no nos verán —Tess esquivó a un niño que se cruzó en su camino riéndose. Se alegraba de que alguien se estuviera divirtiendo esa noche. Volvió a mirar a Nash—. Ésa es tu especialidad, ¿no?

—Para —le agarró del brazo—. Esto es una tontería. Es imposible que Deck te haya dado permiso para algo así. No voy a permitir que te acerques al Grande. Si quieres demostrar lo buena que eres tendrás que hacerlo de otra manera.

Estaba hablando muy en serio.

Y también estaba sangrando.

—Estás herido —le dijo.

Nash siguió su mirada y se tocó el cuello y la parte posterior de la cabeza. Después de hacer una mueca de dolor sacó la mano manchada de sangre, pero se encogió de hombros.

—No es nada. La cabeza sangra más que...

—Te ha caído una teja encima y te ha hecho sangrar —supuso acertadamente por su reacción—. ¿Y no has pensado que yo debería saberlo para que cuando te cayeras de rodillas tuviera al menos una pequeña pista?

—No es nada —repitió mirando alrededor para ver quién más podía haberse dado cuenta de que había levantado la voz—. Es sólo...

—Un rasguño —concluyó ella—. Sí, ya lo sé —estaba furiosa y terriblemente indignada. Si Decker hubiera aparecido de repente le habría echado una bronca. Quería que la hubiese contratado para ese trabajo porque era una buena agente de campo, no porque le gustase cómo estaba sin camisa. Eso era algo que hubiera esperado de Nash, pero no de Decker.

Maldito Decker.

Y maldito Jimmy Nash por tener razón al decir que quería demostrar que era buena. Se sentía culpable por querer hacer algo especial.

Y no sólo para impresionarle a él o a Decker.

—Tienes razón —dijo Jimmy—. Debería habértelo dicho. No me había dado cuenta del daño que me había hecho. Lo siento.

Con eso su ira desapareció.

—Yo también siento que tú tengas razón —susurró con los ojos llenos de lágrimas. ¿De dónde salían esas lágrimas? Quería sentir ira de nuevo, porque ese sentimiento de tristeza, arrepentimiento y melancolía que tenía ahora no le ayudaba en absoluto.

Las emociones de esos últimos minutos estaban solapando las de aquel terrible día, las de aquella semana, las de los meses que habían pasado desde que invitó a Jimmy Nash a entrar en su vida...

No permitas que me eche a llorar, por favor.

Si se acercaba a ella se derrumbaría.

Pero Jimmy mantuvo la distancia.

—Si nos damos prisa podemos poner la antena en la iglesia y volver a casa de Rivka a tiempo para dormir unas cuantas horas antes de que amanezca.

—Quizá no debas dormir —dijo Tess fortaleciéndose. Era capaz de hacerlo. No iba a echarse a llorar. Y podía preocuparse por ese hombre porque era un compañero de equipo, ni más ni menos—. No hasta que Murphy te examine. Si tienes una contusión...

—No tengo una contusión —Nash se rió—. Es sólo un arañazo.

Ah. Gracias a Dios, la indignación despectiva de nuevo volvió a invadirla.

—Y sabes eso porque eres una especie de mutante que se puede ver la parte de atrás de la cabeza, ¿verdad?

—Lo sé porque si fuera algo más que un arañazo estaría sangrando mucho.

—Es curioso —dijo ella—. Porque a mí me parece que estás sangrando mucho.

—Confía en mí —dijo él—. Si estuviese...

—Cállate —le ordenó—. Y siéntate para que pueda ver si tu *rasguño* necesita puntos.

Las luces del techo siguieron oscilando un rato después de que el edificio dejara de temblar.

Fue la única señal en el bar de que había habido una réplica. Nadie reaccionó. Nadie se alteró. Ni siquiera parpadeó.

Sophia observó a Michel Lartet mientras llevaba dos latas de cerveza a la mesa del americano pequeño. Esa noche había dos americanos en el club: el grande de la barra que ya estaba allí cuando ella entró y éste más pequeño que había llegado después.

El pequeño era sin duda alguna un trabajador de ayuda humanitaria. Un bienhechor sin dinero. Aunque podía tener algo en la cartera. Había estado mirándola como si estuviera considerando la posibilidad de llevársela al salir de allí. Ese tipo de servicio tenía que costar, ¿no?

Observó cómo el americano invitaba a Lartet a unirse a él. El tabernero se acababa de sentar cuando su mensajero, un chaval de la calle llamado Asif, entró finalmente por la puerta.

Estaba empezando a pensar que no iba a aparecer. Le había dado la nota para Lartet y le había dicho que Lartet le daría otra para ella. Había planeado encontrarse con Asif en el caos de la plaza Saboor a la mañana siguiente.

Parecía el lugar más adecuado para contactar, puesto que pasaba por allí mañana, tarde y noche. Esperando en vano a que la salvaran.

Pero sabiendo que iba a tener que salvarse a sí misma.

Cuando le dio a Asif un burka y un vestido el muchacho protestó, como cualquier adolescente a quien le dijeran que se vistiese de mujer. Ella le informó de que si no se los ponía y hablaba con una voz aguda no le pagaría.

La promesa del dinero hizo que accediera.

Asif le estaba dando ahora la nota a Lartet.

—Perdone, señor —susurró bajo su velo—. Es urgente.

—Discúlpeme —dijo Lartet al americano pequeño. Sophia le observó mientras se recostaba en su silla, desdoblaba el trozo de bolsa de papel en el que había escrito el mensaje y lo acercaba a la luz para verlo bien.

Después Lartet miró a Asif con los ojos entrecerrados.

—¿De dónde has sacado esto?

—De una extranjera —dijo Asif con voz de falsete como le había indicado Sophia—. Me dijo que esperara a su respuesta y que me daría cincuenta centavos.

En realidad ella le había dicho a Lartet que le diera veinte centavos. Era un dinero que acabaría debiendo al francés con intereses.

Lartet se rió.

—¿Una extranjera? ¿No eres capaz de inventar nada mejor que eso, Sophia? —luego, moviéndose con una rapidez asombrosa para un hombre de su tamaño, le quitó el velo a Asif para descubrir la cara del muchacho.

Asif hizo todo tipo de ruidos de extrañeza.

Sophia.

Lartet miró sorprendido los rizos oscuros del muchacho, su barba incipiente. Esperaba verla bajo ese burka. Era evidente que no iba a ayudarla. Si le hubiera entregado ella misma el mensaje, como había pensado hacer, estaría ahora con una pistola en la cabeza, a punto de ser entregada a los sobrinos de Bashir.

De repente todo tenía sentido. La razón por la que había encontrado con tanta facilidad el club de Lartet, la razón por la que ya no era necesario que ocultara su situación.

Lartet trabajaba para Padsha Bashir.

El tabernero dobló cuidadosamente el papel marrón y se lo metió en el bolsillo de su camisa. Luego sacó un bolígrafo y escribió la respuesta en una servilleta de papel. Era una estúpida. Aunque no hubiera estado allí para ver su intento de traición, tendría que haber sabido que no podía confiar en él.

Si hubiese querido ayudarla habría escrito la respuesta en su nota y se la habría devuelto para que supiera que la prueba de que seguía en Kazabek no iba a caer en manos equivocadas.

Mientras Sophia le observaba dobló la servilleta y se la dio a Asif. Después sacó la cartera y le dio al muchacho no un billete de cincuenta, sino de cien.

—Dile que he estado preocupado por ella —le dijo a Asif—. Que me alegro de que esté a salvo. Si no le dices que te he quitado el velo habrá más de éstos.

Asif se metió en el bolsillo la servilleta y el dinero y volvió a salir a la oscuridad de la noche mientras Sophia intentaba no apretar los puños.

Debía mantener la calma. Si no lo hacía podía perder la cabeza.

—Discúlpeme otro momento —le dijo Lartet al americano pequeño, que había estado observando la situación sin inmutarse.

Entonces Lartet fue hacia la barra. Se acercó a uno de los dos kazbekistaníes, que llevaba una camisa azul, y le dio algún tipo de instrucción.

Y la nota de Sophia.

El joven asintió, se la metió al bolsillo y salió por la puerta trasera con paso decidido.

Sophia se quedó sentada en silencio.

Pero en realidad quería gritar. Quería levantarse y salir corriendo del club. Quería volverse hacia las mujeres que estaban sentadas junto a ella y preguntarles cuánto tiempo llevaba allí el club de Michel Lartet, en ese mismo sitio.

¿Dos meses?

¿Había empezado a trabajar para Bashir hacía dos meses?

¿Era Lartet el que la había traicionado? ¿El que le había dicho a Bashir que ella y Dimitri estaban trabajando para restaurar la democracia en el país, para hacer desaparecer a la gente como él para siempre?

¿Había negociado Lartet la vida de Dimitri y su libertad, su cuerpo, su corazón, su propia alma, por la protección de Bashir?

Sophia cerró los ojos para desterrar la imagen de la cabeza de Dimitri rodando por el suelo del palacio de Bashir.

Para luchar contra el recuerdo del pestilente aliento de Bashir en su cara mientras gruñía y la penetraba, mientras usaba su afilada espada para violar su mente con la misma brutalidad con la que él y sus horribles amigos habían violado su cuerpo.

No sabía cuánto tiempo llevaba allí sentada, mirándose los puños apretados delante de ella sobre la mesa.

Lartet había vuelto a sentarse con el americano pequeño. Estaban hablando del calor implacable, del terremoto, de una partida que alguien había comenzado en algún sitio unos días antes.

—Con cuatrocientos dólares americanos puede elegir fecha y hora —dijo Lartet—. Y si el Kazabek Grande Hotel se cae mientras tanto gana el bote.

Las piernas de Sophia funcionaban ya lo suficiente para pensar en levantarse.

—¿Y si no se cae nunca?

Lartet se rió ruidosamente, como solía reírse con Dimitri.

—Supongo que podría apostar eso si quiere. Pero entonces tendría que esperar toda la vida para recoger el bote, ¿no?

Sophia apartó su silla convencida de que Lartet había matado a Dimitri. Era como si hubiese cogido la espada de Bashir y le hubiese decapitado él mismo.

—¿A cuánto asciende ese bote? —preguntó el americano. Su voz era como su cara, amable e inexpresiva. Nada especial, nada demasiado evidente. Sin embargo miró hacia ella al darse cuenta de que se estaba moviendo.

—A cinco mil dólares —dijo Lartet—. Y aumentando.

Sophia se puso de pie. Una vez más, los ojos del americano parpadearon en su dirección.

Pero el americano volvió a centrar su atención en Lartet rápidamente.

—Pensaré en ello —le respondió sonriendo.

Lartet se encogió de hombros.

—Muy bien, pero no espere demasiado.

—¿Sabe? Me estaba preguntando si podría ayudarme —dijo el americano mientras Sophia iba hacia la puerta—. Estoy buscando a un hombre llamado Dimitri Ghaffari.

Sophia intentó no reaccionar. No se tropezó con su burka. Apenas vaciló, pero el americano seguía observándola.

Entonces aminoró el paso y cambió de dirección. Se dirigió hacia la parte trasera, hacia el servicio de señoras.

Lartet estaba moviendo la cabeza, frunciendo el ceño y poniendo cara de «no lo sé» mientras ella pasaba por delante.

—No he visto a Ghaffari desde... hace meses que no viene por aquí —se acercó más al americano y le hizo la pregunta cuya respuesta ella se moría por saber—. ¿De qué le conoce?

Sophia conocía a todo el mundo que conocía Dimitri porque él había sido su fachada. Aunque el negocio llevaba su nombre en realidad era de ella. Él se limitaba a seguir su guión en las reuniones con los tipos que jamás harían un trato con una mujer. Ella se sentaba a un lado, con un burka parecido al que llevaba ahora, y se reía de ellos mientras iba hacia el banco.

—Es amigo de un amigo —dijo vagamente el americano—, que debe un dinero a Ghaffari. Cuando se enteró de que venía a Kazabek me pidió que me pusiera en contacto con él. Se siente mal por no haber pagado el préstamo, pero no ha podido cruzar la frontera kazbekistaní en tres años.

Lartet se levantó.

—Me temo que no puedo ayudarle.

El americano miró hacia arriba.

—Si ve a Ghaffari dígale que le estoy buscando. Intentaré pasar por aquí otra vez en un par de noches.

Sophia entró en el servicio y cerró la puerta detrás de ella. ¿Cuánto tiempo tardaba normalmente una mujer con un vestido largo en hacer pis? Contó hasta cien tan despacio como pudo y luego abrió la puerta.

Justo a tiempo para ver al americano pequeño subir por las escaleras para salir del club.

Y a Lartet llevando a su segundo ayudante a un lado y hablando con él como había hablado con el otro joven.

Después abrió la puerta que conducía a la noche. Bajo la luz de la luna vio al americano pequeño dirigirse hacia el sur por el bulevar y al hombre de Lartet por detrás de él a media manzana aproximadamente. Esperó a que hubiera cierta distancia entre ellos y luego les siguió.

10

Jimmy no se encontraba cómodo.

Después de volver a casa de Rivka, Tess y él fueron a la cuadra para ver a Dave, que estaba durmiendo con una mano sobre el cubo, como si quisiera asegurarse de que seguía a su alcance.

Murphy había vuelto y había salido otra vez dejando una breve nota: «No hacen falta exterminadores; la casa de Rivka está limpia de parásitos».

Lo cual significaba que había conseguido un detector electrónico en alguna parte —era muy bueno con esas cosas— y había rastreado la casa para buscar micrófonos ocultos.

El lugar estaba limpio; podían hablar con total libertad.

Sin embargo, Tess permaneció en silencio mientras le desinfectaba el corte de la parte posterior de la cabeza. Luego fue detrás de la cortina a la pequeña despensa para instalar su ordenador e intentar conectarse.

Jimmy se tumbó sobre su esterilla en el suelo de la cocina e intentó no recordar cómo habían brillado sus ojos en la torre de la iglesia cuando acabaron de colocar la antena portátil, cuando ella abrió su teléfono y descubrió que aquello funcionaba.

—No podremos usar los teléfonos fuera del radio de la antena —le informó olvidando por un momento que estaba enfadada con él—. Este edificio no es lo bastante alto.

Tess había dicho en serio lo de subir al tejado del Grande Hotel, en el distrito comercial de Kazabek. Aunque Jimmy iría al edificio en ruinas si fuese absolutamente necesario, estaría sudando todo el tiempo. Pero aquella no era una situación imperiosa.

Sobre todo porque Tess había añadido que tenía que volver a la antena con regularidad para cambiar la batería.

Cerró los ojos rezando para poder dormir.

Pero le dolía el hombro donde parte del tejado de esa escuela le había caído encima. Le dolía la cabeza donde le había golpeado esa teja mientras él y Tess estaban en aquel callejón. Y le dolía el cerebro por tener que estar en guardia cuando estaba cerca de Tess, que eran todos los minutos de todas las horas que pasaban.

Y cada ruidito que Tess hacía detrás de esa cortina le estaba volviendo loco. Le recordaba que se encontraba ahí, a unos metros de él. Le recordaba que le atraía tanto como la noche que le invitó a su apartamento.

Lo cual fue una estupidez.

Estar allí, hacer eso.

Cuando salió del apartamento de Tess aquella increíble noche sabía que no debía liarse con ella. Aunque se hubiera quedado una semana o dos, no se habría dado cuenta de que lo que tenían era sólo una aventura de una noche.

Habría pensado que era algo más.

Algo especial.

Algo grandioso que le asustaba terriblemente y...

Joder.

Tess se quedó muy callada cuando Jimmy le dijo que le interesaba a Decker. En sus ojos había una mirada que no pudo descifrar.

Joder.

La idea de que Decker estuviera con Tess debería ser agradable. Dos personas a las que apreciaba, juntas y felices. Eso era algo bueno, ¿no?

Pero lo que sentía era... sí, eran celos. Estaba furiosamente celoso.

Y no sabía por qué.

Vale. Era un embustero. Sabía por qué. Era porque había roto su regla número uno. Se había acostado con una mujer a la que le gustaba de verdad. Le gustaba antes, durante y después de acostarse con ella. Y también le gustaba antes, durante y después de aquella conversación en la que le había contado... Seguía sin poder creer las cosas que le había dicho.

Y estaba celoso porque —sin duda alguna era otra señal de que se acercaba el fin del mundo— también a él le gustaba.

De hecho, le gustaba tanto que perdió completamente el control cuando llegaron al clímax.

Veinticinco segundos.

Dios santo.

Jimmy seguía sin poder creer que sólo hubiese durado veinticinco segundos la primera vez.

Tess estaba jadeando debajo de él. Podía sentir los latidos de su corazón.

—¿Has llegado realmente? —le preguntó incapaz de creer que hubiese tenido suficiente tiempo—. ¿O sólo estás siendo amable?

Tess se rió y le abrazó con más fuerza aún, rodeándole también las piernas.

—Ha sido muy real —dijo—. Ha sido asombroso.

Jimmy levantó la cabeza para mirarla. Estaba hablando en serio.

—¿Quieres decir que no tengo que preocuparme por la disculpa de cuatro páginas que estaba preparando en mi cabeza?

Tess le apartó el pelo de la cara y le pasó los dedos por él. Fue una sensación tan increíblemente buena que tuvo que cerrar los ojos.

—Si no tienes prisa —dijo ella en voz baja—, podríamos hacerlo otra vez.

Jimmy abrió los ojos.

—Sí, y puede que esta vez tarde treinta segundos. Si eres capaz de soportarlo, claro.

Tess se rió con los ojos centelleando.

—Eres muy hermosa —susurró. El ángel había vuelto.

Pero ella puso los ojos en blanco.

—Sinceridad, Nash. ¿Te acuerdas?

Él la besó porque no quería discutir. Podía haber seguido besándola durante una hora o un año entero, pero ella se apartó.

—¿Está bien tu pierna? —le preguntó. Al principio no sabía de qué estaba hablando. ¿Su pierna?

Pero cuando Tess se movió vio sangre.

Había sangrado sobre sus sábanas. Sobre ella.

Jimmy la levantó y la llevó al cuarto de baño.

—Lávate —le ordenó abriendo el grifo de la ducha y empujándola dentro con suavidad. Al ver su cara mientras corría la cortina añadió—: Soy negativo. Me hago análisis con regularidad, pero no sé dónde ha podido estar esa navaja que me han clavado.

Ella descorrió la cortina de la ducha y le miró con los ojos bien abiertos.

—¿Navaja?

Él volvió a correr la cortina, bajó la tapa del inodoro y se sentó con la pierna levantada para mirarse mejor la herida de la pantorrilla.

—Me hacen rasguños con frecuencia. Y la mayoría de la gente no limpia muy bien sus navajas.

Tess no tardó en cerrar el agua. Abrió la cortina, cogió una toalla de la barra de la pared y se secó con ella. Y al verle bien la pierna por primera vez se quedó paralizada.

—Dios mío.

—No está tan mal como parece —dijo Jimmy poniéndose de pie para ocultársela y para darse una ducha rápida.

—Tengo un botiquín de primeros auxilios en el armario de la entrada —Tess salió del cuarto de baño envuelta en la toalla, pero la oyó volver casi inmediatamente—. No puedo creer que llames rasguño a una puñalada.

Jimmy se lavó de arriba abajo, no sólo la pierna, que definitivamente tenía mejor aspecto sin toda aquella sangre seca.

—Una puñalada es una puñalada —le dijo a través de la cortina de la ducha mientras se daba champú en el pelo—. Los rasguños se hacen cuando te rozan pero no te apuñalan. Si se saca una navaja en una pelea es muy probable que alguien sangre. Pero hay una gran diferencia entre que te hagan un rasguño y que te apuñalen.

Terminó de aclararse, cerró el agua y abrió la cortina. Tess había puesto una toalla limpia en la barra, y la usó para secarse.

También había dejado junto al lavabo lo que parecía una caja de aparejos, y estaba rebuscando en ella. Y también se había puesto un grueso albornoz de un verde intenso.

La herida de la pierna le rezumaba un poco, pero tuvo cuidado con la toalla mientras se secaba alrededor.

—Siento lo de tus sábanas.

Tess le miró por encima del hombro.

—Sí, eso es lo que más me preocupa.

Jimmy tuvo que reírse.

Ella encontró lo que estaba buscando, algún tipo de antibiótico para limpiarle.

—Siéntate —le ordenó antes de arrodillarse en el suelo enfrente de él.

Era una situación doblemente excitante: que una mujer que estaba de rodillas le diera órdenes.

—Esto va a picar —le advirtió.

—Picará mucho menos si te quitas esa bata y me lo dejas hacer a mí —le cogió el paño y lo apretó contra la herida abierta. Mierda, no lo decía en broma. Pero quejarse no sería muy masculino. Además, ella ya se estaba deshaciendo de la bata.

No podía quejarse ahora. Al menos por su pierna.

Se frotó la herida para asegurarse de que estaba limpia y al hacerlo le dolió. Pero el dolor era dulce e intenso.

—¿Estás seguro de que no necesitas puntos? —preguntó Tess.

Él levantó el paño para mirar debajo. Ella también miró.

—Te han apuñalado —afirmó—. Eso es claramente una puñalada.

—No —se burló él—. Es un pequeño corte. La navaja sólo tenía unos diez centímetros de longitud. Sólo la estaba moviendo rápidamente. Apenas me rozó antes de que se la quitara —Dios santo, ¿qué estaba diciendo?

Tess le estaba mirando con los ojos bien abiertos arrodillada en el suelo, con su bata como un charco verde esmeralda a su alrededor.

Jimmy esbozó una sonrisa.

—¿Sabes que hemos dejado las cervezas en la cocina?

Pero ella no se movió.

—Así es como has limpiado el tejado, ¿eh? —dijo, y entonces se dio cuenta de que por fin había comprendido lo que significaba eso.

—Sí.

No podía sostener su mirada porque tenía miedo a lo que pudiera ver en sus ojos, y a lo que ella podría haber visto en los suyos, como si el reflejo de la cara de ese último tirador siguiera aún en ellos, una cara llena de pánico que le hizo darse cuenta de lo mortal que era aquel juego, de que esa noche en vez de matar iba a morir.

Jimmy intentó desviar la atención de Tess hacia su pierna.

—Ahora nos vendría bien una de esas tiritas anchas. Y una maquinilla desechable si tienes.

Su petición consiguió distraerla, así que siguió con el mismo tema.

—No se lo digas a Decker, pero soy como un niño para las tiritas; ya sabes, cuando se pegan al pelo al intentar arrancarlas.

Tess se rió y Jimmy se dio cuenta de que sabía para qué era la maquinilla. Ni siquiera tuvo que levantarse para abrir el armario que había debajo del lavabo y sacar una de la caja.

Él se la cogió, quitó la funda protectora y... Mierda, sus manos estaban temblando otra vez. ¿Qué le pasaba?

Tess no pareció darse cuenta. Estaba de pie, buscando una tirita. Pero le vio antes de que acabara de usar las dos manos para afeitarse dos pequeñas franjas a los lados de la herida.

No dijo nada, ni siquiera cuando él dejó caer la temida maquinilla. Sin embargo desenvolvió la tirita ella misma en vez de dársela con el papel.

—¿Cuántos había ahí arriba? —le preguntó como podía haberle preguntado cuántas manzanas había comprado en el supermercado.

Pero no era una pregunta casual. Estaba bien pensada. No dijo *gente*. ¿Cuánta *gente* había ahí arriba? ¿A cuánta gente había enviado Jimmy esa noche al depósito de cadáveres?

—Tres —contestó mientras ella le ponía la tirita en la pierna con los dedos suaves y cálidos. ¿Qué le pasaba? Tres no eran nada. Un simple borrón en el recuento total. ¿Y por qué le estaba respondiendo? Aquello era algo de lo que nunca hablaba.

No hablas de eso porque no lo piensas. Aún podía oír la voz de Vic en su cabeza. Habían pasado casi veinte años, pero seguía allí, fuerte y clara. *Haces el trabajo, te lavas las manos, vas a comer algo y te acuestas con alguien si tienes suerte. Y luego descansas por la noche para estar bien por la mañana.*

—Estaban ahí para matar a Decker —dijo Tess.

Porque no sabes qué nueva mierda te va a venir al día siguiente. Lo único que sabes es que no es tu mierda. No eres tú el que ha dicho algo que no debería haber dicho a quien no debería habérselo dicho. ¿Capisce?

—Sí —respondió Jimmy de todas formas—. Estaban ahí para matar a Decker.

Tenía la herida limpia y tapada, pero ella seguía tocándole, con las manos sólidas sobre su pierna y un interés igual de palpable.

—Has impedido que lo hicieran —dijo en voz baja.

—Eso y muchas otras cosas —como despertarse a la mañana siguiente.

—Le has salvado a Decker la vida —añadió ella—. Nos has sacado de allí. Nos podrían haber matado a todos.

Jimmy movió la cabeza.

—No ha sido para tanto. Bueno, si Decker hubiera salido por la puerta principal sin saber que estaban ahí... Los tiradores que he reducido estaban entrenados, pero no lo suficiente. Pusieron a uno de guardia en la puerta del tejado y creían que estaban seguros. No tenían ni idea de que yo estaba ahí arriba.

Entonces se preguntó, con una pequeña parte de su cerebro que estaba observando la conversación desapasionadamente, si sabría que estaba hablando más de aquello de lo que había hablado jamás con cualquiera.

¿Por qué?

Sí, era increíblemente atractiva de alguna manera en ciertos momentos. Como ahora. Sus ojos le estaban dejando sin aliento.

Había llevado a la cama a un montón de mujeres atractivas, pero nunca como esa noche. Se acostaba con ellas y luego les ponía cualquier excusa para marcharse: «Vaya, me están llamando del cuartel general. Tengo que ir a salvar el mundo».

¿Qué estaba haciendo aún allí?

No necesitaba mirar muy lejos para encontrar una respuesta obvia. Quería asegurarse de que sabía que normalmente duraba bastante más que veinticinco segundos. Aquello era de lo más embarazoso. Seguía allí porque tenía que compensarla. Tenía que acostarse de nuevo con ella para hacerlo bien esa vez.

¿Tenía? Era un mentiroso. *Quería* hacerlo.

Pero eso también era mentira, porque en realidad el sexo era una buena excusa para quedarse. Pero no era la verdadera razón por la que estaba allí.

—No me puedo imaginar lo que se siente al... —Tess era incapaz de decirlo.

—No se siente nada —¿de dónde salía eso? ¿Qué se siente al quitar la vida a otro hombre? Nada. Es como otro día que comienza cuando sale el sol y acaba como la mayoría de los días, durmiendo por la noche.

Salvo que Jimmy no podía recordar la última vez que había sido capaz de dormir.

Puede que fuera eso lo que le pasaba. La privación de sueño se utilizaba en algunos países como tortura para que la gente se derrumbara, para hacerla hablar. Quizá por eso estaba diciendo cosas que nunca le había dicho a nadie. *No se siente nada*. Mierda.

Se levantó.

—¿Escandalizaré a tus vecinos si voy así a la cocina?

Tess se quedó sentada en el suelo con una expresión muy extraña en su cara.

—Eso es lo que ocurrió, ¿verdad? Así es como te apuñalaron.

—Me hicieron un rasguño —entró en la cocina, cuyas persianas estaban bajadas, y cogió su cerveza.

—Los dos primeros no te oyeron llegar.

Jimmy no tuvo que darse la vuelta para saber que Tess le había seguido hasta la puerta. Podía verla con claridad con su visión periférica. Se había puesto otra vez la bata. Qué lástima.

—Así que te aseguraste de que el tercero sí te oyera —prosiguió con voz suave, como si estuviese hablando a un animal asustado o un niño pequeño. O alguien que le importara mucho.

Y Jimmy sabía la verdad. Estaba allí porque le gustaba. Le gustaba realmente. Y a ella también le gustaba él.

Estaba allí porque últimamente le temblaban mucho las manos, y quería que alguien le perdonara por todos sus pecados.

Necesitaba que alguien supiera la verdad en vez de adivinar o suponer por todos los rumores que normalmente circulaban sobre él.

—No fue algo deliberado —le dijo. Aunque puede que hiciera algún ruido...

—Pero fue muy fácil —susurró Tess.

¿Cómo sabía eso? Ni siquiera lo sabía él hasta que ella lo dijo.

No podía mirarla ni de reojo. Terminó su cerveza y se volvió hacia el fregadero para enjuagar la botella.

Luego oyó cómo se acercaba a él. Sintió su calor y su leve indecisión.

Pero entonces ella le abrazó por detrás con los brazos alrededor de su pecho y su cuerpo pegado a su espalda.

Aquello le pilló por sorpresa. Esperaba un toque en el brazo o en el hombro, no un abrazo como ése.

—Me alegro de que sea fácil —dijo ella—. Me alegro de que seas más fuerte e inteligente y estés mejor entrenado que esos tipos del tejado, que cualquiera con quien tengas que enfrentarte. Me alegro de que seas tú el que se salve. Pero Diego... la próxima vez date permiso para hacerlo sin que te hagan un rasguño.

No sabía qué hacer o decir en respuesta a eso, y cuando abrió la boca le salió:

—Me llamo Jimmy.

Aunque era inteligente no esperó a que lo descifrara, y se lo explicó.

—Diego no es mi verdadero nombre. Bueno, en cierto modo sí. Es James en español, pero...

—Jimmy —repitió ella. Luego le besó en la espalda junto al omoplato.

No sabía qué le estaba impulsando a seguir hablando. Puede que fuera ese pequeño beso, que no tenía nada que ver con el sexo, sino con un cariño auténtico. O puede que fueran sus brazos a su alrededor, o el calor de su cuerpo contra el suyo, o el hecho de que pudiera hablar al fregadero de la cocina, a la vaca sonriente que le miraba desde el tapón del desagüe, sin que le juzgaran.

—Me hago muchos rasguños —reconoció—. A veces creo que... —la vaca le sonrió y Tess le abrazó con más fuerza.

Pero no pudo decirlo. Ni siquiera sabía realmente qué intentaba decirle.

Entonces Tess habló en voz baja mientras la vaca seguía sonriendo.

—¿Crees que de algún modo intentas castigarte por ser tan bueno en... lo que haces?

—No —respondió—. No es tanto eso sino que... —Dios santo. Quería marcharse. ¿Por qué no se iba? No le habría costado mucho librarse de su abrazo, ponerse la ropa y salir por la puerta. Podía montarse en el coche de la Agencia y conducir hasta que saliera el sol, con la radio a todo volumen para no tener que pensar.

Pero se quedó allí mientras ella susurraba «¿Qué, Jimmy?» y se esforzaba por comprender.

Lo cual no era nada fácil, puesto que ni siquiera él comprendía nada de eso.

—Duele —dijo. Era lo mejor que podía ofrecerle.

Ella era lo bastante inteligente para saber que no se refería a la pierna, ni a lo difícil que era hablar de aquello. Casi podía oír lo que estaba pensando.

—¿Y eso es bueno?

—¡No lo sé, joder! —se volvió para mirarla—. Lo siento. Perdóname...

—No importa —dijo ella. En sus ojos no había resentimiento, sino una dulce comprensión, a pesar de que no podía saber qué intentaba decirle ni por qué estaba enfadado.

Así que Jimmy hizo lo único que podía hacer. La besó.

—Tess.

—Estoy aquí —dijo.

Y era cierto.

• • •

El americano y el kazbekistaní habían desaparecido.

Sophia les vio doblar la esquina a cierta distancia, primero al americano y luego al kazbekistaní. Le pareció que este último echaba a correr, y entonces aceleró un poco el paso.

Pero ahora se encontraba en esa misma esquina y la calle estaba vacía. Se echó el velo hacia atrás esperando que le ayudara a verles. Pero la zona estaba desierta.

Era muy extraño, sobre todo porque no había callejones ni calles laterales para que nadie se ocultase en ellas.

En realidad más que una calle era un pasaje. La luz de la luna se reflejaba en las ventanas de las pequeñas fábricas que se alineaban a ambos lados del estrecho pasaje. Las entradas estaban al otro lado, en la avenida por la que había venido, así que ni siquiera había una puerta para colarse dentro. Al fondo se veía un muelle de carga, pero mucho más allá de lo que el kazbekistaní podía haber llegado aunque ella hubiera corrido como un medallista olímpico.

Era un lugar peligroso para adentrarse en él después del toque de queda. Si pasaba una patrulla de policía no podría esconderse en ningún sitio.

Sólo se aventuró unos metros en el pasaje antes de detenerse de nuevo.

Por mucho que odiara reconocerlo los había perdido. Continuar era demasiado arriesgado. Que le detuviera la policía sería para ella como una sentencia de muerte, porque la entregarían rápidamente a los sobrinos de Padsha Bashir.

El americano había dicho que volvería a pasarse por el club en unos días. Y ella esperaría a que regresara, esta vez desde un callejón cercano.

Porque no iba a volver a entrar en el club de Lartet.

No hasta que fuese allí para matarle.

Sophia retrocedió para doblar de nuevo la esquina y...

De repente la agarraron poniéndole una mano sobre la boca y la nariz, y su cuerpo se chocó contra los ladrillos del edificio.

No, no era el edificio con lo que había chocado. Era un hombre, que la levantó y la metió en la fábrica por una ventana antes de que pudiera resistirse, antes de que pudiera pensar, antes de que pudiera gritar.

Pero la verdad era que no podía gritar, porque le estaba tapando la cara para que no hiciera ningún ruido, para impedir que cogiera aire.

Y tampoco podía resistirse ni alcanzar su arma, porque la estaba sujetando con tanta fuerza que forcejear no serviría de nada.

Luego la arrastró en medio de la oscuridad a una especie de oficina —se golpeó la pierna con una mesa metálica—, y a un pasillo a través de una puerta. Aunque sabía que era inútil intentó forcejear, y se dio un golpe tan fuerte en la cabeza con el marco de la puerta que vio las estrellas. O puede que viera las estrellas porque no podía respirar.

No podía respirar, no podía ver, no podía oír nada excepto los latidos de su corazón y...

De pronto pudo ver. Mientras la arrastraba por otra puerta vio la luz de la luna a través de las ventanas de la oficina. Se reflejaba en una especie de cinta transportadora, en el duro suelo de hormigón, en el cuerpo encorvado del kazbekistaní que había seguido al americano desde el bar de Lartet.

Ahora podía pensar también, a pesar del pánico que la atenazaba por la falta de aire. Sabía que iba a morir porque no había tenido el cuidado suficiente.

Ésa era la historia de su vida, y por lo visto iba a ser también la historia de su muerte.

El americano —su asesino— se había dado cuenta de que además del kazbekistaní también le seguía ella. Dobló esa esquina y se adentró en ese pasaje a propósito, y luego trepó por aquella ventana para entrar en la fábrica. Debería haber considerado esa posibilidad. Al pensar un poco se dio cuenta de que las ventanas que alineaban el pasaje estaban relativamente cerca del suelo. No era una forma de entrar obvia o sencilla —puesto que exigía tanto fuerza como ha-bilidad—, pero era una forma de entrar, y el americano había recurrido a ella.

Luego esperó a que el kazbekistaní doblara la esquina y pasara corriendo pensando que había perdido al americano entre los muelles de carga. Pero el americano —ella había pensado que era pequeño en el bar de Lartet, pero tenía los brazos como el acero— atrapó a su perseguidor por detrás y le arrastró hasta allí dentro.

Cuando el americano vio que ella no se iba a arriesgar a entrar en el pasaje debió de encontrar la manera de llegar a la parte delantera del edificio y salir por aquella ventana.

Necesitaba aire desesperadamente, y lo consiguió mientras le arrancaba el burka de la cabeza, daba un tirón a su vestido al soltarla y se caía al suelo de un empujón.

Mientras Sophia estaba allí tumbada, jadeando y aspi-rando el preciado aire, se dio cuenta de que el kazbekistaní sólo estaba inconsciente. Tenía las manos atadas a la espalda con un cinturón. El americano no se habría molestado en atarle si estuviese muerto.

—¿Qué diablos...? —su voz estaba llena de incredulidad, y al mirar hacia arriba la vio también en su cara. Una cara rígida que pertenecía a un hombre que tenía brazos de acero, una cara que intentó ocultar rápidamente con esa máscara inexpresiva que le había visto poner mientras hablaba con Lartet.

Sin duda alguna ella no era lo que esperaba encontrar debajo de ese burka, con el pelo rubio reluciendo bajo la luz de la luna y un vestido blanco casi transparente.

Tampoco él era lo que ella esperaba encontrar. Era inteligente, era fuerte, era muy bueno salvando su vida. Un hombre alfa en un cuerpo beta. El tipo de hombre que sabía cómo hacer dinero mientras todos los demás se morían de hambre, mantenerse arriba mientras todos los demás bajaban.

Sin embargo, la máscara inexpresiva que llevaba no ocultaba del todo su reacción masculina a sus evidentes formas femeninas. Había visto un brillo similar en sus ojos en el bar, y entonces se dio cuenta de que tenía una oportunidad de sobrevivir.

—Por favor —dijo Sophia extendiendo una mano hacia él, con una voz cargada con las lágrimas que había contenido durante meses—. ¡Por favor, necesito que me ayude!

11

Quién eres tú? —preguntó Decker.

La mujer miró hacia el kazbekistaní inconsciente que estaba tendido junto a la ventana, sobre el frío cemento del suelo de la fábrica.

—No se lo puedo decir —susurró—. No aquí, delante de él.

Las lágrimas de sus ojos se desbordaron y se deslizaron por su bella cara.

Deck había vivido lo suficiente para saber que las cosas no solían ser lo que aparentaban. Sobre todo cuando había lágrimas y caras bellas.

—¿Quién es? —le preguntó señalando al hombre del suelo.

—No lo sé —estaba mintiendo. También era americana. Se incorporó y se ajustó el vestido mientras observaba cómo la miraba.

Sí, aquellas lágrimas eran un efecto especial. Como el vestido, que, a pesar de que estaba rasgado y manchado de sangre en algunas zonas, no era un vestido cualquiera. Ni siquiera llegaba a ser un vestido.

Su cuerpo iba bien con aquel atuendo, a pesar de que era obvio que alguien lo había maltratado recientemente. Resultaba difícil no mirarlo, y ella lo sabía.

¿Era eso lo que llevaban todas las prostitutas kazbekistaníes debajo de sus ropajes?

El negocio debía de ir muy bien.

Decker pensaba que no se distraía con facilidad, pero sin duda alguna estaba distraído.

El pequeño revólver que encontró en el bosillo de su vestido le ayudó a centrarse.

—Pon las manos donde pueda verlas —le ordenó mientras comprobaba el seguro y se guardaba el arma. En la mano derecha llevaba un anillo que había mantenido escondido en la palma de la mano en el bar. Si era auténtico debía de costar una pequeña fortuna.

Sus ojos azules intentaron deslumbrarle. Al menos a él le parecieron azules, aunque podían ser verdes. No se veían muy bien con aquella luz. En cualquier caso, estaba acostumbrada a utilizarlos en su provecho.

Aunque con ese vestido no era muy probable que los hombres la mirasen a los ojos.

—¿De verdad cree que llevo otra arma? —le preguntó secándose la cara con las manos como si le avergonzaran sus lágrimas, como si no quisiera que las viese. Fue un gesto curioso, como el toque de humor negro en su voz. Le gustaban las mujeres que tenían un punto de ironía—. ¿En esto? —añadió señalando su atuendo.

Salvo un pequeño trozo de caliza blando y desmenuzado —¿una muestra de su colección de piedras?—, los demás bolsillos del vestido estaban vacíos. Y tampoco había nada cosido en el forro.

—Supongo que no llevarás ningún tipo de identificación —dijo.

Ella negó con la cabeza, limpiándose la nariz con el dorso de una mano fina y pálida. Tenía las uñas mordidas hasta el borde de la carne.

—No tengo papeles ni pasaporte. Me los robaron hace meses.

—Puede que creas que estoy aprovechándome para tocarte, pero tengo que asegurarme de que no llevas otra arma.

Ella le miró con ojos inocentes en esa cara de porcelana con forma de corazón. Era una mirada penetrante, como si estuviese intentando leer su mente.

En situaciones como ésa deseaba haber comprado una caja de aquellos llaveros de los oscars que había visto en una tienda de souvenirs de Hollywood. Eran lo bastante pequeños para llevar siempre unos cuantos encima y dárselos a la gente que hacía una actuación espectacular. Como aquella.

—Comprendo —dijo por fin. Luego, manteniendo las manos a la vista, pero intentando ocultarle el anillo, se levantó del suelo.

Mientras Decker observaba se colocó frente a la pared, apoyó las manos en ella y extendió las piernas.

Dios santo.

Se puso, sin duda alguna a propósito, en la zona por la que entraba más luz por la ventana. Iluminada de eses modo podría haber estado desnuda.

Y en aquella postura...

Madre mía.

Podía ver a través de su vestido. En los brazos y en la parte superior del cuerpo tenía unas líneas intrincadas. ¿Dibujos de henna?

Era imposible que tuviera un arma encima. Pero Decker sabía que era eso lo que quería que creyera al ponerse a la luz de aquella manera. Era lo que querría que creyera si llevase una navaja que podría usar para cortarle el cuello.

Así pues, una lástima, tuvo que recorrer ese cuerpo con sus manos.

Comenzó por los brazos extendidos, y ella hizo una mueca de dolor.

—Lo siento —dijo. Lo que estaba haciendo no debería dolerle.

—Tengo los codos arañados —le explicó.

Ah. Intentó seguir tocándola con más suavidad. Pero ella hizo otra mueca de dolor cuando llegó a los hombros.

—Tengo arañazos en todo el cuerpo —rectificó—. Por el terremoto. Es una suerte que aún siga viva.

—¿Cuánto tiempo llevas trabajando en la calle? —le preguntó.

Ella le miró por encima del hombro mientras él pasaba las manos por sus pechos. No era un buen momento para establecer contacto visual. Pero no tenía ninguna Magnum 357 allí escondida.

—No he estado en la calle —dijo, pero cuando se volvió sus ojos estaban llenos de lágrimas.

Sí, claro.

Tenía los músculos del estómago tensos, y al tocarle entre las piernas intentó hacerlo de la forma más impersonal posible. Para su sorpresa ella no intentó que hubiera un contacto sexual. A lo largo de su carrera en la Agencia había cacheado a mujeres una o dos veces, y en esa parte del registro le habían enviado un claro mensaje no verbal.

Aquella rubia se quedó tan inmóvil como una piedra.

Decker terminó rápidamente pasando las manos por una pierna y luego por la otra.

—Ya está —le dijo.

—¿No va a asegurarse de que no tengo una granada en el culo? —le temblaba la voz.

—Si la tienes te la puedes quedar, Sophia.

Ella contuvo la respiración, pero él se dio cuenta de que había acertado. En el bar había visto cómo observaba atentamente a Lartet mientras el muchacho con el burka le entregaba la nota.

Al volverse ahora para mirarle Deck vio que se había dado cuenta de que se trataba de una simple suposición, y de que ella se había delatado a sí misma.

Luego hizo unos ruiditos que al principio pensó que eran risas, pero enseguida comprendió que eran más lágrimas, esta vez sonoras e incontrolables.

—Lo siento —se disculpó ella—. Lo siento.

Si era una actuación era muy buena. Y alcanzó tintes aún más dramáticos cuando el kazbekistaní del suelo empezó a moverse. Deck deseó haber tenido un Tony en miniatura para dárselo también.

Sophia intentó coger su burka.

—¡No puede verme! —dijo—. ¡No deje que me vea!

Él mantuvo el vestido fuera de su alcance.

—Creía que no sabías quién era.

—No lo sé —dijo entre sollozos—. Sólo sé quién puede ser, para quién puede trabajar —miró a Decker con aire suplicante—. Por favor.

Habría sido conmovedor, si tuviera catorce años.

—¿Michel Lartet? —preguntó Decker.

—Además de Lartet.

El kazbekistaní se quejó, y ella se puso detrás de Decker para estar al menos parcialmente escondida.

—¿Quién, Sophia?

—¡No me llame eso delante de él!

—¿Quién?

—El hombre que mató a Dimitri Ghaffari —susurró—. Padsha Bashir.

Joder.

—¿Ghaffari está muerto? —preguntó sabiendo que no debía creer nada que saliera de la boca de aquella mujer. Al igual que él la había observado en el bar, ella también se había fijado en él, y había escuchado su conversación con Lartet. Sin embargo, su intuición le decía que podía ser cierto. Era probable que Ghaffari estuviese muerto. Eso explicaría por qué había desaparecido de la faz de la tierra.

Sophia asintió con nuevas lágrimas en los ojos.

—Y Bashir también.

Era imposible. Si Padsha Bashir hubiese pasado a mejor vida lo habría oído esa noche en las calles.

Sin embargo, estaba claro que ella se lo creía.

Había miedo y había miedo fingido, y nadie actuaba tan bien. Aquella mujer estaba aterrorizada.

Quienquiera que fuese esa misteriosa Sophia, no iría a ningún sitio sin su burka, no en aquella ciudad, a no ser que estuviera desesperada.

Decker decidió hacer una prueba. Con su ropa sobre el brazo, se acercó hacia el hombre del suelo y le dio la espalda a la rubia deliberadamente. Y con un golpe bien dado, no tan suave como una nana pero igual de eficaz, volvió a dejar al kazbekistaní inconsciente.

Cuando se dio la vuelta ella había desaparecido; por lo visto estaba muy desesperada.

Le habría gustado poder hablar con el kazbekistaní que estaba babeando en el suelo polvoriento, pero sabía que siempre podría encontrarle en el bar de Lartet.

Así que Decker recogió su cinturón —no le interesaba dejar ningún rastro— y le dio a Sophia unos segundos más de ventaja antes de salir de la fábrica detrás de ella.

Tess cogió su teléfono y su linterna para explorar la casa de Rivka.

Junto a la cocina, en el primer piso, había una sala de estar, y más allá otra habitación, pero cuando intentó girar el pomo vio que la puerta estaba cerrada.

En realidad no importaba; era evidente que no había cobertura en la planta baja.

Mantuvo el teléfono abierto delante de ella de la misma manera que Spock sujetaba su radar mientras él y su equipo del Enterprise investigaban un planeta de clase M recién descubierto en *Star Treck*.

Luego subió al segundo piso, en el que había un pasillo y otras dos habitaciones cerradas. Puede que en todos esos episodios, cuando Spock miraba la pequeña pantalla de su aparato, estuviese buscando una red telefónica intergaláctica.

—Buscando red... —decía el mensaje de su pantalla con interminables elipses—. Buscando red...

Vamos, por favor. Ese teléfono había funcionado en el tejado de la iglesia. Y a no ser que un fuerte viento hubiera arrancado ya la antena...

Continuó hasta el tercer piso, negándose a creer que su adorada tecnología le estuviese fallando de aquella manera.

Fue allí, en el minúsculo rellano que había junto a lo que parecía ser el único dormitorio de la casa, donde hubo una pequeña celebración de fuegos artificiales en la pantalla de su teléfono.

—¿A quién le gustaría llamar? —preguntó entonces animadamente el mensaje de texto.

Tess entró en la silenciosa habitación vacía con una gruesa moqueta bajo sus pies. Esa habitación tenía un cuarto de baño privado —con sanitarios y agua corriente—, un armario enorme y una cama muy grande. Evidentemente era la habitación que su anfitrión, Rivka, compartía con Guldana, su mujer de veinticinco años.

Era la única habitación de toda la casa en la que Tess podía tener acceso a Internet.

—Maldita sea —dijo. ¿Cómo iba a hacerlo?

—Es mejor que no tener ningún tipo de acceso —dijo Nash desde la puerta haciendo que ella diera un salto y dejara caer su linterna.

Al pasar junto a él en la cocina estaba tumbado con un brazo sobre los ojos, respirando regularmente.

—Pensaba que estabas dormido —Tess recogió la linterna del suelo.

—Sólo estaba descansando —dijo—. Aquí arriba tienes cobertura, ¿verdad?

—Sí.

—¿Pero abajo no?

—No.

Entonces se quedaron los dos callados, mirándose el uno al otro en la tenue oscuridad.

Su mente traicionera seguía reproduciendo imágenes de Nash desnudo en su cama, con su cara sobre ella y los ojos llenos de deseo mientras...

Dios mío.

Si recordaba eso más veces al día de las que jamás reconocería en voz alta, ¿qué debía de pensar él cuando la miraba?

Aunque sería mucho peor que no se acordara nunca de esa noche. Le deprimía pensar que podía ser algo que no se le pasaba nunca por la cabeza, que había olvidado por completo.

—Siento lo de antes —dijo Nash mientras ella le preguntaba si Deck había vuelto. Tenían que dejar de hablar los dos a la vez. La gente hacía eso cuando se sentía incómoda, cuando tenía que pensar lo que iba a decir.

—No —respondió—. Pero no debes preocuparte por él.

—No estoy preocupada por él.

—Bien. Eso está bien.

Hubo otro silencio mientras él miraba hacia la cama, hacia las cortinas transparentes que ondulaban con la suave brisa que entraba por las ventanas.

—Supongo que tendremos que trasladarnos a esta habitación, ¿no?

—¿Y pretendes que Rivka y su mujer duerman en la despensa? —resopló Tess—. Yo no lo haría si...

—No tendrán que dormir en la despensa —le dijo Nash—. En esta casa hay más habitaciones: las oficinas jurídicas de Guldana.

¿La mujer de Rivka era abogada? Aunque sería más preciso decir *había sido* abogada, porque el actual régimen no permitía a las mujeres ejercer el derecho.

A no ser que lo hicieran... De repente comprendió el sentido de aquellas puertas cerradas.

Tess no podía imaginar que le arrebataran su carrera, todo lo que tanto se había esforzado por conseguir, simplemente porque como mujer no le permitieran hacer ese trabajo.

Como Guldana, probablemente habría seguido trabajando, y rezando para que no la descubrieran.

—Para ellos es peligroso, ¿verdad? —preguntó—. Que estemos nosotros aquí.

—No saben quiénes somos —dijo Nash—, ni lo que hacemos. Pero sí, para ellos es un riesgo, como para nosotros. Si se enterasen de nuestros planes podrían entregarnos para ganar algunos puntos por parte de los dirigentes locales.

También podrían ganar algo de dinero de recompensa que, como a la mayoría de los kazbekistaníes, les vendría muy bien.

—Deberíamos irnos de aquí —prosiguió Nash—. Una cosa es que nos ofrezcan su habitación, y otra que se la pidamos. Y si nos encuentran aquí les parecerá una grosería.

Porque era una grosería estar allí sin el permiso de sus anfitriones. En cuanto a lo de pedir... Tess le miró con los ojos entrecerrados.

—¿Vas a hacer que nos ofrezcan esta habitación?

—Sí —dijo Nash—. Vamos a hacerlo. ¿Vamos? Oh, no.

—Esto no me va a gustar mucho, ¿verdad? —preguntó.

Él se rió con aire pesaroso, y ella se dio cuenta de que no sólo iba a desagradarle su plan, sino que iba a odiarlo.

—Nada en absoluto.

Estupendo.

—Supongo que Rivka llegará aquí unos veinte minutos después de que salga el sol, cuando termine el toque de queda —le dijo Nash mientras la seguía por las escaleras hasta la cocina—. Nos quedan un par de horas. Pero deberíamos estar preparados por si vuelve antes.

Tess se volvió hacia Nash, pero él esquivó su mirada a propósito.

—¿Y bien? —dijo ella intentando sonar animada y dar un toque de humor a la situación—. ¿En qué lado de la cama prefieres dormir? ¿En el derecho o en el izquierdo?

Ahí. Contacto visual. A pesar de todos sus defectos tenía unos ojos muy bonitos.

—No voy a obligarte a hacer eso —respondió—. Será suficiente con que esté ahí contigo.

—¿Durmiendo dónde? —preguntó ella—. ¿Has estado en esa despensa? Porque o levitamos o te quedas sentado. Y ésa no es forma de dormir.

Nash miró detrás de la cortina y blasfemó en voz baja.

—No me había dado cuenta... —se volvió hacia ella—. Muy bien. No hay ningún problema. Me quedaré aquí fuera hasta que oiga llegar a Rivka. Pero luego me tumbaré a tu lado para que parezca que hemos estado juntos toda la noche. Recuerda que voy a hacerlo. No conectes el piloto automático y te pongas a la defensiva conmigo, ¿vale? —levantó la mano con cuidado para tocarse la parte posterior de la cabeza—. Lo creas o no, ya he sufrido bastante para toda la misión.

—¿Y vas a quedarte despierto? —le había dicho que tenían que esperar varias horas.

—No te preocupes por mí.

—No me preocupo por ti —repuso ella—. Lo que me preocupa es que te quedes dormido ahí fuera y que Rivka vuelva antes de que te despiertes. Tengo que ocupar esa habitación, James. O buscar la manera de que haya cobertura aquí abajo. Podría instalar una antena en el tejado pero...

—No —los dos sabían que eso sería como ondear una bandera americana además de ponerse un chaleco del FBI sobre una camiseta de la CIA. *¡Hola! ¡Estamos aquí!*

Si pudiese instalar una antena en un sitio más alto que aquella iglesia, en el tejado del Grande Hotel... Aunque no lo dijo en voz alta Nash sabía en qué estaba pensando, porque volvió a decir:

—No. Ni hablar. Te conseguiré esa habitación. No voy a quedarme dormido.

—Pero si lo haces...

—No va a pasar.

—Pero...

—Mira, tampoco duermo mucho cuando estoy en casa en mi propia cama. Y después de un día como... —se detuvo de repente.

—Después de un día terrible como el de hoy —susurró Tess.

Nash parecía estar avergonzado.

—Tuve una pesadilla —dijo ella—, cuando me quedé dormida en el carro.

Había soñado con niños muertos y heridos, padres desconsolados, miedo, dolor y el persistente hedor de la muerte.

—Lo siento —dijo él en serio, probablemente porque sabía lo que era despertarse sudando, con el corazón palpitando...

—Es una reacción natural —comentó ella—. Tener pesadillas, o ser incapaz de dormir después de ver...

—Sí —respondió él—. Ya lo sé.

Pero estaba claro que aunque esa regla le parecía aceptable para ella a él no le valía.

—Tú también tienes derecho a ser humano —le dijo Tess en voz baja.

Él asintió.

—Sí —repitió, pero ella se dio cuenta una vez más de que no se lo creía—. Entraré en un par de horas, cuando Rivka regrese a casa.

Luego se dio la vuelta y se centró en el contenido de su bolsa.

Tess había trabajado en la Agencia lo suficiente para saber cuándo debía retirarse, pero vaciló un momento antes de pasar detrás de la cortina.

Porque Jimmy Nash tenía problemas. También había trabajado en la Agencia lo suficiente para saber eso.

—Si me necesitas estaré aquí —le dijo.

Él se volvió para mirarla, con una elegante ceja arqueada en una expresión de sorpresa cargada de sugerencia y seducción.

—Para hablar —añadió, y maldiciéndole a él por ser un idiota y a ella por ser una estúpida, apartó la cortina y entró rápidamente en la despensa.

◆ ◆ ◆

Sophia entró por una ventana abierta a una habitación escasamente amueblada. Era evidente que la mujer que vivía allí no podía permitirse el lujo de que le robaran su segundo mejor burka.

Pero estaba atrapada en aquel barrio con el sol a punto de salir, y no tenía muchas opciones. Robar aquella ropa suponía la diferencia entre la vida y la muerte.

Después de coger con cuidado la prenda descolorida y cuidadosamente remendada del gancho, Sophia se vistió en silencio, rezando para que su pérdida no causara un grave trastorno a su antigua propietaria.

Debía darse prisa, porque aún no estaba convencida de que hubiera perdido al americano. Sin embargo, antes de salir de nuevo por la ventana se quitó el anillo del dedo —ese anillo con el que esperaba pagar el pasaporte falso que necesitaba para salir del país— y lo dejó en el gancho donde había estado colgado el burka.

Luego salió a la calle, se ocultó entre las sombras y observó cómo se iba aclarando el cielo por el este.

No había ni rastro del americano. Pero eso no era nada nuevo. Sophia llevaba varias horas huyendo de él, y desde que abandonó la fábrica no había habido ninguna señal de que estuviese ahí: pasos detrás de ella, movimientos en las sombras. Ni siquiera había tenido la incómoda sensación de que la observaran.

Pero había sido tan sencillo escapar de él que estaba segura de que la había dejado marchar.

Sin duda alguna lo había hecho para seguirla, para ver dónde iba, con quién trabajaba, de parte de quién estaba.

No iba a volver a su escondite del Hotel Français hasta asegurarse de que ya no la vigilaba. Tener un refugio seguro con agua era algo muy valioso. Seguiría corriendo durante días si fuese necesario antes de regresar allí.

Aunque tendría que acabar haciéndolo.

Había llevado al americano en círculos a esa parte de la ciudad pasando por callejones y tejados, intentando acercarse todo lo posible al mercado de la plaza Saboor.

A medida que amanecía la ciudad comenzó a despertar. Con el sol llegó el final del toque de queda, y la gente —en su mayoría mujeres— empezó a salir a la calle.

En unos minutos los puestos de la plaza estaban abiertos, y comenzaron a formarse colas para comprar fruta y pan.

Sophia salió del callejón y se unió al flujo de mujeres vestidas de igual manera, una de las cuales casi la atropella. Malditos velos.

Malditos velos y benditos velos. La aprensión que había sentido durante horas desapareció al mezclarse con aquella multitud, al convertirse en una de tantas, una persona anónima e irreconocible debajo de ese velo.

Por fin estaba completamente segura de que había perdido al americano.

Porque nadie podía ser tan bueno siguiendo a alguien.

Tess se había quedado dormida.

Despertarla le parecía un crimen. Aunque puede que no tuviera que hacerlo. Podía dejar que le «pillaran» saliendo de puntillas de la despensa en calzoncillos y con una sonrisa de satisfacción en la cara.

Ya se había quitado la ropa; el calor de la noche era casi insoportable. Y se revolvió el pelo al oír que la puerta de la

cocina se abría y que Rivka y Guldana entraban silenciosamente en su casa.

—¿Dónde están? —le oyó susurrar a Guldana.

—Puede que se hayan levantado ya y que hayan salido
temprano —respondió Rivka.

—Puede ser —repitió Guldana con tono escéptico.

La sábana que Tess había utilizado para taparse se le había deslizado por un brazo. Llevaba una camiseta muy grande, y tenía el pelo corto bien puesto.

—O puede que no se hayan acostado aún —dijo Guldana, tan perspicaz como siempre—. Esas almohadas de ahí están intactas. Y mira, alguien ha ido a alguna parte sin pantalones.

Jimmy habría engañado a Rivka si hubiese salido entonces de detrás de la cortina. Pero Guldana miraría a Tess y
no vería a una recién casada que acabase de compartir una
noche de pasión con su nuevo esposo. Haría preguntas, les
observaría con atención, susurraría algo a Rivka, se preguntaría qué estaban tramando...

Tess quería la habitación de arriba. Jimmy intentó con-
vencerse a sí mismo de que ése era su único motivo mientras
se quitaba los calzoncillos y se metía debajo de aquella sábana.

Ella se movió mientras él intentaba hacerse un hueco.
No había sitio suficiente para los dos. Estaba prácticamente
encima de ella.

Aunque puede que no estuviera tan mal.

De hecho le agarró y le atrajo hacia ella, suave, cálida,
somnolienta, con su dulce olor y...

—Rivka está en casa —le susurró al oído esperando que
no se tomase su respuesta expansiva de forma muy personal,

pero antes de que pudiera disculparse o apartarse un poco ella le besó.

Vale. Aquello era bueno. No resultaba extraño porque era increíblemente real. Jimmy intentó proyectarse fuera de su cuerpo, mirar hacia abajo y ver lo que Rivka y Guldana verían si echasen un vistazo detrás de la cortina.

Verían a un hombre que deseaba tener sexo más que seguir respirando.

Verían a una mujer que había pasado toda la noche, hasta ese momento, intacta.

Le despeinó rápidamente el pelo y le subió la camiseta hasta el cuello —no era el atuendo más sexy para una recién casada— para intentar quitársela.

Ella dejó de besarle el tiempo suficiente para sacarse la camiseta por encima de la cabeza; después de lo del Gentlemen's Den no debería haber sido una gran sorpresa, pero lo fue. Porque allí estaba la Tess de sus sueños, desnuda debajo de él, con esa suave sonrisa y aquellas pecas en una nariz preciosa, que le volvía loco.

Era un hombre, era humano, y se produjo un clásico ejemplo de causa y efecto. Sus pechos en su cara —era aún más atractiva de lo que recordaba— provocaron una clara respuesta física que ya no pudo ocultar.

Hasta entonces había estado conteniéndose, pero aquella fue la gota que colmó el vaso.

Sin embargo a Tess no pareció importarle. Le besó otra vez, o puede que él la besara a ella; no estaba totalmente seguro. En cualquier caso ella le rodeó con sus brazos en un abrazo de lo más convincente. Incluso se restregó contra él haciendo un ruido increíblemente sexy. Un ruido que incluso Rivka, que estaba casi sordo de un oído, tuvo que haber escuchado.

—¿Qué ha sido eso? —le oyó preguntar a su mujer. No pudo oír la respuesta de Guldana porque Tess metió la mano entre los dos, le envolvió con sus dedos y...

¡Sin condón! ¿Qué diablos estaba haciendo? Tenían una sábana por encima, no hacía falta que...

Pero no podía apartarse de ella. No mientras Rivka y Guldana estuvieran al otro lado de esa cortina.

Fue entonces, mientras ella le empujaba hacia abajo y levantaba las caderas, mientras se deslizaba en su interior sin nada entre ellos, gimiendo ante aquella sensación suave y húmeda —era sexo de alta intensidad—, cuando se dio cuenta de que estaba aún medio dormida.

Aunque en realidad se dio cuenta de eso en el momento en que se despertó del todo.

—¡Dios mío! —dijo.

A Rivka y a Guldana les debió parecer que Tess estaba reaccionando ante la repentina aparición de espectadores cuando abrieron la cortina.

Pero Jimmy sabía qué estaban pensando.

Se levantó de un salto mientras Rivka vociferaba:

—¿Qué está pasando en mi casa?

Jimmy buscó sus calzoncillos mientras Tess se envolvía con la sábana.

—Lo siento —dijo en inglés y en el dialecto kazbekistaní que hablaban Rivka y Guldana mientras metía primero una pierna y luego la otra en los calzoncillos.

»Esto no tenía que haber pasado. Yo... —Vamos, tío, deja de balbucear y cíñete al guión. ¿Pero cuál era el guión?

Le daba vueltas la cabeza, y sólo podía pensar en Tess y en las ganas que tenía de terminar lo que habían empezado. Lo que él había empezado, porque, maldita sea, ella ni siquiera estaba despierta cuando...

—Lo siento —repitió, pero Tess no le estaba mirando.

—No esperábamos que volviéseis tan pronto —dijo ella a Rivka y a Guldana.

Rivka miró a Tess y a Jimmy con una cara gélida.

—Tengo que pediros que salgáis de mi casa inmediatamente. Todos.

Guldana le tocó a su marido en el brazo.

—Son americanos, y jóvenes. ¿No te acuerdas de cuando eras joven?

Tess agarró a Jimmy, con los dedos firmes y cálidos contra su pierna, mientras Guldana murmuraba a su airado marido:

—Además necesitamos el dinero.

Jimmy miró a Tess a la cara, a los ojos.

—James —dijo ella mientras le apretaba la pierna y le enviaba un mensaje silencioso con los ojos. *Vamos, Nash, sigue con el juego*—. Cariño, creo que deberías presentarnos.

12

Sophia le sintió antes de verle mientras se lavaba el sudor y la suciedad de la noche de la cara.

O puede que le oliera al cerrar el grifo del lavabo.

No es que oliera mal. Sólo diferente. Cálido. Masculino. Americano.

Era imposible que la hubiera seguido a través de aquel mercado. Y sin embargo...

Se dio la vuelta despacio con la cara y las manos llenas de agua, esperando de alguna manera que el cansancio y el miedo le estuvieran jugando una mala pasada, haciendo que sintiera y oliera cosas que en realidad no existían. Puede que ese viejo hotel albergara aún a los espíritus de sus antiguos huéspedes. Había oído que Leonardo DiCaprio había estado una vez allí, de camino hacia el rodaje de una película ambientada en el lejano oriente. ¿Sería en Tailandia?

Podía ser.

Pero no hubo esa suerte. El americano de la fábrica, del bar de Lartet, se encontraba allí realmente.

Estaba apoyado contra los azulejos rosas de la pared del servicio de señoras, con los brazos cruzados sobre su pecho.

De repente le invadió un miedo intenso, pero estaba completamente acorralada. Aunque pudiese llegar a las ventanas que había detrás de él y abrirlas eran demasiado altas y estrechas para pasar por ellas. No había ningún sitio por el que huir, no podía hacer nada excepto quedarse allí, mirándole.

De algún modo había abierto la puerta de la antesala sin que le oyera entrar.

La había seguido hasta allí, hasta el hotel...

—¿Cómo ha...?

Él la interrumpió.

—Me parece que soy yo el que debería hacer las preguntas.

Tuvo que hacer un gran esfuerzo para mantener los ojos en su cara, para no mirar hacia la cama que había improvisado con mantas robadas, debajo de la cual había escondido su segunda arma, que desearía haber tenido a mano.

Entonces él le dio un trapo limpio que utilizaba como toalla, y ella se secó la cara con manos temblorosas.

—No voy a hacerte daño —dijo.

Sophia asintió, pero no podía creerle.

—Sólo quiero hablar —tenía una bonita voz de barítono con un leve acento occidental—. Sophia.

Ella le miró a los ojos —eran marrones claros, casi del mismo color que su indescriptible pelo—, pero sólo pudo ver inteligencia y una alerta constante en ellos. No había ningún indicio de que supiera que había conseguido un premio gordo.

Naturalmente, con ese hombre, ese mago que la había seguido a través del mercado abarrotado, aquello no significaba nada.

Era bastante más mayor de lo que le había parecido cuando le vio en el bar y en la fábrica mal iluminada; sin duda alguna tenía más de treinta años. Con la intensa luz de la mañana vio que había pasado la frontera de los cuarenta hacía tiempo. En su cara había algunas arrugas que a cierta distancia jamás habría considerado atractivas, aunque al mirarle ahora de cerca podrían serlo.

Tenía una nariz recta, casi romana, y el resto de sus rasgos eran igualmente regulares y agradables, aunque tenía una boca fina, con los labios estrechos. Alrededor de la boca y en las esquinas de los ojos tenía unas líneas que a la mayoría de la gente le salían por reírse, pero daba la impresión de que ese hombre no se reía lo suficiente para que fuera ésa la causa.

—¿Te importa que nos sentemos ahí fuera? —dijo señalando hacia la antesala, vacía ahora de butacas—. He estado de pie casi toda la noche.

Igual que ella.

¿Quién era para haber sido capaz de seguirla como lo había hecho? ¿Y qué quería de ella exactamente?

—¿Es de la CIA? —le preguntó sabiendo que era imposible.

—No —respondió él con una sonrisa divertida que le dejó helada. Si le parecía gracioso que le confundiera con un agente gubernamental, eso significaba que probablemente era uno de esos expatriados que no tenían ningún respeto por su antiguo país ni por sus compatriotas.

En ese caso no tardaría en morir.

Con los dedos firmes y la mano caliente a través de la manga de su vestido, Sophia dejó que la condujera a la antesala, donde había dejado junto a la puerta el burka y el velo que le había quitado en la fábrica.

Que se los devolviese era todo un detalle por su parte. Aunque ya sólo los necesitaría para ir por última vez al palacio de Bashir.

Entonces captó su imagen en el espejo que había en la pared. Incluso en aquel espacio sin ventanas, con poca luz, su vestido era exóticamente transparente, aunque no tanto como para revelar su colección de cortes y magulladuras. Pero estaba casi desnuda temblando de miedo, y esperaba que él no pudiera verlo como ella lo veía en el espejo.

Al mirar en su dirección vio que había vuelto a cerrar la puerta. Si intentaba huir tardaría un rato en girar el pestillo y abrir la puerta para...

No. Lo mejor que podía hacer era buscar una manera de coger el arma que estaba debajo de las mantas de su cama.

Su cama.

Vio a través del espejo que el americano se había dado cuenta de que había mirado hacia la puerta. Bien. Que pensase que estaba considerando escapar por allí. Volvió a mirar hacia la puerta rápidamente para que se centrara en algo.

Porque a diferencia de lo que había ocurrido en la fábrica ahora no parecía que le impresionara su atuendo. Lo cual significaba que iba a ser más difícil de lo que esperaba llevarle a su cama.

—¿Tienes un apellido? —preguntó el americano indicándole con un gesto que se sentara contra la pared más alejada de la puerta y de la estancia interior.

Sophia asintió mientras se agachaba para sentarse.

Él también se sentó en el suelo, justo en medio de la habitación, bloqueándole el paso tanto hacia la puerta como hacia el arma.

La miró atentamente mientras ella cambiaba de postura, fingiendo que se estaba poniendo cómoda para probarle y... Como era de esperar bajó la mirada. Sólo por un instante, pero lo hizo.

Vale. Después de todo era humano. Si lo hacía bien podría acostarse con él y matarle antes de huir.

Tenía que pensar. ¿Qué le había dicho hasta entonces? ¿Cómo podía utilizar eso para ganarse su confianza o al menos reducir la distancia que había entre ellos?

En la fábrica le había dicho que Dimitri estaba muerto, y Bashir también. Él había adivinado su nombre —Sophia—, pero no pareció reconocerlo, aunque era un tipo que jugaba bien sus cartas. No podía estar segura de nada.

Si conocía a Dimitri, o había oído hablar de él, era probable que supiera que su mujer se llamaba Sophia. Y si sabía eso y ahora le daba un apellido falso sabría que estaba mintiendo y...

—Ghaffari —respondió por fin. No podía permitir que pensara que podía mentirle—. Me llamo Sophia Ghaffari.

Él no reaccionó. Ni siquiera parpadeó.

—¿Eres la mujer de Ghaffari? —su voz era igualmente inexpresiva.

—*Era* su mujer —precisó—. Ya se lo dije. Está muerto.

Él se quedó callado un momento antes de decir:

—Sí, me lo dijiste. Lo siento mucho.

Ella se rió, pero no dijo nada más. Debía esperar a que le preguntara. Si le daba mucha información voluntariamente podría parecer un cuento.

Al cabo de una eternidad el americano habló de nuevo.

—Supongo que me oíste decir a Lartet que tengo un dinero para Dimitri que le debía un amigo común.

Al ver por dónde iba ella negó con la cabeza.

—No le seguí por ese motivo. No quiero el dinero de su amigo —aquello no era del todo cierto. Quería todo el dinero que pudiera conseguir, pero sólo era cuestión de tiempo que todo lo que llevaba ese hombre en los bolsillos pasara a sus manos.

Y si podía lograrlo le mataría después de quitarle la camiseta y los pantalones caquis.

Eso le permitiría librarse de aquel espantoso vestido y ponerse ropa de verdad, aunque le quedara grande. Podría cortarse y teñirse el pelo y pasar desapercibida entre los trabajadores de ayuda humanitaria occidentales...

—¿Por qué me seguiste? —preguntó él.

Ella respondió sinceramente.

—Porque conozco a todo el mundo que conocía Dimitri, pero a usted no. Quería saber quién era y quién es ese amigo suyo —en el bar de Lartet se había atrevido a esperar que aquel americano pudiese ayudarla, que fuera realmente un trabajador de ayuda humanitaria lo bastante ingenuo como para echarle una mano. Pero en la fábrica él había dejado bien claro que no era el caso—. Pero no hay ningún amigo, ¿verdad? —le preguntó ahora.

El asintió, observándola con unos ojos que parecían capaces de ver dentro de su cabeza.

—Es una forma sencilla de encontrar a alguien. La gente sale de su escondite, por profundo que sea, si cree que alguien va a darle algo de dinero.

Sophia hizo un esfuerzo para mantener su mirada diciéndose a sí misma que no podía leer su mente, e intentó poner un toque sexual en su contacto visual.

—¿Entonces quién es usted? —dijo recorriendo su cuerpo con la mirada. Llevaba una camiseta holgada de una talla grande cuando apenas necesitaba una mediana. Por eso parecía delgado cuando en realidad no lo era—. No está nada mal, ¿sabe?

Él sonrió levemente, y al mirarle de nuevo a los ojos vio el calor. Se sentía atraído hacia ella. Le dio un salto el corazón ante la sensación de triunfo, pero sostuvo su mirada mientras él movía la cabeza y en vez de responder le preguntaba:

—¿Cuándo murió Dimitri?

Aquella conversación era surrealista. Era increíba que pudiera estar allí sentada hablando de eso como si le hubiera ocurrido a otra persona, como si no hubiera estado presente cuando...

Entonces parpadeó para borrar el eco de su voz, gritando mientras la cabeza de Dimitri caía al suelo y rodaba...

Mantén la calma, no lo estropees ahora. Si respondía a sus preguntas, le sonreía y hacía lo que tuviera que hacer podría sobrevivir una vez más.

—Hace dos meses.

Él asintió, y ella se alegró de haberle dicho la verdad. Era evidente que había estando preguntando por ahí, buscando a Dimitri, y podía haber hablado con alguien que hubiese visto a su marido la noche anterior a su visita al palacio de Bashir. Pero nadie le había visto después de eso. Al menos con vida.

Puede que estuviese sacando demasiadas conclusiones de un pequeño asentimiento, pero presentía que la confianza del americano y su interés por ella eran cada vez mayores.

—Le ejecutó... Padsha Bashir —dijo esperando que no hubiese notado esa leve vacilación. Estaba intentando que su tono sonase indiferente, como si le importara un comino.

—¿Había alguna razón o fue un capricho?

—No estoy segura —respondió Sophia—. Sospecho que tuvo algo que ver con un negocio que salió mal. Con un dinero que le debía Dimitri.

El americano volvió a asentir.

—También me dijiste que Bashir había muerto.

Sophia asintió.

—Murió durante el terremoto. Una parte de su palacio se derrumbó.

—¿Quién te ha dicho eso?

—Nadie —dijo ella—. Estaba allí cuando ocurrió. Tuve suerte de salir con vida.

—Estabas allí —repitió él—. Eso fue hace sólo unos días.

—Vivía allí —precisó—. En el palacio. He estado allí durante los dos últimos meses.

Él miró su pelo, su cara, su vestido. Si asociaba ese vestido y aquellos dos meses...

Ella se lo explicó dejando que su voz temblara.

—Estaba allí como prisionera. Dimitri me entregó a Bashir justo antes de morir.

—Te entregó.

—No era un marido demasiado amable —su voz tembló una vez más. En alguna parte, el cuerpo decapitado de Dimitri se estaba retorciendo en su tumba. Bien. Que se retorciera durante toda la eternidad. Se lo merecía el muy imbécil por confiar en Michel Lartet—. Y Bashir tampoco.

224

El americano estaba quieto observándola, pensando...
¿qué? Era imposible saberlo.

Sophia dejó que sus ojos se llenaran de lágrimas. No le resultó muy difícil.

—Escapé del palacio justo después del terremoto. Por eso no podía decirle mi nombre delante del hombre de Lartet. Hasta ayer no lo sabía, pero Michel Lartet trabaja para Bashir. Y estoy segura de que los sobrinos de Bashir me están buscando. Por eso Lartet hizo que le siguieran. Para llegar hasta mí. Seguramente piensa que si conocía a Dimitri también me conoce a mí.

El americano se rió. Tenía unos bonitos dientes blancos, bien alineados.

—No quiero decir que no te echen de menos, pero si Bashir está muerto de verdad sus sobrinos tendrán otras cosas en la cabeza ahora mismo.

Sophia dejó escapar una lágrima, y luego otra. Sabía qué aspecto tenía cuando lloraba. Las lágrimas le hacían parecer más joven y vulnerable. Asustada. Sola. Ese hombre tendría que tener agua helada en las venas para no sentirse atraído por ella.

Pero no se movió.

—Por favor —le dijo tendiéndole una mano—. Me persiguen. Lo sé. Necesito ayuda.

—Si quieres que te ayude —repuso él sin acercarse a ella ni un milímetro—, será mejor que me digas de verdad por qué te persiguen.

Ella tenía intención de decírselo. Pero esperaba estar en sus brazos antes de hacerlo. Sería mucho más fácil si estuviese agarrada a él, con la cara apoyada sobre su hombro.

Pero estaba allí sentada, sosteniendo su mirada.

—Si me dices qué está pasando te ayudaré, Sophia —dijo él—. Pero necesito saber la verdad.

Ella asintió mientras le caían las lágrimas por las mejillas como ríos candentes de miedo y desesperación. La verdad. ¿Cuál era la verdad? Que haría o diría cualquier cosa para seguir viva.

—Maté a Bashir —reconoció sollozando—. Durante el terremoto.

Cuando se derrumbó el americano se acercó por fin a ella. Ya estaba entre sus brazos, con la cabeza debajo de su barbilla y la mejilla sobre el suave algodón de su camisa. Olía como las visitas anuales de su infancia a New Hampshire a casa de sus abuelos, como América, la patria de las sábanas perfumadas y de los desodorantes.

Incluso su aliento era dulce.

Sophia se concedió la libertad de llorar sinceramente.

—Hey —dijo él—. No pasa nada. Ahora estás bien.

Pero no era cierto. Aunque quisiera creerle, se encontraba muy lejos de estar bien.

—Yo estaba con él esa mañana —sollozó—. En su dormitorio. Cuando empezó el terremoto se produjo un caos terrible. Mientras estaba de espaldas a mí cogí su espada, que siempre tenía a mano para asustar a la gente, y se la clavé —se apartó un poco para mirarle, dejando que viera en sus ojos que aquello era verdad: el horror de quitar una vida mezclado con la triunfante ferocidad de su odio hacia Bashir—. Le maté con su propia espada.

El americano la creyó. Al menos ella esperaba que lo hiciera.

—Vale —dijo—. Tienes razón. Sin duda alguna te están buscando.

—Ayúdeme, por favor —no le dejó responder—. Tengo dinero —mintió—. En una cuenta suiza. Ni Dimitri ni Bashir lo sabían. Si me ayuda a salir de Kazbekistán le recompensaré. Sea cual sea el precio que ofrecen por mí le pagaré el doble.

Él seguía mirándola, y desde aquella perspectiva sus ojos le parecieron terriblemente desconcertantes.

Entonces se dio cuenta con toda claridad de que sus interpretaciones a sus respuestas, sus asentimientos y sus miradas eran sólo eso. Interpretaciones.

No tenía ni idea de lo que podía estar pensando.

—Por favor —dijo con la voz temblando de miedo.

Luego, como no quedaba nada más que decir, le besó.

Sophia Ghaffari le besó con tanta dulzura que le pilló desprevenido.

Sabía que podía creer en ella. Sería un imbécil si no lo hiciera. Su instinto le decía que casi todo lo que le había dicho era cierto. Naturalmente, su instinto también se estaba animando ante aquella mano que le había puesto en la bragueta de los pantalones.

Sexo con una bella desconocida...

Era exactamente lo que quería, lo que necesitaba.

Pero no podía hacerlo. Ella no le quería a él; lo que quería era su protección. Estaba claro que ése era el trato, pero él no jugaría a ese juego. Era mejor que eso.

¿Seguro?

Sí, aunque una parte de él no quisiera apartarse de ella; esa misma parte que estaba revisando mentalmente el contenido de sus bolsillos. En el lateral derecho tenía un condón junto con el ibuprofeno, las tiritas y una barrita energética: parte del kit sanitario básico que llevaba en una bolsita de plástico.

No es que tuviera intención de usarlo.

Pero ella parecía estar pensando todo lo contrario.

Cuando comenzó a soltarle el cinturón se echó hacia atrás para alejarse de ella antes de que consiguiera desabrocharle del todo los pantalones.

—Hey. Te he dicho que voy a ayudarte. No hace falta que...

Sophia se acercó a él.

—A mí me gustaría...

Él le agarró las manos.

—Pero a mí no.

Ella se rió a su cara con las pestañas relucientes de lágrimas. Dios santo, era el sexo personificado. E increíblemente bella. Incluso cuando lloraba. Sobre todo cuando lloraba, y ella lo sabía. ¿Qué le había hecho a Dimitri para que decidiera entregársela a Padsha Bashir? Si era eso lo que había ocurrido realmente. Decker sospechaba que en aquella historia había algo más.

—Eres un mentiroso —dijo ella.

Deck se encogió de hombros sabiendo que sus palabras se contradecían con su reacción física, una reacción que ella ya había detectado. Le sujetó las manos con más fuerza. Unas manos suaves...

—Puedes creer lo que quieras.

—Así que sólo vas a ayudarme —dijo ella con tono divertido mientras se soltaba una mano y se limpiaba la nariz con ella—, por pura generosidad. Y no quieres nada a cambio.

Tenía el pelo sobre la cara en una fina maraña rubia que seguramente se deslizaría como la seda entre sus dedos. Pero Decker se resistió a ponérselo detrás de su perfecta oreja. En vez de eso se centró en lo imposible, ignorando que sus pechos subían y bajaban con cada respiración y que tenía su perfecto cuerpo tatuado debajo de aquel vestido casi transparente.

—Eso es.

Ella movió la cabeza de un lado a otro.

—A mí no me vale eso. ¿Cómo sé que puedo confiar en ti?

Decker se rió.

—¿Y crees que si tenemos sexo podrás confiar en mí?

—No —respondió—. Ésa no es la palabra adecuada. Jamás confiaré en ti. La vida me ha enseñado a no confiar en nadie. Pero si vienes conmigo a la otra habitación y... bueno, estoy segura de que querrás estar conmigo. Al menos el tiempo suficiente para averiguar si es verdad lo del banco suizo.

Estaba hablando en serio, aunque había algo en sus ojos que Deck no comprendía del todo.

—Sé en qué estás pensando —prosiguió—. «¿Podrá ser tan buena?» —sostuvo su mirada—. La respuesta es sí. ¿Pero para qué vas a creer en mi palabra cuando estoy dispuesta a demostrártelo?

A él no le pasaban esas cosas. Una mujer hermosa que quería...

No, se encontraba en el terreno de Nash. Incluso podía oír el eco de su voz. *Me suplicó que me quedara. ¿Qué podía hacer? ¿Marcharme...?*

—Yo creo... —comenzó a decir Decker, pero Sophia, si era ése su verdadero nombre, se inclinó hacia adelante y le besó otra vez. Él la vio venir, pero no se apartó. Se quedó allí sentado y dejó que le lamiera la boca.

Dios mío, deseaba tanto...

Pero era muy tarde. Debía volver a casa de Rivka. Tenía que dirigir un equipo y localizar un ordenador terrorista. El trabajo adicional de Tom Paoletti era algo secundario. Y Ghaffari estaba muerto.

Supuestamente. Algunas veces creía a Sophia, y otras —como ahora mismo— dudaba de lo que hubiera podido decir en toda su vida.

Pero no debería ser motivo suficiente para que no quisiera que le diese aquellos besos ardientes, con las manos frías acariciando su espalda por debajo de la camiseta y su suave y cálido cuerpo contra el suyo...

Era muy posible que trabajara para Lartet, e incluso para Padsha Bashir, y que le hubieran ordenado que le siguiera para averiguar qué hacía allí, por qué estaba buscando a Dimitri Ghaffari, para quién trabajaba.

La historia que le había contado podía ser completamente falsa, diseñada para que él le dijera: «No te preocupes. Te ayudaré. Estoy con el gobierno de Estados Unidos. Tus problemas se han acabado; soy de los buenos».

Luego, después de prometerle que encontraría la manera de sacarla de Kazbekistán, le diría que se quedara allí escondida y que esperara a que se pusiese en contacto con ella. Pero en vez de seguir sus instrucciones se pondría aquel burka y saldría a la calle para llevar toda la información que le había revelado a Lartet o a Bashir, y entonces su misión estaría en peligro, al igual que las vidas de todo su equipo.

Decker le agarró de nuevo las manos mientras ella intentaba desatarle el primer botón de los pantalones —era muy persistente— y se echó hacia atrás para mirarla.

Respiraba con tanta dificultad como ella, con la boca húmeda de besarle. En sus ojos había una intensa excitación, pero Decker estaba seguro de que tenía mucha práctica fingiendo ese tipo de cosas.

Sin duda alguna era una profesional.

—Por favor... —se movió para besarle de nuevo, pero esta vez él la contuvo.

—No puedo hacer esto —dijo con una voz poco convincente.

—¿Estás casado? —le preguntó ella—. ¿Es por eso por lo que no quieres...?

Su tapadera incluía una mujer ficticia llamada Virginia, pero se encontró a sí mismo diciendo:

—No.

—Yo tampoco. Ya no —los ojos de Sophia se llenaron de repente de nuevas lágrimas que le sorprendieron a ella más que a él.

Mientras Decker la miraba se secó los ojos con el dorso de la mano, como si aquellas lágrimas fuesen privadas y no quisiera que las viese.

Si aquello formaba parte de su actuación era realmente muy buena.

Pero entonces le sonrió con una sonrisa de arrepentimiento forzada. La intrépida Sophia seguía avanzando a pesar de las tragedias de su vida.

—Lo siento —dijo.

Él estuvo a punto de aplaudirla.

—¿Tienes novia? —le preguntó limpiándose de nuevo la nariz—. ¿Una Linda Sue en Kalamazoo? Confía en mí, nunca lo sabrá.

Aunque no tenía ningún derecho, Deck pensó un instante en Tess, que en ese momento estaría profundamente dormida no en Michigan, sino en la despensa de Rivka. Tess, que era realmente valiente, honesta y auténtica. Era todo lo que un hombre podía desear de una mujer, dulce y sexy, el tipo de mujer que uno llevaría a casa un domingo para presentársela a sus padres después de haberle vuelto loco el sábado por la noche.

Tess, que no podía mirar a James Nash sin que su corazón se reflejara en sus ojos.

Decker movió la cabeza de un lado a otro.

—Mira, Sophia, ya sé que crees que voy a entregarte a Bashir...

—Pero no vas a hacerlo, por supuesto. El dinero no significa nada para ti —no le creía.

Entonces podría habérselo demostrado levantándose y marchándose de allí. Pero no lo hizo.

—Muy bien. Supongamos que vamos a la otra habitación y nos conocemos mejor. ¿Y luego qué? ¿Cómo propones que te saque de Kazabek sin papeles, sin un pasaporte?

Ella parpadeó como si no hubiera pensado demasiado en eso. ¿No era curioso? Sin duda alguna significaba algo, pero no podía centrar su mente en ello mientras su vestido brillaba al moverse.

—No lo sé —reconoció—. ¿No tienes ningún contacto?

Él no respondió a aquella pregunta. Se quedó sentado mirándola, esperando que siguiera hablando.

Puede que le diese alguna información que le resultara útil.

Claro. Por eso seguía sentado allí. No tenía nada que ver con el hecho de que ella se hubiera ofrecido a él en bandeja.

No tenía nada que ver con el hecho de que él quisiera aceptar esa oferta desesperadamente.

No, querer no era la palabra adecuada. Lo que sentía iba más allá, era más que una necesidad. Era...

Era una jilipollada. La que estaba hablando era su polla.

Sophia estaba casi desnuda y él quería aceptar su oferta porque era humano, era un hombre, y había sido célibe durante mucho tiempo.

Y aunque no era una prostituta como había pensado al principio era evidente que para ella el sexo era poco más que un apretón de manos íntimo. Una forma de cerrar un trato. Una manera de controlar su entorno y a la gente que la rodeaba.

Le tocó la cara y le acarició los labios con el pulgar. Y una vez más él no se apartó cuando se inclinó para besarle.

Se sentía demasiado bien.

Ella estaba ganando, y lo sabía.

—Necesito esto —le dijo. Si él cerraba los ojos ante aquella situación incluso podía creerla.

Luego le volvió a besar apoyándose en su regazo. Y él se lo permitió, alegrándose de no tener que preocuparse de que fuera a coger el arma que le había quitado en la fábrica —la había dejado fuera—, y preguntándose hasta dónde iba a llegar antes de salir corriendo hacia la puerta.

Porque sin duda alguna ése era su objetivo.

La había mirado muchas veces mientras estaban hablando.

—Estamos los dos solos en el mundo —le dijo con su suave boca sobre su garganta y su cálido cuerpo entre sus manos—. Quiero hacerlo, y sé que tú también...

—Quieres hacerlo porque si me acuesto contigo es menos probable que te devuelva al palacio de Bashir por muchas razones, una de las cuales es que hay muchas posibilidades de que me claven la cabeza en una estaca —ella retrocedió un poco; aquello era interesante—, por liarme con una propiedad de Bashir, aunque esté muerto y tengan una fecha de ejecución prevista para ti.

—Quiero hacerlo porque sí —argumentó—. Porque estoy viva, y porque es mi decisión, porque por fin puedo decidir.

—Eso es una tontería —dijo él, pero ella no le oyó porque le estaba besando otra vez en la boca mientras deslizaba su mano por debajo de sus pantalones y...

—Vaya —dijo mientras le besaba con más intensidad.

Ella... Él... ¿Iba a hacer aquello realmente?

Sí.

¿Y por qué no, si lo deseaba?

Además, como había dicho ella, era su decisión.

Aunque Decker sabía que no era cierto.

Pero lo había dicho.

¿Y quién era él para decidir por ella, como si fuese una niña, si era cierto o no?

Si el sexo no tenía mucha importancia para ella, si tenía la misma mentalidad que las mujeres con las que salía Nash...

Pero aquello no era una cita. Y ella se estaba vendiendo a Decker; de eso no había ninguna duda.

Era un miserable, porque en ese momento estaba dispuesto a comprar.

Cuando ella se apartó un poco y su suave calidez desapareció de repente pensó que había llegado el momento que estaba esperando. Tenía una mano alrededor de su cintura y podía escapar con facilidad, pero entonces le agarró las manos y le ayudó a ponerse de pie.

—Vamos a mi cama —dijo—. Es más blanda que el suelo. Me duele un poco la rodilla.

Al levantarse la falda Deck vio que se había arañado toda la rodilla, probablemente cuando escapaba del palacio de Bashir.

Si es que era eso lo que había ocurrido realmente.

Sí, vamos a tu cama, quería decir el miserable, pero en su interior seguía habiendo un caballero que controlaba sus cuerdas vocales.

—Yo no... —fue todo lo que pudo decir antes de que le besara de nuevo, rodeándole con una pierna mientras le arrastraba con ella hacia las mantas apiladas en el suelo de la otra habitación.

Aquello era un error por muchos motivos. Demasiados para contarlos.

Pero de alguna manera le había desabrochado los pantalones, y cuando se deslizó hacia abajo para arrodillarse delante de él...

—Mmm —dijo mientras ella...

Vale. Parecía que iba a lanzarse hacia la puerta inmediatamente.

Dios santo.

Dios santo.

Era vulnerable. Sin duda alguna aquella era una postura de extrema vulnerabilidad. Si quería podía hacerle mucho daño de diferentes maneras. Pero si fuera ésa su intención ya lo habría hecho.

Y lo que estaba sintiendo no era dolor.

Luego le tumbó con ella sobre las mantas, con lo cual tenía un ángulo mejor para...

Oh, sí.

Decker sabía que había una larga lista de razones por las que no debería hacer aquello, pero el lado de los pros de aquella página parecía cancelar todos los contras.

Mantuvo los ojos abiertos para ver qué hacía con las manos, consciente de que aunque le había quitado un arma en la fábrica no había registrado aquella habitación.

Pero eso no era lo que esperaba que hiciera. Ahora le resultaba demasiado fácil seguir la pista de su mano derecha y de su boca...

Decker le sujetó la muñeca izquierda. Evitar que le dieran vueltas los ojos era mucho más difícil. Debió de hacer algún ruido, porque ella miró hacia arriba con sus ojos brillantes.

Había sobrevivido durante los dos últimos meses, puede que incluso más si su historia sobre Ghaffari y Bashir era un cuento que se había inventado para ganarse su confianza, haciendo eso. Era una idea deplorable, y sin embargo había conseguido distraerle. Sin duda alguna tenía un excelente talento.

Habilidad.

Práctica.

Dios santo.

Debería haber sido repelente; en teoría habría esperado que lo fuera. Pero Decker había descubierto que en muchos casos la teoría y la realidad eran muy diferentes.

Aquello era... sorprendentemente liberador.

No había ningún vínculo emocional. Era la primera vez en mucho tiempo que tenía un encuentro sexual que no estuviera cargado de expectativas y de un significado especial.

Aquello era... lo que era.

Y al parecer ella no quería absolutamente nada de él.

Era algo parecido a lo que hacía Nash casi todas las noches. Sexo sin ninguna implicación emocional. Sexo por sexo. Porque era estupendo.

Decker sabía que tenía motivos para sentirse avergonzado, y que si lo intentaba podría encontrar una parte de él que se sintiera así. Además de no haber vuelto aún a casa de Rivka, se estaba aprovechando de una mujer que necesitaba ayuda desesperadamente. Una mujer sola y asustada que...

Dios santo, fuese lo que fuese lo que le estaba haciendo era...

Decker tuvo un orgasmo que no le cegó lo suficiente para no darse cuenta de que había perdido su mano derecha. Seguía sujetándole la muñeca izquierda, pero el brazo derecho estaba escondido...

Se echó hacia atrás para alejarse de ella.

... con la mano debajo de ellos, de las mantas...

Después de librarse de sus dientes rodó hacia su derecha.

... como si estuviese buscando una navaja o...

Entonces oyó un disparo ensordecedor, como si una bala le hubiera rozado la cabeza.

¡Joder!

... una pistola.

Decker volvió a rodar hacia la izquierda y le sujetó el brazo y el arma que tenía escondida debajo de las mantas.

Ella gritó —le estaba haciendo daño—, pero era una lástima. Había intentado dispararle en la cabeza.

Mientras... *Joder*.

De alguna manera eso hacía que su intento de asesinato fuera inolvidable. Si es que un intento de asesinato se podía olvidar.

Ella volvió a gritar mientras él le obligaba a soltar el arma. Si hubiese sido un hombre le habría partido la nariz, porque le habría dado un codazo más fuerte en la cara.

Por supuesto, si hubiese sido un hombre aquello no habría ocurrido.

Furioso consigo mismo y con ella, con el corazón palpitando aún, Deck la empujó hacia atrás y ella se deslizó sobre el suelo de azulejos antes de darse un golpe contra las tuberías y la pared que había debajo de los lavabos y perder el equilibrio.

Para cuando se puso a gatas Decker le estaba apuntando en la cabeza con el arma, una pequeña Walther PPK de la Segunda Guerra Mundial. También se había abrochado los pantalones.

—No hagas eso —le dijo.

Ella miró a la puerta, a la Walther y a su cara y luego se sentó sobre los talones. Estaba llorando desconsoladamente, pero esta vez no hizo ningún ruido. Sólo le miró sin ninguna esperanza en los ojos.

Y se quedó allí sentada esperando a que la matara.

13

Tess levantó la vista mientras se abría la puerta del dormitorio del tercer piso y Jimmy Nash entraba en la habitación.

Parecía que iba a disculparse, y de hecho se aclaró la garganta. Ni siquiera intentó sonreír. Estaba tan serio que tuvo que darse la vuelta.

Ayúdame, Dios mío.

Tess fingió estar centrada en el ordenador portátil que tenía abierto sobre la cama, y habló antes que él sin apartar los ojos de la pantalla.

—Una vez vi una película sobre un actor de Hollywood que se emborracha y tiene un accidente de tráfico. El coche acaba destrozado, pero no hay heridos, y él sale diciendo: «No ha pasado nada». Siempre he pensado que era la mejor frase, ¿sabes?

Cuando miró hacia arriba vio que Nash estaba observándola.

—No era mi intención... —comenzó a decir, pero ella le interrumpió.

—No digas tonterías —dijo con tono animado. Puede que estuviera medio dormida y no supiera dónde estaba, pero recordaba con todo detalle quién había agarrado a quién—. Fue culpa mía. Soy yo la que debe disculparse.

Él se acercó hacia ella, hacia la cama.

—No, Tess, tú...

—Sí —dijo—. Y ayudaría un poco que simplemente dijeras «Disculpas aceptadas» y no volvieras a mencionarlo. Y no te atrevas ni siquiera a pensar en sentarte en esta cama.

Él se detuvo y se enderezó de nuevo antes de suspirar.

—Tess...

—A partir de ahora, si yo estoy utilizando la cama tú no puedes usarla. Y viceversa —le dijo con toda la indiferencia que pudo. Incluso consiguió mirarle y esbozar una amable sonrisa antes de volver a centrarse en el ordenador—. Podemos hacer turnos para dormir. Cada dos días yo puedo dormir en la cama y tú en el suelo...

—Tess.

—«Disculpas aceptadas» —repitió con los ojos pegados a la pantalla—. Eso es lo único que quiero oír ahora, muchas gracias.

—Lo que hicimos...

—Lo que hice yo —le corrigió con brusquedad.

—Lo que hicimos —volvió a decir sentándose junto a ella en la cama a pesar de sus protestas y cerrando el ordenador para que tuviera que mirarle—, fue suficiente para que te quedaras embarazada. Ya sabes que es muy fácil que ocurra.

De todas las cosas que esperaba que le dijera ésa no era una de ellas. Parpadeó durante unos segundos. ¿Embarazada?

—No has pensado en eso, ¿verdad? —le preguntó. Cuando quería podía hacer que sus ojos fueran cálidos e incluso afectuosos.

Tess movió la cabeza. Ahora Nash sabía que seguía queriéndole, que si se dejara llevar por sus impulsos estarían retozando como salvajes cada vez que tuvieran cinco minutos libres. Sabía que su cuerpo se contradecía con su cerebro respecto a su atracción hacia él.

Sabía que lo que deseaba era diferente a lo que quería, que si él comenzaba a empujar había muchas probabilidades —si era lo bastante vulnerable— de que también ella empujara con entusiasmo.

Dios mío.

—No estoy embarazada —dijo—. De verdad, James. La posibilidad de que...

—Pero es posible —señaló él.

—Sí, pero no vamos a pensar lo peor —dijo Tess—. También es posible que haya otro terremoto esta noche y que se nos caiga el techo encima.

—Muy bien —respondió—. Tienes razón. Sólo quería que supieras que asumiré la responsabilidad si...

—¿Qué? —no se lo podía creer—. ¿Por algo que ni siquiera hiciste? No seas ridículo...

—Perdona, estaba allí. Sé exactamente lo que hice. Sólo estoy diciendo...

—¡Nash, por favor! —al alejarse de él un poco más estuvo a punto de darle una patada con el pie—. Ya te he dicho lo que quiero que digas.

—¿Disculpas aceptadas? —Jimmy se levantó.

—Gracias —Dios mío.

—No, eso era una pregunta —repuso él—. Yo no lo he dicho.

¿Qué?

—Sí lo has dicho. Te he oído...

Él se rió.

—No, verás. Lo he dicho pero no lo he dicho.

Por todos los santos.

—¿Esto es una especie de broma? Porque si no te has dado cuenta —le dijo con los dientes apretados—, a mí no me hace ninguna gracia.

—Sí —Nash dejó de reírse—. Siempre me ha parecido divertido hacer algo que no he hecho antes. Algo que joda completamente la vida de alguien que por casualidad me importa.

Estaba allí de pie más indignado de lo que le había visto nunca. Si no hubiera huido a México durante dos meses, si se hubiese molestado en llamarla para decirle que estaba bien —aunque sólo fuera una vez— podría haberle creído.

Resopló para intentar apartar ese patético sentimiento de pérdida que salía a la superficie cada vez que él hacía o decía algo remotamente amable. *Si me engañas una vez puedo perdonártelo. Si me engañas dos veces...*

—Lo único que quieres es volver a acostarte conmigo. No puedes ser más transparente.

Él cerró los ojos, blasfemó en voz baja y se volvió a sentar, esta vez más lejos de ella. Suspiró y la miró, pero luego bajó la vista hacia el suelo mientras decía:

—La verdad es que no quiero acostarme realmente contigo.

Nada de transparencias. ¿Podía ser más enfático con ese *realmente*?

—Bueno. Gracias por aclararlo —Tess no podía echarse a llorar. Una cosa eran los niños muertos, que sin duda alguna merecían sus lágrimas, y otra las duras verdades de los idiotas con los que se había acostado—. Si no te importa tengo que seguir con esto.

Nash blasfemó de nuevo y se dio la vuelta para mirarla, pero ella no sostuvo su mirada.

—Verás, siento mucho...

—Sí, lo comprendo —le interrumpió—. Te preocupa tu tendencia a la eyaculación precoz y... —¿por qué estaba diciendo eso? Era de lo más cruel y ni siquiera era verdad. Él había sido directo y sincero al decirle que no quería volver a acostarse con ella, y en respuesta ella le estaba atacando como una fiera—. Soy una idiota.

Nash estaba mirando otra vez al suelo, moviendo el músculo lateral de su mandíbula.

—Lo siento. No quería decir eso —prosiguió. Era asombroso. De algún modo había conseguido orquestar una humillación que le había obligado a disculparse de nuevo.

—Sí, ya lo sé —afirmó él—. Y aunque hubieras querido decirlo no pasa nada. Si eso hace que te sientas mejor...

—No.

Se quedaron allí sentados en silencio mirándose el uno al otro.

Y después comenzaron a hablar a la vez.

—Podemos discutir sobre esto durante varias horas sin llegar a... —pronunció Tess mientras Nash decía:

—Sólo quería que supieras que...

Luego se detuvieron los dos.

—¿Qué? —preguntó ella deseando que se marchara pero sabiendo que no se iría a ninguna parte hasta que acabaran con aquella conversación—. ¿Qué pasaría si estuviese embarazada? Vamos a hablar de eso. Vamos a ponernos en el peor de los casos. ¿Qué haríamos entonces, James?

Él la miró fijamente.

—¿Te casarías conmigo?

Se lo preguntó en broma, pero él respondió en serio.

—No lo sé —dijo—. Tal vez, si eso es lo que quieres.

¿Cómo? Tess se rió sin poder creérselo.

—Muy bien. Quiero que nos casemos y seamos felices para siempre, aunque tú no quieras acostarte *realmente* conmigo. Sí, ésa es la relación que siempre he soñado. *Dios mío*.

Él se frotó la frente. Le estaba empezando a doler la cabeza, igual que a ella.

Tess suspiró.

—Mira, siento...

—No es necesario que te disculpes —dijo él—, pero acepto tus disculpas —se levantó—. Rivka y Guldana quieren organizar una fiesta nupcial para nosotros, que probablemente será el viernes por la noche.

Estupendo. Justo lo que Tess quería; una fiesta para celebrar su relación con Jimmy Nash. Que Dios la cogiera confesada.

—Intenta disuadirles.

—Ya lo he hecho —respondió él—. Pero ha sido imposible. Ahora mismo necesitan algo que celebrar, y bueno, me temo que somos nosotros.

Qué alegría.

—¿No ha vuelto Decker aún? —le preguntó.

Durante unos breves instantes Jimmy pareció asustarse.

—Joder —dijo.

Tess sabía en qué estaba pensando. La noche anterior había intentado emparejarla con Decker. Y por la mañana habían...

—En realidad no ha ocurrido nada —afirmó.

Él la miró con incredulidad.

—Sí, excepto por lo del sexo.

—No hubo sexo —dijo ella consciente de que no podía ser más evidente—. Nos tropezamos el uno con el otro por casualidad —añadió sabiendo lo ridículo que sonaba—. Íntimamente.

Nash lanzó una carcajada.

—Sí, fue un encuentro casual.

—Eso es. No significó nada —insistió ella—. No fue real.

—Fue lo bastante real para que puedas estar embarazada.

—Pero no lo estoy, así que déjalo ya, ¿vale?

—Muy bien —Nash movió la cabeza mientras salía de la habitación y se daba la vuelta para mirarla desde la puerta—. No ha pasado nada.

Luego cerró la puerta detrás de él y por fin la dejó en paz.

Al menos todo lo posible hasta que cogieran un avión para regresar a Estados Unidos.

Sophia cerró los ojos mientras el americano se acercaba a los lavabos. Le zumbaba la cabeza y le dolía el costado; se había dado un golpe en las costillas con una de esas tuberías.

Oyó cómo abría un grifo y sonaba el agua.

El dolor no era nada comparado con el miedo.

Estaba muerta, estaba muerta.

No había conseguido matarle, y ahora él iba a matarla a ella.

Era su fin.

Aquellas palabras resonaban en su cabeza aunque no había ido a la iglesia desde que tenía quince años. Desde que decidió que ya era suficiente, que la supuesta búsqueda espiritual de sus padres era poco más que una mezcla de un viaje personal y una adicción al opio.

Sophia se preguntó por primera vez en mucho tiempo dónde estarían Cleo y Paul, si seguirían vivos. Si se habrían dado cuenta de que la habían dejado atrás en Katmandú.

Se preguntó si una bala en la cabeza haría daño o si de repente no habría nada.

Intentó decirse a sí misma que la nada podía ser mejor que aquel miedo, pero le daba miedo la nada.

Sin embargo no llegaba. Su corazón seguía latiendo. Seguía respirando, arrastrando penosamente el aire una y otra vez.

Al notar algo frío en la pierna dio un respingo. Pero cuando abrió los ojos vio que el americano había mojado un trapo y se lo había tirado sobre el regazo.

—Límpiate la cara —le dijo con una voz tan fría como el trapo.

Mientras Sophia se limpiaba pensó que si su intención fuera matarla aquí y ahora ya lo habría hecho.

No. En sus ojos no había ni una pizca de compasión. Estaba viviendo su peor pesadilla. Pensaba llevarla al palacio de Bashir.

Pero no lo conseguiría.

Cuando se acercase un poco más le cogería el arma que se había metido en la cintura de los pantalones. Sabía que no lograría quitársela. Pero al forcejear con él le dispararía.

No iba a volver.

No iba a volver.

Mientras le observaba con el corazón palpitando el americano mantuvo la distancia a la vez que sacaba algo de su bolsillo. Una cartera de cuero.

La abrió y le tiró un billete americano. Al caer al suelo vio que Abraham Lincoln estaba mirándola. Eran cinco dólares.

—Te has quedado sin propina —le dijo con tono categórico—. Ah, y si ves por casualidad a Dimitri o a su socio diles que estoy buscándoles.

Luego salió por la puerta.

Khalid acababa de quedarse dormido, acurrucado en el suelo junto a Murphy, cuando Decker entró en la cocina.

Jimmy le cogió y le arrastró hasta el patio bajando la voz para que no le oyeran dentro.

—Ya era hora de que volvieras.

Deck se libró de él.

—No es tan tarde.

—Para ti sí. Tú nunca llegas tarde. Deberías haber intentado llamar —mientras lo decía Jimmy se dio cuenta de que habían tenido esa conversación muchas veces, sólo que era Decker el que normalmente decía esas palabras.

—¿Funcionan los teléfonos? —preguntó Deck. Parecía agotado. Estaba completamente derrengado.

—En una zona limitada sí —le dijo Jimmy—. Si hubieses comprobado tus mensajes lo sabrías.

Los ojos de Deck revivieron un poco.

—¿Tess?

—Sí —contestó Jimmy—. También ha puesto en marcha el ordenador.

—Eso es estupendo.

—Bueno, puede que vaya donde ti a quejarse porque no le he dejado instalar una antena en lo alto del Grande Hotel.

Cuando Decker asintió Jimmy se dio cuenta de que estaba más que agotado. Estaba enfadado. Y preocupado. ¿Cuándo había visto a Decker preocupado por última vez? Enfadado sí, y serio casi siempre, pero...

—¿Va todo bien? —preguntó Jimmy. Era imposible que Deck supiera lo que había ocurrido esa mañana, que él y Tess...

Decker le miró sólo un instante.

—Sí —era una clara mentira, pero el verdadero mensaje también estaba claro *Mantente alejado*—. ¿Qué tienes para mí?

Normalmente Jimmy se habría interesado por el caso de Deck, pero era evidente que no estaba de humor para nada excepto para una lista de datos. Así que eso es lo que le dio.

—Murph volvió hace un par de horas. Dice que muchos de sus contactos han desaparecido, y que la gente con la que ha hablado no dice demasiado. Aunque hay muchos rumores. Ha estado esperando a que volvieras para darte los detalles. Ahora está durmiendo, como Tess. Y tú deberías hacer lo mismo.

—¿Qué hay de Dave? —preguntó Decker.

—Ha pasado la noche en la cuadra con una bolsa de agua salina pegada al brazo. Salió cuando Murphy volvía, y le dije que regresara a las ochocientas para reagruparnos. Pensé que así tendrías tiempo de echar una siesta de combate —Jimmy miró su reloj. Eran las 7:20. Por supuesto, esperaba que Decker volviera mucho antes.

—Perfecto —dijo Deck—. Sólo necesito cerrar los ojos unos minutos. ¿Y tú qué? ¿Has dormido algo?

—Estoy bien —respondió Jimmy. *¿Qué ha pasado ahí fuera esta noche, Larry?* No se atrevía a preguntárselo. Si lo hiciese le daría permiso a Decker para formular algunas preguntas decididamente comprometidas.

Deck le estaba mirando, consciente de que «Estoy bien» no era lo mismo que «Sí, he dormido». Pero no le comentó nada. Y no lo haría siempre que Jimmy cumpliera con su trabajo.

—Ah, Rivka y Guldana nos han cedido su habitación, en el tercer piso, a Tess y a mí —le informó Jimmy con tono casual—. Preparamos un plan para que nos encontraran juntos en la despensa, ya sabes, cuando llegaran a casa y... Es el único sitio donde funcionan los teléfonos, así que...

Decker se quedó allí de pie mirándole sin decir nada.

Jimmy siguió hablando.

—Voy a aprovechar que Tess no está usando ahora el ordenador para conectarme y...

Decker habló por fin.

—Hazme un favor —dijo—. Mira a ver qué puedes encontrar sobre Dimitri Ghaffari; si está casado, quién es su mujer, si tiene alguna relación de negocios con Michel Lartet o Padsha Bashir, su última dirección conocida... cualquier cosa que puedas averiguar. De momento no sé nada de él —tras inclinar la cabeza se dirigió hacia la casa—. Gracias.

Jimmy le vio entrar en la cocina, pero unos segundos después volvió a salir.

—Ese muchacho, Khalid, está durmiendo en mi cama.

—Lo siento —dijo Jimmy—. Le dije que se tumbara en la mía...

—¿Porque no sabes qué hacer para tener piojos? —le interrumpió Decker. Estaba muy cabreado, con una vena a punto de estallar, y Jimmy sabía que no tenía absolutamente nada que ver con el muchacho kazbekistaní—. ¿Porque hace por lo menos dos años que no has tenido que embadurnarte con...?

—Porque vino aquí derecho del hospital, donde ha pasado la noche con su hermano pequeño en la sala de espera de urgencias —dijo Jimmy en voz baja.

Eso era algo que había aprendido de Decker. Bajar la voz era normalmente más eficaz que subirla. Si alguien le gritaba a la cara podía responder a gritos, desde luego, aunque el otro intentase gritar más que él. Pero si hablaba bajo tenía que callarse para escucharle.

No funcionaba siempre, pero entonces funcionó. Decker se calló, aunque parecía que estaba a punto de derribarle para darle una paliza.

—Khalid no ha dormido desde el terremoto —prosiguió Jimmy. Debería haber dicho: *¿Por qué no me dices por qué estás enfadado? ¿Qué ha pasado ahí fuera para que hayas vuelto tan tarde?* Pero no lo hizo. Decker era su compañero, su hermano, su amigo. Moriría por él, y sabía que Decker haría lo mismo. Pero poner voz a sus sentimientos... Eso era algo que nunca hacían.

Así que siguió hablando de Khalid.

—Vino a recoger su carro y su caballo para poder trabajar y ganar el dinero que su familia necesita para comer. Por si no te has dado cuenta, el nivel de vida en Kazabek ha subido mucho.

Aunque Deck permaneció en silencio, su forma de mover la cabeza indicaba claramente que no se lo creía.

—Le has contratado, ¿verdad? —preguntó por fin.

Sí, y le había dicho que su primera tarea era dormir un poco para que estuviese despejado cuando necesitaran ir a alguna parte.

—Necesitamos un medio de transporte —señaló Jimmy—. Y Khalid tiene un carro.

—No sabemos quién es ese muchacho, ni con quién está relacionado.

—Como si eso fuese algo nuevo —contestó Jimmy—. Incluso Rivka nos vendería al mejor postor si...

Decker tenía los ojos gélidos.

—En esta misión no hay sitio para que tú vayas recogiendo descarriados por ahí como de costumbre.

—Yo no...

—Pero lo harás de todos modos —le interrumpió Deck—. Haces lo que te da la jodida gana cuando te da la jodida gana.

Vaya.

Jimmy no solía quedarse mudo, pero ahora se alegraba de ello, porque en cuanto su cerebro volviese a funcionar sabía que ponerse a la defensiva no serviría de nada.

Fuese cual fuese el motivo por el que Decker estaba cabreado, probablemente no tenía nada que ver con Jimmy. Porque no había ninguna razón para que Deck estuviese cabreado con él. Bueno, excepto que unas horas antes había tenido sexo sin protección con la mujer que le gustaba a Decker.

Pero Deck no sabía nada de eso, aún.

Jimmy sostuvo la mirada glacial de su amigo. Era un tipo muy inteligente, y sin duda alguna lo había adivinado. *Joder.*

—Lo siento —dijo Jimmy—. Pero se me echó encima. No he podido... —apartarme de ella.

Decker puso una cara que no había visto nunca, con una mezcla de emociones que no se imaginaba que pudiera sentir.

Y cuando abrió la boca Jimmy se dio cuenta de que iban a llegar donde no habían llegado nunca. Decker iba a decirle qué había ocurrido ahí fuera.

Pero al notar un movimiento junto a la casa los dos levantaron la vista. Tess estaba en la puerta, y por su expresión llevaba un rato allí. *Perfecto.*

Decker cerró la boca.

—Necesitamos un medio de transporte, y ese muchacho tiene un carro y un caballo —dijo Jimmy de nuevo, decepcionado y aliviado a la vez de que Decker no fuera a revelarle ninguno de sus secretos.

—Llámame dentro de cuarenta minutos —Decker entró en la casa y saludó con la cabeza a Tess al pasar junto a ella.

14

En la calle dicen que Sayid vino a Kazabek para reunirse con uno de los dirigentes locales —informó Murphy.

—Padsha Bashir —añadió Dave Malkoff.

Cuando Dave regresó Jimmy despertó a Decker y a Murphy. Tess les siguió hasta la cuadra sin hacer ruido, porque Khalid, el muchacho kazbekistaní dueño del carro y del caballo, estaba aún dormido en la cocina.

También era una buena excusa para que sus anfitriones no les oyeran hablar.

Tess y los demás observaron en silencio mientras Murphy registraba a fondo la estructura de barro y ladrillo para asegurarse de que no habían instalado allí micrófonos ocultos por la noche.

—Sí —dijo el antiguo marine con un leve acento de surfista californiano en su voz—. Ése es el nombre que he oído yo también.

Tess sonrió mientras adornaba en silencio sus frases.

Pero dejó de sonreír cuando añadió:

—Bashir ha estado relacionado con el GIK durante años.

Porque el GIK —un grupo extremista kazbekistaní— tenía vínculos con Al Qaeda, que al parecer ambas partes estaban reforzando. Aquello no tenía ninguna gracia.

—En el palacio de Bashir, donde se ha derrumbado gran parte del tejado, continúan aún con los trabajos de rescate —informó Dave. Aunque parecía encontrarse mucho mejor que el día anterior estaba aún pálido, y tenía un moratón en el dorso de la mano donde se puso la inyección intravenosa.

Mientras Murphy se recostaba en un fardo de paja Dave se mantuvo derecho, como si estuviese en una reunión de negocios.

—A Sayid le dan por desaparecido —prosiguió—. Según los rumores estaba con Bashir cuando comenzó el terremoto. Cada uno corrió en una dirección y nadie ha visto a Sayid desde entonces.

—El palacio de Bashir está en un radio de cinco kilómetros del hospital Cantara, donde supuestamente murió Sayid —dijo Nash. Estaba de pie con un hombro apoyado en la pared de madera del establo y los brazos cruzados—. Así que todo encaja.

—No es una suposición —afirmó Tess. Todos se giraron para mirarla, excepto Jimmy Nash, por supuesto. Después de esa mañana era muy probable que no volviera a mirarla nunca. Intentar hablar de su desafortunado encuentro sólo había empeorado las cosas.

Pero era algo más que su rechazo lo que hacía que se sintiera tan mal. Era el hecho de que se había equivocado al juzgar a James Nash. Pensaba que le conocía, y que había visto atracción en sus ojos cuando la miraba.

Qué imbécil.

Había visto lo que quería ver.

La verdad era que no podía juzgar a Nash mejor que a Decker, que ahora estaba mirándola con su cara más inexpresiva.

Se me echó encima, le había oído decir a Jimmy.

Tess notó que comenzaba a ruborizarse, pero continuó hablando. Lo cierto era que no esperaba que Nash comentara nada sobre su encuentro matutino.

Y sin embargo lo había hecho.

—Hemos recibido un e-mail cifrado de Tom —dijo animadamente al jefe de su equipo—. Dice que el cuerpo de Sayid fue evacuado de Kazbekistán y que la identificación ha sido positiva; está definitivamente muerto. Al parecer la Casa Blanca está deseando anunciar la noticia; van a dar una conferencia de prensa dentro de cuarenta y ocho horas.

»Y en» ese momento todo el mundo empezará a pelearse para encontrar el famoso ordenador de Sayid —señaló Nash. Sus palabras eran una terrible predicción, y debería haber estado más bien serio, pero no fue así. Estaba como... Diego Nash, el superagente, el hombre misterioso. Se había puesto una camisa limpia e incluso había conseguido de algún modo que su pelo tuviera buen aspecto a pesar del calor y de la falta de agua para lavarse. Estaba tan tranquilo que parecía que no le afectaba la situación. Tess dudaba de que hubiera dormido nada aquella noche, pero nadie lo habría adivinado al verle.

»Necesitamos una copia del informe de la autopsia de Sayid —añadió Nash.

También él se dirigió a Decker —puede que fuese así como se comunicara con ella en adelante—, pero entonces dijo Tess:

—Tom ha enviado una, pero aún no he podido bajarla.

Nash la miró por fin, y resultó ser aún peor que que no la mirara.

—¿Disculpa?

¿Era ése el hombre que había tenido su lengua dentro de su boca hacía sólo unas horas?

—He dicho que Tom...

—Ya sé qué has dicho. ¿Has recibido el informe de la autopsia y no lo has bajado?

Resultaba difícil no ponerse a la defensiva. Tuvo que hacer un esfuerzo para que su sentimiento de vergüenza no resonara en su voz.

—Lo siento. Creía que bastaba con saber que estaba definitivamente muerto.

Nash empezó a hablar, pero se detuvo. Cuando volvió a comenzar fue evidente que se estaba controlando. O al menos eso le pareció a ella.

Si no era atracción lo que había visto en los ojos de Nash la noche anterior, tenía que dudar de todas las interpretaciones que había hecho de sus palabras y de su lenguaje corporal.

—Baja todo lo que envíe Tom Paoletti —le dijo como si fuera su nueva secretaria retrasada—, creas lo que creas. E infórmanos a Decker o a mí en cuanto llegue.

Tess sólo había tenido un tiempo de conexión limitado, y bajar un informe extenso de una autopsia le parecía algo frívolo. Pero no intentó explicarlo. Sabía que si abría la boca saldrían por ella todos los demonios del infierno. Así pues, apretó los dientes y asintió.

—Sí, señor.

Era imposible saber si aquello le había molestado a Nash.

—Hasta ahora sólo sabemos que Sayid fue a ese hospital —le explicó Decker a Tess—. El informe de la autopsia nos dirá el alcance de sus heridas y podremos averiguar mucho más. Conseguir esa información es una prioridad.

—No me había dado cuenta... —Tess se levantó—. Puedo subir y...

—En cuanto acabemos aquí —dijo Decker mientras ella se volvía a sentar en el cubo que había elegido como asiento al entrar en la cuadra.

—Si Sayid estaba con Bashir durante el terremoto —comentó Dave—, y su ordenador se encuentra debajo los escombros del palacio...

Decker le interrumpió.

—Anoche hablé con una mujer que afirma que estaba con Bashir cuando se produjo el terremoto. Sola. Dice que está muerto. ¿Alguien ha oído algún rumor sobre...?

—No puede ser —el tono de Dave era categórico—. Padsha Bashir no está muerto. Yo he estado fuera de su palacio esta mañana y le he visto. Supuestamente resultó herido en el terremoto, pero andaba por allí supervisando los trabajos de rescate.

—¿Estás completamente seguro de que era Bashir y no uno de sus sobrinos? —preguntó Decker inclinándose hacia adelante.

—Sí, señor —dijo Dave—. Estaba apoyado en un bastón, pero estoy seguro de que era él. En un momento he estado a poco más de un metro de él.

—¿Que has estado tan cerca de Padsha Bashir? —Murphy se echó a reír—. Tío, si te hubiese visto...

—No me ha visto.

—Te habría cortado la cabeza sólo por ser americano.

—No me ha visto —repitió Dave.

—¿Has dicho que supuestamente resultó herido en el terremoto? —preguntó Decker a Dave.

—Eso es lo que dicen —contestó Dave—. Pero ya sabes cómo cuentan los empleados lo que pasa realmente en una casa.

—¿Tienes un contacto entre los empleados de Bashir? —dijo Murphy—. Rápido, llamad a Tom Paoletti, porque este hombre se merece un buen aumento.

Pero Dave movió la cabeza de un lado a otro.

—Ya me gustaría a mí tener ese tipo de contactos. Escuché una conversación. Alguien que conoce a alguien que trabajaba en la lavandería del palacio. Es sólo un rumor, desde luego, pero encaja con otro según el cual Bashir ha puesto precio a la cabeza de una criada del palacio.

—Hey, yo también he oído eso —Murphy se incorporó—. Una misteriosa arpía de ojos azules, ¿verdad?, que aprovechó la confusión del terremoto para robar un collar de la familia. Tiene que ser un collar muy valioso, porque se rumorea que la recompensa es de cincuenta mil dólares americanos.

—Eso no es un rumor —dijo Dave con toda autoridad—. Son cincuenta mil dólares, pero sólo si la entregan viva. Si está muerta su cuerpo sólo vale cinco dólares.

—¿Una misteriosa criada de ojos azules? —repitió Tess con tono escéptico.

—Puedes traducirlo por concubina —le informó Nash—. Padsha Bashir es uno de esos tipos religiosos con muchas reglas que no se aplica a sí mismo.

—Pero se casa con ellas —dijo Murphy—. De esa manera tiene docenas de mujeres sin que pase nada.

—La noticia de que una de ellas le robó y huyó del palacio sería tan embarazoso para él como decir lo que es realmente —señaló Dave.

—¿Estás bien seguro de que le robó un collar? —preguntó Decker—. ¿No un anillo?

—Yo entendí que era un collar —respondió Dave.

—¿Tiene nombre esa mujer? —preguntó Nash—. ¿Tal vez... Sophia?

Deck miró un instante a Jimmy Nash mientras Tess les observaba. Sabía que habían pasado mucho tiempo en Kazabek cuando trabajaban para la Agencia. ¿Podría ser alguien que ambos conocían?

—No presté mucha atención —reconoció Murphy—, porque no parecía estar relacionada con Sayid.

—Sí, Sophia. Pero sin apellido —informó Dave—. Aunque también la llamaban Soleil o «la francesa». Yo sí presté atención, por la cantidad de dinero que ofrecen por su cabeza y porque es occidental —añadió—. Por el tamaño de la recompensa se me ocurrió que en vez de robar esa joya como se rumorea podría haberse llevado el ordenador de Sayid. Si Sayid resultó herido cuando se derrumbó el tejado del palacio Bashir pudo hacer cualquier cosa para salvar ese ordenador. No es ningún secreto que le gustaría poseerlo, como a los demás dirigentes de Kazbekistán. Pensé que podía haberlo hecho para quitárselo. Pero cuando oí que Bashir no resultó herido en el terremoto sino que...

—¿Una de sus nuevas mujeres le apuñaló con su propia espada? —concluyó Decker.

—Así es —dijo Dave complacido—. ¿Tú también lo has oído?

—Sí —afirmó Decker—. Eso es lo que me contó...
Sophia. Aunque ella está segura de haber matado a Bashir.

—Vaya, jefe, ¿conoce a esa mujer? —preguntó Murphy
con un brillo de diversión en sus ojos. Estaba disfrutando
enormemente con aquella reunión—. Ya veo que sois mucho mejores que yo en esto. Después de estar fuera casi toda
la noche lo único que he conseguido es una cita con mi propio culo.

—No mató a Bashir —dijo Dave retomando la conversación.

—La conocí anoche —respondió Decker—. Por lo menos conocí a alguien con ojos azules que asegura llamarse
Sophia. Me dijo que estaba en la estancia de Bashir cuando
comenzó el terremoto.

—¿Pero quién es? —preguntó Murphy—. ¿De dónde
ha salido, y qué estaba haciendo con Bashir?

¿Y cómo era posible que Nash, que esa noche había estado con Tess en vez de salir a la calle a buscar rumores, supiese su nombre?

—Quiero decir en un sentido amplio —añadió
Murphy—. Me puedo imaginar qué estaba haciendo con
Bashir en ese momento, pero...

—Así que durante todo este tiempo puede haber tenido ese ordenador —Decker estaba completamente distraído,
como si no hubiera oído a Murphy y hablara consigo mismo—. No había pensado para nada en eso.

—Bueno, ya no estoy tan seguro de que realmente tenga
el ordenador —dijo Dave—. Si intentó matar a Bashir eso explica que hayan puesto un precio a su cabeza. No hacía falta
que se llevara nada del palacio para justificar esa recompensa.

—¿Es posible que trabaje para alguien? —preguntó Murphy.

Tess miró a Nash mientras movía la cabeza, como si, quienquiera que fuese aquella Sophia, supiese a ciencia cierta que no trabajaba para la Agencia ni para la CIA.

No debería de haberle sorprendido que Diego Nash conociese a una concubina. Mientras le observaba sacó un papel doblado de su bolsillo.

—En cualquier caso, si trabaja para alguien no es de los nuestros —dijo Dave—. Yo fui uno de los últimos agentes que salió de Kazbekistán hace tres años.

—Puede que esté con el gobierno francés —sugirió Murphy.

—Es americana —Nash terminó por fin de desdoblar el papel; era una foto de prensa que había sacado de la impresora portátil de Tess. Se la dio a Decker—. Sophia Ghaffari. Está casada con un tipo que es en parte griego y en parte francés.

Deck miró la fotografía sin cambiar de expresión.

—Así que puede trabajar para Francia —comentó Murphy con tono animado—. O para Grecia. E incluso para Israel o el Reino Unido...

—Ghaffari —repitió Dave—. Ghaffari...

—¿Es la mujer que conociste anoche? —le preguntó Nash a Decker.

Él asintió, y cuando miró a Nash hubo un destello de algo en sus ojos. ¿Ira? Tal vez. O quizá remordimiento.

—Sí, es ella —dijo.

—Tiene que ser difícil para una mujer tan hermosa esconderse —comentó Nash—. A no ser que lleve siempre un burka, cosa que al parecer no sucedió cuando habló contigo.

Otro destello en los ojos de Decker.

—No creerás que una agente se haría pasar por una de las mujeres de Padsha Bashir, ¿verdad? —preguntó Tess a Murphy mientras se sentaba sobre sus manos para no coger la foto. Se moría por saber qué era para Nash una mujer hermosa—. Sed un poco realistas. Aunque Bashir no tuviera fama de descuartizar a sus amigos y familiares además de a sus enemigos mortales, no creo que haya muchas mujeres en este planeta dispuestas a asumir esa misión.

—Pues yo conozco a un par de ellas —murmuró Nash.

Decker miró a Nash mientras pasaba la foto a Murphy, en dirección contraria a Tess.

—¿Qué más has averiguado?

—No mucho —respondió Nash—. Tuve suerte de sacar esta fotografía antes de quedarme sin línea. En realidad esperaba encontrar una foto de boda o de compromiso en la que apareciese el nombre de soltera de Sophia. En ésta sólo pone «Dimitri Ghaffari y su bella esposa americana, Sophia» —dijo mientras Murphy miraba la foto.

—Deberíais haberme pedido ayuda —Tess miró a Nash y a Decker. Porque ése era su trabajo y para eso estaba allí.

—Tienes otras cosas que hacer, y es muy probable que esta mujer no tenga nada que ver con el ordenador desaparecido —le dijo Decker.

—Sí, pero si Padsha Bashir está buscándola, si intentó matarle... —Tess miró de Decker a Murphy y de Dave a Nash—. Tiene un grave problema. Y aquí no hay embajada para ayudarla.

—Había un comerciante local llamado Ghaffari —Dave estaba pensando en voz alta mientras se inclinaba para echar un vistazo a la fotografía—. Se dedicaba a importar productos americanos: cultura pop, camisetas, vaqueros, vídeos, libros, cedés. Le iba muy bien, aunque eso era hace algunos años. Pero no le conocí en persona, ni a su mujer. Me acordaría de ella.

Murph pasó la foto a Tess. La leyenda estaba en árabe, pero en ella aparecía un hombre alto posando con aire arrogante junto a una mujer menuda. El hombre era casi tan apuesto como Jimmy Nash, con unos pómulos bien perfilados, una mandíbula poderosa y el pelo echado hacia atrás. Iba vestido con un esmoquin y estaba sonriendo a la mujer, que llevaba un vestido largo de cuello alto.

Tess esperaba que fuera una Lara Croft, una Mata Hari moderna, una mujer extraordinariamente bella con el valor suficiente para matar a Bashir y escapar del palacio en medio de la confusión del terremoto. Pero Sophia Ghaffari era una de esas rubias pequeñas y ridículas, con un cutis de porcelana y una cara etérea en su delicada perfección.

Era el tipo de mujer de la que los hombres se enamoraban a primera vista; una mujer por la que los hombres matarían. Y además de ser una fulana probablemente era caprichosa y egoísta, puesto que siempre la habrían tratado como a una princesa.

—Me dijo que Bashir mató a su marido por algún negocio que salió mal —les informó Decker—. Dijo que Ghaffari intentó salvarse entregándosela a Bashir.

Tess hizo una mueca de desagrado. Ni siquiera una fulana se merecía eso.

—Un bonito regalo —comentó Nash.

Tess le miró indignada.

—Era una broma —le dijo.

—Pues no tiene gracia.

—Como casi todo en este país —repuso él—. Hay que aceptar las cosas como son.

—A mí no me parece nada divertido...

—No sé cuánto de lo que me dijo era cierto —les interrumpió Decker—. Estaba intentando ganarse mi... simpatía, así que...

Tess volvió a examinar la foto. Aquella mujer había pasado por un infierno, casada con un hombre que parecía encantador pero que en cuanto hubo un problema demostró ser despreciable.

Debía de haber sido terrible vivir en el palacio de Bashir como una de sus «mujeres». Y luego escapar sin papeles, sin pasaporte, con una enorme recompensa por su cabeza, para convertirse en la persona más buscada de Kazbekistán...

Sólo había una cosa que no tenía sentido. Tess no entendía que esa mujer, después de haber tenido la suerte de encontrarse con Decker, hubiese decidido perderle de vista.

Y sin embargo lo había hecho.

—¿Por qué no la trajiste aquí? —le preguntó.

—Porque estuvo a punto de meterme una bala en la cabeza —lo dijo con un tono tan prosaico que Tess tardó un momento en comprenderlo. Pero Nash dio un respingo al otro lado del establo.

»Fue culpa mía —prosiguió Deck—. Pero después de eso no me pareció una buena idea seguir más tiempo con ella.

—Dios mío, Decker, ¿estás bien? —susurró Tess. Habían estado a punto de matarle mientras ella y Nash...

Decker se levantó, como si le avergonzara que se preocupase por él.

—Voy a volver a su escondite para ver si puedo encontrarla.

Tess también se levantó.

—Pero...

—No creo que la encuentre —se detuvo y se pasó una mano por la cara—. Le daba pánico que la llevara de nuevo al palacio de Bashir. Soy un capullo por no haberme dado cuenta —estaba muy desanimado, y por una vez no intentó ocultarlo; o quizá ya no podía contenerse.

Impresionaba ver a alguien como Decker —tan sólido e inquebrantable— con un aspecto tan abatido. Incluso Dave estaba boquiabierto.

Deck iba a marcharse, pero se dio la vuelta.

—Tess, dale a Nash el informe de esa autopsia lo antes posible —ordenó el jefe del equipo con su tono más amargo.

—Será mejor que vaya contigo —Nash había dejado su papel de tipo duro, y por la expresión de su cara y su forma de estar allí, dispuesto a ayudar, era evidente que estaba preocupado por Decker.

Pero Decker movió la cabeza de un lado a otro.

—No, te necesito aquí. Intenta establecer un radio más preciso alrededor de ese hospital. Que te acompañe Tess.

—Dave puede leer ese informe, probablemente mejor que...

Deck le interrumpió.

—A Dave le quiero ahí fuera.

—Pero...

—¡No discutas conmigo! —incluso a Deck pareció sorprenderle la vehemencia de su voz. Luego se volvió hacia Murphy—. A ti también te quiero ahí fuera —le ordenó—. Sayid ha estado en Kazabek, y alguien tiene que saber por qué y dónde se alojaba. Vamos a perseguir a esa persona para encontrar lo que estamos buscando e irnos lo antes posible a casa.

Con eso se volvió y dio un portazo al salir.

—¿Es una impresión mía —preguntó Murphy en el silencio que siguió— o el doctor Decker se ha convertido de repente en Mr. Hyde?

Tess miró a Jimmy Nash. ¿No iba a seguir a Deck?

Pero él se limitó a mover la cabeza antes de contestar a Murphy.

—Tú o eres muy gracioso o no dices nada, ¿no? —dijo mientras iban todos hacia la puerta, excepto Tess, que se quedó allí en medio del establo con el corazón en la garganta—. Pues ahora es un buen momento para que te calles.

—Mensaje recibido —respondió Murphy mientras seguía a Dave a la calle.

Jimmy se detuvo en la puerta.

—Vamos, Tess —dijo en voz baja—. Tenemos que cumplir las órdenes que nos han dado.

Ella no pudo evitar reírse.

—¿Vas a seguir unas órdenes por primera vez en tu vida?

—Deck no corre peligro —dijo para tranquilizarla—. Tiene razón; esa Sophia no va a estar allí. Lo mejor que podemos hacer para ayudarle es que te pongas delante de ese ordenador. Cuando bajes el informe necesito que averigües todo lo que puedas sobre Dimitri y Sophia Ghaffari.

—Sí, señor —Tess pasó por la puerta que le estaba sujetando y se dirigió rápidamente hacia la casa.

Sophia había desaparecido.

Por supuesto que había desaparecido.

En realidad Decker no tenía ninguna esperanza de que siguiese allí, esperando a que volviera y la llevara al palacio de Padsha Bashir, donde la torturarían cruelmente antes de ejecutarla.

Se lo había llevado todo. Sus mantas, su ropa, su pequeña provisión de comida, el burka que le había quitado en la fábrica.

También habían desaparecido las dos pistolas que él había dejado, descargadas, fuera de la puerta del servicio, además de un par de cajas de balas que había junto a ellas.

Lo único que había dejado era el billete de cinco dólares que le había tirado después de...

No se había llevado el dinero porque no tenía forma de cambiarlo por la moneda local. Si usaba dólares americanos en el mercado los tenderos la mirarían mal. Incluso podrían darse cuenta de que tenía los ojos azules, suponer que era la mujer que todo el mundo estaba buscando y llamar a la policía para intentar cobrar la recompensa.

Para el estándar americano cincuenta mil dólares no eran mucho, pero en Kazbekistán podían resolverle a uno la vida.

Decker recogió el dinero del suelo, salió al pasillo y comenzó a bajar las escaleras.

No debería haberla dejado allí.

¿Qué había pensado después de que intentara matarle? ¿Que no le estaba diciendo la verdad sobre Bashir?

No. Estaba demasiado alterado para pensar en nada, demasiado furioso con ella, y consigo mismo, para darse cuenta de que...

Decker tuvo que sentarse en las escaleras, poner la cabeza entre las rodillas y hacer un esfuerzo para respirar profundamente.

Sophia habría hecho cualquier cosa por seguir con vida, como ya le había demostrado. Y él la había dejado libre diciéndose a sí mismo que era su decisión.

Pero no era así. Ella pensaba que no podía decidir.

Lo que Decker le había hecho era como violarla. Y lo había rematado al dejarla allí.

Aterrorizada. Humillada.

Se suponía que era uno de los buenos, un héroe que luchaba en el lado de la justicia.

Debería haberse marchado cuando le habló por primera vez de Bashir. Debería haberle dado dinero que pudiera utilizar sin ninguna contrapartida. Debería haberle dicho que se reuniría con ella más tarde o al día siguiente. Al irse le habría demostrado que podía confiar en él. Y él habría tenido tiempo de volver a la base de operaciones y averiguar si era quien decía ser.

Pero lo había jodido todo.

No tenía ninguna posibilidad de volver a encontrar a Sophia Ghaffari. No con Padsha Bashir detrás de ella.

Decker se levantó y salió a la luz del sol cerrando la puerta del sótano detrás de él.

Luego subió por las escaleras al callejón y se unió a la multitud del mercado.

Había seguido a Sophia por un mercado similar con el burka que ella había dejado al huir de la fábrica. Poco antes la había visto robar otro burka y salir por la ventana de un edificio de apartamentos en ruinas, con aquel vestido casi transparente debajo del nuevo traje y la cara tapada con un grueso velo.

La gente, sobre todo mujeres con burka, comenzaba a regresar a la calle con el fin del toque de queda, y Decker fingió que salía de un portal cercano.

Vestido como iba, con la cara cubierta por un velo, se acercó lo suficiente a Sophia para chocarse con ella y marcarle la espalda y el hombro con un puñado de polvo del suelo.

Marcada de ese modo, con la ventaja añadida de su propio disfraz, había sido muy fácil seguirla, incluso entre la multitud.

Al mirar ahora el ajetreo del mercado vio una figura con una mancha de polvo en el burka junto a un puesto de frutas y verduras.

¿Podría ser Sophia?

Mientras observaba, una mano pequeña cogió un melón y se lo metió en la manga con una gran habilidad.

Pero no podía ser ella. Debía de estar ya a kilómetros de allí. Sin embargo, en su pecho surgió una chispa de esperanza que se extendió rápidamente, como era habitual. Al cabo de unos segundos podía sentirla incluso en las puntas de los dedos. La ladrona del melón tenía la estatura y la constitución adecuada considerando que llevaba un burka que ocultaba su cuerpo.

El comerciante no se dio cuenta del robo. Nadie se dio cuenta, excepto Decker.

Sophia —estaba casi seguro de que era ella— se movía despacio, como si fuera una compradora más que no encontraba lo que quería.

Con el corazón a punto de salírsele del pecho, Decker la siguió. Encontrar a una mujer en una ciudad de más de un millón de habitantes no podía ser tan fácil. Pero necesitaba hacerlo para... ¿disculparse?

Siento lo del trabajo innecesario...

La ladrona del melón avanzaba despacio entre los puestos y los carros en medio de la multitud. Sin perder de vista esa pálida marca de polvo, Decker aceleró el paso para alcanzarla.

No se molestó en disimular que la estaba persiguiendo. Llevaba un pesado burka y un velo, y sabía que podía correr más que ella si intentaba huir.

Entonces se dio la vuelta, y al ver que se acercaba a ella como un misil de rastreo se recogió la falda y salió disparada.

Iba más rápida que la noche anterior, aunque tuvo menos suerte, porque se metió en un callejón sin salida.

Pero era demasiado inteligente para abandonar la seguridad de la multitud, para dejarse atrapar allí sola.

A no ser que llevara esas pistolas y necesitara cierta privacidad para deshacerse de él.

Decker se detuvo a la entrada del callejón y se escondió detrás de un Dumspter de aspecto moderno.

—No voy a hacerte daño —gritó en inglés aunque la esperanza había desaparecido y sabía que no había estado persiguiendo a Sophia. Sin embargo tenía que verlo con sus propios ojos.

No hubo respuesta. Sólo un sonido extraño. Una respiración profunda, suspiros...

—Si disparas tu arma la policía del mercado vendrá enseguida y no tendrás tiempo de escapar.

Una vez más ese extraño sonido familiar. Suspiros, jadeos... ¿Estaba llorando?

—Sólo quiero hablar contigo —dijo Decker—. Voy a acercarme...

Salió de detrás del Dumpster sabiendo que era un blanco fácil, con su silueta recortada contra la claridad del cielo matutino.

Si ella salía corriendo y le disparaba podría escapar antes de que llegara la policía.

Sin embargo se puso allí, en medio del callejón.

Pero incluso antes de verla acurrucada en una esquina comprendió por qué lo que estaba oyendo le resultaba tan familiar.

Era el ruido que hacía su perro —ahora el perro de Em— al comer.

Ranger metía la cabeza en su cuenco y comía con fruición, como si estuviera muerto de hambre o temiera que fuese su última comida. Daba igual a qué hora le diera Deck de comer; siempre se zampaba la comida en un tiempo récord, sorbiendo y jadeando.

Como devoraba aquella ladrona el melón que había robado en el mercado, con cáscara y todo.

Decker sabía que se estaba deshaciendo de la prueba del delito. En teoría, si no había melón no podía haberlo robado.

Una fracción de segundo después —mientras se desvanecía su última esperanza— se dio cuenta de que además de no ser Sophia ni siquiera era una mujer.

Era un chaval. Apenas un adolescente, que se había quitado el velo para comer mejor el melón. Era delgado, con el pelo oscuro y la piel pálida, como si no le diera mucho el sol.

También le faltaba la mano derecha. Le habían marcado como un ladrón de la forma más cruel, y por su aspecto se lo habían hecho hacía algunos años.

—Creía que eras otra persona —le dijo Decker en el dialecto local esperando aliviar su temor—. No te preocupes, no voy a entregarte.

El burka del muchacho estaba lleno de polvo y restos de melón por la parte delantera.

Deck salió del callejón alegrándose de que Nash no le hubiera acompañado. Si estuviese allí seguro que Khalid tenía ya un nuevo ayudante.

Decker volvió al mercado sabiendo lo que sabía incluso antes de abandonar la cuadra de Rivka.

Que no iba a encontrar a Sophia Ghaffari si ella no quería que la encontrara.

15

Dónde está? —cuando Tess se inclinó para hacerle esa pregunta Jimmy vio que estaba sudando debajo del pañuelo que tenía que llevar, al menos en esa parte de la ciudad, cada vez que salía de casa.

Hacía una temperatura de unos dos mil grados, y el sol seguía ascendiendo en el cielo. Estaban en el patio de Rivka esperando a que Khalid enganchara su caballo al carro.

Jimmy se alegraba de llevar unos pantalones cortos y una camisa de manga corta, que por detrás estaba ya empapada. Tess debía de estar muriéndose de calor.

—Detrás del muro del vecino —le dijo dando la espalda al muro en cuestión—. Al otro lado de la calle, hacia el este. No mires.

Ella puso los ojos en blanco con cara de exasperación.

—No iba a mirar.

—Si no quieres hacer esto, ya sabes...

Tess le interrumpió.

—Quiero hacerlo.

Jimmy tenía sus dudas.

—Yo no estoy tan seguro... —comenzó a decir.

Ella se acercó un poco más.

—Pero yo sí. Soy capaz de hacerlo.

Si alguien hubiera estado mirándoles, por ejemplo el reportero del *Boston Globe* Will Schroeder, desde un lugar demasiado distante para oír sus susurros, por ejemplo detrás del muro de piedra del vecino, le habría parecido que Tess estaba mirando a Jimmy con cariño y preocupación.

Por supuesto, lo que le preocupaba era que Jimmy cambiara de opinión y la obligara a quedarse allí.

—Esto no es difícil —dijo—, ni peligroso.

—Es una broma, ¿verdad? —repuso él—. Porque en Kazbekistán no hay ningún momento que no sea peligroso.

—Quiero decir que no es más peligroso que si yo me quedo aquí mientras tú sales a jugar a James Bond —hizo una mueca—. Lo siento, no quería decir eso. Ya sé que no es ningún juego.

Desde luego que no lo era.

—A Decker no le va a gustar la idea de que andes por ahí sola —le dijo. Era más fácil decir *Decker* que *yo. A mí no me gusta la idea de que andes por ahí sola.* Dios santo, era un error mandarla fuera para que Schroeder la siguiese a ella en lugar de a Jimmy. Si le ocurría algo...

Pero Schroeder era un capullo persistente. Jimmy sabía que podía quitárselo de encima, aunque le costaría. Y entonces Schroeder se preguntaría por qué se había molestado tanto en despistarle, y se dedicaría a espiar por los patios de los vecinos día y noche para intentar averiguarlo.

—No estaré sola —le aseguró Tess—. Estaré con Khalid.

—Al que no conocemos realmente —repuso Jimmy.

—Que cree que tú eres una especie de Dios —dijo Tess—. Te tiene en un altar, Nash. No sé qué le has dicho...

Jimmy se encogió de hombros.

—Sólo le he ofrecido este trabajo.

—Eres estupendo con los niños, ¿sabes?

Muy bien. Estaba empezando a darle vergüenza.

—No es tan difícil. Sólo hay que escucharles cuando hablan. A la mayoría de los niños los ignoran toda su vida o los utilizan como sacos de golpes. Una conversación podría interrumpir eso.

Tess no estaba dispuesta a dejar el tema.

—Khalid me ha dicho que has hablado con Rivka para que pueda guardar aquí su carro y su caballo todo el tiempo que necesite. ¿Sabes lo que significa eso para él?

Sí, lo sabía.

—Su cuadra es un montón de piedras —dijo Jimmy en voz baja—. Mientras a Rivka no le importe...

No le costaría mucho que Khalid siguiera tratándole como a un héroe. Y lo que era más importante, iba a tratar a Tess como a la mujer de un héroe.

Khalid, como Rivka y Guldana, creían que Tess era realmente la esposa de Jimmy. ¿Qué tenía aquello de raro?

—Te adora —dijo Tess sonriéndole—. Y si no me diera miedo que me malinterpretaras te diría que yo también. Eres el idiota más simpático que conozco.

Jimmy se rió.

—Y tú perdonas con demasiada facilidad.

—¿Quieres que siga enfadada contigo? —le preguntó—. Eso podría crear muchos problemas, teniendo en cuenta que compartimos una habitación.

Pero no una cama.

Jimmy se aclaró la garganta.

—Bueno, una cosa es perdonar, pero...

—Yo creo que es mejor que no te odie demasiado —dijo ella—. La comunicación podría ser terrible.

—No sólo no me odias, Tess, sino que te gusto —hasta que aquellas palabras no salieron de su boca no se dio cuenta de que sonaban como una acusación.

Tess se ajustó el pañuelo de la cabeza.

—Siento que eso te resulte incómodo. Intentaré odiarte más. ¿Te ayudaría que pensara que eres un inepto para las relaciones y un perdedor social?

Jimmy lanzó una carcajada.

—Sí —respondió—. Gracias.

Ella le sonrió.

—Bien —se puso de puntillas para darle un beso casto en la mejilla—. Que tengas un buen día, querido. Me aseguraré de que Khalid me traiga para el toque de queda.

Él la agarró del brazo.

—Sí, será mejor que te traiga antes de eso —Jimmy le había dicho a Khalid que buscara el grupo de trabajo más cercano para que la señora Nash pudiera ayudar haciendo algo relativamente seguro, como repartir paquetes de ayuda humanitaria. También le había dicho que se mantuviera alejado del Grande Hotel—. Te necesito aquí por la tarde para que busques todo lo que pueda haber sobre Sophia Ghaffari.

Porque pasaba algo muy raro entre Decker y la famosa Sophia. Jimmy nunca había visto a su compañero tan nervioso.

Y por una concubina que se había escapado del palacio de Bashir. Una mujer con la que había estado buena parte de la noche. Deck había vuelto a casa de Rivka bastante después de que saliera el sol.

Si a aquella extraña ecuación se añadía el hecho de que había estado a punto de matarle, eso significaba que en algún momento Deck había bajado la guardia.

Y eso hacía que la imaginación de Jimmy se disparara.

Pero se trataba de Decker. Si le dejasen solo en una habitación con una concubina lo más probable era que acabara ayudándola a hacer la declaración de la renta.

Al otro lado del patio el caballo resopló y movió la cabeza, haciendo que las bridas sonaran. Cuando Jimmy miró hacia arriba vio que Tess le estaba observando. Aún seguía sujetándole el brazo con fuerza.

La soltó.

—¿Estás bien? —le preguntó en voz baja.

—Estoy preocupado por Deck —su sinceridad le sorprendió a ella tanto como a él—. Me va a matar cuando se entere de que te he dejado salir sola con Khalid.

Tess no se lo creía, pero decidió seguirle el juego.

—No tenemos otra elección. Además, seguro que volvemos antes que Decker.

Khalid le hizo un gesto a Jimmy desde el carro. Ya estaba casi todo preparado para partir. Para que Tess abandonara la seguridad del patio y saliera a la calle.

Joder.

—Si os para alguna patrulla de la policía o de los hombres de Bashir deja que hable Khalid —le dijo Jimmy a Tess—. Y si tienes alguna duda mantén la cabeza tapada.

Ella le estaba sonriendo.

—Nada de contacto visual, aunque se dirijan a mí directamente. Sobre todo si se dirigen a mí directamente. A veces no es fácil distinguir a los hombres de Bashir de la policía, aunque puede ser más difícil tratar con la policía que con los matones de Bashir, así que no debo bajar la guardia. Cuando vuelva a casa tengo que comprobar si ese trozo de cuerda está colgando de la verja y en la puerta. Si no está paso de largo sin detenerme y miro si hay algún mensaje en el viejo cobertizo que hay un poco más abajo. Si te das prisa puede que te dé tiempo a decirme todo esto tres o cuatro veces antes de que me vaya.

Joder.

—Lo siento. Yo sólo...

Tess le tocó la mano. ¿Cómo era posible que tuviera los dedos tan fríos con aquel calor?

—Tendré cuidado.

—Sí, ya lo sé.

Ella le estrechó la mano.

—Ten cuidado tú también.

Mientras Tess distraía a Will Schroeder, Jimmy iba a recorrer el perímetro del nuevo radio del hospital.

Los datos de la autopsia de Sayid le habían obligado a revisar sus cálculos para determinar hasta dónde había andado el líder terrorista después de resultar herido en el terremoto.

Porque había sido capaz de andar.

Tenía el hombro, el brazo derecho y las costillas rotas, pero las lesiones en las piernas eran mínimas.

Tom Paoletti les había informado de que según el expediente de Sayid estaba consciente pero muy desorientado durante la revisión. No fue capaz de identificarse, pero le dijo al médico de urgencias que había ido andando hasta allí. Ese médico debió de suponer que en aquel estado podía esperar a que le atendieran. Y dejó a Sayid en una cama improvisada en la sala de espera sin tomarle la tensión, que para entonces debía de estar disminuyendo rápidamente.

De acuerdo con el informe del hospital, Sayid se había desangrado en cuestión de horas.

Con las heridas que tenía sólo pudo haber caminado unos pocos kilómetros para llegar al hospital. Y eso suponiendo que tuviera una identificación especial en la espalda.

Después de mirar un mapa Jimmy comprobó que el palacio de Bashir entraba dentro del radio modificado.

Además de recorrer el nuevo perímetro tenía la intención de buscar la parte más dañada del palacio y seguir el camino más evidente desde allí al hospital Cantara.

Mientras Tess llevaba a Will Schroeder de un lado a otro.

Poniéndose en peligro, maldita sea.

Tess interrumpió sus pensamientos.

—En serio, Jimmy. Sé que este asunto de Decker te está distrayendo. Ten mucho cuidado ahí fuera.

Y ahora, desde el punto de vista de Will Schroeder, parecía que le miraba con preocupación en sus ojos. Porque realmente se sentía preocupada. Porque pensaba que Decker le estaba distrayendo.

—Estaré bien —le dijo—. No soy yo el que está embarazado.

—Yo tampoco —respondió ella, pero retiró la mano y retrocedió un poco, que era lo que él quería, aunque eso también lo sabía. Movió la cabeza de un lado a otro mientras le miraba y se reía—. Enhorabuena; ahora mismo te odio profundamente.

No debería haberle hecho gracia. Y sin embargo no podía evitar sonreírle. Estaba muy guapa cuando sonreía así. Guapa, inteligente y...

—Intenta averiguar qué sabe Schroeder —le ordenó Jimmy, sobre todo porque las mujeres inteligentes odiaban que les dieran órdenes.

—¿Tan seguro estás de que me va a seguir a mí y no a ti?

—Sí —había muchas razones por las cuales, si debía elegir entre seguir a Jimmy o seguir a Tess, Will Schroeder elegiría a Tess.

Porque era una mujer, porque era joven, porque Schroeder no la conocía y supondría que podía sacarle más información, porque sin duda alguna había visto cómo la miraba Jimmy. Porque...

—Will es bueno en lo que hace —le dijo. Luego echó un vistazo al patio del vecino. Y allí estaba Will Schroeder, intentando esconderse sin éxito—. En algunas cosas.

—Ha sido lo bastante bueno para encontrarnos en casa de Rivka. Deberíamos ir allí, contarle lo de Sayid y el ordenador y ofrecerle una exclusiva de la historia si trabaja con nosotros.

Jimmy se rió.

—Sí, claro.

Tess se ajustó el pañuelo intentando que le entrara por debajo un poco de aire.

—¿Qué tienes contra él?

—Es un periodista. ¿No te parece suficiente?

—Los miembros del Cuarto Estado pueden ser amigos nuestros —afirmó—. Amigos muy valiosos.

—Listo, señores —dijo Khalid.

Jimmy comenzó a andar hacia el carro.

—¿Es verdad que te acostaste con su mujer?

—¿Cómo? —Jimmy se dio la vuelta y miró a Tess—. ¿Dónde has oído eso?

—Hizo un comentario al respecto cuando se bajó ayer del autobús.

Era evidente que además de considerarle capaz pensaba que era muy probable que lo hubiera hecho.

—Es una larga historia —dijo, lo cual fue una estupidez, porque en primer lugar no tenía que dar ninguna explicación a nadie, y en segundo lugar era mejor para los dos que tuviera otra opinión de él—. Es sintético —al ver su cara de desconcierto añadió—: Tu pañuelo. Deberías ponerte uno de algodón.

Tess asintió.

—Estás intentando cambiar de tema.

—El algodón transpira. Estarás mucho más fresca. Te conseguiré uno.

—Lo único que tienes que decir es «No es asunto tuyo».

—No es asunto tuyo —dijo Jimmy.

—A no ser que sea asunto mío, por supuesto. Que sea algo que tenga que saber porque voy a tratar con ese tipo y...

—Sí —dijo Jimmy—. La respuesta es sí, me acosté con su mujer. Me odia a muerte; podrías formar un club con él, pero ten cuidado. Es muy probable que intente llevarte al huerto. No dejes que se acerque demasiado.

Entonces se dio cuenta de que había cambiado de opinión. Ya no le consideraba capaz de... ¿Cómo diablos había ocurrido?

—No te dijo que estaba casada, ¿verdad? —le preguntó Tess—. Eso debió de dolerte.

—Pero no es asunto tuyo.

—¿Cómo se llamaba?

—No me acuerdo.

Ella se rió.

—Eres un mentiroso. Se llamaba Jacqueline Bennet. Jackie, ¿verdad?

¿Cómo diablos sabía eso?

—¿Te ha contado Decker...? —se detuvo de repente. Decker no podía haberle dicho ni una palabra. Pero Tess era una experta en informática, y sin duda alguna había investigado a Will Schroeder. Con la habilidad que tenía seguro que sabía más que Tom Paoletti de todos ellos. Excepto de Jimmy. Su historial había sido eliminado.

Salvo esa ficha que la Agencia mantenía tan oculta que ni siquiera Tess sería capaz de encontrarla.

Él sólo se imaginaba la información que podía contener.

James Nash, también conocido como Diego Nash y Jimmy el Niño Santucci, nacido el 11 de agosto de 1969 en el White Plains Hospital de Nueva York. Madre: Marianna Santucci (1950-1987). Padre: desconocido.

Debía incluir todo tipo de listas.

Periodos de encarcelamiento. De febrero de 1982 a enero de 1986: Bedford Juvenil Center. De agosto de 1988 a enero de 1989: Sing-Sing Correctional Facility, Ossining, Nueva York.

Delitos cometidos. Asalto con arma mortal. Conspiración de asesinato, falso cargo añadido a su historial cuando se negó a testificar contra Victor Dimassiano, el hombre que había sido para él lo más parecido a un padre.

Misiones llevadas a cabo para la Agencia.

Liquidaciones realizadas para su país.

Sólo esa lista haría que Tess saliera corriendo. Después de quince años tenía una extensión de varias páginas.

No, si sabía más de él que otras personas era porque había cometido el error de hablarle de él la noche que había ido a su apartamento.

—¿Qué quieres que te diga, Tess? —le preguntó Jimmy ahora. Se acercó más a ella y bajó la voz—. ¿Que la quería y que me rompió el corazón?

Ella le estaba mirando con los ojos bien abiertos, dispuesta a creerse esa estupidez, dispuesta a considerarle una especie de héroe romántico. Dispuesta a... ¿Cómo lo había dicho al hablar de Khalid? Dispuesta a ponerle en un altar.

Que Dios les ayudara a los dos.

Le resultaba difícil mantener las manos alejadas de ella, y cuando le miraba así...

—Me la tiré —dijo Jimmy con tono contundente—. Y el único corazón que se rompió fue el de Will.

Una vez más le estaba agarrando el codo con demasiada fuerza. La soltó, indignado consigo mismo por muchas razones.

Tess no dijo nada cuando le siguió hacia el carro. Y luego no pudo decir nada porque Khalid estaba allí sentado. Simplemente le miró mientras la ayudaba a subir al carro e intentaba acomodarse en el duro asiento de madera junto al muchacho kazbekistaní.

Jimmy sólo pudo sostener su mirada unos segundos.

—Lo siento —dijo preguntándose si sabría que no sólo se estaba disculpando por sus palabras groseras. Sentía muchas cosas desde su inoportuno nacimiento.

—Yo también lo siento, James —respondió ella.

Él se quedó allí como un idiota viendo cómo salía el carro por la verja, porque ella estaba mirando hacia atrás.

—Ten cuidado —le dijo—. Nada de rasguños hoy, ¿vale?

Cuando el periodista se acercó para hablar con ella era la hora de comer.

Tess se sentó en la minúscula sombra que daba el carro de Khalid y abrió una esquina del envase de comida preparada que Jimmy había metido en su bolsa en casa de Rivka.

Espaguetis con albóndigas, ponía con letra de imprenta en la parte de fuera, pero lo que había dentro tenía la consistencia de un pudin, o de comida para niños.

—Quedará mejor si lo pones debajo de la camisa unos minutos —dijo Will Schroeder mientras se aproximaba sonriendo al ver su cara de horror e incredulidad—. Así se calentará, al menos a la temperatura corporal.

—Ya lo he abierto —respondió ella—. No me lo voy a poner en la camisa ahora.

Will Schroeder tenía un sonrisa amistosa en una cara bastante agradable, aunque sus gafas de sol le impedían verle los ojos. Con la típica piel clara de un pelirrojo, también llevaba un sombrero para protegerse del sol. Tess se dio cuenta de que tenía rastros de protector solar en la línea del pelo y debajo de la oreja. Aunque usara un factor 30 seguro que tenía que aplicárselo con frecuencia para no acabar como una langosta.

Como portavoz oficial de la Liga de las Pecas podía asegurarlo.

—No está mal que esté un poco fresco —dijo cubriéndose los ojos para mirarle—. Aunque igual es mejor que deje de pensar que son espaguetis con albóndigas. Si le pongo un nombre francés puedo imaginar que estoy tomando una sopa fría en un restaurante de cuatro tenedores.

Él se rió señalando el trozo de sombra que quedaba.

—¿Puedo?

—Claro. Will, ¿verdad?

Él asintió mientras se sentaba y le tendía una mano.

—Schroeder. De Boston.

Entre sus dos manos derechas llevaban cinco tiritas diferentes, y Tess se acordó de Jimmy Nash y sus rasguños. Lo cierto era que casi todo le hacía pensar en Nash. No había hecho mucho más a lo largo de la mañana, mientras rezaba para que le bajara la regla y para que cayera una tormenta de nieve.

—Tess Nash —dijo—. De... —se rió—. Ya no sé de dónde soy —desde luego no era de Iowa, donde había nacido. Ni de San Francisco, donde se había trasladado con su madre tras el divorcio de sus padres—. He vivido en D.C. durante unos años, pero Jimmy, mi marido, también es de Boston. Trabaja para People First.

—Sí —afirmó Will sin que su sonrisa se desvaneciera—. Tuve el placer de conocer a *Jimmy* en Bali hace algunos años.

¿El placer?

—También conocí allí a Larry.

Tardó un momento en darse cuenta de que se estaba refiriendo a Decker. Jimmy y Larry. Larry y Jimmy. Un par de tipos americanos.

—Vamos a dejarnos de tonterías, ¿vale? —dijo Will sin parar de sonreír—. Sé que no sois trabajadores de ayuda humanitaria.

Tess siguió comiendo tranquilamente.

—*Soupe glacée* de tomate *au boeuf* —dijo—. Sabe mejor si lo ves de esa manera.

—No te preocupes —dijo Will—. Vuestro secreto está a salvo, por ahora.

¿Creía realmente que estaba preocupada? Al mirar hacia arriba comprobó que no había nadie escuchando. Will se había asegurado de eso, porque también él tenía secretos que ocultar.

Tess intentó captar la atención de Khalid, que estaba al otro lado del patio. Si se acercaba a ella tendrían que posponer aquella conversación. Pero Khalid estaba enfrascado en una discusión con un grupo de jóvenes kazbekistaníes, sin duda alguna hablando de la explosión que se había producido por la mañana y de la columna de humo que seguía ascendiendo a unos bloques de allí.

Los rumores de un ataque suicida se extendían con más rapidez que el fuego, que en realidad había sido provocado por una pequeña fuga de gas.

Ya era bastante peligroso estar en una ciudad asolada por un terremoto para añadir un ataque suicida a la ecuación.

Las vagas amenazas de un periodista de tercera fila no merecían ni una simple mención.

—Quiero respuestas a algunas preguntas —dijo Will concretando sus amenazas—. Si no empezaré a apuntar con el dedo y a dar nombres, y todos acabaréis en el siguiente vuelo que salga del país...

—Igual que tú —respondió Tess. Tenía que haber una manera decente de comer en esas bolsas de plástico. Seguro que la práctica ayudaba.

Él se encogió de hombros.

—Ya he terminado el trabajo que venía a hacer; anoche redacté un artículo sobre el terremoto.

Joder.

Will estaba sonriendo, convencido de que había ganado.

Y así era, a no ser que ella diera la vuelta a la situación. Tess terminó tranquilamente su comida. Cuando trabajaba en el departamento de apoyo de la Agencia había manipulado muchas noticias. Filtrar información a la prensa formaba parte de las operaciones psicológicas, una herramienta muy valiosa para los trabajos de campo.

Porque hoy en día los malos también veían las noticias de la CNN.

Pero aunque Tess había sido la «fuente anónima» en muchos casos, siempre se ponía en contacto con los periodistas y filtraba la historia bajo sus condiciones. Siempre controlaba la situación.

El truco consistía en frustrar de algún modo las amenazas de Will Schroeder y quedar por encima. Tess sabía lo que tenía que hacer, pero antes iba a intentar ponerle nervioso.

—Jimmy me ha contado lo que pasó en Bali. Ya sabes, con tu mujer.

Su sorpresa se limitó a quedarse paralizado un par de segundos antes de echarse a reír.

—Ex mujer —le corrigió con un tono demasiado casual. Si aquello no hubiera sido una pista, su lenguaje corporal decía casi a gritos lo poco que le importaba. Lo cual quería decir que le importaba mucho.

Pero Tess asintió.

—Puede que sea lo mejor teniendo en cuenta que...

—¿Que Jackie era una puta mentirosa?

Tess estaba tan fascinada que siguió haciendo preguntas, aunque tenía una cantidad limitada de tiempo para contrarrestar la amenaza de Will. El descanso para comer se estaba terminando.

—También ella es periodista de investigación, ¿verdad?

La biografía de Will de la página web del periódico decía que había pasado unos cuantos años con la fotorreportera Jaqueline Bennet, que acababa de ganar una gran cantidad de premios por sus fotografías de un campo de entrenamiento terrorista de Indonesia, sacadas poco después de la bomba de Bali. Esas fotos no se habían publicado en el *Boston Globe*, sino en la revista *Time*.

Aquellas imágenes habían permitido al gobierno local, que trabajaba tanto con Estados Unidos como con Australia, enviar un contingente de comandos especiales para cerrar el campo. También la Agencia había utilizado las fotos para detener a más de media docena de altos cargos de Al Qaeda que habían salido del país antes de que concluyera la operación.

—Sí, si investigar significa follar con la gente adecuada para conseguir buenas oportunidades —Will se rió—. La vi en el programa de Jay Leno hablando de lo peligroso que había sido sacar esas fotos. El mayor riesgo que corrió fue que el condón se pudiera romper. Y ahora es la estrella de los medios de comunicación.

¿Qué le cabreaba más, que su mujer le hubiera sido infiel o que hubiera conseguido un gran éxito dejándole al margen?

—Los matrimonios no duran mucho en este tipo de profesiones —dijo Tess diplomáticamente.

Will volvió a reírse.

—Sí, como que Jimmy y tú estáis casados de verdad.

—Así es.

No la creía, y eso no era una buena señal.

—Mis condolencias.

Ya era suficiente.

—¿Cuánto tiempo llevas en el *Globe*? —preguntó Tess—. ¿Siete años? ¿Y antes de eso otros tres en el *Middlesex News*?

Él la miró por encima de las gafas de sol con sus intensos ojos azules.

—¿Se supone que tiene que impresionarme que sepas...?

No le dejó terminar.

—¿Más de ti de lo que sabes tú de nosotros? Sí.

—Eso va a cambiar ahora mismo. ¿Para quién trabajáis exactamente?

Tess movió la cabeza de un lado a otro.

—No tienes derecho a hacer preguntas. Lo único que puedes hacer es escuchar.

Él se rió.

—Tengo que reconocer que tienes huevos, pero...

—Estamos aquí porque Al Qaeda tiene ocho campos de entrenamiento en Kazbekistán, y ésos son sólo los que conocemos. Estamos aquí porque por primera vez en mucho tiempo se han abierto las fronteras a occidente, y no vamos a provocar un conflicto internacional si nos pillan en algún sitio sin autorización. Estamos aquí porque en Internet ha habido muchos chateos similares a los que hubo justo antes del 11-S, y no vamos a permitir que se vuelva a producir un atentado terrorista de esa magnitud en Estados Unidos ni en ninguna otra parte. Estamos aquí porque Ma'awiya Talal Sayid murió en Kazabek, en el hospital Cantara, por las heridas que sufrió durante el terremoto. ¿Necesitas que te deletree *Ma'awiya*?

Will movió la cabeza.

—No. Joder, esto es... ¿Qué pruebas tenéis de que...?

—La Casa Blanca va a convocar una conferencia de prensa para anunciar la muerte de Sayid mañana a las 11:30 hora del este —dijo Tess—. No darás ninguna información sobre Sayid al *Boston Globe* ni a ningún otro medio de comunicación antes de esa hora.

—Estás de broma, ¿verdad? —farfulló—. ¿Acabas de darme la gran noticia del año...?

Tess habló por encima de él.

—No me identificarás a mí ni a mis compañeros en ningún momento.

—¿... y esperas que no la utilice?

—La muerte de Sayid no es la gran noticia del año —le dijo interrumpiéndose a sí misma—. Ni mucho menos.

Con eso se calló rápidamente.

—Tampoco especularás con la presencia de grupos antiterroristas autorizados por Estados Unidos en Kazbekistán —prosiguió—. Dejarás de vigilar nuestra casa y de seguirnos. No atraerás la atención hacia nosotros de ninguna manera. Si tienes información para mí te pondrás en contacto conmigo discretamente. En caso contrario esperarás a que yo me ponga en contacto contigo.

—Demasiadas reglas —dijo Will.

—Sí —reconoció ella.

Él movió la cabeza.

—No sé si...

—Este acuerdo no es negociable —le dijo.

Will permaneció un rato en silencio observándola.

—Al darme una noticia que se supone que no puedo utilizar, ¿qué consigo yo...?

—Una prueba de que soy una fuente fiable de información —le dijo Tess.

—¿Y si me niego? ¿Si te digo que te metas tus reglas por donde te quepan y llamo a la CNN...?

—Entonces mis compañeros y yo saldremos del país y tú perderás una fuente muy valiosa.

Dios santo, Will. Piensa bien qué significa todo esto.

—Habéis venido aquí para buscar el ordenador de Sayid —razonó por fin.

Tess apretó los dientes para no sonreír. Le tenía pillado. Gracias a Dios.

—Así es —le dijo—. Pero no incluirás esa información en ninguno de tus artículos. No hasta que lo encontremos. Entonces tendrás una exclusiva en profundidad, pero será cuando yo lo diga, ¿lo comprendes?

—Sí —se quedó de nuevo callado, sin duda alguna pensando que con esa exclusiva podría conseguir una gran atención, puede que incluso más que Jackie con sus fotos.

Will se inclinó hacia adelante.

—¿Puedes decirme al menos si son ciertos los rumores de que Sayid vino a Kazabek para reunirse con Padsha Bashir?

—¡Tess!

Al mirar hacia arriba vio a Nash cruzando el patio. Respiraba con dificultad y estaba empapado de sudor, como si hubiera corrido varios kilómetros.

Ella se levantó y se acercó a él antes de que pudiera darse cuenta.

—¡Jimmy! ¿Qué ha pasado? ¿Estás bien? ¿Y Decker...?

Tenía que haberle ocurrido algo a Decker para que Jimmy estuviese tan alterado. Cuando la abrazó ella le agarró con fuerza, preparándose para las malas noticias.

Que no llegaban.

—Deck está bien, y tú también, gracias a Dios —se apartó un poco—. Lo siento. Dios mío, apesto...

—No te preocupes —le dijo. Tenía la parte delantera de la camisa mojada, pero no le importaba—. ¿Estás bien? —le preguntó de nuevo—. ¿Qué ha pasado?

Él miró a su alrededor, a Will Schroeder y a Khalid, a la docena de trabajadores de ayuda humanitaria que estaban mirándolos con cara de curiosidad.

Fue entonces cuando Tess vio en los ojos de Jimmy que se acababa de dar cuenta de lo que había hecho.

Él se rió un poco y se pasó la mano por el pelo para apartárselo de los ojos, y ella podría haber jurado que estaba temblando.

—Bueno...

—Éste es James Nash —anunció Tess mientras iba a buscar algo para beber antes de que le diera algo—. Mi marido.

Luego le ofreció el agua a Jimmy, que vació la botella casi de un trago. Khalid tenía otra preparada para él.

—Gracias —dijo Jimmy.

La gente empezó a dispersarse cuando vio que no era un chiflado. Pero Will Schroeder y Khalid se quedaron cerca.

—¿Quieres sentarte? —le preguntó Tess.

Jimmy movió la cabeza de un lado a otro.

—No... Verás, esto es una estupidez. Yo sólo... —miró a Will y a Khalid antes de mirar de nuevo a Tess y sonreírle con tristeza y una gran dulzura—. Me da vergüenza reconocerlo, pero...

Tess se volvió hacia Will y Khalid.

—¿Podéis dejarnos solos un minuto?

Pero Jimmy les detuvo.

—No, no pasa nada. Es sólo que... Mientras estaba al otro lado de la ciudad oí esos rumores sobre una explosión. Después la gente empezó a decir que un chaval con una carga de dinamita a la cintura había entrado en un centro de ayuda humanitaria y había saltado por los aires con veinte personas más, todas occidentales. Luego dijeron que había sido aquí, en el barrio al que Khalid me explicó que iba a traerte...

Y había ido corriendo hasta allí para asegurarse de que no estaba herida. Tess tenía el corazón en la garganta cuando se acercó a él.

—Estoy bien.

Él la abrazó con fuerza.

—Ya lo veo. Soy un idiota —dijo con risa temblorosa.

Will Schroeder estaba observándoles con la boca abierta.

Jimmy le ignoró mientras se echaba hacia atrás para mirar a Tess.

—No debería haberte dejado que salieras sola. Esto no va a volver a pasar. Pensándolo bien, será mejor que recojas tus cosas. Khalid, vete a buscar el carro. Hemos acabado por hoy.

—Ni siquiera son las doce y media —protestó Tess—. Prometimos hacer un turno de seis horas.

Pero Jimmy se acercó otra vez a ella y le susurró al oído:

—Necesito que contactes con Tom de inmediato —luego dijo un poco más alto—: Nos hemos quedado sin línea. Si los teléfonos funcionasen te habría llamado. He venido corriendo hasta aquí con este calor... —se tambaleó de un lado a otro—. Creo que voy a sentarme.

Tess le puso el brazo alrededor de su hombro.

—Ayúdame a subirle al carro —le ordenó a Will con voz temblorosa intentando fingir que estaba preocupada por Jimmy. Todo aquello era una comedia, una manera de hacerla volver a casa de Rivka, a sus ordenadores.

Y ella que pensaba...

Bueno, mirando el lado positivo, seguro que también había engañado a todos los demás.

Jimmy aflojó las rodillas —era un gran actor— en cuanto le subieron a la parte trasera del carro. Sin la ayuda de Will y la fuerza que hizo Tess para sujetarle se habría caído boca abajo sobre las tablas de madera. Tuvieron que hacer un gran esfuerzo para acomodarle con suavidad, y Tess acabó sentada en el carro con la cabeza de Jimmy, que tenía los ojos cerrados, sobre su regazo.

Khalid le tiró la mochila y trepó al asiento del conductor. Después de dar una orden a su extenuado caballo, unas palabras mágicas que reavivaron a la bestia, se pusieron en marcha. Will tuvo que dar un salto hacia atrás para evitar que la rueda le pasara por encima del pie.

—Gracias —le dijo Tess.

—Ya nos veremos —respondió él.

—Sí, ahora te seguirá a todas partes —murmuró Jimmy. Había abierto los ojos, y cuando ella le miró le hizo un guiño.

—No, no lo hará. ¿Cuándo han dejado de funcionar los teléfonos? —preguntó en vez de apartarse y permitir que su cabeza rebotara contra la dura madera del carro como hubiera querido hacer. Khalid seguía observando y escuchando.

—No sé cuándo ha fallado la línea —dijo Jimmy—. Lo único que sé es que cuando he intentado hablar no dejaba de cortarse.

Tess se inclinó sobre él para coger la mochila y abrió el bolsillo lateral para sacar su teléfono. Cuando pulsó el botón no ocurrió nada.

La primera regla de Troubleshooting 101 era comprobar siempre la conexión. Vaya, estaba apagado. Lo encendió y comenzó a sonar inmediatamente.

—El mío sí funciona —le dijo.

Había un mensaje, pero antes de que pudiera escucharlo Jimmy le cogió el teléfono.

—Déjame ver.

—La señal no es muy fuerte —dijo ella—, pero aún hay línea. Puede que sea tu aparato.

Él pulsó unos cuantos botones antes de devolvérselo.

—¿No vas a llamar a Tom? —preguntó Tess mirando su teléfono—. Hey —había borrado el mensaje—. ¿Y si era importante?

—No lo era —respondió Jimmy—. Voy a esperar para mandarle un e-mail —miró fijamente a Khalid durante unos instantes—. En clave —añadió en voz baja.

—Ni siquiera lo has escuchado. ¿Cómo sabes que... —*no era importante?* Antes de terminar la frase lo comprendió.

Lo sabía porque él le había enviado ese mensaje. La había llamado al oír aquellos rumores sobre el ataque suicida, pero su teléfono no funcionaba, y no sabía si estaba muerta o era una idiota.

Había borrado el mensaje, pero no pudo borrar las llamadas perdidas: el registro del número de veces que había llamado sin dejar ningún mensaje. Ella revisó rápidamente el menú y... ¡Vaya! La había llamado diecisiete veces en cuarenta y ocho minutos, mientras corría por las calles llenas de escombros de Kazabek.

Su reacción de alarma no había sido una actuación. La actuación comenzó cuando la encontró sana y salva.

Jimmy estaba mirándola desde su regazo. Tenía una expresión indescifrable, pero era un tipo inteligente. Debía saber que ahora ella sabía...

—Siento que mi teléfono estuviera apagado —le dijo.

—Despiértame cuando lleguemos a casa de Rivka —dijo él antes de cerrar los ojos.

16

Que has hecho qué? —Jimmy se detuvo justo en la puerta de la cuadra de Rivka mirando a Tess. Lo que le acababa de decir era increíble.

Sin embargo ella mantuvo la calma mientras entraba dentro y se acomodaba en el cubo que utilizaba como asiento en las reuniones.

—Me has entendido perfectamente la primera vez

—Permiso —Murphy intentó encogerse para pasar, con Dave detrás de él, pero como ése no era uno de los talentos de Murphy Jimmy tuvo que adentrarse en la cuadra.

—¿Will Schroeder? —le preguntó a Tess.

—Sí. Will Schroeder —ella fingió que miraba unas notas que había tomado en un bloc de hojas amarillas.

El sol vespertino penetraba por las grietas de la desvencijada puerta de madera, iluminando el polvo que flotaba en el aire.

El ambiente podría haber sido bucólico, pero Jimmy estaba a punto de estallar, y Tess lo sabía. Cuando miró rápidamente en su dirección había cautela en sus ojos.

Jimmy se aclaró la garganta.

—¿Le has hablado de...? —no podía decirlo. Podría haberlo gritado, pero estaba haciendo todo lo posible para no tener un ataque de histeria. Sobre todo porque sería el segundo del día, y su media era uno por milenio.

—Le dije que estábamos aquí para buscar el ordenador de Sayid —Tess sostuvo su mirada—. No tenía otra opción.

—¿Otra opción? —respondió él con voz tensa—. ¿Quieres que me maten? ¿Qué es esto? ¿Una especie de venganza?

Dave se acababa de sentar, pero se puso de pie.

—Deberíamos dejarles unos minutos para que hablen a solas —le dijo a Murphy.

Pero Murph se acomodó en su fardo de paja favorito.

—¿Estás de broma? Esto empieza a ponerse interesante. ¿Cuál es el motivo de la venganza?

Tess se mantuvo firme.

—Por supuesto que no quiero que te maten. Por favor, no seas ridículo.

Jimmy no podía dejar de pasearse de un lado a otro.

—¿No comprendes cuánto me odia ese capullo?

—Esto no tiene nada que ver contigo —Tess dejó el bloc en el suelo—. Si pudieras olvidarte de la manía que tienes a Will Schroeder durante un segundo...

—¡No te pongas condescendiente conmigo! —al darse la vuelta para mirarla bajó la voz en lugar de subirla, lo cual fue probablemente un error, porque sabía por experiencia que de ese modo parecía peligroso.

Eso fue lo que debieron pensar Dave y Murphy, porque se levantaron los dos a la vez dispuestos a proteger a Tess.

—Dios santo —les dijo—. ¿Qué creéis? ¿Que voy a...? —la expresión de sus caras dejó claro que eso era precisamente lo que creían—. Maldita sea.

Tess, que también se había levantado, siguió hablando.

—... te darías cuenta de que era la mejor forma de controlarle. La única. Es ambicioso e inteligente, y está deseando demostrar a Jackie Bennet lo que se perdió al abandonarle. Además sabe quiénes somos. Podría habernos descubierto en cualquier momento, pero ahora le interesa permanecer callado.

—No sabía lo de Sayid —Jimmy se volvió hacia Dave y Murphy—. Sentaos.

Los dos se sentaron sin mirarse, comunicando en silencio lo que harían si se abalanzaba sobre Tess.

Por todos los santos. Que le dieran un respiro. No era ningún monstruo.

—Así que le ofrecí un avance de la historia que será una gran noticia dentro de veintidós horas —Tess dejó que su irritación resonara en su voz—. ¿Crees sinceramente que después de oír el comunicado de la Casa Blanca de que Sayid ha muerto no sabría exactamente qué estamos haciendo aquí? De esta manera le tenemos a nuestro lado. Bajo nuestro control.

—¿Nuestro control? *Tu* control.

—Sí. Mi control —en sus ojos hubo un destello de ira—. ¿Es eso lo que te molesta? ¿Que haya hecho algo que tú no has podido hacer? Es increíble que seas tan inmaduro.

Él se rió. No pudo evitarlo. Aquella dureza no tenía nada que ver con esa nariz y esas pecas.

Debió de sonar como si estuviera al borde de la locura, y puede que así fuera, porque Fred y Ginger volvieron a levantarse para bailar.

Pero esta vez fue Tess quien les miró.

—¿De verdad creéis que es necesario que me defendáis de *James*?

Murphy se encogió de hombros.

—Esas cosas pasan.

Dave fue menos sucinto.

—Las presiones en el trabajo de campo provocan a veces comportamientos volátiles. Y en este grupo en particular hay un alto grado de desconocimiento entre sus miembros...

—Muy bien. Dave, Murph, os presento a James Nash. Debería daros vergüenza. Sé que uno de los objetivos de Jimmy en esta misión, puede que el primero aunque no debería ser así, es mantenerme a salvo. Así que a partir de ahora no le insultéis insinuando lo contrario, por favor.

Tess estaba terriblemente indignada con él.

La había tratado fatal más de una vez, incluyendo esa misma tarde cuando se negó a hablar con ella al volver a casa de Rivka, después de asustarse de verdad e imaginarse lo peor: Tess despedazada por un fanático con una bomba.

Mientras iba corriendo hacia allí fue rebuscando mentalmente entre los escombros, la sangre y el polvo para recoger lo que quedaba de ella.

Y cuando la vio allí sentada, viva e ilesa, estuvo a punto de caerse de rodillas y llorar.

Esa reacción le asustó casi tanto como pensar que estaba muerta.

Así que se inventó la historia de que necesitaba ponerse en contacto con Tom Paoletti. Y borró el mensaje desesperado que había dejado en su buzón de voz.

Pero Tess era lo bastante inteligente para relacionar

diecisiete llamadas perdidas con un capullo y descubrir la verdad.

Y en vez de mirarla a los ojos y reconocer que se encontraba en un territorio desconocido y que podía estar perdiendo el juicio cerró los ojos y fingió estar dormido.

Casi podía sentir su frustración, sus preguntas, su necesidad de hablar con él durante el viaje de vuelta a casa.

Pero mantuvo los ojos bien cerrados, y ella le ayudó.

—Duerme, Jimmy —susurró—. Duerme mientras tengas los ojos cerrados —luego empezó a pasarle los dedos por el pelo—. Mi madre me solía hacer esto cuando era pequeña —le dijo en voz baja—, cuando tenía problemas para relajarme.

Y en algún punto entre donde estaban y la casa de Rivka Jimmy se quedó dormido.

Tanto que no se despertó cuando entraron en el patio de Rivka. Ni cuando Tess le levantó la cabeza y le puso debajo una almohada.

Durmió durante casi seis horas en el carro, protegido por una sombrilla que Guldana encontró en el cobertizo y custodiado por Khalid, que se sentó cerca de él.

Tess pasó todo ese tiempo trabajando, rastreando a Dimitri y Sophia Ghaffari por el ciberespacio.

Jimmy se despertó con dolor de cabeza y una sensación de pánico, una mala combinación.

Khalid le informó de que Decker había convocado una reunión —esa reunión— a las siete en punto. Eran ya las 6:58, y el hijo de perra estaba a punto de llegar tarde una vez más.

Jimmy sólo había tenido tiempo de refrescarse la cara e ir a buscar a Tess para disculparse por no ayudarla, por estar todo el día durmiendo. No recordaba cuándo había hecho eso por última vez.

Pero ella iba ya hacia la cuadra. Y antes de que pudiera abrir la boca le soltó la bomba sobre Will Schroeder.

—Sentaos —les dijo ahora a Dave y Murphy con ese tono de maestra de escuela que utilizan tan bien algunas mujeres.

Los dos se sentaron como si tuvieran ocho años, sin atreverse a desafiarla.

—Puede que hayan oído hablar de aquella vez en Estambul cuando tiré a Camilla Riccardo del tejado del hotel —comentó Jimmy.

Tess le miró furiosamente.

—¿Por qué dices esas cosas?

Jimmy estaba intentando recuperar el control con su ironía. Normalmente funcionaba. Lo volvió a intentar añadiendo su sonrisa más seductora.

—Porque me encanta que te salga humo de las orejas.

Ella no se inmutó.

—De esa manera solamente alimentas los rumores desagradables —dijo con la misma severidad con que había hablado a Dave y Murphy.

Pero a Jimmy nunca le habían asustado las maestras, ni siquiera cuando tenía ocho años.

—Es posible que me gusten los rumores desagradables —replicó Jimmy.

—Es posible —repitió ella—. Quizá porque no puedes permitirte el lujo de ser demasiado feliz.

Jimmy se rió indignado.

—No empieces a psicoanalizarme. No me conoces en absoluto.

—Ya lo sé —dijo ella en voz baja—. Te has asegurado de eso.

Cuando Decker cerró la puerta de la cuadra detrás de él todos se volvieron para mirarle. Dave, Murphy, Nash y Tess.

La dulce Tess.

Que unos segundos antes había estado allí mirando a Nash con el corazón en sus ojos.

Había tanta tensión en el establo que casi había formado un nubarrón sobre ellos.

Nash estaba más alterado que nunca. Y Tess apretaba los puños con tanta fuerza que parecía que se le iban a romper los nudillos. Cualquier cosa para no echarse a llorar.

Decker suspiró.

Parecía triste y cansada, como si la tensión de esos días le estuviera absorbiendo la vida.

Era culpa suya, por llevarla allí.

Y por dejarla sola por la noche con Nash, que no había sido capaz de mantener las manos alejadas de ella a pesar de las amenazas de Decker. Eso era al menos lo que le había confesado.

Se me echó encima.

Dios santo, ¿cómo podía ser tan hijo de perra?

En cuanto pudiera le iba a dar a Nash una paliza. Él también saldría malparado, pero se lo merecía por ser un idiota y creer que su amenaza iba a mantener a Nash alejado de Tess.

Esa mañana Decker había estado demasiado ocupado con su propia miseria para considerar hasta qué punto toda la misión se había convertido en un desastre. En lo referente a Nash y Tess había sido un desastre incluso antes de comenzar.

En aquella situación subyacía su política personal de mantener el trabajo y el sexo completamente separados. Si volvía a tener la oportunidad de trabajar para Tom Paoletti —y a medida que pasaba el tiempo cada vez parecía menos posible— insistiría en dirigir sólo equipos de hombres.

Así controlaría la parte del trabajo.

En cuanto al sexo...

Puede que en un año o dos Tess dejara de estar enamorada de Nash.

Y que para entonces Decker se hubiera perdonado a sí mismo por aprovecharse de Sophia Ghaffari.

Si pudiera encontrarla y ayudarla a salir de Kazbekistán se sentiría mucho mejor.

—Tampoco yo he tenido un buen día —dijo rompiendo do el silencio, y Murphy se rió.

—¿Tiene alguien buenas noticias? —preguntó Decker adentrándose en la cuadra—. ¿Qué me dices, Dave? ¿Podemos hacer las maletas y salir de este infierno? Dime que has encontrado el ordenador de Sayid esta tarde, por favor.

Dave Malkoff movió la cabeza de un lado a otro.

—Lo siento, señor. No tengo nada concreto. Sólo un montón de rumores que parecen indicar que Sayid estuvo con Bashir durante un tiempo indeterminado antes del terremoto.

Decker miró a Murphy.

—¿Murph? ¿Estás ahí sentado sobre el ordenador desaparecido?

—Ya me gustaría. Sigo intentando localizar a la mayoría de mis contactos, jefe. Pero si quiere una buena noticia ha llamado Angel. Los del restaurante van a preparar la comida de la boda por veinte dólares el plato —se rió—. Yo creo que lo negoció luciendo unos cuantos tatuajes y utilizando sus artes de seducción. Puedes sacar a la chica de la banda, pero no puedes sacar a la banda de la chica.

—¿Por qué tengo la sensación de que no hablarías así de Angelina si no estuvieras tan lejos de ella? —preguntó Decker mirando hacia Nash, que se había cruzado de brazos y estaba apoyado contra la pared fingiendo estar relajado.

—Tiene razón —reconoció Murphy.

El aspecto de Nash era lamentable. Tenía la ropa manchada de porquería y sudor y llena de arrugas, como si se hubiera revolcado en el polvo antes de echar una larga siesta. Deck vio la línea que separaba la parte limpia de la sucia en las orejas y alrededor de la mandíbula de su compañero. Nash se había echado el agua en la cara de cualquier manera, como si su intención no fuera lavarse sino despertarse.

Eso significaba que Nash podía haber dormido unas cuantas horas por la tarde.

Lo cual podría explicar la intensa fricción que había entre él y Tess. Si le había dejado dormir más de los tres minutos y medio que normalmente se permitía para una siesta de combate...

—Esta mañana se acercó a mí Will Schroeder —informó Tess sin ninguna emoción en su voz mientras se sentaba en el cubo—. Como ya sabía que James y tú no sois trabajadores de ayuda humanitaria y amenazó con hacerlo público hice un trato con él.

Y Decker pensando que la causa de la fricción era una siesta demasiado larga. Había hecho un trato con Will Schroeder. Dios santo. No se atrevía a mirar a Nash.

—Le dije la verdad sobre Sayid. Pensé que que no nos echaran de Kazbekistán era más importante que el malestar de cualquier miembro del grupo ante la idea de trabajar con Schroeder —prosiguió Tess sin mirar tampoco a Nash—. Las ventajas parecían tener más peso que los inconvenientes. Él consigue una exclusiva, pero sólo cuando estemos preparados para dársela. Y nosotros conseguimos su silencio, y otro par de ojos y oídos ahí fuera. Mientras siga nuestras reglas...

Nash no podía permanecer más tiempo callado.

—¿Qué te hace pensar que va a seguir tus reglas cuando no ha seguido nunca las reglas de nadie? —preguntó fingiendo que aquello le parecía divertido. Luego movió la cabeza de un lado a otro—. Aunque ya da lo mismo. Es demasiado tarde. Cuando nos llegue la mierda al cuello tendremos que deshacernos de ella —se volvió hacia Decker con aire desenfadado.

Pero Deck conocía a su compañero demasiado bien para saber que detrás de esa actitud casual Nash estaba muy cabreado. Como solía decir él, estaba a punto de cagar piedras.

—A no ser que quieras que lance un ataque preventivo —continuó Nash dirigiéndose a Deck—. Puedo encontrar a Schroeder y sacarle de la ecuación.

Tess hizo un ruido de desagrado mientras miraba a Nash por primera vez desde que Decker había entrado en el establo.

—Y Deck va a decirte que mates a Will Schroeder...

Nash se volvió hacia ella y le sonrió, aunque su sonrisa no pudo ocultar que se le movía el músculo de la mandíbula.

—No estaba hablando de matarle, aunque ahora que lo dices no es una mala idea —replicó—. Pero no, estaba pensando más bien en una emboscada en un callejón. Una conmoción cerebral y una mandíbula rota le obligarán a volver a Estados Unidos. Aunque también puedo romperle una pierna. Es un tipo persistente. Un buen golpe con una tubería detrás de la rodilla le impedirá viajar durante...

—Ya vale —dijo Tess con unos ojos muy grandes en una cara demasiado pálida—. No haces gracia a nadie.

Murphy se movió un poco, pero mantuvo la boca cerrada.

Decker rompió el silencio una vez más y cambió de tema. Tomar partido no ayudaría a la dinámica del grupo, aunque él estaba de acuerdo con Tess. Will era una amenaza potencial que ella había contenido de la mejor manera posible.

—No hace falta que os diga que no he encontrado a Sophia Ghaffari. ¿Tenéis algo que pueda utilizar para localizarla? ¿Tess?

La experta en informática dejó de mirar a Nash y centró su atención en un bloc que recogió del suelo.

—No lo sé. Sólo tengo un montón de detalles. La última dirección conocida de los Ghaffari y su número de teléfono —miró hacia arriba—. He intentado llamar, pero las líneas no funcionan.

—La dirección empresarial de Ghaffari es la misma que la de su casa —después de sacar unas hojas sueltas de la parte trasera del bloc se levantó y se dirigió hacia él mientras seguía hablando—. He contrastado algunos datos, y he averiguado que Furkat Nariman y su familia residen ahora en casa de Ghaffari, y que hace cinco semanas hubo una transferencia de la propiedad a su nombre. Nariman es uno de los consejeros más cercanos de Padsha Bashir, y un ferviente defensor del GIK y de Al Qaeda.

Le dio a Decker tres páginas, copias de documentos que había sacado de su ordenador, y luego se quedó cerca de él para señalar la firma de la primera.

Olía como Emily. Bueno, no exactamente como Em, pero se le acercaba bastante. Como una pulcra mujer americana, con olor a champú suave y desodorante.

Sophia Ghaffari olía a jabón perfumado con hierbas y especias más exóticas, más parecidas al aroma del incienso, al menos para su olfato americano. Fuera lo que fuera, ocultaba por completo el intenso olor a sudor.

A miedo.

—Aquí es donde debería haber firmado el antiguo propietario, Ghaffari —comentó Tess.

Decker observó el papel que tenía delante. Estaba firmado con una clara letra curvada, y el nombre se leía bastante bien: Padsha Bashir.

—Joder —dijo Decker.

Nash también se acercó a mirar. Dave y Murphy estaban justo detrás de él.

—Fijaos en esto —Tess puso encima la segunda hoja—. He conseguido acceder a los datos bancarios de Ghaffari. Sus cuentas, tanto empresariales como personales, en las que había más de medio millón de dólares americanos —Murph dejó escapar un silbido mientras Tess señalaba la línea en la que ponía $537.680,58—, fueron canceladas el mismo día que se transfirió esa propiedad.

—Y mirad quién firmó la orden de retirada —dijo Murphy dando unos golpecitos en el papel con un dedo que era dos veces más grande que el de Tess.

—Padsha Bashir una vez más.

Dimitri Ghaffari estaba muerto. Sophia le había dicho a Decker la verdad, al menos respecto a eso. Aquella prueba era más que suficiente. Para que esos fondos hubieran sido transferidos de aquel modo Dimitri Ghaffari tenía que estar muerto.

—Firmó ambos documentos como si la casa y el dinero fuesen suyos. Y mirad esto —Tess pasó a la tercera página—. Ese mismo día, justo una hora más tarde, al otro de la ciudad, hay un pequeño ingreso en la cuenta de Bashir por la misma cantidad. No se molestó en cambiarla u ocultarla...

—¿Para qué iba a hacerlo? —le interrumpió Nash—. El dinero y la casa eran suyos.

Tess no lo comprendía. Miró a Nash como si estuviera hablando en chino.

—Se casó con ella —se limitó a decir Nash.

Dave fue más explícito.

—Padsha Bashir se casó con Sophia Ghaffari, y en ese momento todo lo que poseía pasó a ser suyo.

Tess movió la cabeza de un lado a otro.

—Pero no hay certificado de matrimonio.

—Si existe no lo vas a encontrar en ningún registro informático —le dijo Dave—. No si fue una ceremonia religiosa.

—Y por lo que sabemos de Bashir —añadió Nash—, seguro que hubo una ceremonia religiosa, probablemente unos minutos después de que la señora Ghaffari se quedara viuda.

—¿Unos minutos? ¡Dios mío! —exclamó Tess—. ¿Estáis diciendo que Bashir mató a Dimitri Ghaffari y luego...?

En vez de ser acusado de asesinato se había casado con Sophia y se había apropiado de la casa y el dinero de Dimitri.

De la mujer de Dimitri.

Sophia le había dicho a Decker que había vivido como prisionera en el palacio de Bashir durante dos meses.

Dos meses.

Se lo había dicho. Le había pedido ayuda, y él había desconfiado de ella.

—¿Has encontrado algún dato que pueda ayudarme a localizar a Sophia? —le preguntó Decker a Tess.

Ella miró su bloc moviendo la cabeza.

—Nada sustancial. Hay dos direcciones previas. Varios permisos de transporte e importación, registros de facturas, ese tipo de cosas. Una larga lista de menciones en el periódico semanal en inglés. Y mucha información sobre el pasado de Ghaffari. Estudió en Francia, trabajó durante unos años en la compañía de importación de un tío suyo en Atenas, y luego estuvo cinco años en las islas griegas llevando un negocio de cruceros de lujo en veleros para turistas. Eso fue justo antes de que viniera a Kazabek.

—Madre mía —dijo Murphy—. ¿Habéis estado en Grecia? Es increíble. Todo son verdes, azules y arena blanca. Para dejar eso por el pozo negro hay que estar loco, o huyendo de la ley.

—O enamorado —sugirió Dave.

Murphy y Nash se volvieron para mirarle, igual que Decker. Aquello era algo sorprendente.

—¿Qué? —preguntó Dave poniéndose a la defensiva.

Tess fue la única que se lo tomó con calma.

—Sí —afirmó—. Eso creo yo también. Sobre todo porque poco después de llegar a Kazabek, cuando aparece por primera vez en la columna de ecos de sociedad del periódico, está acompañado por su «bella esposa americana».

Luego miró a Decker, y al ver que dudaba se dio cuenta de que estaba a punto de darle una mala noticia.

—Eso es mucho más de lo que esperaba —dijo.

—Sí, pero no me ha sido posible encontrar casi nada sobre Sophia —añadió Tess—. No hay ningún registro de su boda, de su anuncio de compromiso ni nada parecido, y he buscado también en bases de datos griegas, francesas y americanas. En casi todos los documentos kazbekistaníes aparece como Sophia Ghaffari. Sin saber su nombre de soltera no puedo averiguar de dónde procede. Pero alguien tiene que saberlo.

—Bueno, no hay ninguna garantía de que con su nombre de soltera podamos encontrar alguna información que pueda ayudarnos a localizarla ahora mismo —comentó Decker para tranquilizarla.

—He intentado hacer una búsqueda por Sophia, nacida en Estados Unidos entre 1965 y 1980, y he encontrado casi un billón de posibilidades —lanzó un gruñido de indignación—. Eso suponiendo que naciera en Estados Unidos y que Sophia sea el nombre que pusieron sus padres en el certificado de nacimiento.

—Déjame ver esa lista de direcciones —dijo Nash—. Así podremos hacernos una idea de los barrios de Kazabek a los que está acostumbrada.

—No es una lista —Tess le dio la hoja—. Sólo hay dos.

—Es mejor que nada —respondió Nash.

—Lo siento —le dijo Tess a Decker mientras Nash abría un mapa de la ciudad y lo extendía sobre el fardo de paja de Murphy—. Me gustaría tener mejores noticias. Creía que había encontrado algo en la columna de ecos de sociedad del periódico; una semana aparecían en una foto y les llamaban «Dimitri y Miles Ghaffari». Pensé que podía ser un error y que habían utilizado su apellido de soltera en vez de su nombre de pila. Pero no he conseguido nada al buscar por Sophia Miles. Y otra semana eran «el señor y la señora Farrell Ghaffari». Pero en la red tampoco hay nada sobre Sophia Farrell...

—¿Cómo? —le interrumpió Dave—. Perdona, sólo estaba escuchando a medias.

—He dicho que tampoco hay nada...

—No. Antes de eso. ¿Has dicho Miles?

—Sí —respondió ella—. Pero no me ha llevado a ningún sitio. Yo creo que es un error tipográfico. Es evidente que en este periódico no se gastan mucho dinero en correctores de pruebas. Es increíble la cantidad de veces que escriben mal Dimitri y Ghaffari. Y ella aparece como Sophia, Sophie, Saphia...

—¿Has buscado por Miles Farrell? —le preguntó Dave. Tenía una expresión tan peculiar en su cara que Decker sintió un destello de esperanza.

Tess parpadeó.

—No.

—Has dicho que Sophia puede no ser su nombre de pila —dijo Dave—. No conozco a ninguna Sophia Farrell o Sophia Miles, pero hace algunos años conocí a una mujer llamada Miles Farrell. Tenía más o menos su edad, y sin duda alguna era americana.

Murphy se rió con un poco de envidia.

—Davey, Davey. Estás decidido a ganar una mención especial por esta operación, ¿verdad?

Nash dejó de mirar el mapa al otro lado del establo.

—¿No dijiste que no habías reconocido la foto del periódico de Sophia Ghaffari?

—Así es, pero la verdad es que no vi nunca a Miles —respondió Dave—. Cuando hablaba con ella siempre llevaba un burka. Nunca se quitaba el velo. Yo creo que le hacía sentirse más segura, y lo comprendo. Era muy peligroso que la vieran hablando con alguien de la CIA, ya sabes.

La esperanza que había surgido como una pequeña chispa llenaba ahora el pecho de Deck y casi le obstruía la garganta. Tuvo que contenerse para no agarrar a Dave de la camisa y zarandearle.

—¿Así que trabajaba para ti?

—Me proporcionaba información, sí. Pero nunca aceptaba ningún tipo de pago —dijo Dave—. Lo cual era muy raro. Además, todo lo que me daba era oro molido. Al parecer tenía acceso a mucha gente. Fue la primera persona que me dijo que la embajada americana se iba a cerrar. Lo sabía incluso antes que yo. Estoy seguro de que se debió de sentir como si la estuviésemos abandonando, como al resto de los americanos de Kazbekistán. Unas semanas después el gobierno kazbekistaní fue derrocado, y las Naciones Unidas permitieron que ocurriera. La mayoría de la gente que trabajaba con nosotros por la democracia y la libertad fue asesinada. Intenté ponerme en contacto con ella antes de irme de Kazabek. Estuve esperándola en el punto de encuentro durante tres horas, pero no apareció.

Contacto. Punto de encuentro. Benditas palabras. Puede que Dios existiera y que Deck tuviera una oportunidad de arreglar las cosas para deshacer aquel entuerto.

—Como no supe nada más de ella pensé que había muerto —prosiguió Dave—. Pero puede que aún esté viva, y que ella y Sophia sean la misma. Tiene sentido. Una persona del círculo social de Sophia Ghaffari habría tenido acceso a la gente adecuada, al tipo de información que me proporcionaba Miles...

Nash estaba pensando lo mismo que Decker, pero no había perdido la capacidad de hablar. Y de algún modo sabía que Decker necesitaba ayuda.

—¿Cómo contactabas con ella? —Nash le interrumpió a Dave, que estaba empezando a animarse con su nueva teoría—. ¿Tenía alguna manera de ponerse en contacto contigo?

Dave parpadeó sorprendido, con unas pestañas ridículamente largas para un hombre. Decker no se había fijado nunca en eso, ni en que Dave tenía los ojos verdes, no marrones. Después de cinco parpadeos interminables se volvió hacia Decker y pronunció dos de las palabras más dulces que había oído en su vida.

—Por supuesto.

• • •

Los comerciantes del mercado confirmaron lo que Sophia le había oído decir la noche anterior a Michel Lartet, que el Grande Hotel tenía daños estructurales.

El acceso al edificio más alto de Kazabek estaba bloqueado. De hecho, toda esa zona de la ciudad estaba cerrada al tráfico tanto para la población en general como para las tropas de paz.

La cuestión no era *si* el edificio podía caerse, sino *cuándo*.

Las réplicas seguían sacudiendo la ciudad, y la gente con la que había hablado Sophia parecía estar convencida de que el hotel era una trampa mortal.

Mientras estaba sentada fuera de un refugio que estaba a punto de abrir en una de las mezquitas más conservadoras se ajustó el velo para mirar hacia el Grande Hotel. Resplandecía en la distancia, y en sus ventanas se reflejaban los rojos y los dorados de la puesta de sol.

Desde allí tenía el mismo aspecto que la primera vez que lo había visto, en su primera visita a Kazabek con sus padres, hacía tantos años. Era impresionante, con servicio de habitaciones y limusinas en la puerta, y ella lo contempló con los ojos bien abiertos desde el asiento trasero del taxi mientras pasaban por delante.

Años después ella y Dimitri disfrutaron su noche de bodas en la suite nupcial. El camino de entrada estaba separado de la calle por muros de cemento para evitar los coches bomba, y quedaban muy pocas limusinas. El hecho de que hubiera apagones con regularidad ayudaba a ocultar la decadencia, aunque a ella no le importaba.

Al enterarse de que Dimitri la había seguido a Kazabek, que estaba dispuesto a dejarlo todo para estar con ella, se había enamorado perdidamente.

Como el Kazabek Grande Hotel, Sophia tendría el mismo aspecto para alguien que la hubiera conocido hace siete años e incluso dos meses. Como solía decirle Michel Lartet, era más guapa de lo que podía ser una mujer con cerebro.

Pero por dentro también tenía daños estructurales.

¿Había escapado de la muerte esa mañana gracias al capricho del americano? ¿O había sobrevivido porque desconocía la cuantía de la recompensa que los sobrinos de Bashir ofrecían por su captura?

¿O su intención era ayudarla sin pedirle nada a cambio hasta que ella intentó meterle una bala en la cabeza?

¿Había perdido la oportunidad de ser rescatada porque ya no recordaba que había un mundo en el que seguían existiendo los héroes y no hacía falta pagar por la ayuda?

Cómo le gustaría ir a casa.

Pero su casa estaba ocupada por extraños.

Y Dimitri estaba muerto.

Nunca había estado tan cerca de la muerte. Durante todo el día, mientras corría por la ciudad o se escondía, durmiendo sólo a ratos, pensó en ese momento en los servicios del hotel, cuando decidió arriesgarse a morir antes de regresar al palacio de Bashir.

Ahora podía tomar esa decisión en cualquier instante.

Tenía un puñado de balas para cada una de las pistolas que el americano le había devuelto. Pero sólo necesitaba una.

Bueno, dos.

Una para Michel Lartet.

No le resultaría difícil matarle.

Al menos en teoría.

Sophia observó a los voluntarios de la mezquita, que estaban colocando un cartel para invitar a la gente a entrar.

Sabía que entre las paredes de aquella mezquita respetarían su deseo de pasar la noche cubierta por el velo.

Aunque la idea de pasar la noche completamente tapada con aquel calor sofocante era de lo más desagradable.

Sin embargo necesitaba agua y comida.

Y allí conseguiría esas dos cosas.

Lo que no encontraría era un lugar para apoyar la cabeza sin que su corazón temblara de miedo.

Sólo era cuestión de tiempo que los hombres de Bashir empezaran a buscarla por esos refugios. Y a diferencia de los religiosos musulmanes no vacilarían antes de arrancar el velo a una mujer.

Si iba al Grande Hotel podría dormir tranquila, siempre que no se cayera el edificio.

Allí podría conseguir ropa occidental, suponiendo que la boutique del vestíbulo no hubiera cerrado en los últimos dos meses. En el hotel también había una tienda en la que vendían agua embotellada y una gran variedad de miscelánea.

Siempre le había gustado esa palabra americana: miscelánea.

Aspirinas y pasta de dientes. Cosas que los viajeros solían olvidar. Maquillaje, pastillas de menta y productos capilares. Champús y secadores.

Tinte para el pelo.

Sophia se levantó con cuidado para no agravar su colección más reciente de cardenales y empezó a andar. Se alejó del santuario sagrado de la mezquita y se dirigió hacia el

Grande Hotel. Podría entrar con facilidad a pesar de las restricciones y la vigilancia.

Conocía un camino a través de un túnel subterráneo que partía del sótano del Sulayman Bank, situado a siete bloques hacia el sur. El hijo del propietario del banco, Uqbah, había visitado Minneapolis durante un viaje a Estados Unidos y había vuelto a casa entusiasmado con el sistema subterráneo que permitía a la gente moverse por debajo de la ciudad sin sufrir las inclemencias del tiempo. Y se había construido un pasadizo privado, que recorría en un carrito de golf, desde su despacho hasta su restaurante favorito en el Kazabek Grande Hotel.

De esa manera ni siquiera una tormenta de arena podía impedir que se reuniera todas las tardes con su amante.

Habían comido juntos muchas veces. Dimitri, Sophia, Uqbah y su bella amiga, Gennivive LeDuc, que vivía en una suite del hotel.

Fiel miembro del Partido del Pueblo, cuyo mensaje quedaba diluido por su tendencia a los gastos excesivos, Uqbah fue asesinado unos días después de que el gobierno fuera derrocado y los dirigentes locales recuperasen el poder.

Unas semanas antes, Genny LeDuc había hecho las maletas y había salido de Kazabek en el mismo vuelo que el embajador americano. Poco después le envió a Sophia una postal desde el sur de Francia.

Qué suerte tenían algunos.

Con la racha de mala suerte que tenía Sophia, el Kazabek Grande podía caerse en cuanto ella pusiera el pie en el suntuoso vestíbulo.

Sin embargo, prefería morir de esa manera que decapitada.

Y era un final menos definitivo que el de una bala de su propia pistola. Existía la posibilidad de que el hotel no se derrumbase y pudiera sobrevivir.

Aunque debía darse prisa para llegar al distrito financiero antes del toque de queda, decidió no tomar un atajo e ir por la plaza Saboor.

Al mirar de forma automática el muro en el que había hecho su marca con un trozo de piedra caliza se detuvo de repente.

Sabía que no debía detenerse. Si alguien se fijaba en ella y en la marca del muro pondría en peligro su sistema de comunicación secreto. Para seguir el procedimiento debería haber seguido andando. Dar una vuelta y pasar de nuevo si era necesario, mirando rápidamente la señal.

Pero estaba sin aliento y le dolía el costado, así que se inclinó fingiendo que se ajustaba la sandalia.

Tuvo que contar los ladrillos para asegurarse de que era el correcto. Había pasado mucho tiempo, y el ladrillo que debía usar para su mensaje cambiaba dependiendo de la fecha.

Pero ésa era sin duda alguna la marca que ella había dejado unos días antes: una línea vertical en el duodécimo ladrillo desde el extremo y el séptimo desde el suelo.

Y allí había una línea horizontal cortando la suya.

Una respuesta.

Años atrás, antes de que los Estados Unidos y la ONU se retirasen de Kazbekistán dejando a la gente a merced de los dirigentes locales, esa respuesta significaba que debía mirar en la pared lateral de la carnicería. Cubierta de madera en lugar de piedra o ladrillos, era el tablón de anuncios del barrio. En una sociedad en la que la mayoría de la gente no tenía teléfono, todo se anunciaba allí, desde los avisos legales y los nacimientos hasta los recordatorios para comprar verduras frescas de camino a casa.

Entonces Sophia buscaba un mensaje clavado a la pared que comenzara con las palabras «Perro perdido. Responde al nombre de Spot». Ese mensaje contenía la hora y el lugar donde debía reunirse con su contacto anónimo de la CIA.

Luego ella escribía una respuesta en la misma nota. «He encontrado a tu perro» quería decir que estaría allí. «¡Fuera, americanos!» significaba que no podía arriesgarse a reunirse con él.

Pero después del terremoto la pared de la carnicería se llenó de anuncios de gente que buscaba a sus familiares desaparecidos. Un mensaje sobre un perro perdido no duraría mucho tiempo. Lo quitarían para hacer sitio a cuestiones más importantes.

Ésa era sin duda la razón por la que, dos ladrillos más arriba, escritos con tiza, había un pequeño nueve en caracteres árabes y una T con un cuadrado a su alrededor.

A las nueve en punto en el salón de té de la plaza Saboor.

Ella y su amigo de la CIA se habían reunido allí muchas veces.

Sophia hizo un esfuerzo para comenzar de nuevo a andar y seguir respirando. Se sentía mareada por la falta de comida, por el cansacio, por el dolor. Y por una repentina inyección de esperanza.

Puede que después de todo consiguiera salvarse.

17

Jimmy estaba tumbado en un fardo de paja con un brazo sobre los ojos cuando Tess entró en la cuadra de Rivka con tres tazas de café. Al dejar una en el suelo a su lado, con cuidado para no molestarle, él fingió estar dormido.

—¿Cómo estás? —le preguntó a Decker en voz baja mientras le daba una taza.

Deck sonrió, movió la cabeza y se rió. Era evidente que seguía estando muy avergonzado.

—No lo sé. No me gusta esperar. Y estoy algo nervioso.

Tess volvió a mirar a Jimmy antes de sentarse en el suelo con las piernas cruzadas junto a Decker.

—Debería haberte traído un descafeinado.

—No, está bien —dijo Decker. Jimmy observó cómo se le movía el músculo de la mandíbula al mirarla—. Eres muy amable. Gracias.

—Dave encontrará a Sophia y la traerá aquí —comentó Tess para tranquilizarle.

Deck esbozó otra sonrisa y dijo:

—Lo sé. Ha sido una adquisición muy valiosa para el equipo.

Era increíble que fuesen tan agradables. De hecho eran los dos seres humanos más agradables que Jimmy había conocido nunca, y si hubieran estado en otro sitio les habría dicho que se casaran de una vez, por el amor de Dios.

¿Cómo no podía ver Tess que Decker estaba loco por ella?

Pero ése no era el mejor momento para poner el tema sobre la mesa.

No después de que Decker anunciara de repente en la reunión que había tenido un encuentro sexual con Sophia Ghaffari esa misma mañana, durante una lucha de poder que se les había ido de las manos.

No le había resultado nada fácil hacer aquello delante de una audiencia en la que se encontraba Tess Bailey...

Pero les contó sin entrar en detalles lo que había ocurrido echándose la culpa a él.

—Lo siento mucho —dijo Deck—, pero Tess tenía que saber por qué necesito que esté aquí cuando Dave traiga a Sophia esta noche. No quiero que haya ninguna sorpresa. Lo que hice fue una estupidez y estuvo mal.

Tess le interrumpió. Tenía las mejillas sonrojadas, y Jimmy pensó al principio que era por vergüenza.

—Lo que estuvo mal fue lo que hizo ella. Tú dijiste que no.

Decker movió la cabeza de un lado a otro.

—Pero por lo visto con muy poca convicción.

A Tess no le convencía aquello. El rubor de sus mejillas se debía a la ira. Estaba furiosa con Sophia.

—No significa no. ¿Por qué tienen que ser las reglas diferentes para los hombres y para las mujeres?

—Debería haberme marchado —dijo Decker negándose a perdonarse.

—Sí —afirmó Tess—. Pero ella no debería haber...

—Hizo lo que hizo porque se sentía amenazada. Tendría que haberme dado cuenta. Ella no es aquí la mala de la película.

—Tú tampoco —dijo Jimmy, pero era evidente que Deck no le creía.

—Dave me ha dicho que espera conseguir un trabajo permanente como miembro de tu equipo —le dijo ahora Tess a Decker mientras seguían hablando de Dave Malkoff.

—Debería dirigir su propio equipo —respondió Decker.

—No le interesa —dijo Tess—. Lo tiene muy claro —se rió—. Le horroriza la idea. Tuve que decirle que se tranquilizara, que nadie va a obligarle a ser jefe de equipo si no quiere.

La cuadra empezó a temblar con otra réplica.

—Supongo que no quiere asumir esa responsabilidad —Decker se rió sin ganas—. Y ahora mismo no puedo culparle por ello.

Estaban ya acostumbrados a las réplicas que sacudían la ciudad de vez en cuando. Jimmy no se molestó en moverse mientras Decker se levantaba y colgaba la lámpara de queroseno de un gancho en una de las vigas del techo. Allí podía balancearse sin peligro de que se cayera.

—Yo creo que es porque conoce sus limitaciones —le dijo Tess a Deck mientras la tierra dejaba de temblar—. Dave es muy bueno en algunas cosas, pero necesita mejorar su trato con la gente. No inspira tanta confianza como tú.

Decker se quedó mirándola sin decir nada, frotándose la frente como si tuviera un dolor de cabeza terrible. Luego echó un vistazo a Jimmy para ver si estaba realmente dormido.

Entonces Jimmy movió un poco el pie. Lo suficiente para que Decker supiera que estaba despierto y escuchando.

—Lo que ocurrió esta mañana fue... —comenzó a decir Decker antes de blasfemar en voz baja.

Tess estaba sujetando su taza de café con las dos manos.

—No tienes que darme ninguna explica...

—Ya lo sé —dijo él—. Pero no quiero que creas que tengo la costumbre de...

—No lo creo, Deck —respondió ella—. Nadie lo cree. Pero aunque así fuese no pasa nada. Si hubiera sido Jimmy el que... ¿Le parece mal a alguien que James tenga la costumbre de...?

—Sí —afirmó Decker—. Hay gente a la que le parece mal. A mí me parece mal cómo te ha tratado.

Tess se quedó callada.

Jimmy tenía los ojos cerrados, y casi no se atrevía a respirar. Sabía que Decker estaba decepcionado con él, pero le dolió oír aquellas palabras. *A mí me parece mal...*

Sintió que Tess le miraba antes de seguir hablando en voz baja.

—Sabía perfectamente quién era cuando le invité a subir a mi casa aquella noche —le dijo a Decker—. No creas que se aprovechó de mí, porque no lo hizo. En todo caso fui yo quien se aprovechó de él. Pero las cosas no salen siempre como se planean. Sophia hizo lo que hizo porque quería alcanzar su arma. Pero no pensaba que iba a fallar. En mi noche con James hubo cosas que yo tampoco planeé. No esperaba que me gustara tanto, que me siguiera gustando después de acostarme con él, ya sabes. Pensé que sería una especie de comedia. Y que me quedaría aliviada cuando se fuera por la mañana. Pero... —se rió—. Me sigue gustando. Es tan...

Jimmy contuvo el aliento.

—Dulce.

¿Qué? Tuvo que hacer un gran esfuerzo para no lanzar una carcajada. Era como decir que un cocodrilo podía ser cariñoso.

—Suena ridículo —prosiguió Tess—, pero es verdad. Aunque intenta ocultarlo es una buena persona, un buen hombre. Y tiene más problemas de los que crees.

—De hecho —dijo Decker—, es mucho mejor de lo que yo pensaba.

Jimmy esperaba que Deck cuestionara lo que había dicho Tess. ¿Qué problemas? Él no tenía problemas ¿Y qué significaba aquello de que era mejor de lo que Decker pensaba?

Joder.

—Hablando de cosas que no había planeado —dijo Tess—, no esperaba volver a trabajar con él. Ni contigo tampoco.

Luego se quedaron callados y bebieron a sorbos su café. Jimmy podía oler el que Tess le había llevado. Le apetecía tomarlo, pero en ese momento no podía hacerlo.

—Siento haberte traído aquí —dijo Decker.

—Yo no —respondió ella sin vacilar antes de reírse de nuevo—. Aunque es muy probable que Jimmy sí lo sienta.

Tenía razón. Jimmy sentía muchas cosas.

—Esta mañana me abalancé sobre él —le dijo a Decker—. Él no quería, pero estábamos intentando que pareciera, ya sabes... y yo fui demasiado lejos —esta vez dejó escapar un suspiro en lugar de reírse—. No eres el único que comete errores estúpidos. Ni siquiera utilizamos un condón. Fue una estupidez, y ahora está muy asustado por todo.

¿Cómo podía estar allí contándole aquello a Deck? ¿Pretendía ponerle un nudo alrededor del cuello después de haberle dicho que a Deck le gustaba?

Pero Tess pensaba ahora que Jimmy se había equivocado. No se le ocurrió que Deck estaba loco por ella a pesar de haber permitido que la esposa fugitiva de Padsha Bashir le hiciera un servicio especial. No se le ocurrió que eso era —al menos para Jimmy— una prueba del profundo afecto que sentía por ella.

Decker permaneció en silencio, probablemente descuartizando a Jimmy en su mente.

—¿Podrías hacerme un favor? —le preguntó Tess—. ¿Puedes decirle cuando se despierte que no volverá a ocurrir? Yo estaba medio dormida y... Ha dejado bien claro que no le interesa, así que...

—Desde luego —dijo Decker—. Me aseguraré de que lo sepa.

—Gracias. Todos estamos muy estresados, tú aún más que nosotros. Sólo quería que supieras que no eres el único que ha cometido un error.

—Sí —respondió él—. Ya lo veo. Parece algo contagioso.

Jimmy oyó cómo se levantaba Tess.

—Voy a buscar más café. ¿Quieres algo de la cocina?

—No, gracias. Estoy bien.

Luego Jimmy la oyó cruzar la cuadra, abrir la puerta y cerrarla detrás de ella.

—Eres más hijo de puta que yo —le dijo Decker antes de levantarse también y salir fuera.

En la cuadra había una luz.

Sophia la vio desde el patio y se detuvo junto a la verja. Si ella la veía también podrían verla las patrullas de la policía.

Pero luego se dio cuenta de que no pasaba nada. Esa gente no se estaba escondiendo. Tenía derecho a estar allí. Podían tener las luces encendidas.

El hombre que estaba detrás de ella le tocó el brazo. Hasta que no le habló después de aparecer de repente en el jardín del salón de té no le reconoció como el agente de la CIA de pelo corto y trajes oscuros con el que había tratado durante tanto tiempo. Pero al oír su voz se dio cuenta de que esos dos tipos de aspecto tan diferente eran la misma persona.

—Me gustaría presentarte a nuestros anfitriones kazbekistaníes cuando te laves y te pongas ropa americana —le dijo ahora Dave.

Sí. Era una buena idea. Sophia vio que también había una luz en la casa. La puerta de la cocina estaba abierta, y dentro había gente moviéndose de un lado a otro.

Sus anfitriones. Si eran kazbekistaníes, ¿apoyarían a Padsha Bashir? Probablemente. La mayoría de los ciudadanos de Kazbekistán escondían la cabeza y apoyaban a quien estuviera en el poder. Apoyar a la oposición podía implicar su muerte.

En Kazabek la gente moría por cualquier motivo. Como atraer la atención sobre alguien con un credo diferente para mantener a salvo a su familia. Alguien cuya vida se intercambiaba por el dinero ensangrentado de una cuantiosa recompensa.

Debía estar alerta. No se encontraba fuera de peligro, ni mucho menos.

—Tengo que teñirme el pelo antes de ver a nadie —comentó Sophia también en voz baja.

—Ya hemos pensado en eso —repuso él—. Tenemos todo lo necesario para oscurecerte el pelo en la cuadra.

—¿Quiénes? —interrogó. Debería habérselo preguntado antes. Pero se alegró tanto de verle que le abrazó como a un hermano perdido. Y cuando le dijo que tenía un lugar seguro donde podían hablar le siguió.

—Hablaremos dentro —dijo él señalando hacia la cuadra con la cabeza.

Así que volvió a seguir a Dave en silencio por el patio. Le había dicho su nombre, lo cual significaba que la CIA había cambiado de política o que ya no trabajaba para la agencia.

Cuando se abrió la puerta de la cuadra una mujer americana la ayudó a entrar apresuradamente. A través de su grueso velo Sophia sólo vislumbró una cara redonda, una cara que podía pertenecer a la nieta de Shirley Temple.

Al mirar a su alrededor vio que compartían aquel recinto con un caballo de aspecto cansado. Era un edificio rústico de madera, piedra y arcilla. De una de las vigas colgaba una lámpara, y aunque la luz no llegaba a todos los extremos de la cuadra vio que había alguien —un hombre— sentado entre las sombras.

—¿Quiénes sois? —preguntó de nuevo. Detrás de ella había alguien más, aparte de Dave, a quien no podía ver por el maldito velo.

—Amigos —respondió Dave—. Somos amigos.

—Me llamo Tess —le dijo la mujer—. Lo primero que me gustaría hacer es llevarte a una de esas caballerizas y ver si necesitas atención médica. ¿Te parece bien?

—Aquí estás segura —dijo la voz familiar de Dave detrás de ella—. Puedes quitarte el velo.

—Es probable que se sienta un poco abrumada —comentó Tess. Luego se puso delante de Sophia para que pudiera verla—. Estoy segura de que te lo quitarás cuando estés preparada —sonrió—. Aquí dentro hace mucho calor, pero debemos tener las puertas y las ventanas cerradas para que nadie pueda ver nada. Nadie puede verte. Estás a salvo.

Sophia se dio cuenta de que estaba agarrándose el velo con una mano. La otra la tenía entre los pliegues del burka alrededor de la pistola más grande, con el dedo en el gatillo.

Tess siguió hablando con su voz tranquilizadora.

—Por desgracia no soy médico. Sólo sé hacer curas de primeros auxilios. Arañazos y cosas así. Nuestro experto en medicina es Murphy. Es muy bueno. Antes era marine...

—De eso nada —le interrumpió una nueva voz de hombre desde uno de los lados. No había visto a nadie en esa zona. Él también se movió para que pudiera verle. Era mestizo, muy alto y ancho, con una sonrisa casi tan amistosa como la de Tess—. Un marine es siempre un marine.

—Por supuesto —dijo Tess sonriendo a Sophia con complicidad—. Puede que no te emocione la idea de que te atienda un médico varón, pero me quedaré contigo. ¿De acuerdo? Aquí estás segura en todos los sentidos.

Sophia recuperó la voz.

—No necesito atención médica.

Tess se apartó a un lado para conducirla a la parte trasera de la cuadra, pero Sophia siguió oyendo la sonrisa en la voz de la joven.

—Me alegro de oír eso. No tenemos mucha agua, así que sólo podemos ofrecerte un baño con esponja, tenemos algo de ropa. Te quedará un poco grande, pero está limpia.

—¿Cuántos sois? —preguntó Sophia. No se lo podía imaginar. Y no iba a quitarse el velo o a soltar su arma hasta que le dijeran algo más que «Somos amigos».

—Somos cinco —respondió Tess.

Michel Lartet había sido amigo de Dimitri.

Sophia se detuvo, y al darse cuenta de que necesitaba un poco más de ánimo Tess se puso de nuevo delante de ella.

—A mí y a Dave ya nos conoces —dijo—. Y éstos son Murphy, Nash y...

Aquella leve vacilación fue suficiente para que Sophia sospechara. Y entonces se acordó de repente de lo que Dave le había dicho en el patio: *Tenemos todo lo necesario para oscurecerte el pelo...*

¿Cómo sabía que era rubia? Nunca la había visto sin burka y velo. Y Tess le hablaba como si supiese quién era, aunque Dave la conocía como Miles Farrell.

—Y Decker —concluyó Tess a la vez que Sophia decía muy alterada:

—Diles a tus amigos que no me toquen, que se aparten.

Tess miró detrás de ella.

—Dejadle sitio —advirtió a quien estuviese allí antes de dirigirse a Sophia—. Nadie va a hacerte daño.

—Sí, pero si no me dais algunas respuestas yo os haré daño a vosotros —dijo Sophia sacando su arma, que brilló con el reflejo de la lámpara del techo mientras apuntaba a Tess.

—¡Nash, no! —exclamó Tess. Luego volvió a mirar a Sophia con las manos delante de ella con un gesto tranquilizador, ignorando por completo el arma—. ¿A qué quieres que te respondamos, Sophia?

Con aquel maldito velo era imposible ver nada, y aquella mujer acababa de responder a una de sus preguntas: ¿Sabían realmente quién era?

Por lo visto sí.

—Diles a tus amigos que se muevan despacio y que se pongan donde pueda verles —ordenó Sophia quitándose el velo de un tirón—. Diles que si se acercan mucho te dispararé. Y que mantengan las manos a la vista.

Había estado sudando debajo del burka, y tenía el pelo empapado y pegado a los lados de la cara.

—Nadie va a hacerte daño —repitió Tess.

—Joder, Dave —oyó decir a uno de los hombres, que no era Murphy—. ¿No has comprobado si iba armada?

—Escúchame, Sophia —dijo Tess sin sonreír ya—. No tenemos ninguna relación oficial con ninguna organización gubernamental. Somos civiles.

Dave, Murphy y otro hombre muy atractivo con el pelo oscuro y ondulado se pusieron a la vista manteniendo cuidadosamente las manos donde ella pudiera verlas.

—Iba a rescatarla —respondió Dave—. No pensé que tuviera que...

El tipo atractivo soltó una retahíla de palabras indescriptibles.

—Por todos los santos, Tess, retrocede un poco al menos.

—Somos americanos —prosiguió Tess sin moverse—, y trabajamos para una compañía privada contratada a su vez por el gobierno de Estados Unidos. Queremos ayudarte, Sophia. Vamos a sacarte de Kazbekistán.

Sonaba muy bien. ¿Pero cómo sabía que no era simplemente una historia que se habían inventado? ¿Una estrategia para llevarla al palacio de Bashir sin que se resistiera?

Manteniendo las manos a la vista, el tipo atractivo se puso despacio delante de Tess y se quedó entre ella y el arma de Sophia relajando un poco la tensión de su cara.

—Decker dijo que estaba armada.

—Decker —repitió Sophia. Tess había dicho que el quinto miembro del grupo se llamaba Decker.

—¿Qué querías que hiciera, Nash? —Dave estaba cabreado—. ¿Obligarla a entregarme su arma? ¿O derribarla y ponerle las esposas en medio del salón de té? No creo que fuera la mejor manera de recordarle que se encontraba a salvo.

—Si estáis ahí delante, ¿por qué no le habláis a ella directamente? —Tess también estaba furiosa.

Pero enfrente de Sophia sólo había cuatro personas.

—¿Dónde está Decker? —miró hacia la esquina donde había vislumbrado a un hombre al entrar en la cuadra. Él se movió un poco con las manos levantadas, pero no salió del todo de las sombras.

—Yo soy Decker —dijo una voz que ya había oído antes. Era... No, no podía ser.

Entonces se acercó a la luz.

—Si tienes que apuntar a alguien apúntame a mí, Sophia.

—Tú —susurró. Efectivamente, era el americano del bar de Lartet.

El de aquella mañana en el Hotel Français.

Dios mío.

Durante el enfrentamiento de esa mañana Decker le había dejado a Sophia Ghaffari un ojo morado.

Y por el modo en que se abrazaba el torso con el brazo izquierdo, como si necesitara sujetarse, era muy probable que también le hubiese roto un par de costillas.

—¿Recuerdas que esta mañana te expliqué que quería ayudarte? —le preguntó ahora.

Ella le miró sin moverse.

—Lo decía en serio —insistió—. Voy a ayudarte. Pero tú también tienes que ayudarme un poco, para empezar bajando ese arma antes de que puedas herir a alguno de mis amigos.

Sophia miró a Nash, que seguía protegiendo a Tess.

Decker quería aquella pistola apuntando en otra dirección. Era de pequeño calibre, pero desde una distancia corta podía hacer mucho daño.

Sin embargo Sophia no bajaba el arma, y Nash no retrocedía. De hecho, Decker sabía que Nash estaba a punto de abalanzarse sobre Sophia para intentar quitarle la pistola.

Entonces levantó una mano para ordenar a Nash y al resto del equipo que no se movieran. Peleándose con Sophia en el suelo de la cuadra conseguiría apoderarse del arma. Pero había una mejor manera de hacerlo sin que Murphy tuviera que coser otro agujero en el cuerpo de Nash.

—Piensa un poco, Sophia —dijo Decker—. Si hubiésemos querido entregarte a Bashir ya lo habríamos hecho. ¿Para qué íbamos a traerte aquí si podíamos haberte entregado a los hombres de Bashir en el salón de té?

Era una buena pregunta.

—No lo sé —cuando le miró de nuevo vio en sus ojos algo que parecían lágrimas. Pero él sabía lo que era realmente.

Esperanza.

Gracias a Dios.

Continuó hablando.

—Me he pelado el culo para intentar encontrarte —dijo asintiendo a las preguntas que veía en su cara—. Todos lo hemos hecho. Tess en particular se merece una paga extraordinaria. Fue una suerte que Dave te conociera. Y que tú conocieras a Dave —hizo una pequeña pausa antes de proseguir—. Nunca has tenido ningún motivo para desconfiar de él, ¿verdad?

Ella movió la cabeza de un lado a otro.

Vamos, Sophia, baja ese arma...

—Dave, dile que no vamos a permitir que Padsha Bashir se acerque a ella —ordenó Decker sin dejar de mirarla.

—Bashir no volverá a tocarte nunca, te lo aseguro —la voz normalmente monótona de Dave estaba llena de emoción, y Decker se dio cuenta de que el antiguo agente de la CIA debía de saber con todo detalle lo que los demás sólo podían imaginar: lo que había supuesto para Sophia vivir en el palacio de Bashir durante aquellos dos meses.

—Ahora estás a salvo —dijo Tess con suavidad.

Las lágrimas de los ojos de Sophia estaban a punto de desbordarse.

—Baja tu arma —le dijo Decker—. Y vuelve a poner el seguro, por favor. Mantén tus armas enfundadas, al menos mientras estés aquí con mi equipo.

De esa manera, sin pedirle que le entregara sus armas, la convenció.

Mientras bajaba la pistola dejó que las lágrimas se deslizaran por su cara. A él también le apetecía llorar.

Pero siguió hablando.

—No sé si estás entrenada para manejar este tipo de arma —le dijo—. Pero sé por experiencia que la ignorancia y las armas de fuego suelen provocar accidentes mortales.

—Tengo buena puntería —respondió ella limpiándose la cara con una mano—. No suelo fallar —se cuadró los hombros y levantó la barbilla—. Supongo que te debo una disculpa.

Sin duda alguna sabía cómo adoptar una pose marcial convincente.

Decker movió la cabeza.

—No —repuso—. Soy yo el que debe disculparse.

¿Qué tenía aquella mujer que disparaba todas sus alarmas? Antes de que la encontraran había estado muy preocupado. ¿Cómo podía haber desconfiado de ella? ¿Cómo podía no haber visto que estaba aterrada? ¿Qué le pasaba? ¿Y cómo había podido permitir que las cosas se le fuesen de las manos?

Pero ahora que estaba allí le transmitía todo tipo de sensaciones. Seguía teniendo miedo; quizás a él, a todos ellos, a que la detuvieran. No podía estar seguro, pero era evidente que estaba actuando de nuevo.

Se estaba presentando ante ellos como la persona que querían que fuera.

Dios santo, le tenía fascinado.

Ésa era la respuesta a la pregunta *¿Cómo había podido permitir que las cosas se le fuesen de las manos?*

—No sabía quién eras —le dijo ahora Decker—. Esta mañana no podía estar seguro de que no trabajaras para Bashir. Siento haberte hecho daño, pero sé que comprenderás que debía tomar precauciones.

Aquello no era muy convincente. Una disculpa no debería incluir un «pero».

Decker volvió a intentarlo.

—Lo siento mucho, Sophia.

Ella se encogió y se cayó al suelo. Aunque Decker había estado mirándola no había visto ningún indicio de que fuera a desmayarse.

Antes de que le diera tiempo a parpadear Murphy la cogió en brazos.

—Llévala ahí detrás —le ordenó Tess descolgando la lámpara del gancho.

Cuando Decker intentó seguirla Nash se lo impidió.

—Déjale a ella —dijo.

Tess vio cómo parpadeaba Sophia mientras Murphy la tumbaba sobre varios fardos de paja que habían puesto en la caballeriza. Las medias paredes de madera hacían que aquella zona fuera más privada que el resto de la cuadra. Con el botiquín de primeros auxilios y el cubo de agua de lluvia que llevaron se había convertido en una sala de reconocimiento improvisada.

—Puedo hacerlo yo sola —dijo Sophia retirando las manos de Murphy de su ropa antes de mirar a Tess—. No quiero que estéis aquí.

—Deberías dejar que Murphy te examinara, sobre todo porque te has desmayado —señaló Tess ignorando sus deseos.

Pero Sophia se incorporó. No tenía aspecto de estar mareada. Lo único que parecía dolerle era el costado. Las costillas. Como si tuviera dificultades para respirar.

Pobre Deck. Seguro que también se había dado cuenta. Y al ver aquel moratón en la cara de Sophia...

Parecía haberse olvidado de que Sophia había intentado matarle. Evitar una bala en la cabeza podía justificar un moratón o dos.

—No me he desmayado —le dijo Sophia a Tess—. Era la manera más fácil de terminar con la conversación. Temía que fuera a disculparse delante de todo el mundo por... —se detuvo moviendo la cabeza—. Ropa, agua, pomada antibacterias —dijo señalando las provisiones que había desplegadas—. Tengo todo lo necesario; no necesito ayuda.

—¿Cómo se cura una costilla rota? —preguntó Tess a Murphy.

—De verdad —insistió Sophia.

Él se encogió de hombros.

—Con tiempo y descanso —respondió—. Y sin ver películas de los hermanos Farrelly. Reírse duele muchísimo.

—Procuraré no hacer ninguna broma —dijo Tess—. Aunque algunos dicen que ayuda ponerse una venda —añadió—. Merece la pena intentarlo, pero no demasiado prieta.

Ella asintió.

—Te llamaré si necesito ayuda.

—¿Estás segura? —le preguntó preocupado por ella. Sophia seguía teniendo un arma. O dos.

Tess le sonrió.

—Vete.

—Tampoco quiero que te quedes tú —dijo Sophia mientras Tess buscaba las vendas en el botiquín.

De espaldas a Sophia, Tess esperó a que Murphy se alejara antes de volverse hacia ella.

—No te vendría mal que te ayudaran a vendarte los pies —le dijo—. Y sabes que no puedes vendarte esa costilla sola.

A pesar de la suciedad y el sudor Sophia Ghaffari era extraordinariamente bella. El rasgo que definía su cara era su nariz. Era un poco grande y un tanto peculiar, lo suficiente para que no pareciera una niña dulce sino la reina de las hadas. La cara en forma de corazón, los ojos azules claros, una piel muy suave, una boca delicada...

Era mejor no pensar dónde había estado la boca de Sophia Ghaffari.

Sophia también estaba examinando la cara de Tess.

—Tienes un buen club de fans —comentó.

Tess sonrió.

—Me cuidan mucho.

—Y con razón. No llaman a Kazbekistán el pozo negro por nada —le dijo Sophia—. ¿Ese anillo que llevas es de verdad? Porque aquí un anillo de boda ya no protege tanto como antes. De hecho, si te lo quitaras estarías más segura.

—Es de verdad —respondió Tess. Decker había pensado que era mejor no compartir todos sus secretos con Sophia—. Acabo de casarme.

—Espero que no con Dave. Es demasiado guapo. Le he puesto en mi lista de segundos maridos. No, de terceros —Sophia se rió—. Aunque quizá sea mejor que espere a ser el quinto o el sexto. Puede que para entonces haya encontrado la manera de evitar que se me mueran.

¿Cómo podía hacer bromas sobre eso?

—Y tampoco con Murphy, que sin duda alguna es un fiel amigo —dijo Sophia—. Así que sólo quedan Decker y el señor «Too Sexy for My Shirt».

—Se llama Jimmy —dijo Tess mientras Sophia continuaba hablando.

—¿Te puedes creer que de toda la música que se produce en Estados Unidos año tras año esa canción, con la de «YMCA» y «Achy Breaky Heart», seguía siendo todavía la más popular en los karaokes hasta que cerraron todos los bares? Mi marido tenía un negocio de importación: música, libros, películas, ropa... Cualquier cosa americana. Una vez trajo un cargamento de prendas pop y tuvo un éxito increíble.

Sophia movió la cabeza y se quedó callada mirando al infinito, perdida en el pasado temporalmente.

Tess sabía que todo era una comedia. La conversación desenfadada, las sonrisas. Sophia Ghaffari fingía tan bien como James Nash.

—¿Necesitas ayuda para quitarte las sandalias? —le preguntó Tess con tono animado.

—No, gracias —le quedaban tan flojas que no tuvo que agacharse para desatarlas y dejarlas caer al suelo—. No voy a librarme de ti, ¿verdad? —dijo mirando a Tess con sus intensos ojos azules.

Tess apartó las sandalias.

—No. Lo siento.

—Todo esto es muy raro, ¿sabes? Estar aquí. Hablar contigo en inglés. Hacía mucho tiempo que no veía a una americana, y aquí estás... Tan amable. Tan... normal. Parece que has salido del reparto de *Survivor*.

Tess se rió.

—¿Eso es ahora lo normal?

Sophia movió la cabeza de un lado a otro.

—No lo sé. Pero sé que las americanas normales no se parecen a las protagonistas de *Friends* —esbozó una sonrisa que no parecía forzada.

Pero tú sí. Tess se contuvo para no decirlo.

—A Dimitri le gustaban esas dos series —Sophia sabía cómo mantener las dos partes de una conversación—. Hasta que prohibieron la televisión por satélite. ¿Cuándo te has casado con Jim? Jim... Decker, ¿verdad?

Dios mío. Sophia creía que...

—Jimmy Nash —Tess le corrigió rápidamente—. El nombre de pila de Decker es Lawrence, aunque nadie le llama así. Al menos no delante de él. Es Decker. O Deck. O señor.

Sophia se tapó la cara con las manos.

No parecía llorar. Sólo estaba allí sentada, completamente inmóvil. Tess ni siquiera estaba segura de que respirara.

Un contraste total con su interpretación de Kelly Ripa.

—¿Estás bien? —comenzó a decir Tess.

Entonces Sophia bajó las manos para poder mirarla por encima de los dedos, con la boca y la nariz tapadas aún.

—Gracias a Dios —dijo con voz amortiguada—. Pensaba que... —cerró los ojos y movió la cabeza—. No importa.

—Sé lo que pensabas —respondió Tess—. Decker me dijo lo que ocurrió esta mañana, pero no para avergonzarte —añadió rápidamente cuando Sophia miró hacia arriba horrorizada—. Fue para que pudiera tranquilizarte y... Quería que supieras que aquí estás a salvo en todos los sentidos, no sólo de Padsha Bashir.

Sophia, la auténtica Sophia, miró a Tess con los ojos atormentados.

—¿Por qué no me dijo quién era? —susurró.

—¿Cómo iba a hacerlo? —dijo Tess. No pretendía regañarla, sino darle una explicación. La confianza era un bien muy escaso en Kazbekistán, y Sophia lo sabía mejor que nadie—. No le creíste cuando te dijo que quería ayudarte.

—No te puedes ni imaginar dónde he estado los últimos meses, lo que he... —la voz de Sophia tembló de verdad—. La idea de volver allí...

—Sé dónde has estado —Tess se acordó de la transferencia de aquella propiedad y de la retirada de fondos de la cuenta de Dimitri Ghaffari, ambas firmadas por Padsha Bashir. Decker había dicho que era muy probable que Bashir hubiera matado al marido de Sophia delante de ella—. Debe de haber sido muy duro vivir en el palacio de Bashir.

Sophia empezó a desabrocharse el burka y, sin decir una palabra, se lo quitó junto con el fino vestido de gasa que llevaba debajo.

Y Tess se dio cuenta de que estaba equivocada. Hasta ese momento no podía haberse imaginado lo que había sufrido como prisionera de Padsha Bashir.

La expresión de su cara debió de ser insoportable para Sophia, porque intentó cambiar de tema con tono desenfadado.

—Debería cortarme el pelo antes de teñírmelo —dijo con voz temblorosa—. ¿No te parece?

A Tess se le llenaron los ojos de lágrimas mientras acercaba el agua.

—Ahora estás segura —le dijo.

—Sí —afirmó Sophia, pero Tess sabía que no podía creérselo.

Jimmy estaba a punto de darse por vencido y marcharse cuando Tess salió de la despensa.

—Por fin se ha dormido —dijo mirando a Decker y a Jimmy—. Le he prometido que uno de nosotros se quedaría aquí fuera toda la noche.

Decker asintió.

—Me quedaré yo —dijo en voz baja.

Sophia no era la única que estaba durmiendo. Rivka y su mujer llevaban varias horas dormidos en la oficina del segundo piso.

—Voy a salir enseguida —le dijo Jimmy a Tess—. Solo.

Ella apenas le miró.

—Sophia está segura de que Sayid no se alojaba en el palacio de Bashir.

Sin embargo Decker miró a Jimmy durante un rato para enviarle un mensaje. *Eres el mayor idiota del mundo.*

Jimmy se sintió obligado a defenderse.

—He estado durmiendo todo el día, así que voy a salir.

—La noticia de que Bashir sigue estando vivo le ha sentado muy mal —le dijo Tess a Decker.

Deck asintió y suspiró.

—Ese palacio es enorme —señaló Jimmy—. ¿Cómo puede estar segura...?

—Lo está —Tess le lanzó una mirada cargada de ira.

Puede que Decker tuviera razón. Porque sólo un idiota no se habría dado cuenta de que aquél no era un buen momento para discutir y poner en duda sus palabras.

—¿Nos estás diciendo que una concubina podía saber lo que ocurría en todas las esquinas de...?

Tess volvió a interrumpirle.

—Una concubina que estaba acostumbrada a *entretener* a los invitados importantes de Bashir. Por lo visto a ese hijo de puta le gustaba humillar a sus supuestas mujeres, a Sophia en particular. Dice que de todos los invitados de Bashir Sayid era... —le tembló la voz—. Era un hombre muy religioso, y a diferencia de los demás nunca se atre.

—¿Qué? —Decker blasfemó en voz baja.

Esta vez incluso Jimmy logró mantener la boca bien cerrada.

Al ver que Tess tenía los ojos llenos de lágrimas se dio cuenta de que la mirada que le había lanzado no era de ira, al menos no hacia él.

Que no llore, por favor. Si se echaba a llorar tendría que abrazarla; seguro que no podría evitarlo. Y cuando la tuviera entre sus brazos no querría soltarla. Se quedaría colgado a ella un buen rato, lo suficiente para que pudiera darse cuenta de que todo lo que le había dicho por la mañana era mentira.

La verdad es que no quiero acostarme contigo.

No, claro. No quería acostarse con ella, la Tierra era plana y Elvis era su padre.

Aunque, teniendo en cuenta sus pómulos y el hecho de que el rey del rock había estado en Nueva York en 1968, lo de Elvis podía ser verdad.

—Bashir la prostituía —les dijo Tess—, pero no sólo por sexo. Si cualquiera de sus invitados hubiese querido podría haberla matado, y sólo le habría importado a la persona que tuviera que limpiar la sangre del suelo. Imaginad lo que debe de ser vivir así un día tras otro. Sin saber si van a matarte por diversión o a obligarte a... Dice que Sayid no la tocó, que era muy religioso. Un fanático, por supuesto, pero... Ordenó que la mataran, pero dice que incluso entonces se mostró compasivo. No la ejecutaron porque él y Bashir no llegaron a un acuerdo. ¿Os lo podéis imaginar?

Era repugnante y retorcido, pero Jimmy podía imaginárselo. El mundo en el que vivía, al que la gente como Tess no pertenecía, era duro y siniestro.

Tuvo que darse la vuelta porque estaba empezando a llorar.

—La mayoría de los invitados de Bashir no la pegaban —dijo Tess entre jadeos—. Aunque algunos solían hacerlo. A la mayoría les bastaba con... grabar sus iniciales en su piel.

Joder. Jimmy cerró los ojos sin atreverse a mirarla ni volverse hacia ella.

—Lo siento mucho —susurró Decker.

Por su forma de respirar, Jimmy se dio cuenta de que Tess estaba intentando no llorar con demasiada fuerza.

—No pasa nada por llorar, cielo —murmuró Deck.

¿Cielo?

Al darse la vuelta vio que el muy capullo tenía a Tess entre sus brazos.

Que era precisamente lo que Jimmy quería hacer.

¿O no?

Joder.

Tess levantó la cabeza y miró a Decker con la cara cubierta de lágrimas.

Su expresión era sobrecogedora, pero en sus ojos había un destello de esperanza.

—Le he prometido que vamos a mantenerla a salvo —le dijo a Decker—. Pero tenemos que sacarla de Kazbekistán, y para eso necesitaremos la ayuda de la Agencia.

Decker movió la cabeza de un lado a otro.

—No podemos contar con eso —se alejó un poco de ella para convertirse de nuevo en el jefe del equipo—. Ya hemos contactado con la Agencia y con la CIA. Dicen que no pueden hacer nada al respecto. Y no va a ser fácil pasarla por la frontera.

Maldito idiota. Jimmy le habría mentido. Cualquier cosa habría sido mejor que la cruda realidad.

Ella se quedó horrorizada.

—¿Después de toda la información que les dio como Miles Farrell...? —se limpió la cara con la manga de su camisa.

—Sí, Dave también está indignado —dijo Decker—. Pero temen que cualquier documento falso que envíen aquí pueda ser interceptado. O rastreado. En cuanto a suministrar ayuda económica... —se frotó el cuello, suspiró y prosiguió con las malas noticias—. La administración actual de la Agencia tiene una norma, que están poniendo en práctica otros grupos, para impedir que la gente se quede en países peligrosos tras la evacuación oficial. Los intentos de rescate cuestan mucho dinero, y si fallan... —movió la cabeza—. Esa norma dice: «Sal cuando te digamos que salgas o búscate la vida». Y a Sophia le dijeron que saliese hace años.

Tess se enfadó aún más.

—¿Qué?

—Sí, bueno, aunque no me gusta decir que estoy de acuerdo con Doug Brendon, en esto coincido con él —dijo Decker—. Sophia y su marido se quedaron en Kazbekistán demasiado tiempo. Probablemente por codicia; era una buena oportunidad para hacer dinero rápido. Nadie es perfecto, Tess —añadió cuando ella iba a interrumpirle—. Eso no significa que el precio que acabaron pagando fuese justo. Pero lo cierto es que Sophia se arriesgó y perdió.

—Pues yo no voy a dejarla aquí —Tess estaba furiosa.

—Ni yo tampoco —dijo Decker—. No he dicho eso en ningún momento.

—Podría usar mi pasaporte y hacerse pasar por mí —sugirió Tess—. Podemos ponerle una escayola en el brazo y simular que está herida y tiene que volver a casa.

—Ni hablar —dijo Jimmy. Los dos le miraron como si se hubieran olvidado de que estaba allí—. Es una idea pésima.

—Sí. Los hombres de Bashir estarán atentos a ese tipo de cosas —dijo Decker.

—Pero si finge que está sedada o enferma, sentada en una silla de ruedas, vomitando, y Jimmy va con ella como el señor Nash...

—¿Y cómo vas a salir tú del país sin pasaporte? —a Jimmy le parecía increíble que se le ocurriera por un momento que fuera a dejarla allí. Ni siquiera con Decker, que, con sus camisetas especiales para absorber lágrimas, cuidaría bien de ella.

—Esperaré unos días y luego explicaré que me lo han robado —tenía respuesta para todo.

—Se supone que yo tengo que hacer aquí un trabajo —señaló Jimmy—. No puedo cuidar a una expatriada que ha cambiado de opinión y quiere volver a casa.

Pero Tess también tenía una solución para eso.

—Entonces esperaremos a que acabes para que Sophia pueda irse contigo.

Lo cual significaría dejar a Tess completamente sola en la cuna del terrorismo.

—Ni hablar —volvió a decir Jimmy.

—Pero...

—De ninguna manera. Veto esa idea.

Tess lanzó una carcajada.

—Como si tuvieras poder para vetar...

Decker se interpuso entre ellos.

—Estamos todos muy cansados.

—Yo no lo estoy —dijo Jimmy—. He dormido todo el día.

—Eso también es culpa mía, ¿verdad? —Tess parecía estar a punto de derrumbarse. Maldita sea, iba a empezar a llorar otra vez.

—Será mejor que te vayas, Nash —sugirió Decker.

Jimmy se sentía fatal.

—No es culpa tuya —le dijo a Tess.

Decker le empujó prácticamente hacia la puerta.

—Vete.

Esta vez era una orden.

Y de repente lo último que le apetecía hacer a Jimmy era dejar a Tess allí entre los brazos de Decker con su dolor y su frustración.

Al salir por la puerta le lanzó una dura mirada.

Como si tuviera algún derecho de propiedad.

Mientras salía al patio oyó la suave risa de Decker, y luego su voz diciendo:

—Ven aquí, cielo. No pasa nada.

Cielo.

Hijo de perra.

Apretando los dientes, Jimmy se fue sin mirar hacia atrás.

18

Lawrence Decker había decidido no pasar ni siquiera un segundo solo con ella.

Incluso resultaba gracioso lo que hacía para evitarlo. Cada vez que andaba cerca había un equipo continuo de carabinas alrededor de Sophia.

El primero fue Murphy. Había desayunado con él y con Decker.

Murphy les contó a Rivka y a Guldana una historia fantástica pero creíble para explicarles por qué estaba en su cocina.

Era Julie Erdman, una antigua amiga de Dave de su época en World Relief. Se alojaba al norte de la ciudad en una tienda de campaña que no estaba bien sujeta. Un fuerte viento la arrancó del suelo. Además de derribarla, haciendo que pareciera que se había peleado con el campeón local de pesos pesados, la tienda cayó justo en medio de la cena del campamento, que se hacía sobre una hoguera. Al parecer la resistencia al fuego de la tela no era muy alta, y no había mucha agua.

Entonces se quemó la tienda junto con el saco de dormir de Julie y todas sus pertenencias.

Murphy consiguió dar un toque divertido a la historia, como si quisiera decir a sus anfitriones: «Qué tontos son a veces los americanos, ¿verdad?»

Era muy bueno mintiendo. No habló mucho de Julie. Se limitó a explicar por qué iba a dormir en la despensa y luego les contó lo que estaba haciendo su prometida para buscar el vestido de novia perfecto.

Sophia se sintió tentada a preguntarle si esa Angelina era también una invención.

Después del desayuno apareció Tess justo cuando Murphy salía a coger agua del pozo del patio; una de las pequeñas tareas que hacían para ayudar a sus anfitriones. Tess parecía cansada, como si no hubiera dormido mucho por la noche.

Entonces fue con Decker y Sophia a la cuadra. Aquella mañana Tess iba a ir con Khalid para colaborar en los trabajos de ayuda humanitaria. Alguien tenía que hacerlo; después de todo era la supuesta razón por la que se encontraban en Kazabek.

James Nash estaba ya en la cuadra, alto, atractivo y bien arreglado; como Dimitri, era uno de esos hombres que incluso sudaban con estilo. Para Sophia era otro *supuesto*. Resultaba difícil imaginarle casado con Tess. Los hombres como él no eran tan inteligentes.

Estaba con el muchacho kazbekistaní que trabajaba con ellos.

Hubo mucho contacto visual, pero nadie dijo casi nada hasta que Khalid sacó al patio al caballo más feo del mundo.

Entonces Tess se volvió hacia Decker, que estaba ojeando unos papeles con una taza de café en la otra mano.

—Esto es un derroche de recursos humanos —dijo ella.

—No, no lo es —Nash dio unos pasos hacia adelante.

Decker miró hacia arriba un breve instante mientras ella se volvía para discutir con Nash.

—Sí lo es —repuso Tess—. Si también viene Murphy...

—No hay nada más que hablar —afirmó Nash.

—¿Desde cuándo eres el jefe del equipo?

—Esta vez no vas a salirte con la tuya —dijo Nash—. No eres tan...

Tess le dio la espalda a su marido —Sophia estaba empezando a creer que estaban casados de verdad— y se acercó a Decker.

—Te aseguro que antes de que recorramos cincuenta metros Will Schroeder estará sentado en ese carro conmigo. No necesito a Murphy. Tiene otras cosas que hacer.

Nash no se dio por vencido.

—Bueno, si Will Schroeder va a ocuparse de ti me quedo mucho más tranquilo.

¿Quién era Will Schroeder?

Tess le ignoró.

—Podemos utilizar a Will —le dijo a Decker—. Y estoy segura de que entre él y Khalid no me pasará nada.

—Claro —comentó Nash—. Porque si tienes algún problema Schroeder puede repartir a la gente recortes de papel.

Decker levantó la vista de los documentos que estaba intentando leer y miró directamente a Sophia. Fue algo accidental, porque además de no estar nunca solo con ella también había decidido no mirarla.

—¿No te parece infantil? —le preguntó con un gesto de resignación en los bordes de la boca que se podía interpretar como una sonrisa.

Sophia se quedó paralizada. Era ridículo. Nunca había sido tímida, pero allí estaba, incapaz de decir nada mientras miraba a aquel hombre a los ojos.

Por segunda vez en dos días Dave la salvó.

—Siento llegar tarde, señor —al entrar en la cuadra rompió de repente el incómodo silencio.

También Murphy asomó la cabeza por la puerta.

—Perdone, jefe. Ya estamos casi listos para salir —dijo.

Todos llamaban a Lawrence Decker *jefe* o *señor*.

Todos excepto James Nash.

—No soy yo el que no está siendo razonable aquí, Deck.

—Lo siento, señor —intervino Tess—. Esto lo arreglamos ahora mismo —levantó la voz—. Murph, no hace falta que vengas conmigo.

—Sube a ese carro y no te muevas de él, Murphy —dijo Nash—. Si no lo haces te arrepentirás de haber nacido.

—Muy bonito —Tess miró a Nash como si fuese escoria.

—¿Tienes algún plan para reunirte con Will? —le preguntó Decker a Tess.

La respuesta era no. Sophia lo veía con claridad en los ojos de Tess, pero era evidente que no quería decirlo.

—Estoy segura de que andará cerca, esperando...

—¿En algún sitio concreto? —le interrumpió Decker.

—No, pero dejó claro que...

—Lleva a Murphy —ordenó Deck.

—¡Ja! —exclamó Nash.

—Aunque sólo sea esta vez —prosiguió Decker mirando a Nash con exasperación—. Y queda con Schroeder para mañana. Utilizarle para que Murph esté libre es una buena idea.

Tess miró a Nash. No dijo «¡Ja!», pero Sophia sabía que lo estaba pensando.

—¿Hay café? —preguntó Dave al ver la taza aún casi llena de Decker. Llevaba unos vaqueros con una camiseta de un concierto de Pink Floyd.

—Dentro —dijo Tess.

Decker había vuelto a centrar su atención en los papeles, pero entonces miró hacia arriba. A Sophia. Y luego a Dave.

—Date prisa.

—¿Quieres un poco? —le preguntó Dave a Sophia.

Ella negó con la cabeza mientras Tess metía unas botellas de agua en su mochila.

—No, gracias.

—¿Llevas tu pañuelo? —le preguntó Nash a Tess.

—Sí —se echó la mochila al hombro y mientras la ponía derecha le miró con dureza, como si estuviera haciendo un inventario de sus arañazos y sus vendas—. ¿Cómo tienes el brazo?

—Mejor —respondió él.

—¿Y la cabeza?

—Bien.

Tess asintió.

—Estupendo.

Luego se dio la vuelta para marcharse, pero entonces él la agarró del brazo.

—Tess, siento haber llegado tarde.

—Sólo estaba preocupada por ti —dijo ella—. Es frustrante, Jimmy, porque no puedo permitir que Murphy me acompañe cada vez que tú te vas. Y si no apareces...

—Sé cuidar de mí mismo. No necesito la ayuda de nadie.

Ella asintió.

—Sí, está muy claro —al darse cuenta de que Sophia estaba mirando esbozó una sonrisa—. Tengo que irme. Te veré más tarde.

—Ten cuidado.

—Vale.

Nash observó cómo iba hacia la puerta sin mirar atrás. Decker se aclaró la garganta.

—¿Qué averiguaste anoche?

Nash no le miró hasta que Tess cerró la puerta de la cuadra.

—Con cincuenta mil valdrá.

Decker blasfemó.

—¿Tanto?

Nash miró a Sophia antes de mirar de nuevo a Decker.

—No va a resultar fácil —dijo. Entonces ella se dio cuenta de que estaban hablando de dinero. Cincuenta mil dólares americanos.

La misma cantidad que la recompensa que Bashir había ofrecido por su cabeza.

Bashir, no sus sobrinos, como ella creía. No había logrado matar a ese bastardo. Tess se lo había dicho la noche anterior.

Lo cual significaba que si la capturaban Padsha Bashir la castigaría personalmente.

Salir del país iba a costarle cincuenta mil dólares.

Se sentó pesadamente en el fardo de paja más próximo, y al mirar hacia arriba vio que Decker la estaba mirando.

Además de costarle cincuenta mil dólares, tendría que confiar en que la gente a la que pagara esos cincuenta mil dólares no se diese la vuelta y la vendiera a Bashir por cincuenta mil dólares más.

Siempre que fuera capaz de conseguir cincuenta mil dólares, por supuesto.

Decker sabía en qué estaba pensando.

—Supongo que no existe ninguna cuenta en un banco suizo —dijo.

Sophia movió la cabeza de un lado a otro.

—No.

Él asintió.

—Vale.

—¿Eso que está cocinando Guldana es guisado de cordero acaso? —preguntó Dave entrando de nuevo en la cuadra.

—Sí —dijo Nash.

—¿Hay algún acontecimiento especial? —preguntó Dave.

—Que me he casado —dijo Nash con tono rotundo—. Rivka y Guldana querían dar una fiesta para celebrarlo.

—¿Y es esta noche? —Dave se volvió hacia Sophia—. Será mejor que no te vea nadie. Francamente, el pelo teñido no es un buen disfraz. Rivka y Guldana solían andar con la gente de la universidad, y no sé quién puede venir a la fiesta, pero es posible que haya alguien que te conozca. Si te ven sin duda alguna te reconocerán.

—Me quedaré en la cuadra —dijo ella.

—¿Necesitas que me quede? —le preguntó Nash a Decker.

—No —respondió Decker antes de volverse hacia Dave, que se estaba acomodando en otro fardo de paja—. Yo también tengo que salir. ¿Podéis empezar sin mí? Volveré dentro de una hora más o menos.

¿Empezar?

—Claro. Tenemos algunas preguntas con las que quizá puedas ayudarnos —le dijo Dave a Sophia—. Sobre Bashir, su palacio, su organización, y sobre Ma'awiya Talal Sayid. Eres una de las pocas occidentales que conoce a esos dos... caballeros.

—¿Dónde vas? —le preguntó Nash a Decker mientras se dirigían hacia la puerta.

Deck miró a Sophia antes de salir de la cuadra, pero ella no pudo oír su respuesta.

No era normal que hubiese tanto tráfico en el centro de Kazabek.

—Voy a ver si puedo averiguar cuál es el problema —le dijo Murphy a Tess mientras bajaba del carro de Khalid.

—¿Qué problema? —preguntó Will Schroeder—. Las cosas han vuelto a la normalidad en el pozo negro.

Como Tess había previsto, el periodista pelirrojo les detuvo a menos de cien metros de la casa de Rivka y subió de un salto a la parte trasera del carro. Qué coincidencia. Él también iba al centro de coordinación de ayuda humanitaria de esa zona de la ciudad.

No había muchos voluntarios con un caballo y un carro, y de allí les enviaron a la base central de operaciones del centro de la ciudad para recoger unas provisiones que había que repartir.

Después de ofrecerse a echar una mano, Will se sentó en el carro con Tess bajo la sombra de la sombrilla, mucho más fresco que ella con sus pantalones cortos y su camiseta de manga corta.

La base central no estaba muy lejos, pero teniendo en cuenta que no podían ir más rápidos que el rebaño de ovejas que iba por la carretera delante de ellos... Hacía dos horas que habían salido de casa de Rivka.

Para Tess era doblemente frustrante, porque la aparición de Will significaba que Murphy ya no tenía que cuidarla. Pero Murph no estaba dispuesto a marcharse hasta saber dónde acabaría Tess.

—Llevo el teléfono —argumentó.

—¿Funcionará cuando estés en el centro? —preguntó él.

—Supongo que sí.

—O no —dijo Murph con tono animado—. Me quedaré hasta que sepa dónde vas. No pasa nada por esperar unos minutos más.

Eso había sido hacía una hora.

—Esta mañana he oído el informativo de la BBC —le dijo Will ahora—. La muerte de Sayid sigue siendo la noticia principal. Hay muchas especulaciones sobre la posibilidad de que Estados Unidos tenga su famoso ordenador. Fox News dice que sí, y Al-jazzira que no. Están preparando un vídeo para demostrar que Sayid sigue vivo.

Tess se inclinó hacia adelante para hablar con Khalid.

—¿Cuánto falta?

—Un bloque más.

—Muy bien —decidió ella—. Vamos a empezar a cargar el carro aquí mismo. Ven conmigo, Will. Khalid, cuando Murphy vuelva...

—Está ahí.

Efectivamente, Murphy estaba allí, a medio bloque de distancia. Iba andando hacia ellos, sacando una cabeza a la gente que había a su alrededor.

Boom. De repente hubo una explosión terrible, y una furgoneta salió volando por los aires justo detrás de Murphy.

Tess agarró a Khalid por la cintura y se echó sobre él en la parte trasera del carro.

La sacudida de la explosión les lanzó hacia atrás y les arrastró por la madera. Will debió de romper las desvencijadas tablas del extremo del carro al chocar contra ellas, porque Tess, que seguía agarrando a Khalid, se cayó al suelo y se dio un golpe tan fuerte que vio las estrellas.

Murphy.

Dios mío.

Llovían los escombros: trozos de metal y madera, algunos ardiendo. Tess empujó a Will y a Khalid debajo del carro.

Lo que parecía el tapacubos de un coche cayó en la acera, pero curiosamente ella no pudo oír el golpe.

—¿Estáis bien? —Tess intentó gritar por encima del zumbido de sus oídos. Tenía que salir de allí; tenía que encontrar a Murphy.

Khalid dijo algo que no pudo oír. Tenía un arañazo en la cara, pero por lo demás parecía estar ileso.

Will también estaba diciendo algo con un brazo apoyado en el pecho.

—Me parece que me he roto la muñeca —leyó en sus labios. ¿Cuándo se le iban a destapar los oídos?—. ¿Tú estás bien? —le preguntó.

Ella asintió. Todo parecía estar en su sitio, aunque se había dado un golpe en la cabeza y tenía arañazos en un codo y una rodilla.

Khalid estaba haciendo gestos. El carro estaba dando bandazos sobre ellos, y entonces comprendió lo que decía, como si estuviera hablando por una radio desde muy lejos.

—¡Mi caballo!

Tess le dejó ir porque ya había caído la peor parte de los escombros. El muchacho salió a gatas de debajo del carro para calmar al animal y quitarle los rescoldos del lomo.

Ella le siguió con Will por detrás.

—Un coche bomba —le oyó decir con esa voz radiofónica.

Un espeso humo de los esqueletos en llamas de dos vehículos se elevaba hacia el cielo. La furgoneta que Tess había visto volando por los aires había caído boca arriba y estaba ardiendo. El otro vehículo parecía una especie de camioneta de reparto.

La mayoría de la gente se había dispersado para ponerse a cubierto. Pero ahora los heridos se estaban levantando del suelo e intentaban alejarse del fuego.

Desde donde estaba Tess no veía ni rastro de Murphy.

—Quédate con Khalid —le ordenó a Will.

Casi todo el mundo corría en dirección contraria, lejos del lugar de la explosión. Algunos se habían quedado sentados en la calle, y otros no volverían nunca a levantarse.

El humo era asfixiante. Tess había perdido su pañuelo, así que se tapó la boca y la nariz con la parte delantera de su camisa y se dirigió hacia donde había visto a Murphy por última vez.

• • •

—Tiene a la gente aterrorizada —dijo Sophia—. No he conocido a nadie en ese palacio que no le tuviera pánico, incluidos sus sobrinos —se rió mientras movía la cabeza—. Está enfrentándolos constantemente. Habría sido muy divertido ver...

Si no hubiese estado en todo momento preguntándose cuándo iban a ejecutarla.

Deck se sentó en la cuadra y dejó que Dave siguiera interrogando a Sophia. Había tardado en volver más de lo previsto, y ella ya había respondido a casi todas las preguntas de Dave sobre el palacio de Bashir, sobre su seguridad: cuántos guardias había, cuál era su rutina habitual.

Dave tenía un bloc en el que estaba tomando notas, y ya había llenado docenas de hojas con su letra de araña.

—Continúa —le había dicho Deck. Dave podía ponerle al día más tarde. No era necesario que Sophia respondiese dos veces a aquellas preguntas.

—He oído un rumor de que Bashir es estéril —dijo ahora Dave—. ¿Pudo tener alguna enfermedad...?

—Sí —afirmó Sophia—. Estoy casi segura, aunque no creo que lo reconociese al principio. Ése es probablemente el motivo de que empezara a coleccionar mujeres; si una no le daba hijos se buscaba otra. Eso y el hecho de que se dedicara a aumentar su fortuna matando a sus enemigos y casándose con sus mujeres. Un buen truco, ¿eh?

Al cambiar de postura miró un instante a Decker, que se dio cuenta de que estaba intentado fingir una actitud de indiferencia, como si hablar de aquello no le resultara difícil.

La palidez de porcelana de la cara de Sophia —en esa zona no tenía contusiones— estaba acentuada por su pelo, ahora teñido de castaño oscuro. El corte que Tess le había dado la hacía parecer joven y frágil, efecto que realzaba la ropa que Tess, que era mucho más alta que ella, le había dejado. La camisa le colgaba sobre los hombros, y había tenido que atarse los pantalones alrededor de la cintura con un cinturón.

—Eso también era una cuestión de poder —añadió—. Casarse con las mujeres de los hombres a los que quería dominar. No creo que le gustara el sexo ni la mitad que ganar. Lo más importante para él no era el placer, sino infligir dolor y humillación. La mitad de las veces no... —se aclaró la garganta—. No eyaculaba —se rió sin mirarles a los ojos—. No lo sé, puede que se estuviera reservando para la mujer que le gustase, suponiendo que fuera capaz de... ¿Esto va a aparecer en algún informe para la Agencia? —entonces se dirigió a Dave—. No olvides incluir que tiene una halitosis terrible. Y flatulencia.

Esta vez fue Dave quien se aclaró la garganta. Vamos, Dave. Di algo amable. *Ha debido de ser terrible... Que te roben así la vida... Tener que luchar para seguir viva, soportar todo eso sabiendo que puedes morir en cualquier instante por el capricho de un hombre que te odia...*

—Sophia, es importante que la información que incluyamos en el informe no suene... ya sabes, como si nos la hubiera proporcionado alguien interesado en que Bashir parezca un canalla —dijo Dave.

Sophia lanzó una carcajada.

—No tengo que inventarme nada para que Bashir parezca un canalla. Basta con que cualquiera vaya al ala del palacio donde tiene a sus esposas y cuente las cicatrices. ¿Sabes que cuando se casa hace a sus mujeres un regalo especial...? —se tapó la boca con la mano—. No. Eso no se lo creería nadie.

Ahora había lágrimas en sus ojos, lágrimas de verdad. Decker quería continuar, preguntarle qué era lo que nadie se creería. Quería que mantuviera durante un rato aquella versión aparentemente sincera. Pero si antes pensó que era frágil, esta Sophia parecía que iba a romperse en mil pedazos.

Así que le preguntó:

—¿Quieres descansar un poco?

—No —respondió sin mirarle. Luego se enderezó y se secó rápidamente los ojos—. Vamos a hacer que este informe ayude a la gente a comprender cómo es Bashir. Siempre le han definido como un hombre religioso —les dijo—. Pero eso es mentira. Utiliza algunas de las creencias del Islam para su beneficio, pero no es tan devoto como cree la mayoría de la gente. Ése es el papel que representa en público. Durante un tiempo incluso consiguió engañar a algunos líderes de Al Qaeda, incluido Sayid. Pero acabaron dándose cuenta, y decidieron no tener nada que ver con él.

—El desacuerdo era mutuo —prosiguió Sophia—. Ésa es una de las razones por las que sé que Sayid no se alojaba en el palacio. Ya no era bien recibido. Pero si queréis podéis comprobarlo.

Dave levantó la vista de su bloc y miró a Decker antes de centrar su atención en Sophia.

—¿Cómo? —preguntó—. ¿Qué quieres decir?

—Ma'awiya Talal Sayid tenía una enfermedad grave —dijo Sophia—. ¿Lo sabíais?

—No —respondió Dave.

Decker se incorporó. Joder.

—No sé exactamente qué era —continuó—, pero necesitaba algún tratamiento que yo creo que incluía transfusiones de sangre. Una vez que le vi tenía en el brazo unos tubos que parecían estar llenos de sangre.

Decker miró a Dave.

—¿Por qué necesitaría alguien transfusiones de sangre?

—Puede que Murphy lo sepa. Sigue, por favor.

—Las dos veces que se alojó en el palacio de Bashir hubo un envío de equipo médico del hospital. No sé exactamente qué hospital está más cerca del palacio de Bashir...

—L'Hôpital Cantara —dijo Decker intercambiando una mirada con Dave. Sin duda alguna habría registros de esos envíos.

—Esto es precisamene lo que necesitábamos —dijo Dave pasando unas páginas hacia atrás—. Aquí tengo las fechas aproximadas en las que Sayid visitó a Bashir durante los últimos dos meses.

Excelente.

—¿Puedes describir el equipo que viste? —le preguntó Decker a Sophia.

—Yo creo que había una unidad intravenosa en su habitación. Ya sabes, uno de esos chismes de metal, como un perchero con ruedas. Y una máquina alta, una caja con tubos que podía ser una especie de monitor —Sophia miró a Decker y a Dave—. ¿Esto sirve de ayuda?

—Sí —dijeron al unísono.

—Sabemos que Sayid estaba en Kazabek en el momento del terremoto —dijo Dave—. No sabemos dónde se alojaba, pero si necesitaba un equipo médico especial... Averiguaremos qué tipo de equipo enviaron al palacio de Bashir para ver si hubo un envío similar a otra parte de la ciudad unos días antes del terremoto. Si conseguimos esa dirección sabremos dónde se alojaba Sayid.

¿Pero qué posibilidades había de que su ordenador siguiera estando allí?

—Dave —preguntó Decker—, ¿tienes algún contacto en...?

—¿El hospital Cantara? —concluyó Dave levantándose—. Aún no, pero estoy a punto de conseguirlo —entonces se detuvo al recordar que Decker les había pedido que no le dejaran solo con Sophia—. A no ser que prefieras que...

—Vete —dijo Decker, y Dave salió por la puerta.

Jimmy Nash estaba jugando a «Si yo fuera Sayid» cuando su teléfono vibró.

Había oído la explosión distante y los rumores que comenzaron inmediatamente. *Un coche bomba en el centro de la ciudad.*

Se quedó sentado resistiéndose a coger el teléfono. Tess estaba con Murphy en el centro de ayuda humanitaria de la zona norte. No iba a asustarse. Esa vez no. Cada uno estaba haciendo su trabajo.

A cualquiera le podría haber parecido que estaba simplemente sentado en una cafetería al aire libre tomando una taza de café, pero en realidad estaba trabajando, considerando diferentes posibilidades.

Primera opción. Él era Sayid y estaba en la ciudad para reunirse con Padsha Bashir. ¿Dónde se alojaría? En el palacio de Bashir, por supuesto. El único sitio que se acercaba en lujo y comodidad al palacio del dirigente local era el Kazabek Grande Hotel, y ése era el último lugar en el que se hospedaría Sayid. No le pillarían ni muerto en ese monumento al capitalismo y la cultura occidental.

Segunda opción. Era Sayid y estaba en la ciudad, pero no se alojaba en el palacio de Bashir porque...

No había ninguna razón para que Sayid no se hospedase en el palacio. Era seguro y cómodo, y allí estaría a salvo de todos los enemigos de Bashir.

Pero no de Bashir. Hmmm.

Era Sayid y estaba en la ciudad, pero no se alojaba en el palacio de Bashir porque no iba a reunirse con Bashir.

Y si no iba a reunirse con Bashir era posible que hubiese un desacuerdo. En cuyo caso Sayid debería tener cuidado mientras estuviese en la ciudad para ocultarse de Bashir.

Era Sayid, estaba en la ciudad y necesitaba asegurarse de que Bashir no le encontrara mientras estuviese en la ciudad. ¿Dónde se alojaría?

Si él fuese Sayid se alojaría en el último lugar donde Bashir —o cualquiera— esperaría que se hospedara.

El Kazabek Grande Hotel.

Jimmy podía verlo desde su mesa de la cafetería: una bomba de relojería con daños estructurales, con la luz matutina reflejándose en sus ventanas.

Joder.

Tendría que ir allí. Antes de que aquello terminara, antes de que se montaran en el avión que les llevaría de vuelta a casa, iba a tener que entrar en aquel maldito edificio que estaba a punto de caerse. Lo sabía.

Inmediatamente después de pensarlo su teléfono empezó a temblar.

Los rumores sobre el coche bomba se extendieron con gran rapidez en la calle de la cafetería. Incluso los camareros estaban hablando ahora de eso. Cien muertos, docenas de heridos. Una camioneta había estallado delante de la base central de ayuda humanitaria.

Jimmy abrió su teléfono y vio el número de Tess en la pantalla. Estaba a salvo. Gracias a Dios.

Se levantó al darse cuenta de que le estaban mirando con curiosidad simplemente por tener un teléfono. ¿Quién podía tener un teléfono móvil en esa ciudad? Dejó varios billetes sobre la mesa y salió a la calle mientras respondía a la llamada.

—¿Qué hay? —dijo intentando no sonar preocupado.

—¡Jimmy! —exclamó Tess con voz temblorosa.

De repente se le disparó la adrenalina. La línea fallaba y no dejaba de cortarse. Casi se le detiene el corazón.

—¡Tess! ¿Qué pasa?

—¡... no puedo creer... contigo!

—¿Dónde estás? ¿Estás bien?

—Sí —respondió ella—. Estoy... —se fue la voz, pero luego oyó—: ¡... Murphy! Estábamos con Khalid en el carro, justo enfrente de... central de...

Era imposible.

—¡No te oigo muy bien, Tess! —se movió un poco hasta que...

—... un coche bomba —al oír eso se quedó paralizado, pero su corazón volvió a latir a toda velocidad.

—en el hospital... —dijo ella—. Siervo de... dul-Rasheed.

Jimmy se contuvo para no empezar a correr y buscar un mapa.

—¿Estás herida? —le preguntó—. ¿Estás en ese hospital? Repite el nombre del hospital, Tess. ¡Maldita sea, tengo dificultades para oírte!

—Abdul-Rasheed... Murphy está her... —tenía que esforzarse para comprender sus palabras, pero luego oyó una parte con claridad—. ... no me han dejado ir con él.

—¿Estás herida? —volvió a preguntar.

—Estoy bien —dijo ella.

Joder. Él era el rey de las respuestas evasivas, y sabía perfectamente que «Estoy bien» no era lo mismo que «No, no estoy herida».

—Por favor, Jimmy —dijo— ... hacer algo... Murph... heridas graves... hablar con Deck... no puedo creer... contigo. Voy a repet... del hospital. Abdul-Rasheed. Abdul-Rasheed.

Repitió el nombre del hospital una y otra vez mientras la línea se cortaba hasta que Jimmy estuvo convencido de haberlo entendido.

Él también se lo repitió a ella antes de repetir:

—Voy hacia allí.

—Gracias... —le oyó decir.

La llamada se cortó, y Jimmy empezó a correr.

Tess colgó el teléfono y volvió a marcar el número de Decker.

Una vez más, ni siquiera hubo un mensaje grabado diciendo que el teléfono marcado se encontraba fuera de cobertura. Aunque estaba de pie sobre el único mueble de la estancia —un duro banco de madera—, con el teléfono pegado a la estrecha rendija de una ventana, no consiguió nada.

Lo intentó con el número de Dave.

Tampoco.

Bueno. Al menos Jimmy iba hacia donde se encontraba Murphy. Eso estaba bien.

Tess se secó la última lágrima de la cara mientras se bajaba del banco y comenzaba a pasearse de un lado a otro, consciente por primera vez desde que había llegado a Kazbekistán de que tenía frío.

Era una terrible ironía. Se frotó los brazos desnudos mientras examinaba la minúscula celda donde le había encerrado la policía.

Las paredes, el suelo y el techo eran de sólida piedra. El banco estaba atornillado al suelo, y la ventana, demasiado estrecha incluso para que un niño pasase por ella, estaba muy arriba, cerca del techo.

Era evidente que la única forma de salir de aquella celda era a través de la vieja puerta de madera.

Tess pasó la mano por ella; la gruesa madera se había endurecido con el paso del tiempo. En el centro había una pequeña ventana con un artefacto por fuera para poder abrirla y cerrarla.

Al oír unos pasos que bajaban por las escaleras volvió a meterse el teléfono en el bolsillo. Luego se sentó en el banco con los tobillos y las rodillas juntas y se secó los ojos una vez más.

La ventana se abrió con un chirrido y un hombre se dirigió a ella en dialecto kazbekistaní. No podía verle la cara.

—Lo siento. Soy americana —dijo—. No hablo...

—Por supuesto que no —le interrumpió él—. Y espera que todo el mundo hable inglés dondequiera que vaya.

No era precisamente lo que ella llamaría un buen comienzo. Negó educadamente con la cabeza. Todo lo que hiciera debía ser educado.

—No, señor. Estoy en su país con mi marido y mis amigos, que son americanos y hablan su idioma. No esperaba que me separaran de ellos.

—¿Le parece su atuendo apropiado para las calles de Kazabek?

Llevaba un top deportivo con los pantalones manchados de sangre. Era el tipo de prenda que las mujeres americanas solían utilizar para hacer ejercicio o para trabajar en el jardín.

—Respeto su cultura y sus costumbres, e iba vestida apropiadamente antes de utilizar mi camisa para hacer un torniquete en la pierna de mi amigo Vinh Murphy —dijo ella—. Pensé que evitar que se desangrara era más importante que tener los brazos tapados.

Había mucha sangre, y era muy probable que la herida de la pierna no fuese lo peor. También tenía quemaduras en el pecho y en el brazo, con la piel en carne viva.

¡Busca a Decker!, gritó a Khalid sobre el ruido de las sirenas mientras se arrancaba la camisa. Deck estaba ya en casa de Rivka con Dave y Sophia. El muchacho se dio la vuelta y echó a correr mientras...

No te preocupes, le dijo a Murphy. Dios mío, estaba sufriendo muchísimo. *Vas a ponerte bien, Vinh. Quédate conmigo.*

No lo vi venir, jadeó él. *Debería haberlo visto...*

—Podría haber usado otra cosa que no fuera su camisa —le increpó ahora el hombre—. Podría haberle ayudado otra persona.

Las manos de Tess, con la sangre de Murphy aún entre sus uñas, estaban temblando. Se las metió debajo de los brazos. No podía llorar.

—Él tenía la camisa quemada sobre su cuerpo. No había nadie más por allí. Y sus hombres estaban más interesados en acosarme que en ayudar a...

Le ordeno por última vez que entre dentro.

Tess ni siquiera miró al policía. *No voy a dejarte. ¿Cómo vas, Murph?* Eran los siguientes en la cola para la ambulancia. Un sanitario le había dado una inyección de morfina, y por la forma de agarrarle la mano se dio cuenta de que estaba empezando a flaquear.

No me dejes, Angelina, murmuró.

Ella tampoco lo vio venir cuando el policía le dio un golpe en la mandíbula...

—¿Qué tipo de país es éste? —preguntó ahora Tess con los puños apretados mientras miraba hacia la pequeña ventana.

Cuando se cerró de golpe respiró aliviada.

Pero el alivio no duró mucho, porque entonces giró la llave en la cerradura y se abrió la puerta. Mierda.

Volvió a sentarse y relajó las manos.

—Tenemos que hacerle algunas preguntas —dijo el hombre señalando la puerta abierta—. Por favor.

Ella no se movió. Mierda. Podía oír la voz de Jimmy torturándola. *Por amor de Dios, no le mires directamente.*

Los ojos hacia abajo, Tess. Vamos, sabes que no vas a ganar un debate con esta gente. Los ojos hacia abajo... Mierda, no le resultaba nada fácil. En vez de eso los cerró.

—¿Unas preguntas?

—Sobre el incidente —dijo él.

Tess movió la cabeza de un lado a otro.

—No sé nada de eso. Estaba allí por casualidad.

—Pero estaba allí causando problemas.

—No —dijo apresurándose a añadir—: señor.

—El informe policial dice otra cosa —afirmó él antes de hacer una pausa. Ella no se atrevió a mirarle—. ¿Quiere que los guardias la acompañen arriba?

Entonces oyó cómo cargaban unas armas en el pasillo. Tess se levantó.

—No, señor —dijo.

—Por favor —repitió él haciendo otro gesto con el brazo. Tenía una voz, un acento y una cara muy agradables.

No le mires a la cara.

Con la cabeza agachada y los ojos hacia abajo —¡qué difícil era aquello!—Tess salió al pasillo y subió por las escaleras hacia la sala de interrogatorios de la policía kazbekistaní.

19

Cuando la puerta se cerró detrás de Dave Sophia se quedó completamente sola con Lawrence Decker.

Cerró los ojos un instante sabiendo que se encontraba tan incómodo como ella, quizás incluso más.

Era capaz de hacerlo. Si había tenido relaciones sexuales con hombres a los que despreciaba, sin duda alguna podía tener una conversación con éste.

Hizo un esfuerzo para mirarle y sonreír.

—Seguro que tienes cosas que hacer...

Él habló por encima de ella.

—He conseguido el dinero que necesitamos para sacarte de aquí.

Menos mal que estaba sentada, porque tuvo que agarrarse con las dos manos al fardo de paja. James Nash había dicho que costaría cincuenta mil dólares.

Decker no había terminado con las sorprendentes noticias de última hora.

—Lo he puesto en la cuenta de un banco suizo para que sea más fácil hacer la transferencia. Buscaremos una manera de ponerlo en depósito, por ejemplo a través de alguno de los líderes religiosos locales. De ese modo no lo pagaremos hasta que estés libre... y los tipos a los que hemos contrata-

do para que te pasen a Afganistán no nos cobren a nosotros y a Bashir.

—¿Has convencido a la Agencia para que...?

—No, ellos... No.

Entonces fue él quien evitó mirarla.

—¿Y a quién voy a deber cincuenta mil dólares? —preguntó ella aunque en parte lo sabía—. ¿Y a qué tipo de interés?

—Cero por ciento —dijo por fin mirándola a los ojos.

Sophia se quedó boquiabierta.

—Tampoco me daban mucho más que eso —Decker se encogió de hombros—. Ya sabes cómo están ahora los tipos de interés.

—¿Tenías cincuenta mil dólares quietos en el banco? —no se lo podía creer.

Él se sintió insultado.

—Sí, y tú tenías más de medio millón antes de que Bashir te lo robara.

—Pero yo tenía un negocio de importación. Tú eres... —¿un mercenario? Eso era lo que Sophia pensaba. Que los había contratado la Agencia, pero...—. ¿Qué eres tú?

Decker lanzó una carcajada.

—¿Aparte de un loco? —su sonrisa borró parte del cansancio de su cara.

Pero Sophia no podía sonreír. Ni siquiera podía volver a mirarle. Quería taparse la cara con las manos. ¿Quién se arriesgaría a prestar cincuenta mil dólares a una desconocida que había intentado matarle, que era poco más que una puta?

—Hey —dijo él con suavidad—. No espero nada de ti, Sophia. No estoy buscando... —se aclaró la garganta—. Si algún día puedes devolvérmelo...

Al oír eso ella miró hacia arriba...

—Lo haré —afirmó.

—Muy bien —respondió él convencido de que lo haría, lo cual era también sorprendente—. Estupendo.

Sophia no pudo evitarlo y se echó a llorar.

—Lo siento —sollozó—. No quería... —ahora que había empezado puede que no fuese capaz de parar.

—Dios mío —dijo él—. No pasa nada por llorar, cielo. No es necesario que te disculpes —sus palabras eran amables, pero no se acercó más a ella.

Sophia estaba segura de que aquel hombre no iba a volver a tocarla. Podía añadir eso a la larga lista de cosas que había perdido.

—Te han hecho mucho daño —prosiguió Decker—. Pero ya no tienes que fingir que no pasa nada. De hecho, sé por experiencia que eso se supera antes si... —entonces se levantó y la agarró del brazo—. Agáchate —le ordenó con tono brusco.

Incluso a través de las lágrimas Sophia se dio cuenta de que pasaba algo en el patio. Mientras la empujaba detrás del fardo de paja la puerta se abrió de repente.

—¡Señor! ¡Señor! ¿Está ahí, señor?

Sólo era Khalid, gracias a Dios.

Pero estaba muy alterado. Tenía las mejillas heridas y el cuello manchado de sangre. También tenía la ropa desgarrada y cubierta de hollín. Parecía que le habían utilizado para limpiar una chimenea.

Y estaba llorando. Pobre Decker. Todo el mundo lloraba a su alrededor.

—Estoy aquí —le dijo a Khalid, que soltó una rápida parrafada en kazbekistaní.

—Más despacio, hijo —respondió en el mismo dialecto—. Respira un poco y comienza desde el principio. ¿Dónde han puesto un coche bomba?

—En el centro.

—¿Ha habido algún herido?

—Murphy —sollozó el muchacho—. Está muy grave. Ha ido en una ambulancia al hospital.

—¿Y Tess?

—La han detenido —le dijo a Decker.

El músculo de su mandíbula se estaba moviendo.

—¿Quién? ¿Está herida?

—No —respondió Khalid—. Pero estaba gritándoles porque quería ir al hospital con Murphy y no la dejaban, y ellos le dijeron que entrara, que era una indecente, pero ella no quería soltar a Murphy, que estaba sangrando muchísimo, así que le dieron un golpe y la metieron en una furgoneta y no sé dónde se la han llevado, pero el señor Schroeder dijo que iba a asegurarse de que a Murphy le viera un médico americano, y que luego iría a buscar a Tess, y me dio esto —le entregó a Deck el teléfono de Murphy—, y me dijo que le llamara, pero no funcionaba, así que he desenganchado a *Marge* y he venido corriendo hasta aquí.

—¿Quién se ha llevado a Tess? —le preguntó Decker de nuevo.

Deck tenía una expresión terrible en la cara, y Sophia se dio cuenta de que quienquiera que fuese no viviría para contarlo si se había atrevido a hacerle daño.

—¿Han sido los hombres de Bashir o la policía? —preguntó.

—Yo creo que era la policía, pero no. Lo siento, señor —Khalid arrugó la cara.

—Está bien —dijo Decker—. Averiguaremos dónde está. Has hecho un buen trabajo, hijo. Vete a buscar algo de beber para ti y para *Marge* —se volvió hacia Sophia—. ¿Dónde pueden haberla llevado desde el centro?

Ella se secó las lágrimas de la cara. ¿Por qué había estado llorado? Ni siquiera se acordaba ya.

—La comisaría de policía más grande de Kazabek está en esa zona. Aunque haya sido una de las patrullas de Bashir es muy probable que también la hayan llevado allí.

Con un rápido movimiento Decker abrió el mapa de la ciudad.

—Dime dónde está.

Le costó un rato encontrarla.

—Aunque esté allí no podrás ayudarla. Sólo su marido puede pagar la multa y firmar los papeles para que la suelten. Aquí —dijo señalando la comisaría en el mapa.

Decker sabía que estaba diciendo la verdad, pero era evidente que no le gustaba nada.

—Dame el teléfono de Murphy —le dijo Sophia—. Llamaré a Nash. Su número está grabado, ¿no?

Decker asintió, dudando sólo un instante antes de dárselo con una expresión de arrepentimiento en sus ojos. Intentó disimularlo, pero no lo consiguió.

Ella se dio cuenta, pero fingió que no le importaba mientras abría el teléfono.

—Buscando línea... —dijo.

—¿Estarás bien aquí sola? —le preguntó Deck como si fuera a quedarse si decía que no.

—Sí —mintió ella revisando la agenda electrónica de Murphy hasta que encontró a James Nash—. Lo único... antes de que te vayas pregúntale a Khalid a qué hospital han llevado a Murphy para que se lo pueda decir a Nash. Estoy segura de que querrá saberlo.

Decker asintió señalando el teléfono.

—Sube al tercer piso de la casa. Allí debería funcionar. No uses tu nombre real cuando hables con él. Esto es importante... nunca se sabe quién puede estar escuchando.

Ella jamás habría pensado en eso.

—Sí, señor.

Él sostuvo su mirada.

—Es *jefe* —dijo—. No *señor*. Nunca he sido oficial; no sé por qué me llaman así.

Estaba hablando en serio. Era cierto que no lo sabía.

Pero salió de la cuadra sin decir nada más.

Sophia le siguió y vio desde la puerta cómo hablaba con Khalid, que llevaba un cubo de agua para su caballo.

Decker miró hacia ella.

—Hospital Abdul-Rasheed.

Ella asintió y le hizo un pequeño gesto con la mano. Al principio había pensado que era pequeño, pero ahora le parecía ridículo. Era compacto, sí, pero auténtico y lleno de vitalidad.

Mientras le observaba él ayudó a Khalid a subirse al caballo, y luego, apoyándose en el muro de piedra que rodeaba el patio de Rivka, montó de un salto detrás del muchacho como el héroe de una película de vaqueros. Rodeó a Khalid para coger las riendas y, clavando los talones a los lados del caballo, salieron por la puerta haciendo sonar los cascos.

Lo único que le faltaba a Decker era un sombrero blanco de ala ancha.

Sophia se levantó el pañuelo y, agachando la cabeza para taparse la cara, cruzó corriendo el patio y entró en la casa para llamar a Nash.

Jimmy estaba a punto de dar un puñetazo en la pared.

Ninguna persona con la que había hablado —médicos, enfermeras, auxiliares— había visto a Tess. Y su teléfono no funcionaba en aquella zona.

Murphy estaba en la unidad de cuidados intensivos. Necesitaba una larga y delicada operación quirúrgica para salvar la pierna, pero no se la podían hacer en Kazbekistán.

El médico americano, uno de los del equipo de Médicos sin Fronteras que había llegado después del terremoto, estaba muy agobiado y era increíblemente joven. No había visto a ninguna americana preguntando por Murphy, pero le dijo a Jimmy que él también había sido marine.

¿Cuándo? ¿Cuando tenía doce años?

El médico se tomó unos minutos de su preciado tiempo para acercarse un poco más a Jimmy y decirle que estaba a punto de llegar un helicóptero de ayuda humanitaria para entregar un envío urgente de antibióticos. Los médicos no tenían permiso para evacuar a ningún paciente, pero, en medio de la confusión de aquella entrega —debían darse prisa porque venía una tormenta de arena—, si Murphy podía subir al tejado...

Estaba muy claro. Lo mejor era que Murphy fuera a un hospital de verdad, lejos de aquel país, para que pudiera sobrevivir.

Sin embargo, llevarle al tejado no iba a resultar nada fácil.

Y aún no había encontrado a Tess.

Cuando estaba preparando a Murphy para sacarle de allí apareció Decker.

—¿Qué estás haciendo aquí?

Menuda forma de saludar.

—Yo también me alegro de verte —le dijo Jimmy—. Me llamó Tess y me dijo que Murph estaba herido.

—¿Tess? —preguntó Decker—. ¿No Miles?

¿Qué?

Sí, claro. Así era como llamaba Dave a Sophia cuando era informadora de la CIA.

—¿Por qué iba a llamarme? ¿Cómo iba a llamarme?

—Khalid nos trajo el teléfono de Murph. Se lo he dejado.

—Bienvenido al país del caos, donde los aparatos fallan y nada va como se planea —entonces Jimmy le habló de la inminente llegada del helicóptero.

—Tenemos que hablar con Miles —dijo Decker mirando su teléfono y guardándolo de nuevo en el bolsillo al ver que no funcionaba—. Tiene que venir aquí para que podamos meterla en ese helicóptero. Puede fingir que es la mujer de Murph y... Khalid tiene su caballo ahí fuera. Necesito que vuelvas a casa de Rivka y...

—Joder, Decker —le interrumpió Jimmy—. Tengo que buscar a Tess.

Decker miró hacia arriba frunciendo un poco el ceño.

—¿No sabes dónde está?

¿Cómo?

—¿No me has dicho que te llamó? —dijo Decker.

—Sí. Me pidió que viniera enseguida al hospital. Estaba muy preocupada por Murphy —le dijo Jimmy—. Pero no sé dónde está. Y nadie la ha visto.

La expresión de Decker no era nada agradable.

Jimmy se quedó paralizado.

—¿Tú sabes dónde está?

—Bajo custodia policial.

—¿Custodia policial? —consiguió decir con la voz quebrada—. ¿Me estás diciendo que Tess está encerrada en una cárcel kazbekistaní? —no esperó a que Decker le respondiera. Dios santo, no se lo podía creer—. ¿Qué diablos ha ocurrido?

—Khalid me dijo que utilizó su camisa para evitar que Murphy se desangrara y la detuvieron por no ir vestida de forma apropiada.

¡Joder! Estaba a punto de echar espuma por la boca.

—Como le pongan un dedo encima...

—¿Vas a poder sacarla? —le interrumpió Decker con tono brusco—. Porque si vas allí y haces que te detengan a ti también no le harás ningún favor a nadie.

—La sacaré. ¿Dónde está? —preguntó Jimmy apretando los dientes. Sí, la sacaría de allí y luego los mataría a todos.

—Lo más probable es que esté en la comisaría central —respondió Decker.

—¿Lo más probable? —maldita sea...

—Si al salir ves que tu teléfono funciona llama al número de Murphy —le dijo Decker—. Dile a Miles que venga aquí lo antes posible para que pueda subir a ese helicóptero.

—¿Dónde diablos está la comisaría central?

Deck le dio la dirección. No estaba lejos. Si iba corriendo podía llegar en cinco minutos.

—Tess no está allí.

Al mirar hacia arriba vieron a Will Schroeder en la puerta. El periodista llevaba un brazo apoyado en el pecho como si lo tuviera roto.

Jimmy no le agarró y le estampó contra la pared porque parecía que ya le dolía bastante.

—¿Dónde está?

—Hay una comisaría más pequeña en la Rue de Palms —les dijo Schroeder—. En el número 68. Está allí.

—¿Está allí? —preguntó Jimmy—. ¿O supones que está allí?

—Está allí —repitió Will—. He estado trabajando en un reportaje sobre... bueno, según los rumores locales, la gente que entra en el número 68 a veces no sale. Tranquilízate, Jimmy. Dudo mucho que hagan eso con los americanos. Yo creo que sólo querían que nos resultara difícil encontrarla, tenerla más tiempo encerrada. Porque lo único que necesita para que la suelten es que su marido pague una multa y firme un papel diciendo que la castigará personalmente.

Lo que necesitaba Jimmy era respirar.

—¿Estás seguro...? —preguntó Decker.

Schroeder asintió con su cabeza roja.

—La gente que tengo contratada para que vigile esa comisaría dice que la vieron entrar.

Decker miró a Jimmy.

—Vete. Enviaré a Khalid a buscar a Miles.

Jimmy asintió.

—Si mi teléfono funciona llam...

—Muy bien. Vete.

—Te quiero —le dijo Jimmy a Schroeder. Luego le agarró de su fea cara y le dio un beso en la boca.

—¡Jesús! ¿Por qué hace esas cosas? —oyó quejarse al periodista mientras corría hacia las escaleras.

El teléfono de Murphy sonó.

¡Sí! El número que aparecía en la pantalla era el de Nash.

Sophia respondió.

—¡Nash! He estado intentando...

—¿Confías en Deck? —le preguntó directamente sin saludar.

¿Qué tipo de pregunta era ésa? No iba a confesar a un desconocido algo que ella acababa de reconocer.

—Decker me pidió que te llamara para decirte...

—Tengo mucha prisa —le interrumpió Nash—. ¿Puedes oírme tan bien como yo a ti? Es increíble que la línea funcione.

—Sí, yo...

—Voy a buscar a Tess. No tengo tiempo de explicártelo. Si confías en Decker, y deberías hacerlo, vístete rápidamente. Ponte un burka y vete al hospital Abdul-Rasheed. Corre si es necesario. Murphy está en la cuarta planta. Si no está allí sube al tejado. Decker está con él, ya te explicará. ¿Lo has entendido?

—Sí...

—Hazlo —dijo antes de colgar.

Sophia bajó corriendo las escaleras y pasó por la cocina vistiéndose sobre la marcha.

—¿Va todo bien? —le preguntó Guldana, pero ella no se detuvo.

Tenía que ir más despacio al salir a la calle; una mujer corriendo con un burka llamaría demasiado la atención. Pero caminó a paso rápido —todo lo rápido que pudo— hacia el centro de la ciudad.

Hacia Decker, en quien al parecer confiaba plenamente.

El médico americano asomó la cabeza por la puerta.

—El helicóptero estará aquí en treinta minutos —le dijo a Decker—. Y tardarán más o menos ese tiempo en subir arriba.

—Muchas gracias —Decker hizo un gesto a Khalid, y juntos comenzaron a sacar la cama de Murphy de la habitación.

Echó un vistazo al reloj de la pared. Will Schroeder se había marchado hacía veinte minutos en el caballo de Khalid con la muñeca rota pegada al pecho. Se había ofrecido para ir a buscar a Sophia para que Khalid pudiera ayudar a Decker a subir a Murphy al tejado. Si Will conseguía traerla a tiempo podría salir del país con Murphy en ese helicóptero.

No había ninguna garantía de que Will llegara a casa de Rivka sin perderse, de que Sophia confiara en Will y fuera con él, de que regresaran antes de que el helicóptero despegara.

Pero a veces todo se alineaba en el universo.

A veces no era necesario hacer grandes esfuerzos.

Puede que ésa fuera una de esas veces.

¿No sería fantástico?

—Señora Nash, ha venido a buscarla su marido.

Dentro de la celda, Tess cerró los ojos y se preparó para otra ronda de aquel juego implacable. Se habría levantado con el corazón palpitando dispuesta a lanzarse a los brazos de Jimmy cuando se abriera la puerta. Pero no estaría allí. Sus captores se reirían y volverían a decirle que su marido tardaría mucho tiempo en encontrarla.

O le dirían que era posible que se alegrara de librarse de ella y no se molestase en buscarla.

Tess sabía que Jimmy nunca haría eso. Pero encontrarla era otra historia. Aunque lograra volver a hablar con él —los guardias no sabían nada de su teléfono—, no tenía ni idea de dónde estaba.

Así que no se movió. Se quedó allí sentada esperando, aunque no demasiado para no echarse a llorar si Jimmy no estaba ahí fuera.

Pero cuando la puerta se abrió Jimmy estaba allí. La había encontrado. Tess se levantó de un salto y abrió la boca para saludarle, para darle las gracias por venir tan rápido, pero él habló primero.

—Ni una sola palabra —dijo con voz severa.

La miró un breve instante y luego dejó que hablara el agente de policía.

—Póngase esto —a Tess le dieron una túnica y también un burka.

Ella miró a Jimmy mientras se ataba la parte delantera de la túnica, pero no vio nada en su cara.

Aunque sabía que no debía hablar, no después de su advertencia, no pudo evitar preguntarle:

—¿Está Murphy...?

—Silencio —respondió Jimmy, pero asintió una vez mirándola.

Murph estaba vivo. Gracias a Dios. Cuando se puso el burka él bajó la gruesa tela con la rejilla. Muy bien. Ahora lo veía todo oscuro.

Jimmy se movió al otro lado para poder agarrarla del codo, el que no tenía lleno de arañazos.

—Tenga cuidado —le dijo el policía.

No lo decía en broma. No era fácil subir aquellas escaleras con una bolsa en la cabeza. Pero Jimmy la estaba sujetando.

—Esperamos no volver a verla nunca por aquí.

El sentimiento era mutuo.

Cuando la puerta de la comisaría se abrió sintió una ráfaga de aire caliente. ¡Libertad!

Jimmy la mantuvo agarrada del codo para bajar las escaleras del estrecho edificio que conducían a la calle.

El viento que se estaba empezando a levantar —se avecinaba una tormenta— le arrastraba el burka y hacía que le resultara más difícil ver.

Jimmy seguía sin decirle nada. Simplemente la llevaba por la calle a toda velocidad. No redujo el paso hasta que dobló un par de esquinas.

Y entonces se detuvo.

Tess echó un vistazo por debajo del burka. Estaban en un callejón, lejos de la calle principal, así que se lo quitó del todo. Era increíble que unos minutos antes hubiese tenido frío.

Jimmy había sacado su teléfono y estaba marcando un número. La miró unos instantes y luego se dio la vuelta.

—Dave —dijo al auricular—. Soy Nash. Vaya, tengo suerte con la línea otra vez. Sí, estoy cerca de la Rue de Palms. No sé por qué, pero aquí mi teléfono funciona —hizo una pausa—. No, yo tampoco puedo contactar con Decker. Si hablas con él dile que tengo a Tess; es una historia demasiado larga para entrar ahora en ella —otra pausa—. No sabes nada de esto, ¿verdad? Murph está herido, pero se pondrá bien. Deck está con él. Si hablas con él dile que Tess está a salvo —miró hacia el cielo mientras otra ráfaga de viento arrastraba el burka de Tess—. Sé que estará deseando oírlo, y no creo que pueda volver a casa de Rivka antes de que empiece la tormenta. Nosotros vamos a tener el tiempo justo —después de otra pausa añadió—: Sí, gracias.

Jimmy cerró su teléfono y centró toda su atención en Tess, fijándose en su pelo sudoroso y en la colección de moratones y arañazos de su cara, que estaba manchada de hollín.

Por las marcas de sus mejillas podía adivinar cuánto tiempo había pasado llorando, lo asustada que había estado.

Pero no mostró ninguna emoción hasta que habló.

—¿Estoy bien? —dijo repitiendo lo que le había dicho por teléfono—. ¿Estoy bien?

De hecho lo gritó, y entonces Tess vio en su cara y en sus ojos que estaba furioso con ella, por ella. Y por fin lo estaba expresando.

Se recordó a sí misma que eso era mucho mejor que se lo guardara todo. Acabó con la espalda pegada el edificio —una casa de dos pisos—, pero él siguió avanzando hacia ella.

—¿No crees que habría sido una buena idea mencionar que estabas en la celda de una cárcel en un país donde los derechos civiles significan que te torturan poco a poco en vez de matarte directamente? —le preguntó.

Tess estaba acorralada, con un montón de cajas a un lado y unas escaleras que parecían conducir a un sótano al otro. Levantó la barbilla.

—Estaba bien. Estoy bien. No me han hecho daño.

Él le tocó la mandíbula, sin duda alguna para ver si la marca que había en ella era de suciedad o... Ella se echó hacia atrás. Tenía una contusión del golpe que le habían dado cuando no quería apartarse de Murphy.

—No ha sido para tanto —comentó.

—Maldita sea, Tess —su voz se quebró, y la abrazó con tanta fuerza que casi no la dejaba respirar—. He pasado por esa sala de interrogatorios —le dijo con la voz amortiguada hundiendo en ella su cara—. Y he estado a punto de matar al hijo de puta que me ha dicho cómo debía castigarte. Quince latigazos y cuatro días a pan y agua. ¡Joder! Lo único que podía pensar era si te había hecho daño, si te había llevado allí y... Dime que he llegado a tiempo, por favor.

Oh, Jimmy...

—Sí —dijo Tess abrazándole también con fuerza—. Sólo me han hecho algunas preguntas y han intentado asustarme. Decían que no me encontrarías.

—Sabías que era mentira, ¿verdad? —se apartó un poco para mirarla—. ¿Que haría cualquier cosa para encontrarte?

Ella asintió con el corazón en la garganta.

—Sí —dijo—. Lo sabía.

También sabía que no pretendía ser romántico; habría hecho lo mismo para encontrar a Decker, a Dave o a Murphy si hubiese sido necesario.

Pero mientras le daba un abrazo de agradecimiento por salvarla estaba jugando con su pelo con una mano y pasándole la otra por su fornida espalda. ¿Qué tenía Jimmy Nash que le resultaba tan difícil mantener las manos alejadas de él? La noche anterior había llorado sobre el hombro de Decker y no se le había ocurrido tocarle el culo.

—Lo siento —dijo—. Yo...

Pero no acabó de disculparse, porque entonces él la besó.

Ella no pudo evitarlo y le devolvió el beso.

Sophia iba corriendo hacia el hospital.

Se acercaba una tormenta, y el viento levantaba remolinos de polvo. Pero de esa manera no era la única mujer que andaba rápidamente por la calle, como si intentara llegar a casa antes de que el aire se llenase de arena.

Al oír un ruido de cascos bajó la gruesa rejilla de su burka. Un caballo descendía a toda velocidad por el centro de la calle.

Se parecía mucho al caballo de Khalid; era del mismo tono blancuzco, y el jinete lo montaba a pelo. Pero no era Decker. Este hombre era más alto y más ancho. Cabalgaba con torpeza, como si no hubiera montado a caballo en su vida.

Sophia se ajustó el velo mientras pasaba y aceleró el paso. Ya no podía quedar más de un kilómetro.

Unos minutos después de aquel beso desesperado en el callejón, lo primero que pensó Tess es que era una idiota.

Una idiota sin voluntad totalmente previsible.

Jimmy tenía la cabeza agachada y estaba aún recuperando el aliento, pero enseguida abriría los ojos para mirarla. Si supiera lo que iba a decir...

Lo siento sonaría como si pensara que toda la culpa era suya. Pero no había bajado sola por aquellas escaleras hasta un sótano polvoriento. Después de todo fue Jimmy quien la cogió como si no pesara nada y la apoyó contra la pared para que pudiera poner las piernas a su alrededor y...

Dios mío, le deseaba tanto y se sentía tan bien...

Pero *gracias* era demasiado patético; como si le hubiera lanzado un hueso, y no era el caso. Porque él la deseaba. Aunque no se lo hubiera dicho —con cierta crudeza—, habría sido evidente por su extrema sensación de urgencia.

No, lo que acababa de ocurrir no tenía nada que ver con que la estuviese reconfortando. Una vez más había sido tan rápido con el gatillo que si ella no hubiese estado tan acelerada la habría dejado tirada en el polvo.

Se trataba de tomar, no de dar, por ambas partes.

Podría decir simplemente *Perdóname*. Como si la relación sexual que acababan de tener no fuese nada más que un accidente biológico, como echarse un pedo o eructar. Vaya. Perdóname. No he podido evitarlo.

—Joder —dijo Jimmy—. Joder.

Joder era una opción que no había considerado. Pero encajaba muy bien en aquella situación.

Y cuando él se apartó para mirarla sus ojos estaban llenos de remordimiento.

—Joder —repitió Tess en voz baja.

Ninguno de los dos pudo decir nada más, porque oyeron a la vez unos pasos encima de ellos. Quien viviese sobre aquel sótano había vuelto a casa.

Después de separarse rápidamente de ella —todo aquel calor desapareció de repente—, la ayudó a ponerse los pantalones, se acicaló un poco y se deshizo del condón que habían usado.

Gracias a Dios que habían usado un condón. Gracias a Dios que tenía uno para usar.

Jimmy agarró a Tess de la mano y la sacó por la puerta del sótano hasta el callejón.

—Joder —volvió a decir mientras soplaba un fuerte viento de frente. También parecía ser un buen comentario después de acabar con la cara llena de arena.

Tess intentó escupir con la boca cerrada. Dios mío, ahora tenía arena en los dientes. Sintió cómo crujía al apretar la mandíbula.

Sobre sus cabezas retumbó un helicóptero. ¿De dónde había salido? Pero para hablar había que abrir la boca, y no se sabía cuándo podía venir otra ráfaga de arena.

Jimmy le ajustó bien el burka, y por una vez ella lo agradeció.

Él sacó un pañuelo del mismo bolsillo en el que llevaba el condón y se lo ató alrededor de la cara tapándose la boca y la nariz.

—Cuando el viento nos dé de espaldas no será para tanto —le dijo—. ¿Puedes correr?

¿Qué quería decir? *¿Puedes correr con esa ropa?* o *¿Puedes correr después de lo que acabamos de hacer?*

En cualquier caso su respuesta fue afirmativa.

Cuando Sophia llegó Decker estaba en el vestíbulo del hospital del Siervo de los Bien Guiados, el hospital Abdul-Rasheed.

Por la expresión de su cara mientras se acercaba a él se dio cuenta de que había ocurrido algo malo.

—¿Murphy? —preguntó.

Él la apartó del resto de la gente que había allí esperando. El vestíbulo estaba especialmente abarrotado por la tormenta que se avecinaba. La mayoría de la gente había decidido esperar allí a que se pasara.

—Se ha ido.

—Oh, no —dijo conmovida por su pérdida. Pobre Angelina, haciendo los planes para la boda en California—. Lo siento mucho. No le conocía muy bien, pero...

—No —Decker se acercó a ella bajando la voz—. Está vivo, pero le hemos sacado de aquí en un helicóptero de la Cruz Roja...

—¿Un helicóptero? —preguntó ella.

—Sí.

Había visto pasar uno hacía unos minutos. Y comprendió al instante por qué Decker quería que fuese allí. Murphy se había ido, y si ella hubiera llegado a tiempo también habría salido de allí.

—Lo siento —volvió a decir—. He venido corriendo...

—Merecía la pena intentarlo —dijo él con la misma calma que había utilizado para tranquilizar a Khalid en la cuadra—. Hacemos todo lo que podemos; unas veces funciona y otras no. Pero ahora la pregunta del millón es si deberíamos esperar aquí a que se pase la tormenta o... —blasfemó con brusquedad.

A través de la rejilla de su burka, Sophia siguió su mirada al otro lado de las ventanas de la parte delantera.

Estaban llegando dos furgonetas, cada una con una docena de hombres de las patrullas de Bashir. Era evidente que los soldados habían decidido refugiarse de la tormenta de arena en el vestíbulo del hospital.

—Tengo que irme ahora mismo —dijo Sophia.

Resultaba soprendente que su voz sonara tan calmada con el pánico que sentía por dentro.

Decker no vaciló. La cogió por el codo y se dirigió hacia la puerta lateral.

Pero allí fuera había otra furgoneta llena de soldados.

—No te pares —le dijo—. Si te paras de repente se fijarán en nosotros. Venga, podemos hacerlo. Vamos a pasar por delante de ellos.

Estaba a salvo, estaba a salvo. Decker no permitiría que le ocurriera nada.

—Agárrate el burka —le dijo mientras se acercaban a la puerta; incluso consiguió sonreír, como si le pareciera gracioso—. Lo digo en serio. Se está levantando el viento.

No estaba bromeando. Al salir fuera Sophia se alegró de que la sujetara con firmeza del codo. De lo contrario podría haber salido volando.

Y cuando atravesaron aquella puerta se dio cuenta de dónde estaban.

—El Hotel Français está muy cerca de aquí.

—¿En qué dirección? —preguntó él.

—Hacia la izquierda.

En cualquier caso tenían que pasar por delante de los soldados. Sophia mantuvo la cabeza agachada mientras seguía andando...

—Hey, americanos...

No te pares, no te pares, quienquiera que fuese no se dirigía a ellos.

—¡Hey! —ahora lo decía más alto, y Decker se detuvo—. ¿Dónde vais con este tiempo?

—¿Hay algún problema, señor? —respondió Decker. No era el mismo dialecto que hablaba Khalid, pero su gramática era perfecta.

El soldado se rió.

—El problema son los americanos locos que no se dan cuenta de lo peligrosa que puede ser una tormenta como ésta.

—Falta un rato para que empeore, teniente —dijo Decker tan calmado como pudo—. Y no vamos muy lejos.

Comenzaron a andar de nuevo.

—¡Hey!

Sophia sacó el brazo de la amplia manga de su túnica para coger el arma del bolsillo de los vaqueros que Tess le había dejado.

Decker le habló en voz baja.

—Tranquila. Aún queda mucho que hablar —se volvió hacia el teniente—. ¿Sí, señor?

—Toma, americano loco —dijo el hombre—. Coge esto.

Entonces le tiró algo a Decker. Era un pañuelo para que se lo pusiera alrededor de la cara y no le entrara polvo y arena en la nariz y en la boca.

—Te vendrá bien —dijo el teniente—, aunque no tengas que ir muy lejos.

—Gracias —respondió Decker—. Es muy amable —se lo ató alrededor de la cara.

—Id con Dios —les dijo el teniente mientras entraba con sus hombres en el vestíbulo del hospital.

Siguieron andando con la mano de Decker en su codo y el corazón de Sophia palpitando.

20

He vivido aquí de forma intermitente durante cinco años —
le dijo Sophia a Decker—, desde el verano que cumplí diez.

El hotel estaba oscuro; la tormenta de fuera hacía que
pareciera casi de noche.

Decker se sacudió la arena de la ropa y del pelo. Para quitarse todo el polvo de las orejas tendría que estar dos semanas duchándose.

Siguió a Sophia por las escaleras mientras pensaba que era
un final perfecto para un día terrible. Murphy herido, Tess en-
carcelada... Y allí estaba , de nuevo en el escenario del crimen,
por decirlo de algún modo, donde había permitido que Sophia...

Ese hotel se podía convertir en el monumento al mal
juicio de Deck.

Tendría que haber sabido que Sophia no podría llegar a
tiempo al hospital. Al hacerlo se había arriesgado a que la
descubrieran los hombres de Bashir, y en consecuencia habían terminado otra vez allí, sin poder moverse hasta que
acabara la tormenta.

Que podía durar hasta la mañana siguiente.

Decker abrió su teléfono, pero no funcionaba. Era de esperar. Con aquel viento su antena parabólica debía estar ya
en Pakistán.

—Me llamó Nash —comentó Sophia mientras le conducía por el vestíbulo—. Al teléfono de Murphy. Dijo que iba a buscar a Tess. Parecía saber dónde estaba.

—Sí —afirmó Decker—. Estoy seguro de que ha conseguido liberarla. Estaba muy preocupado.

—Sé que no están casados de verdad —dijo ella.

—Por supuesto que están casados.

Ella le miró con tanta incredulidad que no pudo evitar reírse.

—Vale —reconoció—. No es cierto. ¿Quién te lo ha dicho?

—Tú.

Entonces fue él quien la miró con aire inquisitivo.

—Estás de broma, ¿no? —dijo ella—. Es evidente que estás enamorado de ella.

Decker se paró en seco.

—Te equivocas.

Sophia abrió unas puertas y entró en una sala enorme con grandes ventanales. Allí había un poco más de luz, y Decker la siguió hasta dentro.

—Ésta era mi habitación favorita. El salón de baile. Aquí fue donde Yousef, el hijo mayor del príncipe Zevket, conoció a Madeleine Lewis. ¿Sabes esa historia?

—No.

Los ventanales daban al patio principal del hotel. Estaba muy descuidado, con una fuente en el centro que se había roto por la mitad. ¿Pensaba realmente Sophia que estaba enamorado de Tess?

Pero ella había adoptado una falsa actitud de guía turística. Sin duda alguna podía hacer cualquier cosa si creía que debía hacerlo, aunque no fuera necesario cuando estaba con él.

Esa mañana habían estado a punto de hablar en serio antes de que Khalid entrara en la cuadra. Ella había empezado a llorar con lágrimas de verdad, no con esas de cocodrilo que utilizaba tan bien.

—Fue en junio de 1920 —le estaba diciendo ahora, como si a él le importara el famoso príncipe y Madeleine... ¿Albright? No, no se apellidaba así.

—Madeleine era la hija de un famoso fotógrafo... Reginald Lewis.

Lewis. Ése era el apellido.

—Yousef renunció a la corona para estar con ella, y Madeleine... bueno, su padre la repudió también —prosiguió Sophia—. Pero no les importó. Fueron juntos a América y vivieron muy felices. Hasta que Hitler invadió Polonia y comenzó la Segunda Guerra Mundial. Madeleine perdió a su marido y a sus dos hijos en esa guerra —suspiró dramáticamente—. Yo solía preguntarme qué hubiera hecho si, cuando se enamoró del príncipe Yousef, habría sabido qué iba a suceder. Tanto sufrimiento... ¿Habría seguido el mismo camino?

Se quedó callada mirando por la ventana al patio, a una rama seca que el viento llevaba de un lado a otro.

—Antes pensaba que no. Si lo hubiera sabido no habría podido soportar... —dijo en voz baja mientras Decker contenía la respiración, mientras comenzaba a hablar la verdadera Sophia—. Aunque ahora no lo sé.

Ella miró hacia arriba y se rió con demasiada euforia para intentar cerrar una puerta que no quería abrir.

—Veintidós años de felicidad... Eso es más de lo que consigue la mayoría de la gente, ¿no crees?

Era una pregunta retórica, pero Decker la respondió.

—Yo creo que la vida es dura. Que a veces algunas personas tienen suerte, y entonces la vida les resulta más fácil durante un tiempo. Creo que veintidós años de felicidad es un regalo, si es eso lo que compartieron. Pero estás suponiendo demasiado, porque en veintidós años pueden pasar muchas cosas.

Ella se volvió hacia él.

—Tess es muy agradable. A veces se puede decir eso de la gente sin que parezca un cumplido, como si fuera algo malo, pero no lo digo de esa manera. Me parece agradable de verdad. Aunque está enamorada de Nash. Debe de ser divertido, ¿eh? —volvió a reírse con una falsa alegría. Estar allí con él debía de ponerle nerviosa. No se lo reprochaba; él también estaba inquieto—. Pero lo superará enseguida.

—No, no lo hará.

—Confía en mí.

Decker sonrió y movió la cabeza de un lado a otro.

—El tiempo lo dirá.

—Así es.

—Podrías esperar debajo de la canasta, ya sabes, para coger el rebote...

—¿Juegas al baloncesto? —preguntó él para cambiar de tema.

—Claro —se rió exageradamente—. Soy la estrella de la liga de baloncesto femenina de Kazabek. ¿Nos ves corriendo por la cancha con los burkas? —su sonrisa se desvaneció un poco antes de relucir de nuevo—. Hablando en serio, Dimitri era fan de los Lakers. Vivió en los Los Angeles durante un par de años y se enganchó. Menos mal que había televisión por satélite.

Puede que empezara a relajarse si no tuviese que levantar la vista para mirarle. Decker no era muy alto, pero ella estaba por debajo de la media. Se sentó en el suelo con la espalda apoyada contra la pared que había debajo de las ventanas.

—Sé que te pongo nerviosa —dijo pensando que era mejor agarrar el toro por los cuernos—. Espero que no me tengas miedo.

Había conseguido sorprenderla.

—No te tengo miedo —dijo.

Ella también se sentó, pero no demasiado cerca de él. Y con la débil luz que entraba por las ventanas vio que había dejado de esbozar falsas sonrisas.

—Lo que ocurrió entre nosotros... —comenzó a decir Decker.

—No quiero hablar de eso —maldita sea, había vuelto a levantarse.

—¿De qué quieres hablar? —le preguntó mirándola—. ¿De Dimitri?

Estaba claro que eso era lo último que esperaba que sugiriera.

—¿Quieres tú hablar de Tess?

—Muy bien —respondió él. No le interesaba especialmente compartir con ella lo que sentía por Tess, pero qué diablos. Ya había compartido su intimidad física con aquella mujer, y ser sincero respecto a eso podría venirle bien—. Tienes razón en parte. Podría quererla; no me costaría mucho. Es auténtica todo el tiempo, y eso me gusta. La admiro mucho.

La expresión de la cara de Sophia le animó a continuar.

—También me siento atraído por ella —confesó Decker—. Es... —no sabía cómo decirlo—. Tiene un tipo que me agrada. Quiero decir que me gustan las mujeres con cuerpo de mujer, y ella lo tiene así. Además de mucho cerebro. Me gustan las mujeres inteligentes. No entiendo por qué algunas mujeres creen que tienen que fingir que son estúpidas para ser atractivas —se rió—. Puede que sean atractivas para los hombres estúpidos, pero... También creo que Tess es lo mejor que le ha pasado nunca a Nash, si me permites usar un cliché. Y me parece bien, porque, para ser sincero, no sé si yo podría soportar ni siquiera dos años de felicidad.

Sophia se sentó despacio junto a él.

Por fin estaba allí la verdadera Sophia, la que no sabía qué decirle sin actuar. La que se había visto obligada durante meses a hacer favores sexuales a desconocidos. La que probablemente había visto cómo asesinaban a su marido ante sus propios ojos.

—Porque, como te decía, la vida es dura —dijo Decker lentamente—. Y a veces puede ser muy cruel. He visto algunas cosas terribles que... —movió la cabeza de un lado a otro—. Es difícil de explicar, Sophia. No es ningún secreto, pero... Puede que me sienta culpable por sobrevivir. No puedo permitirme el lujo de ser feliz cuando... Tenía amigos en el *Cole*, y en las torres Khobar. Amigos que murieron el 11-S. Ellos no pueden gozar ni un día más de felicidad.

Ella asintió con su cara pálida en la débil luz.

—Pero luego vengo a sitios como Kazabek y pienso ¿qué diablos estoy haciendo aquí? Estoy luchando contra el terrorismo, pero sólo combato los síntomas. No puedo llegar a la causa —Decker se quedó un momento callado—. Al final hago todo lo que puedo. Es lo único que puedo hacer. Supongo que es lo único que cualquiera puede hacer.

Permanecieron sentados unos minutos en silencio mientras oscurecía cada vez más y el viento rugía fuera.

—No puedo hablar de Dimitri —susurró por fin Sophia—. Yo...

—Está bien —dijo Decker con suavidad.

Apenas podía verla con aquella luz. Estaba sentada con la espalda contra la pared y los brazos alrededor de las rodillas. Mientras la observaba apoyó la frente sobre los brazos.

—Le quería —reconoció—. Y él me quería a mí. El otro día mentí respecto a eso.

—Lo sabía —dijo él.

—Estábamos trabajando con un grupo que intentaba restaurar la democracia en Kazbekistán —dijo ella en voz baja—. Fue una estupidez. Debería haber sabido que Bashir descubriría que estábamos implicados. Si nos pillaba era nuestra sentencia de muerte, pero nunca pensé... Habíamos hecho negocios con él antes, y habíamos ido al palacio. Una comida de negocios no parecía nada extraordinario. Pero confié en la gente equivocada. Michel Lartet... era amigo de Dimitri y... confié en él porque era evidente que todos ganaríamos más dinero si Bashir perdía el poder. No se me ocurrió que Lartet podría vendernos.

—¿Ayudabas a tu marido a llevar su negocio? —le preguntó Decker.

—Era mi negocio —dijo ella levantando la cabeza para mirar hacia él. Pero Decker sabía que no podía verle con más claridad que él a ella, y su cara se veía borrosa—. Mi compañía. Dimitri sólo simulaba que la dirigía. Quería ir a Francia cuando cayera el gobierno. Pero yo pensaba que conseguiríamos más beneficios si nos quedábamos. Y eso hicimos.

Volvieron a quedarse callados, y Decker se dio cuenta por su forma de respirar de que estaba conteniendo las lágrimas.

Esperó un rato, pero no iba a decirlo.

Así que lo dijo por ella.

—Crees que murió por ti.

Con eso se echó a llorar.

—Sí. Y luego le traicioné.

—No —dijo él—. Tenías que sobrevivir. Yo creo que se alegraría de eso.

Decker no se atrevía a tocarla. Simplemente se quedó sentado junto a Sophia Ghaffari mientras ella se desahogaba.

Jimmy estaba fuera de la cuadra con Tess escuchando lo que había averiguado Dave sobre Ma'awiya Talal Sayid. Aún no sabían qué enfermedad tenía o qué tipo de tratamiento necesitaba, pero Dave había comprobado que la semana anterior al terremoto no había habido registros de ningún envío de equipo médico del hospital Cantara al palacio de Bashir.

Sin embargo, había registros de envíos al palacio que correspondían con las visitas previas de Sayid.

Mientras Dave les estaba diciendo que iba a conseguir una lista detallada del equipo médico entró Guldana e interrumpió su conversación.

La mujer kazbekistaní les informó que debido al mal tiempo se había cancelado la fiesta que ella y Rivka habían preparado para celebrar la reciente boda de Jimmy y Tess.

Era una lástima. Jimmy intentó parecer decepcionado.

Pero no permitiría que la comida se perdiera. La cena se serviría dentro de una hora. Con su mejor voz de defensora pública, Guldana ordenó a Jimmy que se lavara y se cambiara antes de entrar. Y luego, negándose a escuchar los argumentos de Tess —ayudada por el hecho de que Tess no hablaba kazbekistaní y ella no hablaba inglés— se la llevó a casa con ella.

Tess miró a Jimmy antes de que Guldana le echara una manta por encima para protegerse del viento y la arena. Su mensaje implícito estaba claro. Antes o después tenían que hablar.

Sobre el hecho de que habían vuelto a enrollarse.

A pesar de su decisión de mantenerse alejado de ella.

Podía haberla metido en un buen lío en aquel callejón. Un acto público de lujuria era un grave delito que se castigaba con la muerte.

La de ella, no la de él.

Y, para rematar las cosas, estaba el asunto de Decker. Aunque fingía que no le importaba, Jimmy sabía que no era cierto. En un mundo perfecto Tess debería haber sido la novia de Decker. Muy bien, el mundo no era perfecto, y había accidentes.

Pero empujar a Tess contra la pared en el sótano de unos desconocidos no se podía considerar un accidente.

Aunque fue allí, tras acabar, donde a Jimmy se le ocurrió una gran idea.

Eso era lo que iba a hacer. Utilizaría la gratificación inmediata de su relación sexual con Tess como excusa para romper con Decker.

Deck estaría tan disgustado con él que se alegraría de que Jimmy pusiera cualquier disculpa para no participar en la siguiente misión que le encargara Tom Paoletti. Y sin el lastre de Jimmy, que hacía que la gente le mirara con recelo, Decker tendría la carrera que se merecía.

—Ha sido un día duro —comentó Dave mientras la puerta se cerraba detrás de Tess.

—Sí —afirmó Jimmy pensando que con aquel plan no se sentiría como un perdedor.

Aunque también había habido buenas noticias. Murphy había conseguido salir del país en aquel helicóptero antes de que comenzara la tormenta. Khalid había vuelto a la cuadra para compartir con ellos esa información.

El muchacho también les contó que Will Schroeder, el héroe del día, había ido por fin a urgencias para que le curasen la muñeca. Y Deck estaba aún en el centro con Sophia.

Después de todo las cosas podían haber salido mucho peor.

A él y a Tess podían haberles pillado en medio de su arrebato. Tess podría haberle rechazado en vez de deshacerse entre sus brazos mientras le besaba ávidamente.

Cómo besaba aquella mujer.

—La tormenta debería de amainar hacia las cuatro de la mañana —dijo Dave.

El corazón de Jimmy dio un extraño vuelco. Debería de estar hundido, porque no podía salir para evitar aquella conversación inminente con Tess. *Lo siento, nena, ahora no puedo hablar; tengo que ir a salvar el mundo.*

En vez de eso tendría que subir con ella a aquel dormitorio, cerrar la puerta y...

—¿Estás seguro? —le preguntó Jimmy a Dave.

Y reconocer que ya no podía mantener las manos alejadas de ella, ponerse de rodillas y suplicar más.

Por favor...

Tess también le había suplicado unas horas antes que se diera prisa mientras él se ponía a tientas un preservativo y luego... *Dios santo...*

—Sí.

Tardó un momento en recordar a qué le estaba respondiendo Dave. Tormenta. Final. Cuatro de la mañana. Muy bien.

No es que Dave tuviera acceso a la versión kazbekistaní del Weather Channel. Pero una vez más tenía una buena racha a la hora de proporcionar información precisa. Si decía que la tormenta iba a amainar hacia las cuatro sería así.

—Se lo diré a Tess —dijo Jimmy. Seguro que quería salir a instalar otra de esas antenas portátiles lo antes posible para que su frágil sistema de comunicaciones volviera a funcionar.

Pero antes tenían que soportar la cena de Guldana.

Y luego...

—¿Estás bien, James? —preguntó Dave.

—Sí —respondió mientras iba a lavarse para cenar.

Sophia se despertó sobresaltada con el corazón palpitando. ¿Dónde estaba?

—No te preocupes —dijo la voz bien modulada de Lawrence Decker en medio de la oscuridad—. Estoy vigilando.

Entonces se acordó. Estaba en el salón de baile del Hotel Français. Al otro lado de las ventanas rugía una tormenta de arena.

Bashir había puesto precio a su cabeza, y Dimitri estaba muerto.

—Sigue durmiendo —susurró Decker.

La forma en que lo dijo le hizo pensar en *La Guerra de las Galaxias*. En los trucos mentales de Obi-Wan Kenobi y su Jedi.

Ahora vas a seguir durmiendo.

—Baja la cabeza —le dijo Decker.

No estaba segura de que pudiera verla con aquella oscuridad, pero le obedeció y volvió a acomodarse sobre el frío suelo deseando tener un par de almohadas.

—Nadie va a salir en una noche como ésta —le dijo en voz baja—. Aquí estás segura.

Estaba segura. Aquel hombre no iba permitir que nadie le hiciese daño. Sabía que era cierto

Era un sentimiento admirable.

—Cierra los ojos y duerme —le dijo de nuevo.

Y ella se durmió.

Tess estaba sentada en la mesita que Guldana había instalado en el dormitorio del tercer piso cuando entró Jimmy Nash.

Mientras cerraba la puerta detrás de él se quedó desconcertado, y no se lo podía reprochar.

—Siento todo esto —le dijo señalando la mesa cubierta con un mantel, la romántica cena para dos, las velas que hacían que sus sombras se reflejaran en las paredes de la habitación. Incluso ella se había transformado.

—No he podido detener a Guldana —Tess intentó reírse—. Es como una locomotora.

Él estaba mirando el vestido que Guldana había hecho para ella. Bueno, Guldana había dicho *vestido* —era una de las pocas palabras kazbekistaníes que Tess reconocía— pero en realidad era un camisón. No era algo que se pudiese llevar en público, a no ser que una fuera Lil' Kim.

Resultaba divertido pensar que todas esas mujeres kazbekistaníes, tapadas de pies a cabeza, llevaban por debajo el equivalente a la ropa interior de Victoria's Secret.

Divertido. Como si cualquier cosa que tuviera que ver con las mujeres en aquel país se pudiese considerar divertido. A Tess aún se le hacía un nudo en la garganta cuando se encontraba cara a cara con Guldana, una mujer joven y llena de vitalidad a pesar de que tenía el pelo lleno de canas.

Guldana era —había sido— abogada antes de que cambiara el régimen. Había trabajado mucho para formarse, para labrarse una carrera y todo lo que eso implicaba, no sólo unos ingresos considerables, sino también el respeto de sus colegas.

Pero según las leyes del nuevo régimen los hombres y las mujeres no podían ser iguales. A las mujeres no se les permitía trabajar. A Guldana le habían prohibido ejercer el derecho.

Tess no podía imaginar cómo se sentiría si lo perdiera todo de la noche a la mañana. Si se encontrara de repente en un mundo en el que simplemente por hablar podían darle una paliza.

—Me trajo aquí arriba —le dijo a Jimmy—, y ya tenía la bañera llena con el agua que había calentado en la cocina. La había subido en cubos por todas esas escaleras. ¿Cómo iba a negarme? Me moría por darme un baño. Después me pareció que sería una descortesía no ponerme el vestido; después de todo se había molestado en hacerlo y en preparar esta cena, y ya estaba decepcionada por tener que cancelar la fiesta, así que... Lo siento, pero no podía decirle que no.

Sin decir nada, Jimmy se sentó enfrente de ella.

Estaba muy guapo a la luz de las velas. Tenía el pelo húmedo echado hacia atrás, y las sombras que bailaban por la habitación acentuaban sus ojos y sus atractivos pómulos.

—No sé qué me ha puesto en el pelo —dijo Tess, porque estaba claro que no iba a decir nada y no soportaba aquel silencio—, pero está un poco pegajoso. Huele bien, así que supongo que podría ser peor. Se ha pasado con el lápiz de ojos, y ya sabes que yo no suelo maquillarme mucho... Parezco una vampiresa...

Jimmy sonrió antes de hablar.

—Te queda bien —dijo, pero su sonrisa se desvaneció enseguida, y suspiró mientras miraba toda la comida que había delante de ellos—. Esto tiene muy buena pinta.

—Sí —afirmó ella. No tenía nada de hambre. Era incapaz de comer ni siquiera un bocado.

Él volvió a mirarla un instante.

—¿Entonces qué? ¿Comemos? ¿Hablamos? ¿Comemos y hablamos? ¿Hablamos y después comemos? ¿Primero comemos y después hablamos?

Tess no pudo evitar reírse.

—Si no te conociera pensaría que estás nervioso.

Él también se rió.

—Sí, bueno. Estoy un poco...

Tenía una expresión seria, y parecía estar preparándose para algo. La miró directamente y dijo:

—Te debo una disculpa.

Tess miró hacia su plato —cualquier cosa para evitar el contacto visual— y suspiró. *Allá vamos...*

—No, Jimmy.

—Sí, debo pedirte que me disculpes.

Muy bien. Tenía que afrontar aquello. Hizo un esfuerzo para mirar hacia arriba y mantener su mirada. Aunque se estaba ruborizando, y lo sabía.

—Lo que ha ocurrido esta tarde no ha sido...

—Eso no es lo que... —le interrumpió él antes de detenerse—. ¿No ha sido qué?

—Culpa tuya —respondió ella.

—Bueno, supongo que es una cuestión de interpretación, pero...

Tenía que saberlo, aunque podía imaginárselo.

—¿Qué pensabas que iba a decir?

Jimmy miró hacia otro lado.

—No lo sé.

Era un mentiroso. Tess se rió indignada.

—Pensabas que iba a decir «Lo que ha ocurrido esta tarde no ha sido para tanto. Ni siquiera se puede considerar una relación sexual porque ha sido demasiado rápido, y en cuanto a orgasmos sólo ha llegado a un uno con cinco en una escala del cero al diez». Eres un perdedor, Nash, porque ni siquiera puedes decir que ha sido un error sin asegurarte de que eres el rey del sexo.

Furiosa con él, apartó la silla de la mesa y se levantó.

—Que te den por el culo, Nash. Esta noche tú duermes en el suelo y yo en la cama. Me da igual a quién le toque. Estoy agotada, y tengo arañazos incluso donde no creía que se podía...

—¿Te encuentras bien? —parecía preocupado.

Si se comparaba con Murphy podría correr un maratón. Pero si pensaba cómo se había sentido una semana antes mientras se preparaba para acostarse en su apartamento...

—Me duele todo —le dijo—. Hasta las uñas de los pies, y necesito dormir un poco.

Le oyó suspirar mientras iba hacia la cama y apartaba las sábanas. Maldita sea, tenía esa cosa pegajosa en el pelo. Podría lavárselo ahora, con el agua aún tibia de la bañera, o por la mañana cuando estuviese fría.

—¿Puedo hablar yo ahora? —preguntó Jimmy—. ¿O prefieres seguir con tu guión?

Para lavárselo tendría que pasar por delante de él.

El agua fría por la mañana podría estar bien, pero si no se lo lavaba antes de acostarse mancharía las sábanas, de lo cual se arrepentiría al día siguiente.

—Muy bien —dijo él—. Ahora no me hablas. Estupendo.

Tess suspiró mientras ponía la alarma de su reloj.

—No es que no te hable, Nash. Es que no quiero hablar. Estoy cansada. He tenido un día muy agitado.

—No la pongas antes de las cuatro —le dijo Nash.

—Tengo que reemplazar esa antena mientras sea de noche —le recordó—. Si empiezo a las cuatro andaré muy justa de tiempo.

—No podrás hacerlo hasta que pare el viento —señaló él—. Y eso no será antes de las cuatro.

—Comprobaré el tiempo a medianoche —dijo ella.

—Dave dice que la tormenta amainará hacia las cuatro.

Tess cambió la alarma a las dos de la mañana.

—Así que te fías de lo que dice Dave pero no de lo que digo yo —comentó él.

—Dave deja que cada uno haga su parte, pero no me sorprendería nada encontrarme a las cuatro de la mañana con que mientras los demás estábamos durmiendo has reparado tú solo el equipo, has llevado a Sophia a pie al otro lado de la frontera y has reconstruido la casa y la cuadra de Khalid.

—¿De verdad crees que soy tan bueno? —preguntó Jimmy.

—No era un cumplido —respondió ella mientras buscaba en su bolsa la camiseta con la que dormía—. No sabes trabajar en equipo, Nash. Me he saltado la parte en la que tu cabeza estalla por falta de sueño y nos quedamos escasos de mano de obra.

—En esta misión he dormido más que nunca —dijo Jimmy—. Yo creo que faltan por lo menos cuatro o cinco días para que mi cabeza estalle.

Dios mío.

—¿Para ti todo es una broma?

Su respuesta fue inmediata.

—No. Por eso quiero que vuelvas a sentarte, para que podamos hablar.

—Para poder disculparte —puntualizó ella.

—Sí. Lo siento es una de las cosas que me gustaría decir. Porque realmente lo siento. No debería haberte mentido.

¿Cómo? Se volvió hacia él. ¿Acababa de decir...?

—Aunque no era del todo una mentira —prosiguió—. Quería hacerlo pero no quería hacerlo. Porque, bueno, Decker es mi amigo, y si yo me quitase de en medio podría tener una oportunidad contigo y...

—¿De qué estás hablando? —preguntó Tess.

Él se quedó mirándola.

—¿Qué?

—No lo entiendo —dijo ella—. ¿Sientes haberme mentido? ¿A qué mentira te refieres exactamente, Nash? Quiero asegurarme de que estamos hablando de lo mismo.

Él hizo uno de esos sonidos de agravio que los mentirosos imitan tan bien.

—Mientes tanto que ni siquiera sabes cuándo no estás mintiendo —extendió la mano y bajó la voz para imitarle—. «Hola, ¿qué tal? Soy Diego Nash.» ¿Es verdad o no?

Él se rió.

—No es tan sencillo.

Una vez más ella estaba empezando a cansarse.

—¿Quieres pedirme disculpas? —le preguntó.

—Vale. Tienes razón —dijo él—. Es cierto que miento, porque ése no es el nombre con el que nací. Pero tú también te equivocas, porque así es como me llamo ahora. Como en muchas cosas, se trata más del yin y el yang que de que sea verdad o no.

—Venga, Confucio, deja de decir tonterías y discúlpate para que podamos acabar con esto de una vez.

Al darse cuenta de que con aquel discurso no iba a llegar a ningún sitio decidió contenerse.

—Siento...

—Disculpas aceptadas —dijo ella dándole la espalda.

Él se quedó allí de pie.

—¡Maldita sea...!

—Deberías dormir en la cuadra —le dijo rezando para que saliese de la habitación antes de que se echara a llorar por la ira y la frustación que había acumulado a lo largo del día.

—¡... ni siquiera sabes por qué me estoy disculpando!

—No me importa —susurró Tess—. Sólo quiero que te vayas.

—Pero a mí sí me importa, y no pienso irme hasta que me escuches. Lo que ha pasado esta tarde en el sótano ha sido el intercambio más sincero que hemos tenido desde que volví de México.

Al oír aquello se dio la vuelta para mirarle. ¿Se había atrevido a hablar de México?

—Te mentí cuando dije que no quería volver a acostarme contigo —le dijo casi susurrando—. Como tú me mentiste a mí cuando dijiste que no querías acostarte conmigo.

Dios mío.

—Yo no quiero acostarme contigo —respondió Tess—. Lo que ha ocurrido hoy...

Pero él estaba moviendo la cabeza de un lado a otro.

—No estoy hablando de esto —Jimmy se dio unos golpecitos en la sien. Tenía unos dedos largos y elegantes—. Estoy hablando de esto —se puso la mano sobre el corazón—. Y de esto —bajó la mano hasta la entrepierna.

»Aquí arriba hay un montón de razones para que me mantenga alejado —volvió a tocarse la sien—. La cabeza dice *No hagas eso porque...*, pero el cuerpo dice *Sí, pero QUIERO hacerlo* —se rió—. Es una especie de locura. Si veo a Sophia fuera de la cuadra, aquí arriba —se tocó de nuevo la cabeza—, pienso que es una cosa de hombres. Los hombres piensan así, y pido perdón por ello. Pero pienso que es una mujer muy atractiva que tiene todo en su sitio, bien proporcionada, con una cara y un pelo muy bonitos, con un buen polvo... No, no te des la vuelta, Tess, porque aquí abajo... Mírame —al mirarle vio que tenía la mano en el corazón—. Aquí abajo no hay nada. Aquí abajo estoy pensando *Eh, rubia, apártate para que pueda mirar a Tess*. Estoy pensando en Tess, porque aunque no pueda hacer con ella lo que quiero, al menos puedo mirarla e imaginármelo.

Tess tenía que sentarse. Buscó a tientas la cama y se hundió en ella.

Él se acercó un poco.

—Dime que no piensas en esto a todas horas. En ti y en mí.

Dios santo. Tess no sabía si podía hablar, así que asintió. Claro que pensaba en él todo el tiempo.

Y allí estaban, a la luz de las velas, mirándose el uno al otro. Pensando en esa tarde en el sótano. En el ruido que Jimmy había hecho al penetrarla, primero con los dedos y luego...

Eso era al menos lo que Tess estaba pensando. Tragó saliva y pareció resonar en el silencio de la habitación.

Jimmy se aclaró la garganta.

—Sí —dijo—. Sabía desde el principio que te sentías así, y eso me asustaba, porque si no me hubieras lanzado esos mensajes nos habríamos pasado toda la misión follando como conejos —después de reírse la miró y levantó un poco una ceja—. Y no creo que quieras...

Tess se rió al darse cuenta de que lo había hecho a propósito. Había hecho un esfuerzo para aligerar el tono de la conversación. Sin embargo se levantó y se alejó de la cama.

—No, porque no somos... Somos personas, Jimmy —tenía razón; era mucho más fácil cuando pensaba que no la quería—. Así que esta tarde has decidido que como lo de no tener sexo conmigo no funcionaba lo mejor era intentarlo, ¿no?

Después de pensarlo un rato Jimmy asintió.

—Sí, supongo que sí, porque parecía que los dos habíamos llegado a nuestro límite...

—Temporalmente —precisó ella.

Él también pensó en eso.

—¿Es eso lo que quieres? Porque yo no. Reconozco que éste no es el sitio más adecuado, porque voy a tener que hablar con Decker y no le va a hacer ninguna gracia. Pero yo creo que hemos cruzado la línea demasiadas veces, y a mí no me interesa volver hacia atrás.

Dios mío.

—Entonces supongo que soy yo la que tiene que decir que ha sido un error —dijo Tess—. Porque lo de esta tarde ha sido un error...

—¿Quieres tener una relación? —le interrumpió Jimmy—. Porque si quieres puedes hablarme de lo difícil que sería.

Tess le miró con dureza.

—¿Te estás burlando de mí?

—No —respondió él sonriendo—. Bueno, quizás un poco. Mira, voy a ir al grano. Los seres humanos no son conejos, ¿verdad? Los seres humanos, sobre todo las mujeres, tienen relaciones. Así que... ¿quieres tener una relación? Porque yo sí quiero tener una relación contigo.

Era increíble, como si Tess estuviera viviendo una absurda fantasía. Jimmy Nash enfrente de ella diciéndole que quería...

Aquello era surrealista. Ese hombre era un mentiroso compulsivo. ¿Qué quería realmente?

—¿Qué tipo de relación? —le preguntó.

Él frunció un poco el ceño.

—No lo sé. Una normal. ¿Qué quieres decir?

—¿Exclusiva?

—Sí, ¿no es eso lo que hace que una relación sea real? —preguntó él—. Bueno, conozco a gente que tiene relaciones abiertas, pero eso es como tener un techo abierto. No tiene sentido. Puedes decir que existe, pero cuando miras hacia arriba no hay nada.

—A algunos les va bien así —argumentó ella—. Una relación puede ser lo que quieras que sea. Es algo muy personal. Cada uno pone sus propias reglas y sus propios límites. ¿Cómo quieres que sea esta relación? Porque tengo que saberlo antes de considerarlo. Y tú tienes que saber lo que yo espero de ti.

—Vale —dijo él despacio—. Supongo que quiero que sea una relación en la que pueda ir contigo si vas a algún sitio peligroso, en la que podamos hacernos reír el uno al otro —se encogió de hombros—. Y el resto del tiempo, ya sabes...

—Sí —lo sabía. ¿Era ése su principal objetivo?—. Follaríamos como conejos.

Jimmy sonrió. Por alguna razón siempre sonreía así cuando ella usaba ese tipo de palabras.

—Sí —afirmó. Luego se quedó observándola y esperó.

Se había saltado muchas cosas. Como la necesidad de que hubiera comunicación, confianza, sinceridad, de que pudieran compartir secretos.

Pero ésas eran sus reglas.

Tenía que estar loca para confiar en ese hombre.

—No sé si puedo hacerlo —reconoció—. No sé si quiero hacerlo.

—Yo creo que sí —Jimmy estaba hablando muy en serio—. Aunque no sé por qué. No soy una persona agradable. He hecho cosas que te escandalizarían, pero te gusto. Y no tiene nada que ver con el hecho de que sea bueno en la cama, probablemente porque aún no he conseguido convencerte de eso.

—¿Cómo sé que en cuanto volvamos a Estados Unidos no vas a huir otra vez a México? —dijo Tess.

—Muy bien —respondió él mientras comenzaba a pasearse—. Estaba preparado para esto.

Ella se rió sin poder creérselo.

—¿Preparado...?

—¿Crees que no sabía que iba a tener que explicártelo? —le preguntó—. Para ser sincero, no sé por qué huí de esa manera. Tenía que salir de la ciudad y... La verdad es que no tengo una buena excusa.

Tess esperó, pero él no dijo nada más.

—¿Ésa es la respuesta que habías preparado? ¿Que no tienes una buena excusa?

Él asintió.

—Sí.

—¿No se te podía haber ocurrido nada mejor?

—Bueno, supongo que sí, pero... no sería cierto.

Ding. Si aquella conversación hubiese tenido un marcador Jimmy habría conseguido otro punto. Pero no necesitaba ningún recuento para saberlo. Le bastaba con mirarla desde el otro lado de la habitación.

Aunque iba acercándose poco a poco.

—¿Y qué va a pasar ahora? —preguntó Tess—. Yo acepto, tú me das tu anillo de graduación y eso significa... ¿que salimos juntos?

—No tengo un anillo de graduación para darte. Probablemente porque nunca me gradué. Pero si quieres una prueba de mi afecto dime a quién quieres que mate y lo haré por ti —sonrió.

—Eso no tiene gracia —dijo ella.

—Sí la tiene —por fin estaba lo bastante cerca, así que la besó.

Y volvió a suceder. Tess cerró los ojos y también le besó, pero no podía besarle sin tocarle. Y no podía tocarle sin desear que se acercara más, y cuando de repente abrió los ojos estaban en la cama con sus cuerpos entrelazados y sus corazones palpitando.

—Dios mío —Jimmy respiró mientras levantaba la cabeza para mirarla—. ¿No prefieres tomártelo con más calma para variar?

En lugar de responder ella le bajó la cabeza para darle otro beso más. Si se lo tomaban con más calma habría tiempo para pensar, y ahora mismo lo único que quería era sentir.

El primer beso les había llevado a la cama, y este segundo hizo que acabaran desnudos, sintiendo el placentero contacto de su piel.

Jimmy, que seguramente no iba a ningún sitio sin una provisión de preservativos en el bolsillo desde que tenía dieciséis años, sacó un condón aparentemente del aire y se lo colocó. Y para el tercer beso estaba dentro de ella.

Que era exactamente lo que Tess quería. Sexo sin filigranas en la postura del misionero; una penetración rápida y eficaz.

Pero Jimmy dejó de besarla, se quedó quieto e intentó que ella tampoco se moviera, al menos como quería moverse.

—Hey —dijo Tess abriendo los ojos.

—¿Qué tal? —preguntó él mirándola desde arriba—. Soy el tipo con el que estás en la cama. Me sentía un poco anónimo, así que he pedido un tiempo muerto.

¿Anónimo? ¿Estaba bromeando?

—Jimmy —dijo ella bajándole la cabeza para poder besarle.

Pero él se echó hacia atrás, le agarró las muñecas con una mano y se las sujetó por encima de la cabeza. De esa manera le resultaba más difícil que no moviera las caderas, pero a pesar de eso consiguió mantenerse un poco alejado de ella.

—Así te demostraré que puedo durar más de veinticinco segundos —le dijo con los ojos entrecerrados, porque era evidente que le gustaba cómo se estaba moviendo debajo de él—. Y habrá más posibilidades de que te convezca para que vuelvas a acostarte conmigo.

Era un hombre inteligente, porque sabía que aún no había aceptado ningún tipo de relación.

Pero también era un poco estúpido, porque no se había dado cuenta de que ya tenían una relación.

—A pesar de que pueda parecer lo contrario —prosiguió—, no siempre pierdo el control.

¿No se daba cuenta de que...?

—Me encanta que lo hagas —dijo ella sin aliento—. Es fascinante, como cuando me besas —podía ver en sus ojos que estaba intentando comprenderlo. Aunque no era un buen momento para dar explicaciones lo intentó. Quería que lo supiera—. Cuando me besas el mundo desaparece. Pierdo la noción de todo, excepto de ti, y... Bésame.

Jimmy le dio un beso ridículo en los labios.

Ella le miró.

Él sonrió y la besó como es debido.

Entonces Tess se derritió por completo. De repente tenía las manos libres; debía de habérselas soltado. Y hasta se le olvidó a qué estaba jugando, porque se adentró en ella aún más.

Aquello fue suficiente para que llegara al límite y él la siguiera.

Sin embargo, Jimmy no dejó de besarla durante un buen rato.

21

Tienes un minuto? —preguntó Nash bajando la voz.

Decker levantó la vista de los papeles y los mapas que tenía extendidos sobre un fardo de paja.

—¿Qué pasa?

Nash miró hacia Sophia, que estaba durmiendo sobre una manta en el suelo de la cuadra.

Después de la tormenta habían vuelto del Hotel Français sin ningún problema. Una vez en casa Decker le dijo a Sophia que estaría a salvo y mucho más cómoda en la despensa. Pero ella respondió que se sentía más segura en la cuadra.

Con él.

—No, aquí no —dijo ahora Nash—. ¿Podemos salir fuera?

—Un momento —contestó Decker. Tenía que tachar el hospital St. James de la lista. Resultaba gracioso. St. *James*.

Tess había sacado una lista de todas las clínicas y los hospitales de Kazabek y los suburbios inmediatos, y estaba marcándolos en el mapa. Si Dave, Nash y él se dedicaran a visitar dos cada día para comprobar si habían enviado el equipo médico que necesitaba Sayid tendrían que quedarse allí por lo menos otra semana y media.

Eso sólo con aquella lista.

Al otro lado de la cuadra, Dave tenía una lista similar de los hospitales y las clínicas que había en un radio de veinte kilómetros.

Tess estaba arriba, en su ordenador, intentando mandar un mensaje a Tom Paoletti. Ella y Nash habían salido temprano para reemplazar la antena, pero el nuevo sistema no funcionaba tan bien como el anterior. Aquello fue como una especie de revelación. Deck no se había dado cuenta de lo bueno que era su sistema de comunicaciones hasta que desapareció.

Tess estaba intentando solicitar información adicional sobre la autopsia de Sayid. En el informe original no se hacía referencia a ninguna enfermedad. Si el cliente tenía aún acceso al cuerpo de Sayid, le había dicho a Decker, podrían hacerle nuevas pruebas para averiguar qué tipo de trastorno tenía exactamente. Y con esa información sabrían si necesitaba atención médica de forma continua u ocasional, una importante pieza del puzle.

No estaría mal saber si estaban buscando inútilmente un envío que nunca se había realizado.

Decker siguió a Nash hasta el patio.

—¿Hay algún problema? —preguntó.

—Varios —dijo Nash riéndose cuando Decker puso los ojos en blanco—. Vamos a empezar por el más sencillo. Sophia.

Oh, oh.

—Comentó que habías conseguido el dinero necesario para sacarla del país.

Decker asintió.

—Sí.

Hacía ya mucho calor; el viento de la noche anterior había desaparecido por completo. Era una lástima, porque no habría estado mal que hubiese un poco de brisa.

Nash se cruzó de brazos.

—Pensaba que Paoletti había dicho que el cliente se negaba a pagarlo.

—El dinero es mío —respondió Deck diciéndole lo que ya sabía.

Nash se quedó callado.

—¿Qué más? —preguntó Deck.

—No creerás que te lo va a devolver, ¿verdad?

—Dice que lo hará.

—Ah, bueno, si dice eso...

—¿Cuál es el problema, Nash? No es tu dinero.

El músculo de la mandíbula de Nash se estaba moviendo.

—¿Estás preparado para perderlo? Porque lo vas a perder todo.

—Sí —dijo Decker—. Estoy preparado para perderlo. ¿Qué más?

—Por todos los santos, Larry...

¿Qué más?

—¿Te la estás follando? —preguntó Nash.

Deck se limitó a mirarle.

—No me gusta mucho —dijo Nash, lo cual no era una sorpresa—. Y no confío en ella. Ha estado por lo menos dos meses utilizando el sexo para sobrevivir, y de repente le das un montón de dinero. Lo siento, *señor*, pero es una pregunta legítima. Como miembro de este equipo... No sé qué estoy haciendo aquí, pero tengo derecho a interrogar a cualquier otro miembro del equipo que parezca estar «bajo la influencia de un extraño con lealtades desconocidas». Eres tú el que me ha obligado a citar las normas del reglamento.

Pobre Nash. En realidad tenía razón.

—No, no mantengo ninguna relación inapropiada con Sophia —respondió Decker—. ¿Qué más?

—¿Te sentías culpable? —Nash no estaba dispuesto a dejar el tema—. ¿O fue un servicio de cincuenta mil dólares? No me extraña que tengas sexo sólo una vez cada década —se rió; tenía la mala costumbre de pensar que era el tipo más divertido del mundo—. Algunos hombres toman Viagra para tener sexo más a menudo. Deberías hacer un curso de economía sobre la oferta y la demanda. Tienes un grave problema de decimales, amigo mío. Tendrías que haber movido unos tres ceros a la izquierda. Con cincuenta pavos y una buena cena se cubre ahora la culpabilidad por ese tipo de cosas.

¿Qué más?

Nash no se dio cuenta de que Decker estaba empezando a cabrearse. Estaba demasiado ocupado riéndose de su patético chiste.

—Y ya podemos pasar al problema número dos —dijo Nash—. Que también tiene que ver con una mujer. Qué coincidencia.

Decker sabía qué venía después y cerró los ojos. Gracias a Dios, por fin se había dado por vencido.

Nash se rió un poco.

—Joder. Esto es más difícil de lo que pensaba.

—Mira —dijo Decker—. Sé qué me quieres decir, y está bien...

—No, no está bien.

—A mí me parece bien —especificó Decker.

—Joder —volvió a decir Nash—. Pues no debería parecerte bien. Esa chica te gusta.

—Tess es una mujer —señaló Deck—. Y sí, me gusta. Es estupenda. Es inteligente, divertida, dulce, leal... y muy atractiva. Me alegro mucho por ti —y era cierto.

Tanto que le dio a Nash un abrazo.

Nash le miró como si no le comprendiera.

—Felicidades —dijo Deck un poco avergonzado.

Pero su compañero no se movió.

—Es una mujer con la que podrías pasar la vida —Decker esperaba que Nash estuviera pensando a largo plazo.

—¿De qué vas? —Nash se apartó de Deck—. En vez de abrazarme y felicitarme tendrías que darme un puñetazo en la cara y... Escucha lo que estás diciendo, cómo hablas de ella. ¡Estás enamorado de ella! Es una mujer con la que *tú* podrías pasar la vida. No yo. Yo no estoy buscando a nadie para eso. Maldita sea, Deck, deberías estar furioso conmigo por robártela en vez de abrazarme. Además, ¿desde cuándo nos abrazamos?

—No me la has robado —dijo Decker.

—Sí. Estaba con ella, la deseaba y la tomé. Soy un auténtico capullo —dijo Nash—. Sabía lo que sentías por ella, y sin embargo fui incapaz de tener las manos quietas.

¿Qué había dicho antes Nash sobre la culpabilidad?

—Si quieres puedes darme cincuenta mil dólares —dijo Decker—. Es una forma estupenda de aliviar los sentimientos de culpa, ya sabes.

Nash se quedó mirándole.

—¿Te dedicas a hacer bromas mientras yo estoy aquí intentando tener una conversación seria sobre algo muy serio?

—Tenemos trabajo que hacer —le recordó Decker volviendo hacia dentro—. ¿Hay algo más?

—Sí, ¿te sobra algún condón? Se me están acabando. Tres anoche y uno esta mañana... A esta mujer le encanta follar.

Deck se paró en seco y se dio la vuelta para mirar a Nash. Era evidente que estaba intentando que se pusiera furioso, como si le hubiera decepcionado su reacción ante aquella noticia bomba.

Pero Decker había visto cómo miraba Tess a Nash. El hecho de que estuvieran juntos no sólo no era una sorpresa; era un alivio. Después de haber estado esperando que ocurriera no le había afectado tanto como pensaba.

Sin embargo parecía que Nash estaba nervioso. Tenía una actitud desafiante y retraída a la vez. Y miró a su alrededor para asegurarse de que nadie había oído ese cruel comentario sobre Tess.

Por otra parte, ¿quería realmente que Decker le diera una paliza?

¿Se sentiría mejor, menos aterrado, si le sacudiera unas cuantas veces y le tumbara en el suelo?

Puede que fuera suficiente con la amenaza de la violencia. Deck estaba cansado; había sido una noche muy larga. ¿Cuándo había dormido por última vez? ¿Anoche o el día anterior?

—Será mejor que trates a esa mujer con el respeto que se merece —dijo Deck con un tono tan duro como su mirada.

Nash no dijo nada. Simplemente se quedó allí apretando los dientes.

Así que Deck le dio un poco más de lo mismo.

—No sólo cuando estés con ella, sino todo el tiempo —prosiguió. Siempre había odiado las conversaciones confidenciales, y Nash lo sabía, lo cual hacía que todo aquello fuese aún más extraño—. Si no lo haces te partiré el cráneo.

—¿Por qué motivo iba a quererme a mí cuando podría tenerte a ti? —Nash movió la cabeza con los ojos atormentados—. No me lo explico.

Era increíble que estuvieran hablando así. Decker se preguntó si a Nash le parecería tan fascinante como a él.

O le horrorizaría.

¿Estaba hablando en serio? Porque desde su punto de vista Nash lo había planteado al revés. ¿Por qué iba a querer a Deck cuando podía tener a Nash?

En cualquier caso...

—No hace falta que tenga sentido —le dijo Decker a su amigo—. Déjate llevar y da gracias a Dios por la suerte que tienes.

—¿Y si...? —comenzó a decir Nash sin poder mirar a Deck a los ojos—. ¿Si no la quiero como me quiere ella a mí? ¿Si lo único que me interesa es el sexo?

Decker quería llorar por su amigo. Quería decirle que no huyera de Tess simplemente porque le asustara lo que sentía. Pero reconocer esas dos cosas, que Nash estaba asustado y que tenía sentimientos...

No podía hacerlo.

—Entonces será mejor que se lo digas ahora —aconsejó—. No le hagas creer que estáis en el mismo juego para deshacerte de ella cuando se termine la misión.

El músculo de la mandíbula de Nash se estaba moviendo otra vez.

—Es imposible saber qué traerá el futuro.

Decker le miró a la cara.

—Traerá muchos problemas si le tomas el pelo y luego la dejas tirada cuando se termine la misión. ¿Me oyes?

Nash no respondió a eso.

—¿Los condones? —preguntó.

—Hay una pequeña provisión en el botiquín, en la cocina —le dijo Decker antes de volver a la cuadra—. Vas a tener que racionarlos.

Tess y Nash llegaron tarde a la reunión.

Nash había subido a buscarla, y tardaron al menos quince minutos en bajar todas las escaleras y llegar a la cuadra.

Tess se ruborizó cuando se dio cuenta de que estaban todos allí esperando: Decker, Dave e incluso Sophia.

—Lo siento —dijo Tess—. Estaba investigando la insuficiencia renal.

Y era cierto.

Miró directamente a Sophia.

—De repente se me ocurrió que lo que viste en la habitación de Sayid podía ser un dializador. ¿Era una máquina alta y estrecha, con tubos que entraban y salían?

Sophia miró a Decker. Acababa de tener esa misma conversación con él.

—No creo que Sophia estuviese mucho tiempo contemplándola —respondió.

—Era una una especie de máquina médica —le dijo ella a Tess—. Sí, era alta, pero aparte de eso... —se encogió de hombros.

Tess le dio a Deck una copia de su ordenador.

—Apostaría mi herencia a que tres veces por semana Sayid necesitaba algo llamado...

—Hemodiálisis —dijo él—. Ganarías esa apuesta. Acabo de hablar con Tom Paoletti, que, para resumir, ha averiguado que el equipo que practicó la autopsia lo hizo con muy poco tiempo, así que sólo incluyeron en el informe los datos sobre las heridas relacionadas con la muerte de Sayid. El hecho de que tuviera... —consultó un papel en el que había escrito algunas notas— una vía de hemodiálisis en el brazo no se consideró importante —Deck se rió indignado—. Podríamos haberlo sabido hace una semana. Lo cual me recuerda... —se interrumpió a sí mismo—. Tom Paoletti me ha dicho que Vinh Murphy está bien.

—Gracias a Dios —Tess fue la única que tuvo valor para expresar su alivio. Luego se volvió hacia Nash, que estaba lo bastante cerca para ponerle la mano en la espalda sin que nadie se diera cuenta, excepto Sophia.

—Le trasladaron a Alemania —les dijo Decker—, y ya le han hecho la primera operación en la pierna. Paoletti también me ha dicho que van a incluir el nombre de Murphy en una lista de los americanos muertos por la explosión del coche bomba, así que si oís que está muerto no os preocupéis. Van a hacerlo para proteger a la tripulación del helicóptero y al personal del hospital que ayudaron a evacuarle.

—A Angelina le han dicho que está bien, ¿verdad? —preguntó Tess.

—Estoy seguro de que Tom ya se ha encargado de eso —dijo Decker—. Pero lo comprobaré cuando vuelva a hablar con él.

—¿Se sabe quién está detrás de ese coche bomba? —preguntó Tess.

—Extremistas del GIK —respondió Dave—. En la calle hay muchos rumores de que habrá más ataques. Debemos tener los ojos bien abiertos cuando salgamos ahí fuera, y mantenernos alejados de los posibles objetivos.

—¿Como los hospitales? —preguntó Nash.

Decker les dio a Nash y a Dave un papel. Sophia se acercó un poco y vio que era una lista de nombres y direcciones de hospitales.

—Eso es lo que tenemos que... —dijo Deck.

—¿Dónde está el mío? —le interrumpió Tess.

Decker miró a Nash.

—Hemos decidido que es demasiado arriesgado que vayas sola a...

—¿Hemos decidido? —preguntó ella.

—He decidido —dijo Deck recogiendo la bala para Nash, de quien sin duda alguna había sido la idea—. La policía vigila muy de cerca a la gente que ha estado detenida. Si te vieran yendo de un hospital a otro haciendo preguntas sobre equipos de diálisis pondrías en peligro la misión.

Tess se quedó callada. ¿Qué podía decir? Pero por el modo en que miró a Nash estaba claro que iba a tener que oír algo sobre eso en algún momento.

—Manos a la obra —dijo Decker.

• • •

Jimmy volvió pasadas las cuatro de la mañana. Tess estaba todavía levantada esperándole, y él se alegró tanto que estuvo a punto de darse la vuelta y bajar corriendo las escaleras.

Pero cerró la puerta y llevó al cuarto de baño el cubo de agua que había subido de la cocina.

Cuando ella cerró su ordenador oyó el clic.

—¿Cómo ha ido?

Aunque estaba seguro de que no se le notaba nada, tan sólo verle Tess se dio cuenta de que había tenido problemas, y se levantó rápidamente.

—¿Qué ha pasado?

No tenía sentido mentir ni suavizarlo.

—Me han tendido una trampa. Mi contacto, Leo, averiguó que quería sacar del país a Sophia Ghaffari. Supongo que su plan era cogerme y conseguir que le dijera dónde estaba escondida —esa parte la suavizó evitando la palabra tortura. No merecía la pena preocuparla; Deck no había permitido que las cosas llegaran tan lejos.

Tess se acercó a él de inmediato.

—¿Estás herido?

—Estoy bien —al mirarla se dio cuenta de que estaba pensando que eso era lo que le había dicho ella mientras permanecía encerrada en una cárcel kazbekistaní—. No estoy herido. Llegó Deck y me sacó de allí.

El chichón del golpe que le habían dado en la cabeza no se veía. Pero al caerse se había arañado el talón de la mano derecha, y ella acababa de verlo.

—Tienes que limpiarte eso —le dijo.

—Sí, eso voy a hacer. He subido un cubo de agua.

—¿Algún otro «rasguño»? —le preguntó mirándole con dureza.

—No creo —Jimmy permitió que le diera un pequeño abrazo antes de apartarse de ella. Sabía que lo único que tenía que hacer era besarla para acabar con ella en la cama. Quería desesperadamente aprovechar la excitación provocada por el subidón de adrenalina, pero olía muy mal.

El sudor frío siempre había hecho que apestara.

No empezó a sudar hasta que Deck y él volvían hacia allí. Hasta que comenzó a pensar en lo que pasaría si uno de los hombres de Leo les siguiese hasta casa de Rivka. Si permitían que ocurriera eso Sophia no sería la única en peligro.

Si fuese alguien a capturar a Sophia podía llevarse a Tess. O podían entregar a las dos a Padsha Bashir sin que les importara con cuál de ellas iban a ganar la recompensa.

Jimmy no quería que Tess se acercara a aquel sádico. Estar en la misma ciudad con ese hijo de perra era más que suficiente.

Se sentó en la silla para quitarse las botas. Le dolían muchísimo los pies. Decker y él habían recorrido unos doce kilómetros a toda velocidad, y aquellas botas no eran para correr.

Tess estaba esperando, dispuesta a ayudarle a quitarse la chaqueta y luego la camisa para comprobar si tenía más rasguños.

—No sabía que Deck iba a ir contigo —dijo levantándole de la silla para que pudiera quitarse los pantalones.

—Me siguió, se escondió entre las sombras...

A Tess no parecía distraerle su erección tanto como a él. Aunque se había fijado en ella —¿cómo no iba a hacerlo?— estaba más interesada en hacer un inventario de sus heridas.

—Eso debe de doler.

Estaba hablando de su rodilla, que se había raspado a través de los vaqueros, o quizá por ellos. Ahí también iba a tener un cardenal. Ya estaba empezando a ponerse morado.

—He tenido cosas peores —dijo Jimmy—. ¿Sabes? A veces creo que Decker tiene un sexto sentido, como si supiera que va a haber problemas antes de que ocurran —movió la cabeza—. Cuando no le he necesitado no ha venido. Hoy le necesitaba y estaba allí —era de lo más extraño, porque no era la primera vez que pasaba.

—Puede que capte algo —sugirió ella—. Que le envíes una especie de señal cuando algo va mal y...

—Hoy no lo sabía —respondió Jimmy—. Me han pillado totalmente desprevenido —eso era lo que más le preocupaba, que no lo había visto venir. Ése era el tipo de error que podía matarle. Y también podría haber matado a Decker o a Tess.

Maldita sea, odiaba haberles puesto en peligro.

—Puede que sea algo inconsciente por tu parte —dijo Tess—. Y también por la suya. Sea lo que sea, me alegro. Eso es lo que hace que forméis tan buen equipo.

—Sí, no lo sé —dijo Jimmy—. Decker sería bueno con cualquiera, y podría ser imparable con un compañero mejor. Tú misma dijiste que no sé trabajar en equipo.

—Estaba furiosa contigo.

—Pero no por eso es menos cierto.

Tess le llevó al cuarto de baño y puso la vela que llevaba sobre el inodoro.

—Los dos sois imparables. Sois una leyenda.

—Famosos —le corrigió mientras ella echaba un poco de agua del cubo en el lavabo.

—Eso es una tontería, y lo sabes —humedeció un paño y le quitaba la suciedad y los trozos de cemento de la mano.

—¡Ay!

—Será mejor que busques algo para morder, porque voy a tardar un rato.

—Me dolería menos si estuvieses desnuda —le dijo.

—Eso ya lo has utilizado antes —respondió ella levantando la vista.

Joder.

—Lo siento.

—Me lo imagino —Tess miró de nuevo hacia arriba—. Ahora podrías decirme qué ha pasado esta noche.

¿Qué había que decir? Leo había cometido el error de recurrir a la violencia y poner sobre la mesa la carta de la muerte. *Si no me dices dónde se esconde Sophia te mataré.* Entonces comenzó el juego mortal. Y cuando Decker irrumpió por la ventana y le tiró a Jimmy esa pistola...

—Leo *el Garfio* cometió un gran error —le dijo ahora a Tess.

Ella se rió.

—¿Leo *qué*?

—Así es como se llama a sí mismo. Leo *el Garfio*. ¿Qué diablos significa eso? Por cierto, no confíes nunca en un hombre que se pone su propio apodo.

Tess volvió a reírse.

La estaba entreteniendo. Eso estaba bien.

—Hice algunos negocios con él hace unos años, antes de que se convirtiera en «el Garfio». Entonces estaba en los dos lados; ya sabes, trabajaba para el mejor postor, pero me caía bien...

Jimmy se dio cuenta de que se había callado y de que Tess estaba mirándole con preocupación, así que esbozó una sonrisa.

—Pero por lo visto tuvo algunos problemas con Padsha Bashir, y descubrió que le gustaba tanto seguir vivo que decidió ganar menos dinero y jurar lealtad a Bashir.

»Hace un par de días me puse en contacto con él sin saber nada de su nueva relación con Bashir, y le pregunté cuánto costaría pasar a un amigo al otro lado de la frontera. Yo creo que fue entonces cuando se dio cuenta de que mi «amigo» era Sophia. Porque cuando Leo dijo cincuenta mil dólares no salté de la silla y le respondí que estaba loco. Simplemente asentí, porque pensé que eso era lo que podía acabar costando, lo mismo que Bashir ha ofrecido por su cabeza.

»Así que se lo digo sin darme cuenta —prosiguió Jimmy—. Y mientras yo vuelvo aquí (gracias a Dios que los hombres de Leo no le siguieron ese día) Leo *el Garfio* va a ver a su socio y le dice que ha encontrado a la chica de Bashir. Entonces el socio le proporciona media docena más de hombres —unos pobres bastardos con muy mala puntería que ya no podrían contarlo—. Y esperan a que regrese. Que es lo que he hecho esta noche.

»Como te decía, llego con la guardia bajada... Así que me llevan a una habitación pequeña, me ponen en una silla y Leo empieza a interrogarme. Pero entonces entra Deck por la ventana, Leo se pone a cubierto y... acabamos corriendo por una zona devastada con botas de trabajo. Hemos tardado tanto en volver porque teníamos que asegurarnos de que no nos seguían.

Al principio lo habían hecho.

Pero Jimmy rodeó al tipo que les seguía con una estrategia que Decker denominaba «maniobra circular». Redujo a su perseguidor en silencio y le dejó allí como advertencia para los que pudieran venir detrás, como advertencia para Leo. *No vuelvas a joderme...*

—Yo creo que esto ya está bastante limpio —le dijo Tess.

Él se miró la mano. *Fuera, maldita mancha...*

—Gracias. Es... Gracias.

—¿Ahora vas a decirme qué ha ocurrido? —le preguntó ella.

Jimmy se rió, pero al ver que no le hacía gracia dejó que su sonrisa se desvaneciera.

Tess estaba allí de pie, esperando.

Así que dijo:

—Muy bien, no te he dicho que me dieron un golpe en la cabeza y me caí. Suponía que lo sabías porque... —levantó la mano arañada como prueba—. Pero aparte de eso...

Ella asintió y se cubrió el pecho con los brazos, como si tuviera frío.

—Muy bien —señaló hacia la habitación por encima del hombro—. Estaré ahí fuera mientras terminas de lavarte.

Sabía que la había decepcionado. ¿Pero qué le podía decir?

Eran muchos más y estaban mejor armados, pero fue como matar peces en un barril.

O *El último no nos oyó llegar. Se quedó solo y antes de que pudiera darse cuenta estaba muerto. No le dio tiempo a defenderse ni a sacar su arma.*

Había ayudado que era uno de los que estaban en la habitación, riéndose, mientras Leo describía el efecto de una descarga eléctrica en las gónadas de un hombre.

Pero la verdad era que Jimmy había visto demasiada muerte gratuita.

—Estoy haciendo todo lo que puedo —le dijo ahora Tess.

Parecía muy triste.

—Sí —afirmó él—. Ya lo sé.

Tess cerró la puerta del cuarto de baño detrás de ella.

Él se quitó los calzoncillos y se dio jabón por todo el cuerpo. Luego se metió en la bañera y se aclaró echándose el resto del agua del cubo por encima de la cabeza. Por último se secó, colgó la toalla del gancho y apagó la vela.

Y todo se quedó a oscuras.

Tess había apagado la vela de la habitación y se había metido en la cama. El silencio y la oscuridad no resultaban muy acogedores, y le dieron ganas de volver al cuarto de baño.

Pero ella había dejado su lado de la cama abierto. Era asombroso lo rápido que había ocurrido; una noche y ya tenía un lado en la cama.

Jimmy se deslizó entre las sábanas y ella se volvió hacia él, suave, cálida y somnolienta.

Y desnuda.

Con un condón desenvuelto en la mano. Estuvo a punto de gritar. Gracias, dioses del universo, por enviarle a aquella mujer que de algún modo sabía exactamente lo que necesitaba.

Ella le cubrió mientras la besaba antes de ponerse sobre él y adentrarle en las profundidades de su cuerpo.

—Tess —dijo.

Y ella le besó.

22

Tess parecía cansada mientras se servía una taza de café.

—¿Habéis visto a Khalid? —preguntó mirando de Sophia a Decker.

—Está en el patio —dijo él terminando los cereales de su cuenco. Guldana había añadido las especias adecuadas a la espesa mezcla. Tenían un aspecto horroroso, pero estaban muy ricos. Claro que el desayuno siempre sabía especialmente bien al día siguiente, después de una experiencia de vida o muerte.

Algunos practicaban el sexo para mover la sangre. Otros arriesgaban su vida.

Y algunos —como Nash, a quien no parecía importarle hasta qué hora había tenido despierta a Tess— hacían ambas cosas.

La noche anterior Decker había aceptado una apuesta de doce contra uno; bueno, contra dos después de poner un arma en las hábiles manos de Nash. Entró sin saber cómo iba a reaccionar; había visto cómo le daban un golpe en la cabeza, y podía estar mal.

Pero sólo estaba mal a medias.

Sin embargo allí estaba Deck. Desayunando. Y disfrutando de cada bocado.

—¿Qué ocurre? —le preguntó a Tess.

Se encontraba en medio de la puerta que daba al patio, y parecía estar aún más cansada con la luz del sol.

—No sé nada de Will Schroeder desde la explosión. No se ha puesto en contacto contigo, ¿verdad?

—No —Decker llevó su cuenco al fregadero.

—Si te parece bien voy a decirle a Khalid que salga a buscarle para que se reúna conmigo en la plaza esta tarde.

Deck se acercó a ella consciente de que Sophia estaba observándole: vigilaba todos sus movimientos y le seguía si se alejaba demasiado de ella. Si no hubiera sabido nada sobre las secuelas psicológicas de los presos podía haberse sentido incómodo. Aunque ya no estaba encerrada en el palacio de Bashir, el precio que habían puesto a su cabeza hacía que aún se sintiese como una prisionera.

El modo en que le miraba no era personal; desde su punto de vista era quien tenía la llave de su libertad.

—No es una buena idea —le dijo a Tess.

La frustración se reflejó en su voz.

—Sólo porque Jimmy no quiera que salga sola...

Decker la interrumpió.

—*Yo* no quiero que salgas sola.

—Pero si me pongo en contacto con Will puede venir conmigo —argumentó Tess—. Podemos salir juntos para ayudar a comprobar la lista de hospitales —bajó un poco la voz—. Cada día que pasa tenemos menos posibilidades de recuperar ese ordenador.

—Sí —afirmó él—. Eso ya lo sé, pero... —miró hacia Sophia, que como siempre estaba observándole—. Si vas a la ciudad con Will, entonces Miles...

—Estaré bien —dijo Sophia—. Puedo quedarme aquí sola.

—¿Nos disculpas un momento? —dijo Tess. Luego sacó a Decker fuera y le llevó hasta la verja antes de detenerse y ponerse frente a él—. Está siempre escuchando, y lo siento, pero creo que debemos tener más cuidado con ella. La verdad es que no quiero ponerme en contacto con Will para visitar hospitales con él. Era una excusa para comprobar si realmente presta atención a lo que decimos.

»Esta mañana hemos recibido un e-mail de Tom —prosiguió—. No ha podido llamar, nuestros teléfonos fallan otra vez, pero acaba de recibir una importante noticia del cliente. Han tenido acceso a un móvil que pertenece a Faik Nizami, un dirigente de Al Qaeda con base en Afganistán. Este hombre ha estado en contacto con Sayid reiteradamente desde 2001. La víspera del terremoto Nizami recibió una llamada desde el Kazabek Grande Hotel.

La reacción de Decker debió de ser muy evidente, porque ella añadió:

—Sí, Jimmy dijo que era el último lugar en el que esperaría que se alojara Sayid, con lo cual tenía muchos puntos en su lista de posibilidades incluso antes de que llegara el e-mail de Tom.

Deck suspiró.

—Pero sólo es una llamada de teléfono. Y puede que no fuera de Sayid.

—Fueron tres —dijo ella—. Una llamada internacional al móvil personal de Sayid la mañana del terremoto que duró un minuto y siete segundos. Luego otra llamada unos minutos más tarde al Kazabek Grande que duró doce minutos. Imagina esta situación: Nizami llama al móvil de Sayid y se corta la línea. Intenta llamar otra vez pero no puede hablar con él. Así que acaba llamando desde el teléfono del hotel.

—O Nizami organiza desde otro sitio una reunión en Kazabek entre Sayid y una tercera persona. Esa tercera persona, desconocida, se hospeda en el Grande, y llama a Nizami la noche anterior al terremoto. Por la mañana Nizami se pone en contacto con Sayid para saber dónde será la reunión. Luego vuelve a llamar a esa tercera persona al hotel y le pasa la información.

Tess le miró.

—Vaya manera de reventarme una idea —comentó.

—Tu hipótesis puede ser correcta —dijo él—. Y aunque no lo sea, esa posible tercera persona puede haber dejado alguna pista en la habitación del hotel que podría llevarnos al alojamiento de Sayid —dio un pequeño salto para sentarse en la valla, como si fuera un tipo normal que estaba charlando con una bella joven bajo el sol de otro día despejado de Kazbekistán—. Espero que en el plan que tengas en mente no se te ocurra que registremos todas las habitaciones del Kazabek Grande Hotel, porque debo informarte de que tiene graves daños estructurales y puede derrumbarse en cualquier momento.

Al sonreír parecía que Tess estaba menos cansada.

—Jimmy también me comentó eso. ¿Sabes si tiene claustrofobia?

—No lo creo —dijo Decker.

—Le horroriza la idea de tener que entrar ahí.

—Estaba en Nueva York el 11-S —le dijo Decker—. Creo que vio cómo se caían las torres desde muy cerca.

—Dios mío.

—Pero no estoy seguro. Nunca ha hablado de eso. Al menos no conmigo.

Ella se quedó boquiabierta.

—Todo el mundo habla del 11-S. De dónde se encontraban, qué estaban haciendo...

—Él no habla de esa manera —dijo Decker—. Le conozco mejor que nadie; sé lo que va a decir y hacer antes de que lo haga. Pero no tengo ni idea de lo que ha hecho, dónde ha estado, qué ha visto... Sin embargo sé lo que importa. Sé que puedo confiar en él, y lo hago. Y también sé que te quiere.

—Eso es muy divertido, porque él insiste en que *tú* me quieres.

Vaya. Iba a tener una conversación que nunca había pensado que tendría. Decker no pudo evitar reírse.

—La verdad es que te admiro muchísimo. Y si antes no te quería ahora te quiero por tener el valor de decírmelo.

A Tess no le hizo gracia. Además se estaba ruborizando. Se sentía avergonzada tanto por ella como por él.

—Lo siento. No vamos a entrar en eso. Yo no pretendía...

—Te quiero como amiga —precisó él—. Me parece que eres buena para él, ya sabes.

Tess se aclaró la garganta.

—Mi plan es entrar en el hotel, acceder a los ordenadores y buscar la lista de huéspedes para averiguar el número del móvil de Nizami. Esa llamada internacional debería aparecer como cargo adicional a la habitación. Si encontramos esa llamada tendremos el número de la habitación de Sayid, suponiendo que mi hipótesis sea correcta.

Decker la miró. Llevaba una camiseta y unos pantalones largos, y estaba empezando a sudar por el calor. O quizá por lo que acababan de hablar.

—¿Puedes acceder a los registros del hotel desde aquí? —preguntó él—. Si tenemos que entrar ahí preferiría saber el número de la habitación de antemano para pasar el menor tiempo posible en un edificio que está a punto de caerse.

Ella asintió.

—Lo intentaré —miró de nuevo hacia la casa, donde estaba Sophia al otro lado de la puerta, entre las sombras, observándoles. Entonces bajó aún más la voz—. Perdona por lo que te he dicho, pero anoche estuvieron a punto de mataros a Jimmy y a ti, y creo que debemos tener más cuidado.

—¿Te ha hablado de eso? —no pudo ocultar su sorpresa.

Pero ella se rió.

—Sí, me contó la versión Disney, sin hablar del número de muertos. Ya sabes que quiero ayudar a Sophia, Deck, pero no a ese precio. No sé qué ocurrió anoche, pero Jimmy estaba muy alterado cuando volvió. También deberíamos tener en cuenta que no conocemos a esa mujer...

—¿Crees realmente que tiene algo que ver con la emboscada de anoche? —preguntó Decker—. Están buscándola. Quieren devolvérsela a Bashir. No puede estar aliada con ellos.

—Lo que creo es que hay cinco personas, además de nosotros, que saben que está aquí —dijo Tess—. Rivka y Guldana, Khalid, Will y ella misma —las contó con los dedos—. Recuperar el beneplácito de Bashir parece ser el pasatiempo nacional de Kazbekistán. ¿Cuáles son las dos cosas que más quiere? Sophia y el ordenador de Sayid. Sólo sabemos la versión de Sophia sobre por qué la persigue. Y lo siento otra vez, pero cada vez que abre la boca hay algo raro...

—¿Qué?

—Algo raro —repitió ella—. Como si no dijera del todo la verdad.

—Ya comprendo. Sí, es buena despistando...

—Así es —dijo Tess.

—Dime si lo he entendido bien. ¿Crees que Sophia va a intentar recongraciarse con Bashir...?

—Entregándole el ordenador de Sayid —concluyó Tess—. No estoy diciendo que vaya a hacerlo. Sólo digo que deberíamos considerar esa posibilidad.

—Pero no tenemos ese ordenador —señaló Decker.

—Aún no —dijo ella—, pero vamos a conseguirlo.

—Mierda.

—¿Puedo hacer algo para ayudarte?

Tess levantó la vista del ordenador y miró hacia la cama, donde Jimmy estaba tumbado.

—Lo siento. No quería despertarte.

—No lo has hecho —dijo—. Llevo un rato despierto, esperando que te fijes en mí.

Cuando le sonrió fue demasiado. Con esos ojos y esos pómulos, ese bronceado, los músculos relucientes... Tess volvió a centrar su atención en la pantalla del ordenador.

—Nada de sexo mientras estoy trabajando —dijo.

—Dos minutos —insistió Jimmy—. Eso es todo lo que necesito.

Cuando ella le miró él movió las cejas.

—Venga, reconócelo —dijo—. Te lo estás pensando.

—No, me maravilla el hecho de que esté durmiendo con un hombre que intenta llevarme a la cama con la promesa de que va a acabar en dos minutos. Eso es menos de lo que se tarda en hacer un huevo pasado por agua.

—¿Qué te parecen veinte minutos? —preguntó—. Eso es lo que suele durar el descanso para el café.

—Si puedo acceder a los registros de los bancos de Kazbekistán, ¿por qué no puedo encontrar ese maldito hotel? ¿Es posible que no tengan registros informáticos? —dijo Tess, aunque sabía que era absurdo. ¿Un hotel moderno con tantas habitaciones? Su sistema de facturación tenía que estar computerizado.

—Imagínate que fumaras —Jimmy seguía intentándolo—. Pasarías por lo menos diez minutos cada hora fumando un cigarrillo. En realidad serían quince, porque además de salir fuera tendrías que ir a un sitio donde permitiesen a la gente contaminar el aire. Cuando yo fumaba trabajaba en la oficina de la Agencia en San Francisco.

Tess tuvo que hacer un esfuerzo para no levantar la vista. ¿Jimmy había sido fumador y había trabajado en la oficina de San Francisco?

—En el piso veinte tenían una terraza donde los fumadores podían resguardarse de la lluvia debajo de un pequeño toldo —prosiguió.

Tess vio por el rabillo del ojo que tenía las dos manos detrás de la cabeza y estaba mirando al techo.

—Los ascensores estaban tan ocupados que solía tardar unos diez minutos en llegar allí desde el noveno piso, y un poco menos, ocho minutos aproximadamente, en volver. Si a eso añadimos el paseo desde mi oficina al ascensor y los cinco minutos y medio que estaba aspirando la nicotina nos da un total de treinta minutos. Como supondrás no trabajaba mucho. Afortunadamente no trabajé en esa oficina mucho tiempo.

Tess tenía el corazón en la garganta. Era patético que le conmoviera tanto que Jimmy Nash estuviera hablando de sí mismo. *Cuando yo fumaba...*

—¿Por qué dejaste de fumar? —preguntó sin apartar la vista del ordenador. Puede que ése fuera el secreto para conseguir que hablara de sí mismo. Fingir que no le estaba prestando atención.

—Empecé a trabajar con Deck —respondió—. Era una cuestión de amor propio; quería ser capaz de estar a la altura del gran comando de la Marina —se rió—. Como si pudiera suceder algo así. Pero para cuando me di cuenta de que era imposible ya había dejado de fumar, así que... —se encogió de hombros.

—¿Cuándo estuviste en San Francisco? —le preguntó—. Mi madre vive allí, ¿sabes?

—Sí, ya lo sé —dijo Jimmy—. Lo mencionaste en tu entrevista con Tom.

Ella le miró sorprendida.

—¿Te acuerdas de eso?

—Tu madre es escultora y tu padre bibliotecario. Están divorciados, y tú saltabas del uno al otro. Y pasabas mucho tiempo con tu ordenador. Todavía te sientes más segura cuando estás enganchada a él. A Tom le impresionó que te definieras tan bien. Y a mí también.

Tess volvió a centrarse en su ordenador. Era admirable que tuviera tan buena memoria.

—No es justo —dijo—. Yo no estuve en tu entrevista.

Él se rió.

—Yo no hago entrevistas. Simplemente me agarro al faldón de Deck y me dejo llevar.

¿Lo decía en serio o sólo intentaba ser modesto?

—¿A qué se dedicaban tus padres? —le preguntó con los ojos pegados a su ordenador.

—Mi padre era profesor en un colegio privado de Kent, Connecticut, y mi madre era ama de casa. Hace unos diez años tuvo un cáncer de mama, y se libró de mi padre junto con el cáncer. Ahora viven en Florida, pero en ciudades diferentes.

Estaba hablando de los padres de James Nash. Sonaba a tapadera, a lo que el personal de apoyo de la Agencia llamaba «Vida Imaginaria». Era tan falso como el nombre que le habían asignado. ¿Pero qué esperaba?

—Lo siento —murmuró como respuesta a «mi madre tuvo un cáncer». Pero lo que en realidad sentía era su incapacidad para decirle la verdad.

La noche anterior, cuando le contó esa versión PG-13 de su aventura con Leo, se dio cuenta de que no podía hacerlo.

Podía pasar un par de días —e incluso semanas, si aquella misión se alargaba— teniendo sexo con un hombre que le atraía. Pero una relación...

No, aquello era definitivamente temporal. Necesitaba confianza, no verdades a medias y padres ficticios.

—¿No crees que es un poco contradictorio que duermas conmigo y me digas que quieres una relación pero no puedas hablarme de tus padres? —preguntó Tess.

Él permaneció en silencio, y ella le miró.

—Me gustaría saber quién eres —le dijo. ¿Por qué se molestaba? Debería cerrar su ordenador, meterse en la cama con él y redefinir el «descanso para el café». Pero en vez de eso se sentó allí para hablar con él—. Olvídate de tus padres. Dime un secreto. Dime algo que no le hayas dicho nunca a nadie. ¿Quieres tener una relación, James? Entonces habla conmigo. Si no lo único que estamos haciendo es tener sexo.

Cuando él abrió la boca tuvo un momento de esperanza. Iba a hacerlo, y ella se estaba engañando a sí misma al pensar que aquello era sólo temporal, que sólo había sexo.

Estaba tan enamorada de ese hombre que le dio un vuelco el corazón cuando le dijo que había sido fumador, por amor de Dios.

Pero entonces habló.

—Me parece que ahora mismo no estamos teniendo sexo, sino todo lo contrario.

Al principio sus palabras no tenían sentido. Y luego se dio cuenta de que había hecho una broma.

Corrección. Había intentado hacer una broma.

Algún día se acordaría de aquello y se reiría. Estaría hablando por teléfono con Peggy, su compañera de habitación de la universidad, y le diría: «¿Te acuerdas de ese superagente con el que me enrollé la primera vez que salí del país en una misión?»

Y Peggy diría: «Ah, sí, el James Bond de pacotilla. Menudo idiota».

Y ella diría: «Allí estaba yo, suplicándole que hablara conmigo, y a él se le ocurre hacer una broma estúpida».

Y Peggy diría: «Probablemente porque se sentía vulnerable, pensando que si te decía quién era realmente le rechazarías, y como la mayoría de los hombres estaría muy asustado».

Tess cerró su ordenador y se levantó. Tenía que salir de allí antes de que fuera a esa cama para consolar a Jimmy por sentirse tan vulnerable.

—Así que vulnerable —le dijo de mal humor.

—¿Qué? —Jimmy se incorporó con el pelo revuelto—. ¿Podríamos descansar un poco? —preguntó con tono animado.

Sí, claro. No tenía nada mejor que hacer en ese momento que acostarse con el señor vulnerable. Además de enchufar su ordenador a ese terrible generador para cargar la batería y sacar agua del pozo, porque hasta que volviera la luz...

—Joder —dijo dándose un golpe en la frente—. Sigue sin haber luz. Todos los bancos tienen los generadores y los ordenadores funcionando. Pero el Grande Hotel ha sido evacuado. Seguro que está a oscuras y los ordenadores se han quedado sin batería. Vamos a tener que ir allí con una fuente de energía para poner en marcha el sistema y...

Como Jimmy, Decker y Dave, de repente se veía obligada a esperar a que anocheciera para poder entrar en ese hotel sin ser vistos.

Faltaban dos horas para que se pusiera el sol.

Dos horas para... *No. Contrólate y aléjate de ese hombre.*

Tenían dos horas para preparar todo el equipo que iban a necesitar.

—Ese generador que hemos estado usando para recargar nuestros teléfonos y la batería de mi ordenador —le dijo a Jimmy—. ¿Es portátil?

—Sí —respondió—. Bueno, Murph lo llamaba portátil, aunque pesa como un muerto. Pero si es necesario podemos moverlo.

—¿Hasta el Grande Hotel?

Él hizo una mueca.

—No será fácil. Aunque si tuviésemos un cochecito de niño... —pensó en ello—. Pero que Dios nos asista si nos para una patrulla de la policía.

Tess le tiró sus pantalones.

—Vístete. Tenemos que conseguir un cochecito de niño.

Jimmy se rió.

—Esas palabras hacen que a un hombre se le paralice la sangre.

Ella se encogió por dentro, porque sabía que estaba pensando en el día que habían tenido relaciones sexuales sin protección.

Ésa era la base para una relación sólida y duradera: conversaciones triviales, sexo, más sexo y terror.

Así llegarían lejos.

—Estaré abajo —dijo saliendo por la puerta.

Sophia estaba en la cuadra junto al establo de *Marge*, el caballo de Khalid, limpiando el cochecito de niño que Nash había encontrado en el cobertizo.

Las últimas noticias de Decker —que no habían podido encontrar a ninguna persona de confianza dispuesta a sacarla de Kazbekistán, ni siquiera por cincuenta mil dólares—habían sido devastadoras.

Menos mal que tenía algo entre manos para mantenerse ocupada mientras pensaba qué podía hacer.

Tenía que salir de Kazabek; eso estaba claro. Podía ir a las montañas, lejos del territorio de Padsha Bashir. Habría otros peligros, otros jefes militares, pero ninguno que hubiese puesto precio a su cabeza. Tendría que llevar la cara tapada, pero eso no sería muy difícil. Si iba hacia el norte puede que encontrase a alguien que la ayudara a cruzar la frontera.

No era la primera vez que estaba sola con muy pocos recursos. Con quince años había vuelto a Kazabek sin sus padres. Pero entonces llevaba el pelo corto e iba vestida de chico, y había simulado que era francés. De esa manera se podían conseguir muchas cosas.

Iba a necesitar mucho dinero para sobrevivir.

Una cosa era que Decker le prestara miles de dólares sabiendo que saldría de Kazbekistán y trabajaría para devolvérselos. Y otra muy distinta que se los diera sabiendo que podía quedarse atrapada en las montañas durante años. O que podían capturarla y matarla.

—Buscaremos una alternativa —le prometió Decker después de soltar la bomba.

Aunque tenía ganas de llorar se ofreció para limpiar las telarañas y el óxido de un cochecito de niño que tenía más de veinte años.

Deck estaba visiblemente agotado. Sophia no sabía qué había hecho la noche anterior, pero se tumbó para echar una siesta allí mismo, en el suelo de la cuadra.

Ella se situó tan cerca como pudo sin temor a despertarle.

Entonces se abrió la puerta de golpe y entró Nash.

—Chsss —comenzó a decir Sophia antes de agacharse para que no la vieran, porque detrás de Nash, además de Tess y Dave, entró en la cuadra un desconocido. Un hombre alto con el pelo rojo.

—Deck —dijo Nash.

—Estoy aquí —Decker hizo un esfuerzo para incorporarse—. Hey —saludó al pelirrojo—. ¿Cómo está tu muñeca?

—Rota. No sabes cómo duele.

—Lo supongo. Gracias por ayudar a Murphy.

—Es un buen hombre.

—Si hubiese sido yo habrías dejado que me muriera, ¿verdad? —comentó Nash.

Sophia se relajó un poco. Quienquiera que fuese, Decker y Nash le conocían lo suficiente para bromear con él, aunque nadie se estaba riendo.

—Schroeder ha estado ocupado —le dijo Nash a Decker.

Will Schroeder; había oído antes ese nombre.

—He estado investigando —dijo Schroeder—, preguntando a la gente si conocían a Sayid, si le habían visto y todo eso. Y he encontrado a un taxista que dice que recogió a Sayid la tarde anterior al terremoto en el Grande Hotel.

Desde su escondite Sophia vio a Decker intercambiar una mirada con Nash.

—Eso es estupendo —dijo Decker—. Si ya teníamos razones para creer que había estado allí, esto es una buena confirmación.

—¿Cuándo vais a ir al hotel? —preguntó Schroeder.

Nadie le respondió.

—Qué pregunta más estúpida. Será esta noche, en cuanto oscurezca. Muy bien, iré con vosotros.

Nash abrió la boca, pero Tess le puso la mano en el brazo para detenerle.

—La verdad es que no he decidido aún quién va a ir —dijo Decker—. No va a ser fácil entrar ahí, ni una vez que estemos dentro. Por eso no quiero que vaya demasiada gente.

Esta vez fue Tess la que no pudo contenerse.

—Yo tengo que ir.

—No, tú no —dijo Nash.

—Sí, Jimmy —dijo Tess muy seria—. Tengo que poner en marcha el ordenador para acceder a los registros telefónicos y...

—Si te pillan después del toque de queda... —dijo Nash.

—Me pasaría lo mismo que a ti —argumentó ella.

—¿Te gustó estar en la cárcel? —preguntó Nash—. Ya te has librado una vez, Tess. En Kazbekistán eso no pasa dos veces.

Habían vuelto a darse la espalda. Sophia miró a Decker, que se rascó la frente y suspiró.

—Muy bien —Tess le desafió a Nash—. Dime cómo vas a hacerlo. ¿Cómo vas a poner en marcha el sistema informático del hotel? ¿Eh?

—Muy fácil —respondió Nash—. Si llego allí y mi teléfono no funciona pondré esa antena en el tejado del hotel. Y luego te llamaré para que me vayas indicando qué tengo que hacer.

Tess blasfemó.

—Eso es injusto —se volvió hacia Decker.

—¿Qué? —repuso Nash—. ¿Es injusto que quiera mantenerte a salvo?

Tess vio cómo les estaba mirando Decker y se calló al darse cuenta de que una vez más parecían dos niños discutiendo.

—¿Funcionaría eso? —le preguntó Decker—. ¿Si vamos allí y no tenemos acceso telefónico, si ponemos una antena en el tejado del Grande...?

Tess apretó los dientes. Odiaba reconocerlo, pero...

—Sí —dijo antes de blasfemar de nuevo.

—Si vamos solos tú y yo —le dijo Nash a Decker—, podremos hacerlo mucho más rápidos.

—Parece que yo tampoco voy a ir, Tess —dijo Dave con suavidad—. No te lo tomes de forma personal, ¿vale?

—Pero es personal. Siempre tiene que ser lo que quiera Jimmy. ¿Para qué me he molestado en venir hasta aquí si nadie va a dejar que haga mi trabajo? —replicó Tess dando un resoplido.

—Vas a hacer tu trabajo —dijo Nash con tono brusco—. Pero desde aquí, donde el riesgo de que te violen en un interrogatorio policial es mucho menor.

—¿Qué hay de los riesgos que corres tú? —le preguntó Tess acaloradamente—. Me gustaría proponer que vaya Dave en lugar de Jimmy. No debemos olvidar que Leo *el Garfio* está ahí fuera deseando vengarse.

—Muy bien —dijo Decker—. Yo creo que todos sabemos lo que debemos hacer.

—¡Eso es absurdo! —exclamó Nash.

Tess se volvió hacia Decker.

—Esto es una misión para 007, ya sabes. Nash, James Nash, tiene que ser el que se lleve los honores.

—¡Y una mierda! —estalló Nash—. Si creyera que soy James Bond no estaría perdiendo el tiempo contigo.

Tess se echó hacia atrás como si le hubiera dado una bofetada.

Y se produjo un silencio.

Decker suspiró.

—No es eso —dijo Nash—. Lo que quería decir es que no perdería el tiempo discutiendo contigo.

Pero Tess no parecía creérselo.

—Ésta es mi decisión —afirmó Decker—. Que le quede a todo el mundo claro —luego miró a Dave, a Tess y a Nash uno por uno antes de decir—: Iré yo con Nash. Tess, vas a tener que hacer tu trabajo, que es muy importante, desde aquí, porque de ese modo todos estaremos más seguros.

—Sí, señor. Lo siento, señor. No tengo excusa para...

—Dave, tú te quedarás aquí con Tess y Sophia.

—Sí, señor.

Decker se volvió hacia Will, que parecía que quería hablar.

—No, tú no puedes venir. Y si insistes te mataré.

Will cerró la boca.

—Partiremos inmediatamente después del toque de queda —anunció Decker—. Dave, ven a hablar conmigo y con Nash sobre la mejor manera de entrar en ese hotel.

Sophia se levantó.

—La mejor manera de entrar en el Kazabek Grande es a través de un túnel subterráneo que parte del sótano del Sulayman Bank, en el distrito financiero.

Todos se quedaron mirándola, pero ella sólo miró a Decker.

—No hace falta que esperéis a que anochezca —le dijo—. Si queréis os lo puedo enseñar. Podemos ir ahora mismo.

23

Al final del túnel que conducía directamente al Kazabek Grande Hotel había un ascensor.

Era la única forma de subir arriba, puesto que no había escaleras.

Aunque no había electricidad Decker no lo veía como un problema. Dave y él se pusieron a trabajar para abrir las puertas con una palanca.

Jimmy se aseguró de que la antena portátil y la batería estuviesen seguras en sus mochilas. Habían decidido llevar la batería en vez del ruidoso generador. Era un poco más ligera, lo cual era una ventaja, pero tenía una cantidad limitada de energía. Tendrían que darse prisa.

El cochecito de niño les había venido muy bien para llevar el pesado equipo por la calle. Un par de mantas protegían la cara del «bebé» del sol de la tarde.

Pero ahora tenían que subir por el hueco de un ascensor con todo ese peso adicional a su espalda.

Si Jimmy se quejaba Decker haría algún comentario sobre cómo, cuando estaba en los equipos especiales, saltaban de los aviones con más de cincuenta kilos de provisiones y armas encima de ellos.

Pero Jimmy no era un comando. Y tampoco era James Bond.

Maldita sea, aún podía ver la cara de Tess cuando le dijo en la cuadra *No estaría perdiendo el tiempo contigo*.

En el peor de los casos sonaba como si quisiera dejar claro que no era precisamente una chica Bond.

Y en el mejor como si pensara que el tiempo que había pasado con ella no hubiera merecido la pena.

Jimmy abrió su teléfono. Como era de esperar no había línea.

—¿Cuántos puntos de acceso al hotel tiene este ascensor? —le estaba preguntando Decker a Sophia.

—Tres —respondió ella—. Uno al aparcamiento, uno al vestíbulo y uno que lleva directamente a una suite del piso diecisiete, en la que vivía la amante de Uqbah Sulayman.

—¿Sabes el número de la suite? —preguntó Deck. Tenía la costumbre de reunir toda la información posible, pero no cuando se encontraba debajo de un edificio que se podía caer en cualquier momento.

Con un rugido que sonaría como si se hubieran abierto las puertas del infierno.

—Suite 1712 —dijo ella—. Torre norte.

Las puertas del ascensor se abrieron por fin con un chirrido.

Dave les ayudó a ponerse las mochilas.

—¿Estáis seguros de que no queréis que me quede? —preguntó—. El túnel es seguro; Sophia está segura. Puedo ayudaros a instalar esa antena en el tejado.

Mientras Jimmy observaba Deck miró a Sophia.

—A mí me parece bien —mintió.

Pero él movió la cabeza de un lado a otro.

—No, quiero que volváis a casa de Rivka lo antes posible. Tenéis el tiempo justo para llegar antes del toque de queda. No debemos tentar a la suerte.

Además Tess estaba allí sola con Will Schroeder y Khalid para protegerla. Lo cual era una broma, porque si había problemas sería Tess quien les protegiese a ellos.

Khalid le contó a Jimmy cómo les había empujado a Will y a él debajo del carro cuando explotó la bomba antes de correr hacia la explosión para buscar a Murphy. Khalid también mencionó otro pequeño detalle: por lo visto Will había conseguido otra camisa para Tess después de que utilizara la suya para controlar la hemorragia de Murphy. Pero en vez de taparse con ella la había usado para vendar las heridas de otras personas.

—¿Vienes?

Jimmy se dio cuenta de que Decker estaba suspendido en la entrada del hueco del ascensor. Sophia y Dave regresaban ya por el túnel.

—Sí —dijo mirando hacia el hueco débilmente iluminado que se elevaba hasta donde alcanzaba su vista—. Estoy detrás de ti —encendió su linterna, se la puso entre los dientes y comenzó a ascender por un edificio que estaba a punto de derrumbarse.

El teléfono de Tess estaba sonando. El número que aparecía en la pantalla era el de Jimmy.

—Sí —respondió a modo de saludo mientras conectaba su ordenador a Internet.

—Estamos dentro —dijo él. La conexión no era muy buena pero se podía hablar.

—Qué rápido —comentó ella introduciendo la contraseña. Lo de *rápido* era muy relativo. La verdad era que habían sido los 112 minutos más largos de su vida.

—Sí —afirmó él—. Había una especie de balcón en el piso once. Deck ha colocado la antena ahí fuera. Yo estoy enchufando el sistema a la batería en la oficina del hotel. Dios mío, este sitio apesta. El terremoto ha debido reventar las alcantarillas. Deberías alegrarte de no estar aquí.

—Claro —dijo Tess—. Me alegro de que no me hayan dejado participar como quería. Tienes una gran habilidad para hacer que me sienta mejor.

—Lo siento. Yo...

—Describe el sistema informático del hotel, por favor.

—Es un simple PC, nada del otro mundo. Y siento lo que he dicho antes. Espero que sepas que no quería decirlo con mala intención. Sólo estaba hablando de ese momento.

—Por supuesto —dijo ella—. La verdad es que no sé nada de ti, aparte de tu postura sexual favorita y que te gustan las anchoas, así que tendré que creer las pocas cosas que salen de tu boca.

—¿Sólo porque no quiera hablar de mis padres, a uno de los cuales no llegué a conocer...?

Tess no pudo evitar reírse.

—Es increíble, Jimmy. ¿Esperas que me conforme con eso?

—Mira —dijo él—. No quería...

—Pero sí querías asegurarte de que me quedara aquí sin correr riesgos. Incluso en los trabajos de campo estoy condenada a hacer tareas de apoyo. ¿Sabes lo frustrante que es?

—Eres tú la que siempre está hablando de lo importante que es trabajar en equipo. Recuérdalo y colabora con nuestro equipo.

—Éste no es el momento más adecuado para esta conversación —dijo Tess con tono serio, porque en el fondo sabía que tenía razón. Ella era la James Bond de pacotilla, la que quería llevarse los honores.

—Lo sé —respondió Jimmy. Luego dijo algo, pero se dio cuenta de que estaba hablando con Decker—. Muy bien, está todo conectado. Dime qué tengo que hacer.

—Enciende la batería. El sistema debería ponerse en marcha automáticamente —le dijo.

Él se echó a reír.

—No parece tan difícil poner en marcha el sistema informático de un hotel —comentó recordándole sus palabras—. Yo pensaba que era algo que sólo podía hacer un experto... Muy bien, allá vamos. Utilizan Windows. Hola, Bill Gates. Vaya, ha aparecido un mensaje del *scan disk* por no cerrar correctamente el ordenador. Y en francés, que suena aún peor.

—Tardará unos minutos —dijo ella—. Es un sistema bastante antiguo, ¿eh?

—Sí, yo diría que de 1995 aproximadamente, sin demasiados pitidos. Lo cual es una suerte, porque consume menos energía.

—Simplemente para que lo sepas —dijo Tess—, cuando esto se acabe, si la Agencia me ofrece un trabajo de campo voy a aceptarlo.

Él se quedó callado, y ella pensó que había perdido la conexión.

—¿Sigues ahí? —le preguntó.

—Sí, es que me ha sorprendido.

—Pensaba que sería más fácil para todos; incluido Decker, que probablemente ha puesto una cruz negra junto a mi nombre bajo un título que dice «Discute y se queja demasiado».

Hubo una pausa, y luego Jimmy dijo:

—Es difícil mantener una relación, ¿eh?

—Ya ves que no funciona —comentó ella.

—Yo creía que funcionaba bastante bien, al menos hasta que te insulté en público.

—No se trata de eso —respondió ella—. Es que me gustaría que fueses alguien que no eres. Te quiero Jimmy, pero quiero cambiarte, y eso es una estupidez. Como tener una relación con alguien que sé que me va a machacar emocionalmente, alguien que no puede darme lo que necesito.

—Vale —dijo él—. Como quieras.

—Bien —dijo ella sin que le sorprendiera que no reaccionase ante sus palabras. No esperaba otra cosa.

Pero entonces la sorprendió.

—No aceptes el trabajo de campo de la Agencia. La burocracia te volverá loca. Quédate en el equipo de Tom. Sé que es donde quieres estar realmente... y yo estaba pensando en dejarlo. Esta misión era sólo un último favor a Deck.

—Pero... —Tess sabía que no debía preguntarlo. La batería se acabaría enseguida, y Jimmy y Deck se encontraban en una trampa mortal de veintiocho pisos.

—Dime qué tengo que hacer —dijo Jimmy, y se pusieron a trabajar.

El Kazabek Grande tenía unas sólidas cerraduras para garantizar la privacidad de sus huéspedes. Mientras Nash actuaba como intermediario entre Tess y el ordenador del hotel, Decker localizó una llave maestra.

Y un plano del hotel.

Era enorme, con cuatro edificios de estilo clásico kazbekistaní dispuestos alrededor de un patio central completamente cerrado.

Cuando Decker fue por primera vez a Kazbekistán ese patio era muy lujoso, con una piscina, tumbonas e incluso un bar en el que se servían bebidas tropicales. Había palmeras, una vegetación exuberante y flores por todas partes.

Ahora la piscina estaba vacía, los árboles secos y las tumbonas rotas y descoloridas.

—Suite 933, torre oeste —anunció Nash cerrando su teléfono.

Se dirigieron inmediatamente por el vestíbulo desierto hacia las escaleras en las que ponía OESTE en siete idiomas diferentes. Nash quería subir allí y marcharse lo antes posible.

—Además de facturar la llamada al móvil de Nizami a la suite 933, el hotel también recibió un envío especial del Centro Renal de Kazabek. En la habitación se alojaba un tal Ifran Aklamash Umarah. Tess está pasando ese nombre a Tom Paoletti y al cliente.

—Bien —era posible que Sayid hubiera utilizado ese alias antes. Aunque el líder terrorista estuviese muerto, resultaría útil averiguar dónde había estado y con quién había hablado los últimos meses.

Mientras subían por las escaleras Nash estaba muy callado, casi pensativo.

Pero dijo algo cuando, al llegar al noveno piso, vieron un letrero en la pared que indicaba que la 933 estaba al final del oscuro pasillo.

La llave funcionó. La suite estaba tan oscura como el pasillo, pero al menos allí había ventanas.

Primero entró Jimmy, recorriendo la sala y el dormitorio con su linterna para asegurarse de que estaban solos. Se acercó a las ventanas, echó un vistazo fuera y luego abrió las cortinas unos milímetros.

—La habitación da a la calle —le dijo a Decker mientras volvía al dormitorio para hacer lo mismo con esa ventana.

No les interesaba que cualquiera que pasara por la calle —por ejemplo uno de los hombres de Bashir— se diese cuenta de que un par de habitaciones del noveno piso tenían de repente las cortinas abiertas.

Sin embargo, los últimos rayos de sol que entraban por esa estrecha rendija proporcionaban suficiente luz para ver.

Decker encontró enseguida la caja fuerte en el dormitorio. Estaba detrás de un cuadro de una puesta de sol en el mar, un sitio muy poco original.

Se puso a trabajar mientras Nash registraba metódicamente la habitación, metiendo en su mochila todos los papeles que iba encontrando.

Murphy —benditos fueran sus numerosos talentos— había conseguido un paquete de explosivos antes de que le hirieran. No había mucho, pero no era necesario. Colocándolo bien, por ejemplo en las bisagras, reventaría la caja fuerte. Deck cortó una mecha y encendió una cerilla.

—Ten cuidado —le advirtió a Nash mientras retrocedía.

Bang. No hizo más ruido que una bolsa de papel al explotar.

Y la caja fuerte se abrió.

—Joder —dijo.

Nash se acercó a mirar.

—Guau.

Había un ordenador —probablemente el que estaban buscando, gracias a Dios— sobre un montón de fajos de billetes americanos de cien y de veinte. Sobre todo de veinte. De los antiguos, de color verde.

—¿Es auténtico? —Nash cogió un fajo, sacó un billete y lo puso a la luz—. Ni por asomo. Un niño de diez años se daría cuenta de que es falso.

Decker guardó el ordenador en su mochila. Era un modelo más antiguo y casi tan pesado como la batería que habían arrastrado desde casa de Rivka.

—¿Y si ese niño de diez años, o de cuarenta, no hubiera visto en mucho tiempo dinero americano? —preguntó pensando que ése era el caso de la mayor parte de la población de Kazbekistán.

—Entonces le parecería auténtico. ¿Qué crees que iba a comprar Sayid aquí? —Nash le ayudó a sacar el dinero falso de la caja fuerte y a meterlo en sus mochilas.

—Con un poco de suerte puede que llevara una especie de diario en su ordenador —dijo Decker.

—Querido diario —dijo Nash—. He venido a Kazabek para comprar un lanzacohetes. Apenas está usado, y por veinte mil dólares es un buen precio. Sobre todo considerando que el dinero con el que voy a pagarlo sólo cuesta cincuenta dólares. Aunque se me ha acabado enseguida la tinta verde del cartucho de la impresora.

Entonces sonó el teléfono de Nash.

—Hey —respondió poniéndose el aparato entre la oreja y el hombro para seguir registrando la habitación—. Vamos bien de tiempo. ¿Sabes qué acaba de guardar Deck en su mochila?

Antes de marcharse suponiendo que el ordenador de la caja fuerte era el que querían, no estaría de más mirar debajo de la cama.

—Joder.

Deck levantó la vista. No le gustaba cómo sonaba eso.

—Schroeder se ha largado —le informó Nash a Decker antes de hacer una pausa para seguir escuchando—. Tess bajó para ver cómo estaban él y Khalid, y encontró a Khalid en la cuadra. El muchacho estaba atado y amordazado para que no pudiera ir a decirle a Tess que Schroeder se iba. Cree que viene hacia aquí. Según Khalid dijo algo de que quería sacar unas fotos en el hotel.

Fotos. Decker puso los ojos en blanco. Que Dios les librara de los reporteros.

—Sí, bueno, no eres la única que no se lo imaginaba, Tess. Dave llegará enseguida, y nosotros también. No te tortures por eso. No estamos en peligro. Es imposible que pueda encontrar el túnel. Estate tranquila. Vamos hacia allí.

Después de colgar Nash se metió el teléfono en el bolsillo mientras se ponían las mochilas al hombro y salían al pasillo.

—Estoy deseando salir de aquí.

Decker le siguió hacia las escaleras.

Ocho, siete, seis, cinco. Al llegar al cuarto piso, cada vez más cerca del vestíbulo, redujeron la velocidad para no hacer ruido.

Nash tapó su linterna para que fuera poco más que un resplandor en su mano. Decker apagó la suya y se la metió al bolsillo.

Mientras se acercaban a la puerta que daba al vestíbulo Nash levantó la mano. *Alto*. También él apagó su linterna, porque la puerta estaba entreabierta y la luz que penetraba por las ventanas del vestíbulo se filtraba a través de la rendija.

Luego miró a Deck, que asintió. Él también se había dado cuenta. Más que oír algo lo sintió.

Un cambio microscópico en la presión atmosférica debido al aumento de cuerpos en un espacio cerrado.

O el rastro invisible que seguía alterando las moléculas de aire mucho después de que alguien hubiera dejado de moverse.

O una corriente eléctrica que procedía de otro ser vivo. O de muchos seres vivos.

Nash había sacado ya su arma y la tenía preparada.

Entonces lo oyeron. *Crac*.

Aunque intentara estar en silencio, la mayoría de la gente no podía permanecer completamente inmóvil durante mucho tiempo.

Sin duda alguna había alguien ahí fuera.

Hubo otro *crac* seguido de un crujido inconfundible.

Deck indicó a Nash que retrocediese con mucho cuidado para alterar lo menos posible las moléculas de oxígeno.

Y comenzaron a subir las escaleras tocando los escalones lo menos posible con las suelas de sus zapatos.

Apenas habían ascendido medio piso cuando ocurrió.

Decker le lanzó a Nash una mirada interrogante, pero enseguida se dio cuenta de lo que era.

Una réplica.

Empezó como un ruido sordo que fue aumentando hasta convertirse en un temblor ensordecedor.

No era el mejor momento para estar en un edificio que estaba a punto de derrumbarse.

Quienes estuvieran esperándoles en el vestíbulo debieron de pensar lo mismo, porque empezaron a hablar todos a la vez. Aunque se oían muchas voces en diferentes dialectos, el mensaje general era idéntico: *Tenemos que salir de aquí.*

Decker sabía que Nash estaba pensando lo mismo, pero señaló hacia arriba. Encendió su linterna, tapó la bombilla como había hecho antes Nash y se aseguró de que había suficiente luz para ver.

Nash no quería hacerlo, pero le siguió.

—Están a punto de largarse —susurró—. Si esperamos...

En el vestíbulo, quien estuviera al mando habló sobre los demás.

—¡Quedaos quietos! Esto les traerá hacia nosotros.

Entonces se cayó una lámpara al suelo y se oyó un fuerte grito:

—¡Aquí vienen! ¡De la torre sur!

Y luego dijo alguien en inglés:

—Es una emboscada... Han estado siguiéndome durante días... ¡Cuidado, Decker!

Después se oyó el repiqueteo de un arma automática. ¿A quién diablos estaban disparando?

—Ése era Will Schroeder —dijo Nash—. Joder. ¿Le habrán matado? Si no lo haré yo. No puedo creer que les haya traído hasta aquí.

—¡No eran ellos, idiota! ¡Ahí no hay nadie! —gritó otra voz en el dialecto local.

—¡Un pelotón de seis hombres a cada escalera! ¡Rápido! —al oír aquella orden echaron a correr. Ya no era necesario que estuvieran en silencio.

Sin embargo Nash sacó su teléfono.

—Venga —dijo mientras intentaba marcar—. No me jodas ahora.

Se estaba retrasando.

—Vamos, Nash, muévete.

—¡Maldita sea! ¡Deck, comprueba tu teléfono! —Nash estaba histérico—. ¿Funciona?

Decker sabía que estaba pensando en Tess. Si lo que había dicho Will era cierto —que llevaban varios días vigilándole— era muy probable que le hubieran seguido cuando fue a verles a casa de Rivka.

Donde estaba Tess ahora.

Sola.

Decker miró su teléfono.

—No.

—Tenemos que volver allí, y estamos subiendo.

Decker sabía qué estaba pensando Nash. Ahí arriba no habría un helicóptero para rescatarles del tejado.

—Puede que Dave haya regresado ya —le dijo. Dave... y Sophia. Dios santo. Si la casa de Rivka estaba vigilada, o lo que era peor, si les interrogaban a todos...

—Sí —dijo Nash—. Es muy probable.

Había guardado su teléfono y estaba utilizando los brazos para subir más rápido por las escaleras. Era una buena idea, porque Decker podía oír el estrépito de un pelotón de soldados que les seguía cuatro o cinco pisos por debajo.

El temblor cesó y el hotel siguió en pie.

Entonces alguien gritó:

—¡Aquí, están aquí!

Con eso irían todos a aquella escalera.

—¿Qué va a poder hacer Dave? —le preguntó Nash a Decker.

—No lo sé. Pero seguro que hace algo.

—¿Dónde diablos vamos?

Eso sí lo sabía.

—Al piso diecisiete.

Nash comprendió al instante por qué iban allí.

—Suite 1712 —dijo—. Norte. Estamos en la torre equivocada.

A principios de los años setenta, cuando el Grande era nuevo, se podía hacer un circuito completo del hotel en todas las plantas desde el pasillo de la torre oeste pasando por el de la torre norte y la torre este para regresar de nuevo a la torre oeste.

Cada torre tenía su propio ascensor y unas escaleras, pero si alguien se alojaba por ejemplo en la habitación 1712 de la torre norte podía coger cualquier ascensor —norte, sur, este u oeste— para llegar allí.

Pero a finales de los años ochenta comenzó a haber problemas y eran frecuentes los robos a mano armada y los secuestros de sus ricos huéspedes. Entonces la dirección del hotel levantó paredes en todas las plantas entre las torres en un intento de eliminar las numerosas vías de escape.

Las paredes que construyeron para separar las torres eran menos que una plancha de yeso sobre un entramado de madera.

Claro que todas las paredes de ese antiguo hotel de cuatro estrellas eran ridículamente delgadas.

—Deck —insistió Nash—. Estamos en la torre oeste, no en la norte.

—Eso no es un problema si tienes un poco de explosivo en el bolsillo —respondió Decker.

Jimmy odiaba aquello.

Pero por mucho que lo odiara, por preocupado que estuviese por la seguridad de Tess, por mucho que le asustara la idea de que aquel edificio se cayera sobre su cabeza, le encantaba ver trabajar a Decker.

Tenía una serenidad increíble a pesar de la presión.

Cuando salieron de la escalera en el piso diecisiete Decker apuntó con su linterna hacia la izquierda sin vacilar.

—Por aquí.

¿Sería...? Sí.

Fueron corriendo hasta el final del pasillo, pero Decker no hizo un agujero en la pared que habían construido directamente sobre la moqueta de rombos.

En vez de eso utilizó la llave maestra que había encontrado para abrir la puerta de la última habitación a la derecha.

Entraron dentro y cerraron la puerta detrás de ellos.

Los mentecatos que les seguían no se darían cuenta de que les habían perdido hasta que llegaran al tejado.

En ese momento lo más probable es que comenzaran a registrar todas las habitaciones, pero se limitarían a las de la torre oeste.

Para cuando bajaran al piso diecisiete Decker y Jimmy se habrían marchado de allí.

Y para cuando llegaran al piso diecisiete Jimmy habría vuelto a casa de Rivka, donde estaría Tess esperando sana y salva.

Tess, que le quería, pero que sabía que era escoria y por eso no deseaba estar con él.

Jimmy no se lo reprochaba. Si hubiera podido habría huido de sí mismo hacía mucho tiempo.

¿No era eso lo que había hecho al incorporarse a la Agencia?

No. Le habían cambiado el nombre, pero no la identidad.

Decker estaba encima de la cama, dando golpecitos en la pared que había detrás para buscar los travesaños. Cuando bajó otra vez al suelo parecía satisfecho.

—Ayúdame a mover esto.

Jimmy cogió un lado de la cama de metal y juntos apartaron el colchón y el jergón de la pared.

Deck se arrodilló en el suelo y golpeó la pared una vez más para asegurarse de que era el lugar adecuado. Luego sacó de su bolsillo el resto de los explosivos que había utilizado para reventar la caja fuerte de la habitación de Sayid y se puso a trabajar.

Si había algo que se le daba bien era provocar explosiones. Era una de esas habilidades especiales de los comandos.

Jimmy abrió su teléfono. Nada.

—Joder.

—Es probable que la réplica haya derribado la antena que he puesto ahí arriba —dijo Decker encenciendo la mecha—. Enseguida saldremos de aquí —se levantó y dio unos pasos hacia atrás.

Plof.

Solamente un comando podía reventar algo con tan poco ruido.

Decker había abierto un pequeño agujero en la pared cerca del zócalo. Luego dio una patada al yeso con el pie y lo hizo un poco más grande para poder pasar por él.

—Ayúdame —dijo otra vez, y Jimmy agarró un lado de la cama para ponerla de nuevo contra la pared.

Era genial.

Si alguien entraba en la habitación para echar un vistazo no vería nunca ese agujero.

Jimmy se metió debajo de la cama y pasó por el agujero a la habitación contigua, que estaba en la torre norte. Como la suite 1712, donde se encontraba el hueco del ascensor que conducía al túnel que les llevaría de nuevo al distrito financiero.

Y luego a casa de Rivka.

Y a Tess.

24

Tess estaba en la cocina con Khalid cuando la tierra empezó a temblar.

Era peor que de costumbre, así que agarró al muchacho y le llevó con ella a la puerta que daba al patio, rezando para que fuera sólo una réplica y no otro terremoto.

Dios, por favor, no permitas que el Grande Hotel se caiga...

Había hablado con Jimmy hacía unos minutos. Era imposible que les hubiera dado tiempo a salir del complejo del hotel.

Una cazuela se cayó de la mesa de la cocina, y los vasos tintinearon en el aparador.

Afortunadamente, lo que fuese no duró mucho.

—¿Estás bien? —le preguntó Tess a Khalid, que asintió.

Luego cogió una de las lámparas que seguía balanceándose en el gancho, subió corriendo las escaleras y se cruzó con Rivka en el rellano.

Guldana había ido a pasar la noche con su hija mayor, cuyo marido se había roto la pierna en el terremoto y estaba aún en el hospital.

—¿Estás bien? —le preguntó al pasar.

—Por desgracia me estoy acostumbrando a los temblores.

¡*Crac*¡ Comenzó con una explosión distante, pero no se quedó ahí. Siguió retumbando y rugiendo con un gran estrépito.

Era el tipo de ruido que podría hacer el Kazabek Grande Hotel al derrumbarse.

Tess no sabía de dónde procedía.

—¿Es del sur o del norte? —preguntó con el corazón en la garganta. *Dios, por favor, no...*

Rivka sólo movió la cabeza.

Ella corrió hacia la habitación.

—Buscando línea... —decía su teléfono.

Cogió la túnica y el burka que le habían dado en la comisaría y la última antena portátil que les quedaba.

Luego bajó corriendo las escaleras y salió por la cocina al patio, que estaba ya a oscuras. ¡Mierda! El toque de queda acababa de comenzar.

El cielo resplandecía a lo lejos; se estaba quemando algo, que de vez en cuando estallaba aún. ¿Qué dirección era ésa? Estaba desorientada.

Muy bien, tranquilidad. Que no cunda el pánico.

Lo primero era lo primero. Tenía que ir a esa iglesia abandonada para poner en marcha el sistema de comunicaciones. Cuando su teléfono funcionase podría intentar llamar a Jimmy.

Que no esté muerto, por favor.

—No tendrá intención de salir, ¿verdad? —dijo una profunda voz masculina que venía de la oscuridad.

Sobresaltada, Tess miró hacia la verja. ¿Quién estaba allí? Dejó caer la bolsa con la antena e intentó meterla con el pie debajo de la rueda del carro de Khalid antes de que la luz de una enorme linterna le iluminara la cara.

Entonces parpadeó ante la oscura sombra de un hombre. Sombras. ¿Había una patrulla de policía en el borde del patio de Rivka?

—No, señor —dijo—. Por supuesto que no. Oí un ruido y salí a ver... ¿Sabe qué se está quemando? Unos amigos míos estaban con un grupo de ayuda humanitaria cerca del Grande Hotel. Estoy preocupada por ellos.

—Me temo que no lo sé. Supongo que podría ser el hotel. ¿Le importa que entremos? —quienquiera que fuese ya había abierto la verja.

Tess retrocedió un poco.

—Disculpe mi falta de hospitalidad, señor, pero mi marido, que trabaja para People First, no ha podido volver antes del toque de queda. No creo que se considere muy apropiado...

—Pero usted es americana. Estoy seguro de que en su país no siguen esas costumbres.

Mientras se acercaba a la casa, la luz que salía por la puerta y las ventanas de la cocina cayó sobre él. Era un hombre grande con una espesa barba y un uniforme que no era de la policía. En una mano llevaba la linterna, y en la otra un bastón para apoyarse.

Y no venía con una patrulla policial, sino con un verdadero ejército de soldados de rasgos duros y ojos fríos armados con ametralladoras.

—Como le estaba diciendo —dijo Tess forzando una sonrisa—, ésta no es mi casa.

—¿Ah, no? —el hombre del bastón la miró al pasar por la puerta de la cocina—. Buenas noches, señor.

Cuando se dio la vuelta vio allí a Rivka con cara de asombro, que se puso de rodillas y habló en el dialecto kazbekistaní que Tess estaba intentando aprender. Era un idioma muy bonito y melodioso. Pero sólo reconoció unas pocas palabras: «gran señor», que se podía traducir como «rey», y luego un nombre: Bashir.

Joder.

Mientras Sophia estaba observando las furgonetas blindadas se alejaron de allí.

Padsha Bashir regresaba a su palacio llevándose a Tess con él.

—Esto es terrible —dijo Dave—. Nash se va a poner como un loco.

No pudieron llegar a casa de Rivka antes del toque de queda, gracias a Dios. Si lo hubieran hecho Sophia también estaría de camino hacia el palacio. Aquella idea hizo que se le encogiera el estómago y se le secara la boca.

Habían tenido que moverse despacio debido al toque de queda.

Y Dave se había asegurado de seguir los caminos más seguros para pasar de un escondite a otro, tomándose su tiempo. No la obligó a correr; esperó una y otra vez mientras ella recuperaba el aliento.

Cuando las furgonetas se detuvieron estaban escondidos en un viejo cobertizo cerca de casa de Rivka.

Habían oído una explosión terrible. Ni siquiera Dave, que lo sabía todo, dudaba de qué se trataba. Incluso él temía que el Grande Hotel se hubiera acabado cayendo.

Con Decker y Nash dentro.

¿Por qué no? Sophia había descubierto que Dios podía ser muy cruel.

Conmocionada por la explosión, aturdida al ver a Padsha Bashir en el patio de Rivka, Sophia le vio entrar en la cocina.

Ella había estado allí sentada unas horas antes.

Dave puso un brazo a su alrededor; no para consolarla, sino porque temblaba tanto que temía que el cobertizo empezara a moverse.

Bashir estuvo dentro un buen rato, y no podían hacer nada. Tenía un ejército de hombres con él, algunos de los cuales estaban vigilando en la calle, no lejos de su escondite.

—No dejes que me lleven —susurró Sophia.

—No lo haré —le prometió Dave, pero ella vio en sus ojos que en realidad no comprendía lo que quería decir. *No dejes que me lleven viva.*

Aunque tenía en la mano una de sus pistolas sabía que era incapaz de dispararse a sí misma. Unos días antes podría haberlo hecho, pero ahora... aunque Decker le había dicho que no podían arriesgarse a sacarla de Kazbekistán, aunque en aquella explosión hubieran muerto Decker y su amigo Nash... no podía hacerlo.

Porque había comprobado que aún existía la bondad, que la verdad y la luz estaban ahí fuera para contrarrestar el mal y la fealdad del mundo.

Y eso hizo que reviviera algo en su interior, algo que había estado latente.

Pero que al despertar creció ferozmente, llenándola de...

Esperanza.

No quería morir; quería vivir.

Sentada con Dave en aquel cobertizo, Sophia observó cómo se marchaba Bashir con Tess después de dejar allí parte de sus tropas. Escondidas en la casa y en la cuadra.

Esperando a que regresaran los demás.

—Lo primero que tenemos que hacer es buscar un sitio donde te encuentres segura —dijo ahora Dave.

—No —repuso Sophia—. Lo primero es asegurarse bien de que Decker no caiga en una emboscada —eso suponiendo que aún fuera capaz de andar.

—Chsss —dijo Dave poniéndole un dedo en los labios.

Fuera del cobertizo se movió una sombra.

—¿Señor Dave? ¿Es usted? —susurró una voz.

—¿Khalid? —Dave abrió la puerta y metió dentro al muchacho. Tuvieron que apretarse para seguir escondidos, pero a Sophia no le importó—. ¿De dónde vienes?

—Estaba en la casa, señor, pero no me vieron cuando entraron. ¿Sabían que...? ¡Ése era Padsha Bashir!

—Chsss —dijo Dave—. Ya lo sabemos.

—Salí por la ventana, pero me quedé cerca escuchando. Le preguntó a la señora Nash por ese hombre, su amigo Will. Le hizo todo tipo de preguntas sobre un ordenador, y ella dijo que no sabía de qué estaba hablando, pero entonces Rivka se lo contó todo.

Dave blasfemó, y Sophia se dio cuenta de que nunca le había oído hablar así.

—Le dijo que Tess tenía un ordenador arriba —prosiguió Khalid—, y que ella, el señor Nash, el señor Decker y usted no pasaban mucho tiempo con la ayuda humanitaria. Le dijo que tenían teléfonos que funcionaban, y que

Murphy había muerto, pero que nadie estaba triste y que hablaban de él como si aún estuviese vivo. Dijo que creía que eran espías del gobierno americano, cuchicheando siempre en la cuadra —el muchacho miró a Sophia—. Rivka también le habló de usted, señorita.

Ella no pudo evitarlo y lanzó un suspiro. Dave le estrechó aún más los hombros.

—Dijo que creía que era la novia del señor Decker, aunque ya tenía una mujer. Dijo que estaba cansado de que se comportaran con tanto descaro en su casa y que estaba pensando en decirles que se marcharan, pero sé que no lo decía en serio, porque esta mañana me dijo a mí que se quedaría muy triste cuando tuvieran que volver a casa.

—¿Hizo Bashir muchas preguntas? —interrogó Dave—. Dinos todo lo que puedas recordar.

—Sí, hizo muchas preguntas —les dijo Khalid—. ¿Cómo se llama esa mujer? Julie algo. Rivka dijo que no se acordaba de su apellido. ¿Había visto su pasaporte? Sí, sí, por supuesto...

Sophia miró a Dave. Era imposible que Rivka hubiese visto su pasaporte porque no tenía pasaporte.

—¿Qué aspecto tiene? —Khalid hizo una pausa—. Perdone, señorita, pero dijo que era flaca y vulgar. Dijo que un día entró en el cuarto de baño mientras usted se estaba lavando y que... —se acercó a Dave y le susurró algo al oído.

Dave se rió un poco antes de mirar a Sophia.

—Rivka te estaba protegiendo. Supongo que sabía que no podía mentir en todo. Si registraban la casa encontrarían el ordenador de Tess. Verían todo nuestro equipo y se darían cuenta de que no somos trabajadores de ayuda humanitaria.

Pero mintió sobre ti. Le dijo a Bashir que eras como un hombre, aunque utilizó un lenguaje diferente. También dijo que tenías un *piercing* en un pezón, que en su opinión es como decorar un cuchitril con pintura dorada y faroles para que a la gente le deslumbre el brillo y no se fije en los desperfectos —volvió a reírse—. Me encanta Rivka.

—Después de eso —dijo Khalid—, Bashir no hizo más preguntas sobre usted.

Rivka había conseguido proteger a Sophia.

Pero no a Tess. Que Dios la ayudara.

—Muy bien —dijo Dave—. Vamos a suponer que Decker y Nash están ahí fuera, que están vivos y que vienen hacia aquí. No van a entrar en la casa, ni siquiera se van a acercar, porque Tess consiguió dejar una señal.

¿Qué?

Señaló hacia la verja de Rivka.

—Tenemos un sistema de seguridad. Un trozo de cuerda atado a la verja de la entrada y a la puerta de la cocina. Ponemos dos porque la puerta lateral no se ve muy bien desde la calle. Si alguna de esas cuerdas no está donde se supone que debe estar eso significa que hay problemas. Tess consiguió coger la cuerda de la verja, tirarla al suelo y meterla debajo de la furgoneta sin que nadie la viera. Deck y Nash buscarán la cuerda, verán que no está y mirarán en este cobertizo para ver si hay algún mensaje. Lo que tenemos que hacer es pensar dónde podemos ir, buscar un lugar seguro para reagruparnos y planear nuestro siguiente movimiento. Que supongo que será rescatar a Tess.

—Yo sé dónde ir —dijo Sophia.

Tess intentó estar atenta mientras la conducían por un laberinto de pasillos. Estaba intentando orientarse. Parte del tejado del palacio se había desplomado durante el terremoto, y lo estaban reparando.

Si pensaba escapar, la zona de obras sería el camino a seguir. Intentó visualizar dónde se encontraba en relación al vestíbulo principal.

También intentó no pensar en lo que Padsha Bashir le había dicho poco después de llegar al palacio, de que la llevaran a través de las puertas ornamentadas y el puesto de guardia a ese bullicioso vestíbulo. Incluso a esas horas de la noche estaba lleno de guardias y gente que entraba y salía, con teléfonos que no dejaban de sonar.

Parecía ser a la vez la zona de prisioneros y de almacenamiento. Allí fue donde los hombres de Bashir descargaron todo lo que habían cogido en casa de Rivka, todas las bolsas, las cajas y las mochilas.

Incluida la que Tess había intentado meter detrás de la rueda del carro de Khalid, la que contenía la antena y la batería. Estaba a un lado con un montón de bultos: el botín que el ejército de Bashir había robado a otros desafortunados.

—Haremos un trato con su marido —le había dicho Bashir—. Usted a cambio de él... y el ordenador.

—Francamente, no sé de qué está hablando —Tess se ciñó a su guión como le había indicado Jimmy. Era una trabajadora de ayuda humanitaria, recién casada con un hombre al que no conocía muy bien. Parecía una traición, pero era la coartada que Jimmy le había dicho que utilizara si ocurría algo así. También le había asegurado que él podía cuidarse a sí mismo.

Eso esperaba.

El capitán de la guardia se mantuvo a un lado mientras Bashir respondía a una llamada de teléfono, hablando sólo cuando el dirigente se volvía para dirigirse a él. Los dos hombres conversaron en voz baja, y Tess se dio cuenta de que no sabían que no conocía su idioma.

Había muchas cosas que no sabían sobre ella.

Esa llamada de teléfono no le había hecho mucha gracia a Bashir. Se dio la vuelta para marcharse, pero de repente se volvió hacia Tess.

—El Grande Hotel se ha caído —le dijo.

Su corazón dejó de latir.

Ese hijo de perra estaba mintiendo.

Que estuviera mintiendo, por favor.

Era probable que estuviese mintiendo, porque después de decirlo la observó atentamente para ver cómo reaccionaba.

Tess se acordó de Jimmy y consiguió parecer sólo un poco decepcionada.

—Menos mal que esa zona ha sido evacuada —respondió con tranquilidad.

Él se rió, y a ella se la llevaron.

Al bajar las escaleras se cruzó con Will Schroeder, que subía hacia arriba esposado.

Le habían dado un montón de golpes, y la miró a través de los ojos hinchados.

—Lo siento mucho, Tess —dijo—. Todo esto es culpa mía —le dieron un empujón y se cayó de rodillas.

Los guardias que conducían a Tess la llevaban por las escaleras de piedra demasiado deprisa. Se tropezó y al caerse bajó seis o siete escalones de culo y se volvió a arañar el codo.

—No le hagáis daño —oyó gritar a Will mientras les arrastraban en diferentes direcciones—. ¡No le hagáis daño, bastardos!

Jimmy siguió a Decker por delante de unos carteles de demolición y a través de la puerta de un sótano hasta el interior del Hotel Français.

H.F. Eso era lo único que decía el mensaje que estaba clavado en la pared del cobertizo. A Jimmy las letras H.F. garabateadas en un trozo de papel no le decían nada. De lo único de que estaba seguro, para su creciente desesperación, era de que Tess no lo había escrito.

—Eso no significa que no esté bien —le dijo Decker.

Deck comenzó a andar por el decrépito hotel sin necesidad de encender su linterna. Por lo visto era allí donde había estado con Sophia la noche que... le ayudó a hacer la declaración de la renta.

Subieron un tramo de escaleras, luego otro y...

Tess no estaba allí. Jimmy lo sabía. Sin embargo, cuando entraron en el polvoriento salón de baile y apareció Sophia entre las sombras con otra figura un poco más alta y delgada a su lado, le dio un vuelco el corazón.

Pero sólo era Khalid.

—Gracias a Dios —dijo Sophia apretando las manos contra el pecho—. Al oír la explosión pensamos que el hotel se había...

—Nosotros no oímos nada dentro del hotel —respondió Decker—. Pero cuando salimos a la calle vimos el fuego. ¿Dónde están Dave y...?

—Que le jodan a Dave. ¿Dónde está Tess? —preguntó Jimmy.

—Dave ha salido a buscar algo —le dijo Sophia a Decker—. No sé qué. Y Tess... —miró a Jimmy.

Aunque no podía ver bien su cara con la pálida luz de la luna lo comprendió al instante. Había ocurrido algo malo, pero no se imaginaba hasta qué punto.

—Padsha Bashir fue a casa de Rivka. De alguna manera sabía que buscabais el ordenador de Sayid. Se llevó a Tess.

Padsha Bashir.

Jimmy no se dio cuenta de que necesitaba ayuda hasta que Decker le agarró, le ayudó a sentarse en el suelo y le puso la cabeza entre las piernas.

Dios santo, ¿desde cuándo se desmayaba como una damisela?

Pero Bashir tenía a Tess...

Dave eligió ese momento para regresar con un gran estrépito, aunque sólo le lanzó a Jimmy una mirada de curiosidad mientras dejaba una bolsa grande de lona en el suelo.

—Armas —anunció—. Murph me dijo dónde guardaba su «Bolsa para el peor de los casos». ¿Alguien necesita explosivos o un lanzagranadas?

Jimmy cogió la bolsa, se levantó como un vaquero y, con una pistola de 9 milímetros en una mano y un AK-47 con un lanzagranadas en la otra, derribó la puerta del palacio de Bashir gritando el nombre de Tess como una mala mezcla de Rambo y Rocky.

Decker, que era perfectamente capaz de leer su mente, le retiró la bolsa.

—Tenemos el ordenador —les dijo a Dave y a Sophia—. Pero tendremos que revisar mi plan de evacuación.

Los guardias se rieron mientras Tess se encogía llorando en la esquina de la diminuta celda.

Representa el papel, representa el papel. La voz de Jimmy resonaba en su cabeza.

Eran cinco.

Podría haber soportado a uno o dos, pero no a cinco.

No era difícil adivinar la emoción que hacía que las lágrimas se deslizaran por sus mejillas.

El Grande Hotel se ha caído.

La puerta, moderna comparada con aquella vieja celda, se cerró con un ruido metálico que Tess agradeció, porque al quedarse encerrada esos cinco guardias se mantenían fuera.

Se acurrucó allí mientras hacía un inventario silencioso de sus últimas heridas. El codo magullado. El coxis machacado. El tobillo un poco torcido, aunque podría andar a pesar del dolor.

Pero entonces se acordó de Jimmy y sus rasguños, y sus sollozos sonaron aún más auténticos.

Haré cualquier cosa para encontrarte.

No lo había dudado ni un segundo. Lo único que podía impedir que Jimmy Nash derribara las puertas del palacio era la muerte.

Si aún estaba vivo ya estaría de camino hacia allí. Lo sabía. Tenía que estar preparada para cuando llegase.

¿Pero cómo?

Paso uno, salir de aquella celda.

El último guardia se aburrió por fin de vigilarla y se fue por el pasillo.

Al llegar Tess había visto una mesa pequeña y una silla a la entrada de la larga hilera de celdas. Un montón de libros, algunos papeles, los restos de una cena repugnante en una bandeja. Y en la pared había un interruptor al lado de un teléfono.

¿Un teléfono? *Un teléfono.*

El suyo se lo habían confiscado, aunque daba lo mismo porque su sistema de comunicaciones había fallado por completo. La última antena intacta estaba en la mochila de Decker, en el suelo de azulejos del vestíbulo del palacio, con el resto del equipo que los hombres de Bashir se habían llevado de casa de Rivka.

Sin embargo Bashir había hablado con alguien por teléfono.

Era posible que tuvieran un sistema de comunicación interno que sólo funcionase dentro del edificio. Aunque tal vez...

Paso dos, regresar a aquel vestíbulo con la esperanza de que no hubieran movido ese montón de bultos. Recuperar la mochila de Decker. Subir al tejado, buscar un sitio despejado e instalar la antena para que cuando Jimmy fuese a buscarla su teléfono funcionara.

Paso tres, acceder a uno de los teléfonos de Bashir y...

No era tan imposible como parecía. Tess se había fijado al entrar en que no había mucha seguridad en el vestíbulo ni en el resto del palacio. Era un error bastante habitual. Había tantos guardias alrededor del palacio y en las puertas que se suponía que cualquiera que estuviese dentro tenía permiso para estar allí. De camino hacia la celda se cruzaron con unos cuantos criados, y los guardias no saludaron ni dieron el alto a ninguno de ellos.

Pero lo primero era el paso uno.

Con la cabeza agachada mientras fingía que lloraba, Tess echó un vistazo por debajo del brazo. El pasillo estaba vacío. Se levantó despacio sollozando, ahora con más suavidad, y miró a su alrededor.

La celda apenas medía tres por dos metros. Tenía el mismo tipo de suelo y paredes que la de la comisaría, pero la puerta corredera, con barras de metal, se abría con un sistema mecánico.

El techo era alto —la distancia más larga, de unos cuatro metros y medio, iba del suelo al techo— y no era de piedra, sino de listones de madera.

Tess se acercó a la puerta y miró hacia el final del pasillo. Tenía razón en lo de la silla. Sólo se había quedado un guardia.

Era el que había estado tocándola al bajar las escaleras cada vez que podía. Bien. Se merecía un escarmiento.

Volviendo al centro de la celda, Tess miró al techo, se escupió en las manos y se las frotó.

Luego puso las dos manos en la pared de enfrente y echó los pies hacia atrás para apoyarlos en la pared opuesta. Tenía la altura adecuada. Con los brazos contra una pared y los pies contra la otra, empezó a andar hacia arriba subiendo las manos poco a poco.

En las películas de Jackie Chan parecía muy fácil, pero no lo era. Le temblaban las manos y las piernas del esfuerzo, así que decidió bajar al suelo.

Entonces se quitó los vaqueros y la camisa y se volvió a poner las botas y la túnica.

Luego se tomó su tiempo para colocar bien la ropa en el suelo, en la esquina más alejada de la puerta, y retrocedió satisfecha.

De ese modo parecía que se había desvanecido dejando atrás sólo su ropa.

Volvió a escupirse en las manos y esta vez trepó hasta arriba, donde no podría verla el guardia que estaba en el pasillo.

Por último, después de coger aire, Tess lanzó un grito estremecedor.

Decker estaba sentado escuchando a Dave y Nash discutir sobre la mejor manera de entrar y salir del palacio de Padsha Bashir, donde estaba presa Tess.

Con la luz de una linterna Sophia había dibujado un plano del lugar, marcando el punto del sótano donde creía que podía estar Tess. A falta de un nombre mejor lo llamó calabozo, porque era subterráneo y por lo visto muy desagradable. Luego Dave cogió el pequeño plano y puso unas cruces en las zonas del edificio que habían sido dañadas por el terremoto.

Sophia estaba ahora callada. Había estado ensimismada desde que Decker le dijo que, antes de saber que habían capturado a Tess, su plan era ir hacia el norte. Decker llevaría a Sophia y el ordenador de Sayid y se ocultaría con ellos en las montañas.

Dave, Nash y Tess se quedarían atrás para deshacerse del equipo sobrante y recoger su ropa. Se irían a bordo de un avión comercial. Su equipaje sería registrado minuciosamente, pero la policía y los hombres de Bashir no encontrarían nada. Y una vez fuera del país se pondrían en contacto con Tom Paoletti para preparar una evacuación aérea.

Un helicóptero Seahawk, probablemente lleno de comandos de la Decimosexta Brigada, que se estaban «entrenando» en la vecina Pakistán, entraría en el espacio aéreo kazbekistaní, aterrizaría en un lugar desierto y saldría rápidamente de allí con el ordenador, Sophia y Deck a bordo.

Era la solución perfecta para sacar a Sophia de aquel infierno. Poner en sus manos el ordenador. No, ¿para qué correr riesgos? Esposarla a él para que no pudieran llevárselo sin ella.

A Decker no se le ocurría otra manera de sacar el ordenador de Kazbekistán, no con Bashir, la policía y todos los dirigentes de la región buscándolo.

Y como el gobierno de Estados Unidos no estaba dispuesto a ayudar a Sophia, tendrían que organizar —y pagar— una evacuación militar para frustrar los futuros planes de Al Qaeda.

Pero ahora estaban metidos en un lío. Habían descubierto su tapadera. Ninguno de ellos podría salir en un avión de línea. Y se habían quedado sin comunicaciones. Recibir un mensaje de Tom Paoletti iba a ser todo un reto.

Nash había salido para recuperar la antena que Tess había instalado en la torre de la iglesia, pero la última réplica había aflojado la batería. Se había soltado de la antena y se había caído al suelo.

Aunque pudieran encontrar una fuente de energía alternativa, su experta en informática —la única persona que podía reparar el sistema y ponerlo en marcha— estaba prisionera en el palacio de Bashir.

Gracias a Will Schroeder, señaló Nash.

Y no era una exageración.

Lo mejor que se le ocurría a Decker era que el periodista había atraído la atención de Bashir con su investigación de la policía secreta de la comisaría de la Rue de Palms. Si la policía había seguido a Will, había interrogado al taxista que recogió a Sayid en el Grande Hotel y había averiguado que Will estaba haciendo preguntas sobre Sayid... Sin duda alguna Bashir lo sabía, y habría insistido en que siguieran vigilando a Will hasta que aquella tarde fue a casa de Rivka y...

Pero eso ya había pasado.

A Nash se le estaba acabando la paciencia mientras se paseaba de un lado a otro. Estaba dispuesto a ir a la puerta del palacio, llamar al timbre y matar a todos los que se interpusieran entre él y Tess.

Sin embargo Dave lo quería todo bien detallado.

—¿Cómo vais a entrar? —preguntó incluyendo a Decker en la conversación—. Ese sitio es una fortaleza; no menosprecies su capacidad de contención. Y esa zona dañada estará muy vigilada. Tendréis que cargaros a mucha gente, y en cuestión de minutos sabrán que estáis allí. Y después de averiguar dónde está Tess y liberarla necesitaréis algún vehículo para salir de allí.

El plan era enviar a Dave a las montañas con Sophia y el ordenador. Decker y Nash entrarían en el palacio de Bashir y rescatarían a Tess. Unos días después intentarían reunirse y cruzarían las montañas para salir juntos de Kazbekistán.

Nash y Dave habían empezado a discutir sobre los pros y los contras de coger uno de los coches blindados de Bashir para salir del palacio.

Entonces Sophia habló por encima de ellos.

—Deck.

—Sí.

Se estaba abrazando como si tuviera frío, lo cual era imposible con aquel calor.

—Yo podría ayudaros a entrar —dijo.

Dave y Nash se quedaron callados.

Decker no se lo podía creer.

—¿Estás sugiriendo que...?

—Que los tres entréis por la puerta principal —dijo Sophia—. Necesitaréis ropa tradicional kazbekistaní, pero debajo podréis llevar todas las armas que queráis. Nadie os registrará, porque estaréis allí para cobrar la recompensa, y para entregarme a Bashir.

—Dios santo, Sophia —susurró Dave hablando por todos. Bueno, excepto por Nash, que estaba asintiendo.

—Al otro lado de la puerta principal se encuentra una zona de espera —les dijo—. Una especie de vestíbulo. El capitán de la guardia nos hará esperar allí mientras decide qué hacer conmigo, y con vosotros. Porque cuando lleguemos allí Bashir estará durmiendo.

—Sophia —comenzó a decir Decker. ¿Cómo podía sugerir algo así?

—Eso está muy bien —le interrumpió Nash—. Mientras vosotros esperáis yo iré a buscar a Tess y luego nos reuniremos aquí —señaló la zona del mapa en la que según Dave se guardaban los vehículos blindados de Bashir.

Sophia estaba allí sentada, aterrada ante la idea de volver a encontrarse cara a cara con Bashir, y sin embargo ofreciéndose a...

—Es probable que el capitán de la guardia decida llevarme abajo —dijo—. Y que os ofrezca habitaciones para pasar la noche para que podáis reuniros con Bashir y cobrar la recompensa por la mañana. Pero si insistís en quedaros conmigo puede que nos ponga a todos en una habitación hasta mañana.

—Sí —afirmó Nash. Le encantaba el plan—. ¿Quién va a vigilar a Sophia mejor que los tipos que quieren cobrar esa recompensa? El capitán se ahorrará un problema.

—¿Y si va a despertar a Bashir? —preguntó Decker.

—Entonces tendremos que improvisar —respondió Nash.

—No me mires así —le dijo Sophia a Decker—. No voy a hacer esto por nada. Quiero esos cincuenta mil dólares, pero quiero que quede claro.

—Hecho —dijo Nash.

Sophia se volvió hacia él.

—Bueno, también quiero que tú me prometas algo.

—Lo que quieras —contestó él.

—Si algo va mal —dijo Sophia—, y no consigo ese dinero...

—No tenemos por qué hacer eso —le interrumpió Decker—. Hay otras maneras de entrar ahí sin ponerte en peligro.

—¿Los tres? —replicó Nash. Tenía tantas ganas de entrar en ese palacio y encontrar a Tess que no se daba cuenta de lo que le estaba pidiendo a Sophia—. ¿Armados?

—Piénsalo bien, Jimmy —le suplicó Decker utilizando a propósito el nombre que usaba Tess. Pero lo único que consiguió fue una dura mirada.

—¿Qué necesitas? —le preguntó Nash a Sophia dispuesto a prometerle cualquier cosa.

—Michel Lartet —dijo ella—. Él me entregó a Bashir, y si yo muero quiero que también él muera. De la misma manera que Dimitri.

Se quedaron todos en silencio.

—Quiero que sepa exactamente qué le va a pasar —susurró Sophia—. Como lo sabía Dimitri, y como lo sabré yo. Quiero que se arrodille en el suelo y se pregunte cómo se sentirá cuando ruede su cabeza. Y quiero que sepa que se lo estoy haciendo yo, aunque esté ya muerta.

Estaba observando a Nash, que la miró sin inmutarse.

Por algún motivo sabía que, de todos ellos, era la persona adecuada para pedirle que hiciera una cosa tan terrible.

—Eso está hecho —le respondió.

—Puedo ayudar.

—No, no puedes —Jimmy no tenía tiempo para eso, pero Khalid no se echaba atrás.

—Sí puedo —insistió el muchacho.

—Tu hermano te necesita vivo —Jimmy vació su cartera y le puso en la mano un montón de billetes americanos y kazbekistaníes. No podía darle su reloj; lo necesitaba aún. Pero se quitó el anillo de oro que llevaba en la mano izquierda y también se lo dio.

—Dave, ¿te queda algo de dinero?

—Pero usted me necesita más —dijo Khalid.

—Guarda eso —le ordenó mientras Dave le daba otro fajo de billetes, probablemente más de lo que el muchacho había ganado en toda su vida—. Cuando llegues a casa escóndelo fuera en un sitio seguro. Cava un agujero y entiérralo, ¿lo entiendes?

—Gracias, señor...

—Cuando vayan a interrogarte diles que nos marchamos sin pagarte y que te tratamos muy mal. Luego enséñales las heridas de la cara para demostrarlo.

—Son de la explosión del coche bomba —dijo Khalid.

—Eso no lo sabrán —Jimmy vio que Sophia estaba por fin lista para salir.

También se dio cuenta de que Khalid sólo se conformó aparentemente. El muchacho se levantó con la cabeza agachada, fingiendo que no tenía intención de seguirles.

Jimmy miró a Decker desesperado.

—No me obligues a hacer esto —dijo.

Decker se compadeció de los dos y le dio al muchacho un golpecito. Pero fue muy eficaz, como apretar un interruptor. A Khalid se le doblaron las piernas, y Deck le tumbó en el suelo mientras Jimmy le ponía los vaqueros enrollados de Sophia debajo de la cabeza.

Al día siguiente se despertaría con un dolor de cabeza terrible, pero vivo. Por supuesto, a diferencia de ellos seguiría allí, en Kazbekistán.

Sophia y Dave habían salido ya por la puerta, y Jimmy y Decker se apresuraron para alcanzarlos.

25

Todo fue según lo previsto, teniendo en cuenta que el plan era que en la puerta principal del palacio de Bashir hubiera quince guardias con sus semiautomáticas cargadas apuntándoles directamente.

Decker se quedó atrás y dejó hablar a Dave.

Nash llevaba un M16 con un lanzagranadas colgado del hombro como si no le preocupara nada. Bostezó para simular que estaba cansado y aburrido y parpadeó ante los reflectores que iluminaban sus caras manchadas de barro.

Pero Decker sabía que debajo de su chilaba llevaba un auténtico arsenal de armas y municiones.

Sí, habían oído rumores de un toque de queda. Dave habló en el dialecto que utilizaban en las montañas, en Firyal. Era increíble que sonara tan bien.

Se habían quedado tirados en la carretera de Ikrimah. No había ningún medio de transporte y habían tenido que hacer la mayor parte del camino andando.

Sí, sabían que era tarde, pero pensaron que Su Excelencia y Gran Señor Padsha Bashir les agradecería que le entregasen cuanto antes a la ladrona que había estado buscando.

Decker llevaba del brazo a Sophia, que había empezado a temblar al acercarse al palacio. Completamente tapada con la túnica y el burka, le resultaba difícil ver u oír nada de todo eso. Pero sabía qué estaba pasando.

—Se ha cambiado el pelo —dijo Dave a los guardias—. Pero es la mujer que Bashir ha estado buscando.

Cuando Dave hizo una señal Deck le arrancó el burka y la túnica y la tiró al suelo.

Desnuda.

Ella había insistido en ir desnuda debajo de la túnica, alegando que si iban a hacer aquello debían hacerlo bien.

Sus cicatrices convencerían a los guardias de que era la mujer que estaba buscando Bashir.

Y su desnudez demostraría que no estaba armada debajo de su ropa, que no era ninguna trampa.

—Empújame con fuerza —le había dicho a Decker en el Hotel Français—. Tiene que parecer real.

Efectivamente, parecía real.

La luz se reflejaba en su cuerpo, en su piel, en todas esas heridas que por fin estaban empezando a curarse; heridas que cuando la vio por primera vez pensó que eran dibujos de henna, o quizá tatuajes, que se había hecho de forma voluntaria.

Se quedó tendida en la calle con la cabeza agachada y los ojos cerrados.

—No es para tanto estar desnuda —les había dicho en el hotel—. Es algo que... —movió la cabeza de un lado a otro—. Estar desnuda no es nada.

No era nada, pero allí tumbada tenía un aspecto de lo más vulnerable.

Decker le tiró la túnica a su lado; también formaba parte del plan. Sophia se agarraría a ella como si intentara taparse. La verdad era que le habían cosido sus pistolas a las mangas. Si era necesario podía cogerlas y disparar a través de la tela.

El guardia de mayor rango, un teniente, asintió con los ojos bien abiertos.

—Llevadla dentro —les dijo antes de volverse hacia su sargento—. Vete a buscar al capitán.

Aprovechando el espectáculo de una mujer desnuda arrastrada por el vestíbulo del palacio Jimmy Nash se coló por el pasillo.

Nadie se fijó en él; todos los ojos estaban puestos en Sophia.

Dios santo, Bashir era un bastardo. Tess les había hablado a Deck y a él de los cortes del cuerpo de Sophia. Pero verlos... Era lo menos excitante que podía imaginar.

Por lo visto a Bashir le gustaba mucho ver sangre.

Jimmy sonrió indignado. Le encantaría tener una oportunidad para darle su merecido.

Cuando estaba bajando unas escaleras su teléfono vibró y estuvo a punto de descargar su arma sobre una hilera de macetas.

¿Qué diablos?

Lo abrió, pero no reconoció el número.

—Será mejor que no me quieran vender nada.

—¿Jimmy? ¿Eres tú?

Por todos los santos. Le sorprendió tanto que se quedó sin habla.

—¡Tess! —exclamó sonando como Mickey Mouse. Intentó ocultarse aún más entre las sombras y no hablar demasiado alto—. Sí, soy yo. ¿Dónde estás?

—Gracias a Dios —dijo ella. La conexión no era nada buena, y su voz sonaba débil y distante, como si estuviese llamando de Marte. Pero al menos no se cortaba—. Gracias a Dios. Bashir me dijo que el Grande Hotel se había caído, y yo... Espera un poco.

Después de un rato que se le hizo eterno dijo:

—Ya han pasado. Estoy en un teléfono fijo, el mío me lo han confiscado, y es un poco incómodo. Por no hablar de cómo se va a poner Bashir cuando reciba la factura. Jimmy, dime que estás bien, por favor.

—Sí. ¿Dónde diablos estás?

—Cerca del tejado del palacio, a unas cuatro, no, cinco chimeneas al oeste de lo que parece una pista de aterrizaje de helicópteros. He instalado aquí nuestra última antena, junto a un puesto de guardia que está vacío. Esperaba que estuvieras lo bastante cerca para que tu teléfono funcionase. No he podido hablar con Decker.

—¿Tú estás bien? —le preguntó mientras se daba la vuelta para subir en vez de bajar. Sonaba bien. Que estuviera bien, Dios, por favor. Subió las escaleras de dos en dos hasta el primer piso, el segundo...

—Estoy asustada —reconoció—. Vale, estoy muy asustada. Tendrías que ver a Will Schroeder; le han dado una paliza terrible. Está en una de las celdas del sótano. Había un guardia en la puerta, y parecía inconsciente, así que sólo he podido tomar nota de dónde se encuentra. Pero me preocupa que esté...

—¿Estás herida tú? —le interrumpió mientras pasaba por el tercer piso.

—Estoy bien, de verdad. Bashir tiene tanta seguridad en la puerta que se supone que si te encuentras dentro puedes estar aquí. He bajado al vestíbulo para recoger la antena y he vuelto a subir. He estado andando por ahí con una bandeja con un par de tazas de café y nadie me ha dicho nada. Menos mal, porque no hablo su idioma.

Mientras Jimmy llegaba al piso de arriba y buscaba las escaleras que conducían al tejado hizo una pausa.

Cuando siguió hablando su voz sonó aún más débil.

—Aún no estoy segura de cómo salir de aquí. No sé cuándo cambian de turno los guardias, pero sé que no tengo mucho tiempo antes de que descubran que no estoy en la celda. Estaba pensando que si pudieras crear algún tipo de distracción... —se detuvo mientras él encontraba una puerta y la abría.

»Mierda —dijo Tess—. Viene alguien, Jimmy. Te llamaré...

—Soy yo —dijo él. Pensaba que tendría que salir al tejado y asomar la cabeza por la puerta para orientarse. Pero ella ya había colgado—. Tess —murmuró—. ¡Tess!

Y allí estaba, en lo alto de las escaleras, entre las sombras.

—¿Jimmy? —susurró—. ¡Dios mío! ¿Estabas dentro del palacio...?

Jimmy se metió el teléfono al bolsillo mientras subía las escaleras y Tess iba hacia él. Y cuando la tuvo entre sus brazos la estrechó con todas sus fuerzas.

—Sabía que vendrías —dijo ella reflejando en su voz su confianza en él—. Lo sabía.

Sophia se arrodilló en el frío suelo de azulejos a la entrada del palacio de Padsha Bashir.

Mientras oía voces a su alrededor mantuvo la cabeza agachada y los ojos cerrados.

Estaba agarrando la túnica con las dos manos para tener cerca las pistolas, pero intentó no taparse demasiado. Era consciente de que su desnudez era la causa de gran parte del alboroto y la confusión.

Decker estaba de pie detrás de ella. No podía verle aunque abriera los ojos, pero le podía sentir allí.

Fue incapaz de mirarle cuando se quitó la ropa en el Hotel Français. Le resultó difícil hacerlo. Pero sabía que se enfadaría al ver las huellas de los abusos de Bashir. Y cuando estuviesen en el palacio no podría reaccionar.

Tenía que saber lo que le esperaba.

Por una vez no fue capaz de desviar la atención. Se quedó allí en silencio con los ojos hacia abajo.

—No quiero que hagas esto —le dijo Deck—. No quiero que vuelvas allí.

Entonces ella le miró.

—Necesito ese dinero. Así que si no se te ocurre otra manera de conseguirlo...

Ahora oyó unos pasos y notó que Decker cambiaba de postura.

Al abrir un poco los ojos vio un par de botas marrones oscuras delante de ella, pero decidió no mirar más arriba.

El dueño de las botas le puso la mano debajo de la barbilla y le levantó la cara.

—Mírame —le ordenó.

Ella abrió los ojos. Era el capitán de la guardia; un hombre corpulento con una espesa barba, los ojos brillantes y unas mejillas redondas y coloradas, amables. Si hubiera tenido la barba blanca se habría parecido a Santa Claus. Le había visto muchas veces en el pasillo esperando para hablar con Bashir.

—¡Ja! —le había dicho una vez al salir mientras ella entraba en la estancia de Bashir—. Esta vez has tenido que esperar tú.

—Ah, sí —dijo ahora—. Me acuerdo de ti. De esos ojos tan bonitos —tenía la mano cálida y el tacto suave incluso cuando se agachó para tocarle el pecho, rozando con el pulgar uno de los cortes casi curado—. Es una lástima.

Decker se situó en su ángulo de visión periférica para que pudiera sentir el calor de su cuerpo.

—No la toque —murmuró como si hubiera alguna diferencia entre mirar y tocar. Como si eso importara.

—Ya está muerta —le dijo el capitán a Decker antes de girarse a mirar a Dave, que había adoptado el papel de líder para que Decker pudiera permanecer lo más cerca posible de Sophia.

Ninguno de los guardias pareció darse cuenta de que el tercer hombre que la había llevado —Nash— había desaparecido.

—La recompensa no estará lista hasta mañana —dijo el capitán—. Mi sargento les acompañará a una habitación en la que podrán estar cómodos. En cuanto a la chica, me ocuparé yo mismo de ella.

—No la hemos traído hasta aquí para perderla ahora —respondió Dave—. Si tenemos que esperar ella esperará con nosotros.

El capitán dio varios pasos hacia atrás, y la docena de guardias que había en el vestíbulo levantaron sus armas.

Como Decker y Dave, que apuntaron las suyas directamente al capitán. Todos se quedaron inmóviles.

Resultaba absurdo que fueran a morir por proteger su virtud.

Pero si morían se llevarían al capitán con ellos.

Los segundos que pasaban parecían interminables, pero nadie se movía.

Por fin el capitán se rió.

—Si eso es lo que queréis podéis esperar aquí mismo —dijo antes de darse la vuelta para marcharse.

Jimmy cerró su teléfono.

—Tom va a intentarlo —le dijo a Tess, que estaba sentada en lo alto de las escaleras cerca del tejado del palacio de Bashir.

¿Iba a intentar que un helicóptero militar sobrevolara la frontera de un país hostil hasta la capital para recoger a un equipo de civiles que no trabajaban oficialmente para el gobierno de Estados Unidos?

Jimmy sonrió ante su expresión de incredulidad.

—No van a venir a salvarnos —le dijo—. Su único objetivo es ese ordenador.

Luego le tocó el pelo con una mano cálida en su mejilla, y por enésima vez en los últimos minutos Tess dio gracias a Dios porque el Grande Hotel no se hubiera caído.

Jimmy le había dicho que, por lo que él sabía, la explosión que oyó había sido el resultado de un escape de gas cerca de uno de los depósitos de municiones de Bashir. Bastaba con que alguien hubiera encendido un cigarrillo...

—Has hecho un buen trabajo con el sistema de comunicaciones —Jimmy se rió moviendo la cabeza—. ¿Cómo diablos has salido del calabozo? Sophia nos contó cómo era y...

—¿No deberíamos irnos?

Él se sentó a su lado.

—No. Tom ha dicho que esperemos unos minutos. Va a volver a llamar. Si no puede enviar un helicóptero tendremos que seguir el plan de evacuación de Decker: coger uno de los coches blindados de Bashir y salir a través de la puerta lateral para dirigirnos a las montañas. Si desmantelamos esa antena y la llevamos con nosotros...

Podrían organizar una evacuación aérea desde algún punto de las montañas y se ahorrarían el largo y peligroso camino que cruzaba la frontera.

Pero cuando Tess desmantelara la antena perderían el contacto con Tom. Era una lástima que sus radios con antenas móviles no hubieran sobrevivido al viaje y no hubieran podido repararlas al llegar a Kazabek. Pero ni siquiera Murphy, con todos sus recursos, había sido capaz de conseguir ese tipo de equipo.

Jimmy estaba mirándola como si aún no pudiera creer que estuviese allí a salvo. No podía creer que hubiera salido de la celda y que hubiera regresado hasta la puerta principal, donde los hombres de Bashir habían dejado el equipo que robaron en casa de Rivka.

—Me he formado en trabajo de campo —le recordó—. Y he pasado las pruebas físicas. Sé que siempre vas a verme como «Tess, de apoyo», pero presté atención en clase y sé pelear. Enseguida me di cuenta de que la mayor parte de la seguridad de Bashir estaba en el perímetro exterior. Cuando me encerraron en la celda sólo se quedó un guardia vigilando.

—¿Esquivaste a un guardia? —preguntó sorprendido.

—Sí —respondió ella—. Acuérdate de eso la próxima vez que sientas el impulso de acostarte conmigo.

—Me encanta —dijo él, que no era exactamente lo mismo que le había dicho ella unas horas antes. *Te quiero, pero vas a machacarme emocionalmente, así que no puedo hacer esto.* Lo cual era una estupidez. También se había dado cuenta de eso unas horas antes, cuando pensaba que Jimmy había muerto. A un *Te quiero* no se podía añadir un *pero*. Sólo se podía añadir un *y*. *Te quiero, y sé que vas a machacarme emocionalmente, y así será.*

¿Pero no era mejor que ocurriera lo antes posible? ¿No dolería menos si acababan con eso de una vez?

Sí. No. Quizá. ¿Cómo iba a saberlo?

Tess le contó a Jimmy cómo había escapado de la celda. Las paredes estrechas, el techo alto, el ascenso, la ropa en el suelo. La expresión de incredulidad del guardia cuando echó un vistazo en una celda aparentemente vacía. No hablaba el idioma, pero comprendió su tono.

La puerta se abrió, él entró dentro y ella se le echó encima. Una patada en las gónadas, una patada en la cabeza, le cogió el arma y le encerró en la celda tras dejarle inconsciente.

No había sido para tanto, pero estaba orgullosa de sí misma.

Luego se quedó asombrada cuando Jimmy le explicó cómo habían entrado por la puerta principal.

—No puedo creer que Sophia haya hecho eso —Tess movió la cabeza de un lado a otro—. He visto a Bashir. Es aterrador. Me dio un susto terrible.

Jimmy la rodeó con sus brazos y la atrajo hacia él.

—Yo también me asusté cuando me dijeron dónde te encontrabas —cogió aire y lo soltó con fuerza—. Te obligué a quedarte atrás porque la idea de que te ocurriera algo me horrorizaba. Y estabas aquí, en una trampa mortal en la que no habrías estado si hubieras venido con nosotros. Ha sido culpa mía. Nunca me odiaré tanto como en ese momento.

Ella se apartó un poco, sorprendida por todo lo que le acababa de decir. Pero ya no la estaba mirando.

—Tenemos que movernos —se levantó, abrió su teléfono y marcó un número.— Tom debe de estar liado —dijo con el aparato pegado al oído—. Y Decker no responde; seguramente debe de estar aún en el vestíbulo —donde los hombres de Bashir le mirarían mal si él, que supuestamente procedía de las montañas, sacase un teléfono. Jimmy cerró el suyo—. Vamos ahora a desmantelar esa antena para marcharnos.

—Solamente han pasado unos minutos —dijo Tess con el corazón en la garganta—. Vamos a esperar un poco más —quería que Tom llamara. Quería que ese helicóptero llegara y les sacara de allí. Y deseaba que Jimmy le dijera que la quería.

—Si por algún motivo nos separamos —dijo Jimmy con tono serio—, vete hacia el garaje. ¿Sabes dónde está?

Tess negó con la cabeza.

—Al otro lado del palacio. En el extremo este. Es un edificio separado. ¿Sabes manejar un lanzagranadas?

—No —parpadeó ante el repentino cambio de tema—. Nunca he...

—Está bien. Entonces toma esto —le dio una semiautomática de 9 milímetros y un par de cargadores.

—Jimmy.

Él dejó de reorganizar su equipo y la miró con la cara iluminada tan sólo por la luz del pasillo.

—Gracias por... ser tan sincero —dijo Tess.

Él se rió sin ganas, y de repente se acordó de sus palabras. *Nunca me odiaré tanto como en ese momento.*

—¿Y si te dijera que hace unos cinco años tuve la oportunidad de acabar con Padsha Bashir? —le preguntó—. Pero no lo hice porque esa parte de la misión era opcional. Así que recogí mis cosas y me marché.

Ella se quedó callada, esperando que siguiera hablando.

—A veces el trabajo no es opcional. A veces llega la orden de eliminación y... Bonita palabra, ¿eh? «Eliminar a todos los terroristas posibles.» He estado haciendo eso mucho tiempo, Tess.

Ahora estaba mirándola como si esperara... ¿qué? ¿Que se desmayara? ¿Que gritara? ¿Que se diera la vuelta indignada?

¿Estaba hablando en serio? Sí.

—Ya lo sé —le dijo—. ¿De verdad crees que no lo sé? He trabajado en el departamento de apoyo —había leído todos sus informes, y los de Decker.

Entonces fue él quien no parecía saber qué decir.

—Podrías hablar con la gente de vez en cuando —dijo ella—, antes de decidir cómo se debe de sentir. Por ejemplo con Decker. ¿Le has dicho que ésta es tu última misión con él?

Tess respondió a su propia pregunta.

—Por supuesto que no. ¿Para qué vas a hablar con él y arriesgarte a descubrir cómo se siente al perder tus valiosos recursos como miembro del equipo, tu experiencia como agente y tu amistad? Ya sabes cómo se debería sentir, así que no hace falta que te molestes.

—¿Y cómo se supone que debo sentirme yo? ¿Rechazada por ti? ¿Horrorizada por lo malo que eres? —se rió indignada—. Eres tú el que se odia a sí mismo; a mí me gustas. Pero estás obsesionado con lo que crees que eres y lo que crees que te mereces. Te encanta torturarte y... huir a México, ¿verdad? Porque no te puedes permitir el lujo de ser demasiado feliz; todo el mundo sabe que los malos no pueden ser felices. Francamente, creo que no dices más que tonterías, porque cuando te miro casi todo lo que veo es bueno —se levantó y comenzó a subir las escaleras—. Puedes ser malo, oscuro y miserable. Pero hazlo tú solo, Nash, porque yo no necesito eso.

Él la siguió.

—Lo siento —dijo.

Claro que lo sentía. Los miserables siempre lo sentían.

—He leído tu ficha de la Agencia —le dijo ella.

—Yo no tengo ficha.

—Eso es lo que tú crees.

Hizo una pausa.

—¿Lo dices en serio?

—Nash, Diego. Al sujeto se le debe convencer sin ninguna duda de la necesidad y la justificación moral de la misión —citó Tess.

—Te lo estás inventando.

—Nash, Diego. Conocido anteriormente como James Santucci, alias Jimmy *el Niño*. El sujeto se negó bajo presión a proporcionar información que condujera al arresto de... ¿Cómo se llamaba? Victor algo. La madre del sujeto no le visitó ni una sola vez cuando estuvo en un reformatorio de... Me parece que fue de 1982 a 1986.

—¿Has entrado en una ficha secreta? —susurró Jimmy.

—No existe tal cosa —respondió Tess.

—¿Cuándo...?

—Poco después de incorporarme a la Agencia —reconoció—. Unas semanas después de conocerte.

Jamás olvidaría la expresión de su cara.

—Imagina que después de haber leído tu ficha me hubiese enamorado de ti.

Entonces empezó a sonar el teléfono y puso fin a la conversación.

Era Tom. Jimmy habló con él unos instantes y cerró su teléfono de golpe.

—Lo ha conseguido —le dijo—. En diez minutos llegará un LZ aquí, al tejado. Tenemos que ir a decírselo a Decker. Carga tu arma y sígueme.

Tess cogió la pistola y le siguió por las escaleras. *Sígueme* en vez de *Quédate aquí*.

No era tan bonito como «Yo también te quiero», pero se le acercaba.

Sophia estaba observando cómo se paseaba Decker cuando oyó unas voces furiosas que se acercaban por el pasillo.

Decker se puso delante de ella y Dave se levantó.

Sabía que los dos habían contado a los guardias. No habían tenido mucho más que hacer mientras estaban allí sentados esperando... ¿a qué?

A que Nash regresara con Tess, y entonces...

Se marcharían de allí esperando que nadie se diera cuenta.

Habían ocurrido cosas muy raras.

Pero ya no importaba.

Sophia también se levantó mientras miraba de nuevo a los guardias que estaban dormitando al lado de la puerta.

Allí dentro sólo había dos soldados, pero fuera había doce más, y en una sala cercana que parecía una cafetería entre cinco y diez.

Estaba junto a un pasillo a la izquierda de la puerta principal. A la derecha había otro. Decker le había dicho con los ojos que ése era el camino que seguirían para dirigirse al garaje.

Sophia quería huir, aunque sabía que nadie podría esquivar las balas.

Pero Padsha Bashir no esgrimía un arma cuando apareció de repente cojeando.

Llevaba su espada, la espada con la que había matado a Dimitri, la espada que ella había utilizado para intentar matar a Bashir. La llevaba levantada mientras se acercaba a ella rugiendo de ira.

Tenía la fuerza necesaria en los brazos para separarle la cabeza de los hombros de un solo golpe; su peor pesadilla iba a hacerse realidad.

Pero en sus sueños Sophia no tenía un arma en las manos. Y en sus sueños siempre estaba sola.

Con Decker a la derecha y Dave a la izquierda, comenzaron a disparar sobre él todos a la vez; y Sophia supo que la conmoción y la sorpresa de la cara de Bashir y la sangre que manaba de su camisa blanca sustituirían a las imágenes de Dimitri que le atormentaban.

Un final violento por otro.

Pero ninguna garantía de que podría volver a dormir tranquila.

Jimmy bajaba silenciosamente las escaleras. Tess le seguía unos pasos por detrás con una bandeja en las manos y la pistola escondida debajo de su ropa.

Había leído su ficha de la Agencia. Era muy buena.

¿Qué estaba haciendo allí perdiendo el tiempo con él? Debía de estar loca para enamorarse de él sabiendo lo que sabía.

Podrías hablar con la gente de vez en cuando antes de decidir cómo se debe de sentir.

—Creo que estás loca —le dijo ahora aún sabiendo que debería mantener la boca cerrada por muchas razones.

Ella permaneció callada mientras bajaban otro tramo de escaleras. Estaban en la planta baja. Pero entonces se rió un poco.

—¿Eso es un problema para ti?

Jimmy no contestó; le habría resultado difícil hablar por encima del ruido de las ametralladoras.

Tess dejó caer su bandeja y le siguió corriendo hacia el vestíbulo.

• • •

Decker cogió a Sophia y la llevó hacia el pasillo mientras Dave, corriendo hacia atrás, creaba una barrera de fuego de contención.

Mierda, alguien corría hacia ellos. Levantó su arma y... Eran Nash y Tess.

—¡Corre! —gritó Nash cubriendo el vestíbulo para que Dave pudiera avanzar.

De esa manera, corriendo y disparando, se dirigían hacia el garaje.

Tess fue a ayudar a Decker con Sophia.

—Hacia arriba —le dijo mientras corrían por el pasillo—. Tom ha conseguido enviar un helicóptero; el sistema de comunicaciones funciona.

—¡No puede ser!

—Llegará en cualquier momento, señor.

—Te quiero —dijo Decker—. ¡Díselo a Dave!

Dave también le dijo que la quería.

Decker y Dave subieron a Sophia al helicóptero. El rugido de las aspas ahogaba el sonido de los disparos de Jimmy, que en términos militares estaba creando un «campo de fuego».

Básicamente la teoría era que al disparar un arma automática en todas direcciones los que se encontraban en esa zona se echaban al suelo. Y con la cabeza agachada no podían utilizar sus armas para defenderse.

Tess lanzó un chillido mientras Decker y Dave cogían sus pistolas para meterla también en el helicóptero.

Su aterrizaje no fue tan brusco como pensaba, porque la sujetó con sus fuertes brazos un joven que llevaba un uniforme de camuflaje, con su cara pecosa cubierta de manchas negras y verdes.

—Disculpe, señora —le dijo amablemente, como si se hubieran tropezado de forma accidental en la calle.

Comandos.

Dentro había otros cuatro. Uno de ellos, con una especie de insignia médica en el uniforme, había ayudado a Sophia a sentarse y estaba asegurándose de que no se había hecho daño.

Su comando —era tan mono con esa cara de ángel que le resultaba difícil no considerarlo suyo— la empujó hacia Sophia para despejar la puerta.

Los demás ayudaron a Dave y luego a Jimmy y a Decker a subir a bordo.

—¡Vámonos! —gritó al piloto uno de ellos, un tipo musculoso con el pelo rubio y cara de boxeador.

Tess se acababa de sentar, pero se levantó de un salto.

—¡Espere! —Dios mío.

Entonces miró a Jimmy, que sabía exactamente qué estaba pensando.

—Will Schroeder —gritó.

Se había olvidado de Will Schroeder.

El helicóptero estaba ya en el aire, fuera del alcance de los guardias y sus armas.

Estaban a salvo, de camino a casa.

—Le matarán —dijo Tess, y Decker habló con el comando que había dado la orden de despegar.

Debió de ser muy persuasivo, porque el comando habló al micro que llevaba en el labio y el helicóptero dio la vuelta.

Jimmy se había acercado a ella.

—¿Dónde está?

—En el ala este, en el nivel más bajo —respondió—. Hay una hilera de celdas que quizá no veas si... Será mejor que vaya contigo.

—No —dijo él—. Iremos Decker y yo. Te veré en un par de semanas.

¿Un par de...?

—¡Jimmy! ¡Ha sido culpa mía!

—Me dijiste que habías encontrado a Will —argumentó—. Yo también me he olvidado de él —le besó la mano para despedirse de ella—. Esto no tiene nada que ver con que quiera mantenerte a salvo. Tiene que ver con que Decker y yo somos imparables juntos. ¿No es eso lo que dijiste?

Tess asintió.

—Volveremos ahí dentro, le rescataremos y nos esfumaremos —le prometió—. Y te veré en unas semanas.

Porque eso era lo que tardarían en cruzar las montañas.

El helicóptero aterrizó unos instantes al este del palacio.

Y Decker y Jimmy desaparecieron.

El sol iluminaba el cielo por el este mientras el helicóptero se alejaba a toda velocidad de Kazabek. Sophia observó cómo apretaba Tess los dientes, de espaldas al esplendor de las nubes rosas y naranjas.

Observó cómo miraba a los hombres uniformados —los comandos— mientras hablaban entre sí a través de sus auriculares. Parecía que estaban discutiendo. No podía oír lo que decían sobre el zumbido de las aspas del helicóptero, pero de vez en cuando podía leer sus labios.

—Decker —estaban diciendo— Decker.

Dave le había dicho que Decker había sido uno de ellos, un comando. Al parecer le conocían y les hacía tan poca gracia como a Tess dejarle allí con Nash.

Tess era quien estaba más cerca y por lo visto podía oír lo que decían, porque se incorporó y se inclinó hacia adelante.

—Tenemos que volver —gritó—. ¡Acabo de darme cuenta de que Decker tiene el ordenador!

Los comandos se dieron la vuelta casi a la vez para mirarla.

Luego miraron a Sophia y a Dave, que estaba intentando esconder su mochila, con su importante cargamento, entre los pliegues de su chilaba.

Era tan evidente que Tess estaba mintiendo que unos cuantos se rieron a carcajadas.

Sophia no sabía nada de galones. No tenía ni idea de quién era oficial o soldado raso, pero había uno que era mayor que los demás, con un cuerpo con el que podría levantar aquel helicóptero. Sus ojos le recordaban un poco a los de Decker. No tanto por el color o la forma, sino por la calma que había en ellos.

Tess le habló directamente.

Buena elección, quería decirle Sophia. También ella se acercó un poco para poder oír.

—Mire, jefe —gritó Tess—. Los dos sabemos que Decker no es un estúpido. Pero quienquiera que esté al mando no tiene por qué saberlo.

—Sería el almirante Crowley —dijo el comando de las pecas—. Su apodo es Dios. Y conoce a Decker. Y probablemente también a usted, señora.

Tess le ignoró. No iba a darse por vencida.

—Si damos la vuelta y creamos algún tipo de distracción Decker y Nash saldrán de ahí en diez minutos. Puedo llamarles y...

—¿Funcionan sus teléfonos? —el jefe se detuvo y suspiró—. No podemos salir de este helicóptero —le dijo—. El riesgo de provocar un incidente internacional es ya... —blasfemó—. Aunque quisiera ayudarles... —era evidente que sentía la angustia de Tess—. Ninguno de nosotros puede disparar un arma. No sé qué tipo de distracción podríamos...

—Yo sí —dijo Sophia recogiendo la mochila que Deck había tirado cerca de sus pies. Abrió la cremallera y le enseñó a Tess su contenido: los fajos de dinero que Decker y Nash habían cogido de la caja fuerte de la habitación de Sayid—. Es falso, pero no lo parece a primera vista.

Tess miró al jefe, que se empezó a reír.

—Da la vuelta a este chisme —dijo hablando al micrófono.

Decker notó que su teléfono vibraba en el bolsillo, y lo sacó.

Era Tess. Nash lo sabía incluso antes de que Decker hablara con ella. Él también había oído regresar al helicóptero.

—Será mejor que no llame para decirte que les ha convencido para que la dejen en tierra —dijo apretando los dientes.

—¿Dónde estáis? —preguntó Tess. Deck podía oír el repiqueteo del helicóptero a través del teléfono.

—Casi en el garaje. Tenemos a Will.

—Gracias a Dios —dijo ella—. Salid por la parte de atrás del edificio, en el lado norte. Dadnos un par de minutos para acercarnos; quedaos escondidos hasta entonces. Os llamaré cuando la zona esté despejada y podáis salir por detrás del garaje. Repito, lado norte. Allí no hay guardias vigilando. Os recogeremos tan cerca del edificio como sea posible.

—Muy bien —Decker guardó su teléfono y agarró mejor a Will Schroeder.

Jimmy se quedó atónito cuando llevaron a Will Schroeder hacia el garaje.

Esa zona del palacio estaba normalmente muy vigilada, pero todos los guardias habían abandonado sus puestos para ir corriendo a la parte delantera.

Donde miles de billetes de veinte dólares caían revoloteando por la puerta abierta del helicóptero.

El piloto lo mantenía a bastante altura, fuera del alcance de las semiautomáticas. También estaba utilizando maniobras evasivas por si acaso a alguien se le ocurría disparar con un fusil de largo alcance.

Aunque ninguno de los guardias estaba prestando atención a sus armas. Estaban todos corriendo de un lado a otro, recogiendo el dinero.

Por lo visto Padsha Bashir no pagaba muy bien a sus hombres.

El helicóptero comenzó a descender. Jimmy y Deck salieron corriendo con Will, que al abrir los ojos y ver a Jimmy murmuró:

—Será mejor que no intentes volver a besarme.

Y allí estaba Tess, ayudándole a subir al helicóptero, sujetándole con fuerza mientras ascendían de nuevo.

Decker le miró desde el otro lado de la cabina del helicóptero y sonrió. Dave estaba bromeando con los comandos de la Deci-mosexta Brigada. Incluso Sophia parecía más animada. Y Tess...

Tess le quería.

La miró mientras se sentaban y se abrochaban los cinturones. Estaba agotada, y apoyó la cabeza sobre su hombro.

Era muy agradable. Encajaban bien.

Jimmy se recostó intentando identificar ese extraño sentimiento; ¿sería eso la felicidad?

26

KAISERSLAUTERN, ALEMANIA

Sophia entró en el bar del hotel de Kaiserslautern, que estaba junto a la base aérea de Ramstein.

—¿En qué puedo ayudarla? —dijo la joven encargada en un perfecto inglés casi sin acento.

Sophia sólo había oído unas cuantas palabras en alemán desde que había llegado allí, y las había pronunciado James Nash. Él y Decker se referían a Kaiserslautern como «McAlemania», pero no comprendió por qué hasta que salió a comprar ropa nueva.

Había tantos americanos viviendo en esa parte del país —personal militar y sus familias— que todos los que trabajaban en las tiendas y los restaurantes hablaban inglés con fluidez.

Decker, que estaba esperándola al otro lado del bar, se puso de pie.

—He quedado con un amigo —le dijo Sophia a la encargada, que se volvió para mirar a Decker.

Con una chaqueta demasiado grande y una corbata, parecía pequeño e insignificante. La encargada no se molestó en mirarle por segunda vez.

Pero cuando Sophia se acercó a él y sonrió la transformación fue inmediata.

—¿Cómo estás? Bonito corte de pelo —no intentó besarla, ni siquiera le tendió la mano para saludarla. Por lo visto seguía manteniendo la norma de evitar el contacto.

—Gracias —dijo ella tocándose con aire cohibido el pelo corto, que había recuperado su tono rubio natural. También llevaba maquillaje en abundancia para tapar sus cicatrices. No sabía qué era peor, tener mal aspecto o parecer que se le iba a agrietar la cara—. ¿Puedo?

—Por favor —había conseguido un mesa en una esquina, y se sentaron los dos a la vez.

La camarera fue a atenderles inmediatamente.

—¿Qué desean tomar? —preguntó. Su inglés era aún mejor que el de la encargada.

—Yo tomaré una Coca-Cola —dijo Decker antes de mirar a Sophia—. ¿Cerveza? ¿Vino?

—Una copa de vino, por favor.

Cuando la camarera se marchó volvió a sonreír a Sophia.

—Gracias por reunirte conmigo con tan poco tiempo.

Como si le estuviera haciendo un gran favor. Sólo le había salvado la vida unas dos mil veces. Y le había ayudado mucho con el papeleo para su nuevo pasaporte. Por no hablar de...

—Ha llamado Tom Paoletti —le dijo Sophia—. La semana que viene voy a San Diego para una entrevista de trabajo —hizo una pausa—. Me ha dicho que me hiciste una recomendación brillante.

—Sí. Te la merecías —Decker sacó un sobre de su bolsillo y lo puso sobre la mesa—. Esto es para ti.

Ella lo abrió. Era un cheque a su nombre por valor de cincuenta mil dólares.

—Sé que este es tu dinero, y no lo quiero —dijo apartándolo.

—Hicimos un trato —afirmó él.

—He cambiado de opinión.

—Cámbiala otra vez —volvió a acercarle el sobre, se inclinó hacia adelante y bajó la voz—. El cliente debería haberte pagado, Sophia. Recuerda lo que hiciste para ayudarnos a rescatar a Tess. Y la información que nos diste fue decisiva para encontrar el ordenador.

—No quiero tu dinero, Deck. Tengo la impresión de que me estás pagando por... —Sophia respiró profundamente y lo dijo—. Por hacerte una mamada.

No oyó acercarse a la camarera. La joven dejó sus bebidas sobre la mesa y se fue corriendo, sin duda alguna para contar a sus compañeros lo que había oído.

Decker suspiró.

—Lo siento —dijo Sophia.

Él cerró los ojos unos instantes.

—Soy yo el que lo siente. No debería haber ocurrido.

Ella tomó un sorbo de vino y se aclaró la garganta.

—¿Estás seguro de que quieres que trabajemos en la misma oficina?

—Sí —respondió mirándola—. Estoy seguro. Eres buena, Sophia. Quiero decir que... —se rió avergonzado—. Esto es muy difícil... —puso la mano delante de la cara con la palma hacia fuera como para decir *Alto* y cerró de nuevo los ojos—. Voy a dejar de hablar.

Sophia se rió, y él la miró contrariado.

—Lo siento —se disculpó ella—. Ya sé que a ti no te hace gracia, pero... —volvió a reírse. No podía evitarlo.

—Es agradable oírte reír —dijo él—. Quiero decir de verdad, no con esa risa fingida.

Ella asintió.

—Lo hago a menudo, ya lo sé —miró el sobre que estaba encima de la mesa—. ¿Podría coger ese dinero como préstamo hasta que encuentre un trabajo y...?

—Tom va a contratarte, lo sé.

Sophia tomó otro sorbo de vino.

—No creo que deba ir a esa entrevista —movió la cabeza de un lado a otro—. Es una mala idea.

—No, no lo es —dijo él—. A Tom le vendría bien alguien tan... capaz como tú. ¿Ves? Ésa es la palabra. Puedo hacerlo.

¿Era posible que quisiera trabajar con ella?

Decker le acercó de nuevo el sobre con el cheque.

—Vete a la entrevista, acepta el trabajo y acepta esto como préstamo. Ya me lo devolverás cuando puedas.

—Con intereses —dijo ella.

—Me parece justo —apartó su silla, abrió la cartera y dejó unos billetes sobre la mesa—. Siento salir corriendo, pero tengo que coger un avión.

—Gracias otra vez —Sophia le tendió la mano, y él sólo vaciló un poco antes de estrechársela. El apretón de manos más rápido del Oeste.

—Te veré en Estados Unidos —dijo Decker lanzándole una última sonrisa antes de irse.

Sophia se quedó allí tomando su vino, pensando cuánto le habría gustado a Dimitri Lawrence Decker.

SAN DIEGO, CALIFORNIA

Resultaba extraño estar de vuelta.

San Diego seguía pareciendo... San Diego. La tierra de la eterna monotonía.

Y la oficina de Troubleshooters Inc. seguía necesitando una reforma urgente.

Menudo cuchitril.

Jimmy entró muy nervioso.

No había visto a Tess desde que habían regresado a casa hacía dos días. Y antes de eso no había habido tiempo para hablar. De hecho, con tantas reuniones y asuntos oficiales apenas habían hablado en privado desde esa última conversación en el palacio de Bashir.

La última noche había estado misteriosamente ausente. Esperaba que estuviera en el vuelo a San Diego, pero no estaba. Y no respondía al móvil.

Sin embargo esa mañana vovería a verla. Tenía que estar allí, porque aquella era su última comisión de trabajo allí.

En la entrada había un hombre que parecía un comando: alto y musculoso, con un corte de pelo militar y unos ojos pálidos que a Jimmy le recordaron a un husky siberiano. Tenía una de esas caras que parecía que se iba a agrietar si sonreía. Pero no sonrió mientras Jimmy se aproximaba. Simplemente esperó.

—He venido para la reunión —le dijo Jimmy.

—Dentro.

La puerta se abrió detrás de él, y al darse la vuelta vio entrar a Tess con una bandeja de cafés. Dave venía con ella.

Se estaba riendo de lo que le acababa de decir, y al principio no vio a Jimmy.

—James —le saludó Dave. Parecía que los vaqueros y las camisetas de *rock and roll* no eran sólo parte de su disfraz para viajar a Kazbekistán, sino su nueva declaración de moda. Hoy era un anuncio andante de los Ramones.

Cuando Jimmy miró a Tess le dio un vuelco el corazón.

—Hola.

Su sonrisa se debilitó un poco.

—Hey, no esperaba verte hoy.

¿Ah, no?

—¿Por qué no?

Acercó la bandeja al hombre con ojos de perro y le dio un café con una sonrisa mucho más radiante que la que le había dirigido a Jimmy.

—Con crema y azúcar —dijo.

—Gracias —respondió Fido sonriendo también.

Su cara no se agrietó. De hecho, cuando sonrió parecía que había salido de las páginas de una revista.

—¿Conoces a Cosmo? —le preguntó Tess a Jimmy.

Cosmo. Maldita sea. Tenía la mano sobre su impresionante hombro.

—No —Jimmy esbozó una sonrisa y le tendió la mano mientras Tess les presentaba.

—Diego Nash, Cosmo Richter. Cosmo es el jefe de la Decimosexta Brigada de la División Especial de la Marina.

Por supuesto.

El apretón de Richter fue firme y seco. Se limitó a asentir, porque era evidente que pronunciar más de una palabra resultaba excesivo.

—Encantado de conocerte —mintió Jimmy antes de volverse hacia Tess—. ¿Por qué no creías que estaría aquí?

—Esto es una reunión de planificación además de una comisión de trabajo. Tú dijiste...

Con otra gran sonrisa, Jimmy llevó a Tess hacia el pasillo.

—Olvídate de lo que dije. ¿Dónde has estado?

Ella parpadeó.

—Vine antes para ir a San Francisco a ver a mi madre, pero... ¿De qué parte de lo que dijiste quieres que me olvide?

—Ya sé que es una locura —dijo Jimmy—, pero como no respondías a mis llamadas pensé que te habías ido a México o algo así.

Tess no se rió. Se quedó callada mirándole.

Entonces Jimmy dejó de estar nervioso y empezó a asustarse.

—¿Estás pensando en ir a México?

—¿Quieres seguir viéndome? —le preguntó ella—. Porque yo creía que esto sólo había sido una aventura. Ya sabes, la misión ha terminado, muchas gracias, ha sido divertido, ya nos veremos.

—¿Qué estás diciendo? ¿Te has liado con Cosmo Richter?

Ella comenzó a reírse, pero se detuvo al ver su cara.

—¿Estás celoso?

—Sí, joder.

—¿De verdad? —preguntó con los ojos bien abiertos.

Jimmy no podía mantener su mirada.

—Sí —era patético—. ¿Es tan difícil de creer?

Ella se quedó mirándole con los brazos cruzados y una mano sobre la boca.

Entonces Dave asomó la cabeza por la puerta de la sala de conferencias.

—Perdonad, vamos a comenzar. Tenemos a Murphy a través de una videoconferencia desde Alemania. El médico le ha ordenado que no hable mucho, así que...

—Gracias —dijo Tess—. Será mejor que... —señaló hacia la puerta fingiendo una sonrisa que se tornó auténtica cuando entró en la sala y vio a Murphy en la pantalla de vídeo—. Eh, Murphy, ¿qué tal la pierna?

—Mucho mejor, gracias.

—No puedo creer que sólo hayan pasado tres días desde que volvimos —comentó Tess sentándose en la mesa entre Decker y Tom Paoletti. Ya había instalado su ordenador portátil, y su chaqueta estaba en el respaldo de la silla—. Parece que han transcurrido tres meses.

—Suele pasar —dijo Dave.

En la sala había gente que Jimmy no conocía. Sin embargo, por la forma de sentarse estaba claro que también eran agentes de Tom, incluso antes de que el antiguo comando hiciera las presentaciones.

Jimmy se sentó junto a la pared, cerca de la puerta, aunque aún había sitio en la mesa. Decker le hizo un gesto con la cabeza, pero no le pidió que se acercara. Sabía que ese tipo de reuniones le producían urticaria.

Incluso Cosmo Richter entró y se sentó. Cerca de Jimmy, por supuesto.

Entonces comenzaron a revisar detalladamente la misión. Qué había funcionado. Qué no había funcionado.

—Las radios por satélite —insistió Tess—. La próxima vez deberíamos llevar más radios.

Tom Paoletti se volvió por fin hacia él.

—No has dicho nada, Nash. ¿Alguna sugerencia para una misión más tranquila?

—Sí —dijo Jimmy—. Mantenernos alejados de Kazbekistán.

Todos se rieron. Excepto Cosmo Richter, que simplemente sonrió. Por lo visto reírse le suponía un gran esfuerzo.

—La verdad es que tengo algunas preguntas —le dijo Jimmy a Tom—. Para ti y para Deck. Quizá podamos hablar cuando se termine la reunión.

—Me parece bien —respondió Tom—. Porque yo quería hablar contigo sobre la posibilidad de que asumas un puesto de jefe de equipo —se volvió hacia la pantalla de vídeo—. Tú también, Murphy. Hablaremos cuando vuelvas, ¿vale?

—Con todos los respetos, señor —dijo Dave—, no cuente conmigo. No puede pagarme lo suficiente para que sea jefe de equipo.

Todos se rieron de nuevo; todos excepto Jimmy esta vez, que oyó cómo continuaba la conversación a su alrededor mientras se despedían de Murphy y se cortaba la conexión.

Ahora Tom estaba hablando a todo el grupo de una reunión para el miércoles por la mañana en la que tendrían la oportunidad de conocer a su segunda de a bordo, Alyssa Locke, antigua tiradora de la Marina y agente del FBI.

Jimmy no estaba escuchando. No podía escuchar. Se había caído de la silla. Parecía que seguía allí sentado, pero en realidad estaba en el suelo con la invitación que le había hecho Tom Paoletti para que fuera uno de sus jefes de equipo como un bloque de cemento sobre su pecho.

Todo el mundo estaba hablando; ahora había muchas conversaciones individuales. Planes para el fin de semana, la mejor manera de rellenar los informes para que les reembolsaran los gastos imprevistos, ¿quiere ir alguien a buscar algo para comer?

Jimmy seguía mudo. Tess también estaba callada. Simplemente estaba allí sentada mirándole, con todo lo que pensaba y sentía en sus ojos, a la vista del mundo entero.

—¿Estás bien?

Al mirar hacia arriba vio que Decker se había acercado a él.

—Sí —dijo antes de rectificar—. ¡No! Yo he venido aquí a... —se rió—. No esperaba que Tom...

El director de Troubleshooters Incorporated estaba a punto de marcharse.

—Disculpe, señor —Jimmy se levantó bloqueando el camino de Tom hacia la puerta—. Me honra que quiera que yo... —se rió—. La verdad es que me ha dejado perplejo —tuvo que aclararse la garganta—. Gracias, señor, pero no puedo aceptarlo. Le agradezco su confianza en mí, sinceramente. Significa mucho para mí, pero Decker y yo somos un equipo —miró a Deck, que estaba a su lado—. Y mientras él quiera seguiré siendo su ayudante. No quería que pensara que existe alguna posibilidad de que sea jefe de equipo. Sé que está reclutando gente, pero no hay ninguna posibilidad de que... No, gracias.

Tom asintió mirándoles a los dos.

—Te agradezco que me lo digas —le tendió la mano para que se la estrechara.

Jimmy volvió a mirar a Tess. Tenía los ojos empañados, pero no intentó disimularlo.

Mientras Tom salía por la puerta Decker también le estrechó la mano.

—Me alegro de que hayas decidido quedarte —dijo.

—Yo también —reconoció Jimmy. Como suponía, Deck sabía que había pensado en marcharse. Apartó su mirada de Tess y miró a su amigo a los ojos—. Espero que no tengas que arrepentirte.

Decker le abrazó. No, por favor, no delante del comando...

Pero Cosmo había vuelto a su trabajo en la recepción, que, pensándolo bien, era mucho más embarazoso que un abrazo entre hombres, sobre todo con abundantes palmadas en la espalda.

—Con esto has ganado unos cien puntos —susurró Decker mientras le daba a Jimmy una última palmada y señalaba a Tess con la cabeza—. Fíjate en cómo te mira. Tendrías que hacerlo muy mal para joder esto —miró a Jimmy con dureza—. No lo jodas.

Con esas palabras reconfortantes —al menos Jimmy pensó que ésa era su intención— Deck salió de la sala cerrando bien la puerta detrás de él.

Tess apartó la silla de la mesa y se levantó como si acabara de darse cuenta de que se habían quedado solos. Luego centró toda su atención en recoger el ordenador y guardarlo en su funda.

—¿Vas a comer con Dave? —le preguntó sin mirar hacia arriba.

—Cásate conmigo —dijo Jimmy.

Entonces le miró con la boca un poco abierta.

—Esto no ha sido una aventura —le dijo—. Si sólo hubiese sido una aventura no te importaría lo que les he dicho a Tom o a Deck... Pero te importa. Sé que te importa.

Ella se rió.

—Ya estás otra vez decidiendo lo que siento.

—Me quieres. No estoy decidiendo nada, sólo digo lo que veo. Y veo que me miras como si...

—Un momento, Jimmy... Ayer me vino el periodo.

—Esto no tiene nada que ver con eso.

—Entonces es que te has vuelto loco.

Jimmy se rió.

—Sí, supongo que sí —se aclaró la garganta—. El amor se suele comparar con la locura.

Ella fingió que estaba ordenando los papeles que había aún sobre la mesa antes de volver a mirarle.

—Crees que me quieres.

—Sé que te quiero. Y tú me quieres a mí, así que...

Pero Tess movió la cabeza de un lado a otro.

—Eres un jugador —dijo—. Tendría que estar loca para casarme contigo. No sabes lo que significa la palabra fidelidad.

—Sí lo sé —respondió negándose a sentirse ofendido. No la culpaba por pensar eso—. Se trata de dar tu palabra, de hacer promesas y cumplirlas. Yo no rompo mis promesas, Tess, pero nunca he hecho ninguna de este tipo.

Ella permaneció en silencio.

—Tengo muchos defectos; soy el primero en reconocer que soy un desastre. Pero te prometo ser fiel. Te prometo que nunca te haré daño intencionadamente —dijo—. No puedo prometerte que voy a hablarte mucho de —se aclaró la garganta— Jimmy Santucci, pero espero que te parezca bien que nos centremos en el futuro en vez de en el pasado —le cogió la mano—. Te quiero, y si estás lo bastante loca para quererme...

—Lo estoy —dijo ella. Luego se alejó un poco de él antes de darse la vuelta—. No esperaba que ocurriera nada de esto.

Él contestó con sinceridad.

—Yo tampoco. Nunca pensé que...

—¿Y si cambias de opinión?

—No lo haré —dijo.

—¿Pero si lo haces?

Jimmy movió la cabeza, incapaz de darle la respuesta que reclamaba.

—¿Por qué iba a cambiar de opinión cuando estar contigo es...? —se aclaró de nuevo la garganta—. Dicen que soy una buena persona, y cuando estoy contigo casi puedo creérmelo.

Los ojos de Tess se llenaron de lágrimas.

—No me puedo casar contigo, Jimmy. No estoy tan loca —se tapó la cara con las manos—. Dios mío, puede que sí esté tan loca.

Victoria. El alivio que sintió hizo que le flojearan las rodillas. Luego intentó acercarse para rematar la faena.

Pero ella levantó las manos para mantenerle un poco alejado.

—¿No podríamos empezar con una cena? ¿No sería mejor salir durante un tiempo y tomárselo con calma antes de...?

—Por supuesto —respondió.

Eso hizo que ella se detuviera.

—¿De verdad?

—Te quiero en mi vida —le dijo Jimmy—. Si deseas tomártelo con calma me parece bien. Nos lo tomaremos con calma.

Entonces sonrió, y Tess lanzó una carcajada, porque sabía en qué estaba pensando exactamente.

—Crees que lo único que tienes que hacer es besarme para...

Jimmy la besó.

Y ella no pudo hacer nada para evitarlo.

Otros títulos publicados en
books4pocket romántica

www.books4pocket.com